黄庭坚散文选评

程 效◎编著

中国文史出版社

图书在版编目（CIP）数据

黄庭坚散文选评 / 程效编著 . -- 北京 ： 中国文史
出版社， 2023.9
ISBN 978-7-5205-4243-2

Ⅰ . ①黄… Ⅱ . ①程… Ⅲ . ①黄庭坚（1045-1105）
－古典散文－古典文学研究 Ⅳ . ① I207.62

中国国家版本馆 CIP 数据核字（2023）第 159093 号

责任编辑：全秋生

出版发行：中国文史出版社
地　　址：北京市海淀区西八里庄路 69 号　　　邮编：100142
电　　话：010 － 81136602　　81136603　　81136606（发行部）
传　　真：010 － 81136655
印　　装：廊坊市海涛印刷有限公司
经　　销：全国新华书店
开　　本：787mm×1092mm　　1/16
印　　张：18.75　字数：295 千字
版　　次：2024 年 1 月北京第 1 版
印　　次：2024 年 1 月第 1 次印刷
定　　价：78.00 元

目 录

Contents

跋奚移文①

女弟阿通归李安诗②，为置婢，无所得，迺得跋奚③。蹒跚离疏，不利走趋。颡出屋檐④，足未达户枢。三妪挽不来，两妪推不去。主人不悦，厨人骂怒。

黄子笑之曰："尧牵羊而舜鞭之，羊不得食，尧舜俱疲。百羊在谷，牧一童子，草露晞而出，草露湿而归，不亡一羊，任其指撝⑤。故曰使人也器之，物有所不可，则亦有所宜。警夜偷者不以马，司昼漏者不以鸡⑥。准绳规矩，异用殊施。天倾西北，地缺东南⑦；尺有所不逮，寸有所覃⑧。子不通之，则屡不可运土，篑不可当屦，坐而睨之，小大俱废⑨。子如通之，则瞽者之耳，聋者之目⑩，绝利一源，收功十百。事固有精于一则尽善，徧用智则无功，有所不能，乃有所大能焉。"

呼跋奚来前，吾为若诏之："汝能与壮士拔距乎？能与群狙争茅乎？能与八骏取路乎？能逐三窟狡兔乎？⑪"皆曰："不能。"曰："是固不能，闺门之内，固无所事此，今将诏若可为者。汝无状于行，当任坐作⑫。不得顽痴，自令谨饬⑬。晨入庖舍，涤鎗瀹釜，料简蔬茹，留精黜觕⑭。衡肉法欲方，胲鱼法欲长。起溲如截肪，煮饼深注汤。和糜勿投酰，瀹臼晚用姜。葱渫不欲焦，旋菹不欲黄⑮。饭不欲着牙，扬盆勿驻沙⑯。进火守烓，水沃沸鼎。斟酌芗荅，生熟必告⑰。姨嬬临食，爬垢撩发，染指舐杓，喵歳怀骨。事无大小，尽当关白⑱。食了涤器，三正三反。扰拭斸洁，寝匙覆琬。陶瓦髹素，视在谨数。

兄弟为行，牡牝相当[19]。日中事闲，浣衣漱糯。器秽器净，谨循其初。素衣当白，染衣增色。栀郁为黄，红螺研光[20]。挼蓝杵草，茅搜橐皁。浆胰粉白，无不媚好。燥湿处亭，熨帖坦平。来往之役，资他使令[21]。牛羊下来，唤鸡栖桀。撑拒门关，闲护草窃。饮饭猫犬，堙塞鼠穴[22]。凡鸟攫肉，猫触鼎，犬䑛鎗，鼠窥甑，皆汝之罪也[23]。春蚕三卧，升簇自裹，七昼七夜，无得停火[24]。紵麻藤葛，蕉任絺綌，锡疏手作，无有停时[25]。紾缉偷工夫，一日得半工，一缨亦有余[26]。暑时蕴烝，扇凉密冰。薰艾出蚊，冰盘去蝇[27]。果生守树，果熟守筥，执弓怀弹，驱吓飞鸟[28]。无得吮尝，日使残少。姆妪骂讥，虐痢泄呕[29]。天寒置笼，衣衾毕烘。搔痒抑痛，炙手撋冻[30]。无事倚墙，鞵履可作。堂上䛏呼，传声代诺[31]。截长续短，凫鹤皆忧。持勤补拙，与巧者俦[32]。

"凡前之为，汝能之不？"跛奚对曰："我缺于足，犹全于手，如前之为，虽劳何咎？[33]"黄子曰："若是，则不既有用矣乎？"皆应曰"然，"无不意满。

注释

①跛奚：腿脚残疾佣人。移文：古时一种平行公文，多用于晓谕和责备，文辞较温和，重在改变对方的看法。

②女弟：弟媳妇。归：返回，此谓出嫁。李安诗：李摅，字安诗，山谷二舅李常长子。曾任扬州江都县尉，英年早逝。

③婢：女佣。迺（nǎi）："乃"字的异体字，多作连词，此处为"后来"之意。

④离疏：指形体残缺不全，见《庄子·人间世》。颡（sǎng）：额头。

⑤黄子：即黄庭坚（1045—1105），字鲁直，自号山谷道人、清风客，晚号涪翁、黔安居士，八桂老人，又称黄豫章、金华仙伯。北宋洪州分宁县（今江西省修水县）人。治平四年（1067）进士，历任多个州县官职和朝廷史官。工诗词、擅文章，尤长书法，为北宋中后期文坛开宗立派、影响深远的文学大家。

尧牵羊而舜鞭之……任其指㧑：意为人各有长短，当量才用人所长，察其所短，见《列子·杨朱》："君见其牧羊者乎？百羊而群，使五尺童子，荷箑而随之，欲东而东，欲西而西。使尧牵一羊，舜荷箑而随之，则不能前矣。"
指㧑（huī）：即指挥。

⑥器之：能用之。司昼漏：负责管理计时漏器。

⑦天倾西北，地缺东南：泛指天地运行之缺陷，见《淮南子·天文训》：
"昔者，共工与颛顼争为帝，怒而触不周之山，天柱折，地维绝。天倾西北，
故日月星辰移焉；地不满东南，故水潦尘埃归焉。"

⑧不逮：不及。罩：长。

⑨屦（jù）：古时用麻、葛做成的鞋子。篑（kuì）：盛土的筐子。睨（nì）：
斜着眼看。

⑩瞽（gǔ）者：眼瞎之人。聋者：耳背之人。

⑪诏：告诉、晓谕。拔距：古时习武角力活动。群狙争芧（xù）：此谓
群猴争分橡子，见《庄子·齐物论》。八骏：相传周穆王之八匹骏马，见《列
子·周穆王》。三窟狡兔：本指狡猾的兔子有多个巢穴，此指追猎狡兔，见《战
国策·齐策》。

⑫汝无状于行，当任坐作：谓行走不成样子，却能坐着做事。

⑬顽痴：迟缓、不灵活。谨饬（chì）：谨慎周全。

⑭庖舍：厨房。鎗（qiāng）：本指铛，此指锅。瀹（yuè）：原意疏导，
此指洗刷。釜：炊事用壶。料简蔬茹：挑拣蔬菜。黜觕（chù cū）：弃掉粗粒，
"觕"通"粗"。

⑮脔（luán）：切鱼切成肉块。脍：细开切。起溲（sōu）：发酵。截肪：
切开脂肪，此指状如发酵后的白面。和糜：捣碎。投醯（xī）：放醋，醯即醋。
齑（jī）臼：在石臼中捣碎（姜、蒜）。葱渫（xiè）：葱叶。菹菹（zū）：酸菜。

⑯扬盆勿驻沙：谓倒掉多余食物不留下残渣。

⑰守煨（wēi）：烧灶。水沃：烧开水。芗芼（xiāng mào）：谷物的香气。

⑱姨鳒（jiān）：女厨子。染指：以手指拈菜。舔杓（tiǎn sháo）：舔
勺子试菜味。嘬蔵（zuō zì）怀骨：剥下夹带骨头的大块肉。关白：报告。

⑲扻（wěn）拭：擦拭。蠲（juān）洁：清洁。寝匙：卧状放置调匙。
覆埦（wǎn）：反着放置碗，"埦"同"碗"。髹（xiū）素：髹，漆器；素，
未上漆器物。谨数：一一点数。兄弟为行，牝牡相当：指同类排列、配对放

置器物。

⑳栀郁：两种植物，均可作染料。红螺研（yà）光：用以染衣后磨光器物。

㉑挼（ruó）：揉搓。杵：舂捣。茅蒐（sōu）：可作红色染料的茜草。橐皁（tuó zào）：一种可洗涤去污草本植物。处亭：安排停当。

㉒棲桀（jié）：鸡窝。草窃：草野窃盗。饮饭：喂食。堙（yīn）塞：堵塞。

㉓鸟攫（jué）肉：鸟类抢夺肉食。猫触鼎：猫打翻鼎器。犬䑙鎗（tiǎn qiāng）：狗舔吃，"䑙"同"舔"。鼠窥甑（zèng）：鼠偷甑中粮。

㉔春蚕三卧，升簇自裹：养蚕需经三次蜕皮，方可簇拥着自己吐丝结茧。

㉕蕉：芭蕉，古时其纤维可织布，称蕉布。絺绤（chī xì）：细粗葛布。锡疏：细布、粗布。

㉖纱（tiǎn）绩："纱"同"縿"，拴、捆。绩，续，将麻丝编织为线。缨：带子。

㉗烝：准备祭品。薰艾：用艾草熏驱蚊虫。

㉘筥（jǔ）：圆形竹筐。

㉙姆：保姆。

㉚炙手揄（ruán）冻：在火上烤，揉搓冻手。

㉛鞵（xié）履：系穿鞋带。呌（jiào）：古同"叫"，大声喊叫。代诺：替人应答。

㉜截长续短，兔（fú）鹤皆忧；谓顺着兔、鹤的自然天性，见《庄子·骈拇》："是故兔胫虽短，续之则忧；鹤胫虽长，断之则悲。故性长非所断，性短非所续，无所去忧也。"

㉝虽劳何咎：任劳任怨之意。

赏　读

此文在黄庭坚众多存世散文中显得独具一格，作者不但遵循了宋代官府平行公文以劝谕为主的行文格调，显然还借鉴了西汉王褒《僮约》主客问答式的叙写方式，具有语句诙谐、文辞警炼、赋散相间和格调古雅之鲜明特色，可视作黄庭坚散文的上乘之作。

　　作者从弟媳阿通家雇用一女婢之事说起。这位跛腿女婢额头前凸，身弯背曲，走起路来一瘸一拐的，当属重度肢体残疾。有点类似《庄子·人间世》中所述的形体不全的"支离疏者"。雇主夫妇及家人见状有些不中意，恰巧被上门做客的黄庭坚撞见。善解人意的黄庭坚认为此婢下肢虽有残疾，但上肢尚健全且头脑貌似清醒，故在家佣不易找的情形下，不妨先试用她一下。为打消表弟一家的疑虑，自称黄子的作者借用《列子》中有关"尧舜牧羊不如童子"的故事来进行劝说，令人信服地阐明了事物"有所不可，亦有所宜"的道理。

　　随后作者又列举了几则生活中寓理于事的生动事例，由浅入深地分析和论证，阐明用人当察其短长，量其所能而后用之。好比马夜晚是站着睡的，但不能依靠它来防备夜盗；鸡能司晨报晓，但不能依靠它来计时；亦如鞋子不能用作装筐运土，筐子不能当作鞋子来穿，原因是二者秉性和大小容量不同，当因循自然，各用所宜；反之，用短舍长，功能俱废。换言之，人的肢体残疾是其不幸，但焉知失之东隅，而收之桑榆。正如盲人失明，往往听力敏锐；而聋子失聪，往往目光犀利。老子所谓"祸兮福所倚，福兮祸所伏"，揭示了生命体中蕴含"有所不能，乃有所大能焉"的朴素哲理。

　　接着黄庭坚反客为主，把残疾女婢叫到跟前，以雇主的口吻对其进行了提问。连着发问的"壮士拔距""群猴争芋""八骏奔驰""追逐狡兔"云云，显然对于跛脚女婢来说，与其说是不能，实则是想都不敢想之事。那么，黄庭坚为何要明知而故问呢？答案是他想在气势上先"镇"住她一下，并顺带规劝先前应对有些失态的女婢。从文中所述的"三妪挽不来，两妪推不去，主人不悦，厨人骂怒"可推知此婢的性格或有些倔强，至少是说话很冲。不然的话，一个甘愿自食其力的残疾之人，本应值得众人的同情和看重，何故一见面反倒惹得主人家不高兴，甚至引来厨子的怒骂呢？对此，文中虽没有直说，但黄子发问后，又要求女婢"不得顽痴，自令谨饬"，实则是对女婢作了委婉批评。联系前、后文来看，可能是此婢来应聘时与主人家有过言语争执，不然以作者士大夫的身份，绝不会歧视或无故批评处于社会最底层的残疾佣人。相反，黄子一开始即带着微笑在劝导雇主聘用女婢，以免她流落他方。也可能是考虑到此婢将要在主人家做工和过活，故有必要对她好言相劝和善意提醒。这也许还是作者选用"移文"写法的主因。

此文最精彩部分当属接下来的主客问答。作者在四连发问之后，一改前面赋散相间的叙写笔法，转而采用赋体四、五言句式，将女婢所要承担的家务与职责一一加以交代和铺陈。从日常衣、食、住、行到开门七件事之柴、米、油、盐、酱、醋、茶，以及一年四季春夏秋冬所涉的缝补浆洗、纺纱织布、炊事浇灌、饲畜养蚕等等，差不多是事无巨细，罗列穷尽；光是锅、碗、瓢、盆等厨用器具和姜、葱、蒜、椒等烹调作料，就列出有数十种之多。可谓是北宋官宦之家的"厨用指导大全"，或者说"家用器具辨认大全"亦不为过。在随后的对话中，自知有些理亏的女婢，除唯唯诺诺应答之外，几乎不再置喙，一直在心平气和地聆听作者侃侃而谈。常言道，听话听音，锣鼓听声。猜想此时女婢已然听出了黄子话中的善意怜惜，内心亦在庆幸自己找到了一个好人家。谈过话之后，她爽快地表示自己虽然腿脚不便，但双手麻利，定会任劳任怨打好这份工。总之，黄子苦口婆心的一席谈，打消了在场众人先前的不悦和疑虑，大家不约而同地应答一声"然"，算是对女婢表态投了满意的赞成票。由黄庭坚"越俎代庖"主持的对跛脚女婢的面试，最终结果是皆大欢喜。

毋庸讳言，由于时过境迁，此篇用宋代官方"移文"格式写成的文章，今天颇为难读、难懂、难解。因此之故，笔者对全文难解的字、词、句尽可能作了更多的注释，加上以上简要地解析，相信会对欲"知其然，知其所以然"的读者有所助力。以下仅结合个人阅读的一些体会，对此文一些被误读误解之处做几点必要的澄清，或者说深度延伸解读。

一、此文开篇即提到的"女弟阿通"和"李安诗"二人，何许人也

先说阿通其人，不少学者错认其为黄庭坚的妹妹，当是被字面"女弟"所误。实则阿通是黄庭坚表弟李安诗的媳妇，文中不称其为"弟媳"而称其"女弟"，是在书面语中表达亲和之意，并无性别区分。比如山谷在另文《毁璧》中提到的"文成县君李氏，太夫人母弟也"，其中所说的"母弟"，亦非同母的弟弟，而是指同母的妹妹。此外，据双井《黄氏家谱》可知，黄庭坚有一母所生四个妹妹。大妹嫁南康进士洪民师，二妹嫁眉州进士陈槩，三妹、四妹分别婚嫁太学生王纯亮、里人张垾为妻。可见黄庭坚直系亲属中没有一个叫"阿通"的妹妹。

再说李安诗其人。据秦观《李公择行状》所载：李揽，名揽，字安诗，乃黄庭坚二舅李常长子，曾任扬州江都县尉，早卒。因李揽与黄庭坚是至亲表兄弟，故不可能娶黄家之妹为妻，否则，就有近亲结婚之嫌。

二、这篇移文作于何时不详，有学者推断考证为山谷早年之作

即作于少年黄庭坚随舅父李常游学淮南时期，也就是说于北宋嘉祐四年至七年（1059—1062）之间所作。笔者对此不敢苟同，理由是出生于宋庆历五年（1045）的黄庭坚，此时年龄当在十五岁至十九岁间，尚属未出道的青涩菜鸟。虽然十八岁时在舅父李常的主持下，已娶淮南当地大家闺秀孙氏兰溪为妻，但年龄比黄庭坚至少小两岁的表弟李揽，不太可能比他同时或更早成婚。此其一。从写作《跋奚移文》所用文体来看，采用的是北宋官府通用的平行文种。作者运用起来老练娴熟、铺陈富丽；妙笔生花、文采斐然。而此时期尚未科举出仕、官场阅历为零的黄庭坚，再怎么才高，也不可能驾轻就熟地写出此等文章。此其二。从此文后半部分来看，作者对一个官宦大家庭的家长里短和内外事务非常了解，对家佣所操佣业做工、家用器具和餐厨饮食等亦十分熟悉。可以说，非经多年知识储备和生活历练，断不可能如此分辨清晰和如数家珍地娓娓道来。此其三。总之，据本人推断，此文当作于熙宁五年至元丰元年（1072—1078）之间。此时黄庭坚年龄少则二十八岁、多则三十四岁，任职北京国子监教授（学官），可谓年富力强，学养深厚，之前已有过两次赴京科考以及初仕河南叶县县尉的历练，写出此等"平常之事而见书卷气"的文章当不足为奇。此外，从他作于元丰元年的《李揽字说》文中可知，此时段李揽已病卒，则此文作于元丰元年（1078）之前当无异议。

三、《跋奚移文》历来最为人所称道的是通过举例细致分析和论证所得出的"尺有所不逮，寸有所覃""事固有精于一则尽善，偏用智则无功，有所不能，乃有所大能焉""持勤补拙，与巧者俦"等论断

可以说，此类发幽阐微之真知灼见，体现了作者取法道家生命体认知观和宋儒理学思维识见，至今仍闪烁着人性的光辉。虽然上述论点参照了屈原在《卜居》中提出的"夫尺有所短，寸有所长，物有所不足。智有所不明，数有所不逮，神有所不通"等相关论述，但黄庭坚此文做了更形象生动的分析举证，并在借鉴前人的基础上，鲜明提出了对生命体健全与残缺的辩证认知，以及较早践行了对残疾人士的关爱，故显得更加令人信服和弥足珍贵。今天看来，移文中所述"有所不可，亦有所宜"和"有所不能，乃有所大能"的见解，与西方《圣经》中的"上帝为你关上一扇门，必定为你打开一扇窗"可谓是异曲同工；与现代心理学所谓"人在某处所失，必定在另一处加倍追偿"之代偿机制理论，亦可谓不谋而合、互为印证。虽然这篇文章距今有近一千年的时光，但我们今天读来依然会被作者在文中所展现的博学才思、见多识广和驾驭文字的高超能力所深深折服。

世所公论"元祐文章，世称苏黄"之说，奠定了黄庭坚在诗、词、书、文方面均可与苏轼比肩的地位。但长期以来，人们研究视角多聚焦其诗词和书法，对其散文关注相对较少，特别是结合其散文与书法之探讨研究少之又少。其实，黄庭坚存世散文共有两千八百余篇，数量均远远多于其被后世所称誉的诗歌、词曲和书法作品。诚然，由于山谷散文多为书信、序跋、志铭之类的小品文，缺少较大体量的鸿篇巨制，以致其散文创作水平长期被学界低估。实则山谷散文独具匠心，琢词警炼，蕴含情真，寓于理趣，不仅在宋代文坛独具一格，而且其小品文有相当部分是与其书法精品结体共存而传世的。所以，山谷散文绝对是一座值得深入挖掘的富矿，只要下力气钻探打井，定能源源不断地挖掘和开发出有价值的原生态精品。

上苏子瞻书①

庭坚齿少且贱，又不肖，无一可以事君子，故常望见眉宇于众人之中②，而终不得备使令于前后。

伏惟阁下学问文章，度越前辈；大雅岂弟，博约后来③。立朝以直言见排根，补郡辄上课最，可谓声实相当，内外称职④。凡此数者，在人为难兼，而阁下所蕴，海涵地负⑤，此特所见于一州一国者也。惟阁下之渊源如此，而晚学之士不愿亲炙光烈，以增益其所不能，则非人之情也。借使有之，彼非用心于富贵荣辱，顾日暮计功，道不同不相与谋；则愚陋自是，已无好学之志，"訑訑予既已知之"者耳⑥。

庭坚天幸，早岁闻于父兄师友，已立乎二累之外⑦。然独未尝得望履幕下，则以齿少且贱，又不肖耳。知学以来，又为禄仕所縻，闻阁下之风，乐承教而未得者也。今日窃食于魏，会阁下开幕府在彭门⑧，传音相闻，阁下又不以未尝及门过誉斗筲，使有黄钟大吕之重⑨。盖心亲则千里晤对，情异则连屋不相往来，是理之必然者也，故敢坐通书于下执事⑩。

夫以少事长，士交于大夫，不肖承贤，礼故有数，似不当如此。恭惟古之贤者，有以国士期人，略去势位⑪，许通书者，故窃取焉。非阁下之岂弟素处，何特不可，直不敢也⑫。仰冀知察，故又作《古风》二章，赋诸从者⑬。《诗》云："我思古人，实获我心。"心之所期，可为知者道，难为俗人言。不得于今人，故求之古人中耳。与我并世，而能获我心，思见之心，宜如何哉！《诗》云："既见君子，我心写兮⑭。"今则未见，而写我心矣！

春候暄冷失宜，不审何如？伏祈为道自重。

注　释

①此封书信写于宋元丰元年（1078），山谷时任北京（今河北省大名县）国子监教授；东坡时任徐州知州。

②不肖：没有出息，此为书信开言常用自谦之词。眉宇：眉额，代指容貌，此指苏轼（1037—1101），字子瞻，号东坡居士。

③大雅：才德高尚之士。岂弟：同"恺悌"，和乐安闲的意思。博约：知识丰富广博。后来：此指晚辈、后学。

④排掁（hén）：排斥；排挤。补郡：出任州郡地方官。最课：此指政绩考核优等而且名实相符。内外：此指朝廷与地方。

⑤所蕴：自身具有。海涵地负：才德像海一样兼收并蓄，像大地一样负载万物。

⑥訑訑（dàn dàn）：自满自足貌。见《孟子·告子下》："夫苟不好善，则人将曰：'訑訑予既已知之矣。'訑訑之声音颜色，距人于千里之外。"此以自谦语气，谓对其所言已知道了。

⑦二累：指上述日暮计功和无好学之志两种态度。

⑧于魏：指自身所在北京大名府（今河北省大名县），历史上属魏地，故云。彭城：徐州的别称，此指东坡出知徐州。

⑨及门：亲到老师门下受教。过誉：过格的赞赏，此为苏轼对己赞扬的客气之词。斗筲（shāo）：原为容量较小的量器，此谓才识浅陋者，为山谷自谦之词。黄钟大吕：古十二乐律中开头两音，声音洪亮。此谓由于东坡对己称赞使自己声名益重。

⑩坐：贸然、仓促。下执事：在下当差者，谦称。

⑪国士：一国中的杰出之士。略去：不加考虑。势位：权势职位。

⑫单素：孤单寒素。处显：特立独行，不求显达。语出《庄子·天地》：

"不以王天下为已处显。"

⑬《古风》二章：山谷附在此信中寄给苏轼的两首古体诗歌，东坡对山谷两诗评价甚高。以此为苏、黄订交的标志。

⑭"《诗》云"两句，出自《诗经·小雅·蓼萧》，意为我思念我的故人，只有你最合我的心意了。既见君子，我心写兮：谓见到君子，已抒发内心情感。写：同"泻"，此谓抒发、倾吐。

赏　读

黄庭坚于元丰元年（1078）写给苏轼的这封信与所附古风二首，以及子瞻先生的回信与和诗，是北宋两大诗人"苏黄"正式订交的开始和见证，亦是研究"苏黄行谊"不可或缺的重要史料。此后，两位文坛巨擘书信往来密切，诗文酬答唱和往复不断，但一直无缘相见。至元丰八年（1085），山谷、东坡先后奉调入朝为官，两位神交已久的大诗人，终于在汴京实现了盼望多年面晤的愿望，并由此结下了终身不渝的师友之谊。

此信一开头，年龄小八岁的黄鲁直对苏子瞻即执以弟子礼。谦语自己无过人的特长，对公认的文坛盟主东坡先生是仰慕已久，却一直无缘亲近身边请益受教；称赞苏轼的学问文章超越前辈，道德风范启迪后人；说苏在朝中因直言敢谏而受到排挤；出任地方官考绩则是优等，内外兼能，名副其实。可谓集博学、才高和贤能于一身，就像大海一样能涵纳百川；像大地一样能负载万物。一地一国出如此杰出人物，作为后学如不能在尊前亲聆教诲，以增长所学之不足，则不是人之常情。而那些奔走于权贵之门的不学无识之辈，则是把心思用于追名逐利，尽管道貌岸然，实则令人鄙夷，吾侪理应是道不同不相为谋。在此信中，黄庭坚将自己想与苏轼交往的请求，做了情真意切的表达和入情入理的分析，既不失礼，又很有分寸。

接下来黄庭坚说自己非常有幸，打小就受教闻道于父兄师友，故能拒不良习气于身心之外。作为晚辈感到遗憾的是一直无缘仰瞻尊颜，拜师而受教。如今晚生在北京大名府为僚属，先生正出知徐州，彼此相距不算太远，时常音信相闻。虽然未能前来门下拜访，但屡屡听说先生对吾诗文予以热心推介和评点赞誉，以致晚生之声名日重，为世人所知。或许这即是常言所道：心灵相通即使远隔千里，也如面对面常相见；情感相异即便住屋相邻，也会老死不相往来。正因为如此，学生才敢冒昧打扰先生，不揣浅陋给您写来这封信，并随信附上古风二首（另见《古风二首上苏子瞻》），以供先生慧眼评鉴。最后，黄庭坚在信中一再谦称自己为晚生后学，十分恳切地表达了对子瞻高山仰止之情，以及期待拜在苏轼门下之意。言语入情入理，打动人心，极富感染力。

苏黄相交起自书信为媒，正是以黄鲁直写给苏子瞻的这封信为结交标志。从此次二人一来一答的两封书信及相关史料可推算出，苏黄相交之谊较为特别。如从彼此互闻其名开始，之前可从"元丰元年"向前推溯六年；之后则可延长到崇宁四年（1105）黄庭坚辞世为止。也就是说，苏黄相交实则长达三十多年，且大致可划分为"相知神交""元丰订交"和"师友之交"三个时间节点。

一、相知神交

苏黄相交之缘，最初是从品评诗文开始的。宋熙宁五年（1072）的一天，时任杭州通判的苏轼出差湖州公干并拜会湖州太守孙觉（字莘老）。莘老既是黄庭坚的岳丈，又是苏轼的故交友人。黄少时丧父，随舅父李常游学淮南，在涟水结识了孙觉。莘老爱其才，"许以远器"（黄庭坚《祭外舅孙莘老文》），还将女儿兰溪许配，成翁婿之好。此次孙、苏主客久别款叙，莘老将时任北京国子监教授黄庭坚的诗文出以示轼，求其指教，且云："此人，人知之者尚少，子可为称扬其名"（苏轼《答黄鲁直书》）；苏轼阅后"耸然异之，以为非今世之人"，且"观其文以求其为人"，知为"必轻外物而自重者"，对于黄氏的文风与品格深以为然和不吝夸奖，由此拉开了苏黄相知之序幕。

至熙宁十年（1077），由于黄庭坚舅父李常（字公择）的介绍和引荐，苏对黄诗文及人品又有了进一步了解。是年，苏轼自密州赴河中，途经济南，与时任齐州知州的老友李常盘桓多日。李常出其甥诗文求正苏轼，且于庭坚其人多所议论。苏称赞黄"意其超逸绝尘，独立万物之表，驭风骑气，以与造物者游"（《答黄鲁直书》），一再声言乐于与其结为至交。

正是孙觉、李常与苏轼的友情，以及对黄庭坚的推介和荐引，使苏了解了黄的人品，见识了他的学养，从而初步架起了苏黄之谊的桥梁。苏对黄的认可及推扬，当然也会通过各种渠道反馈于黄庭坚，故黄在《上苏子瞻书》里说"传音相闻，阁下又不以未尝及门过誉斗筲，使有黄钟大吕之重"。表明此前素昧平生的二人，虽迟迟未能谋之一晤，但通过友人的介绍有了初步印象，并通过相互阅读各自诗文增进了解，进而通过书信来往而成为知音好友。

二、"元丰订交"是师友之谊的一个里程碑

苏黄彼此正式结交，正是以黄《上苏子瞻书》为起始；苏在接到并阅读黄来信及附诗后，甚感欣慰。由于受家人接连患病所累，约过了半年，才郑重其事地写了《答黄鲁直书》，且随信奉和古风二首，并托北上公干的一位郑姓朋友将答书与和诗转达给黄。苏回信中表示自己十分乐意与黄这样博学多才、品格超尘脱俗的人结交为朋友。两位大诗人酬答唱和的四首古风诗，细品起来同样有着书信语言对话般的亲切感，不仅言辞恳切地谦慎自我，恰如其分地夸奖对方，而且还引经据典，托物言志，表达了彼此钦佩、惺惺相惜之情和愿结交为友的共同心声。黄鲁直拜读苏回信后，再度寄信给子瞻，对先生之"不以污下难于奖拔接引"难抑感激之情，并表示将"勉奉鞭勒，至于胜任而后已"。（《与苏子瞻书》）至此，苏轼与黄庭坚正式订交，两人亦师亦友，通过书信来往和诗文唱和频繁互动，共同谱写了一段"人生得一知己足矣"的美好时光。

不料到了翌年，因与变法派相龃龉而引发史上著名的"乌台诗案"，苏轼一度被捕入狱，差点丢了身家性命。当时，苏黄交好，人所尽知。故苏在受审时想方设法不牵累黄，绝"不说曾有黄庭坚讥讽文字等因依"（朋九万《乌台诗案》）；黄最终不免受到牵连，被罚金且平调江西太和（今江西省泰和县）任县令。他对此毫无怨言，并托人多方奔走为苏解脱，苏黄之谊经历了一次生死患难的严峻考验。随后苏轼被贬谪黄州，虽然限于客观条件，彼此诗歌唱和一度大为减少，但书信相问从未间断。此后，二人不仅在诗歌上并称"苏黄"和书法同列"宋四家"，且政治生命也联为一体而共进退，结下了"相依在平生"而终身不渝的深厚友谊。

三、亦师亦友之交

苏黄名为师徒之交，实则是一种对等的朋友关系。到了旧党重新得势的

元丰八年（1085），对苏黄来说，是一个时来运转的好年头。先是当年四月，黄庭坚从德州奉调入朝为秘书省校书郎，参与修撰《神宗实录》；随后，苏轼亦于是年六月闻命复朝奉郎起知登州，随即又以礼部郎中召还，当年底抵京都。相交结识数年的苏黄，终于有了第一次见面的机会。翌年开春，山谷即往城西苏府拜会东坡，并面对面向苏轼行拜师礼。多次错过相见的二人，终于在汴京正式结为挚友兼师徒。

苏黄在京都聚首，黄庭坚正式入列苏轼门下。经苏的不断提携和推荐，黄在京师名声大震，成为所谓"苏门四学士"（黄庭坚、秦观、张耒、晁补之）之首和"蜀学"阵营举足轻重的人物。苏黄二公均博学多识，于诗文辞赋、书画哲思都堪称天纵之才。两个人酬答唱和本身就有很强的影响力，他们之间的深厚友谊又使这种影响力大为扩张发散，从而产生鼓行士林的强大磁场效应，在苏、黄的周围凝聚了大批量的作家群体，为北宋中后期文化的高涨奠定基础，共同开辟和引领着一个时代的文化高潮。此后四年多时间，大批文学俊彦聚集在苏黄的大旗之下。他们聚集京都，或交汇思想、讲道论艺、诗酒娱乐；或出入馆阁史局，修史作赋、立本儒学、濡染释道；或公暇之余，切磋诗文、鉴书赏画、游集宴乐、酬唱赠答、逞才斗学；或呼朋唤友，郊野寻芳、山中赏月、踏雪寻梅、湖上泛舟、寒江垂钓。总之，通过丰富多彩和不拘一格的文学艺术活动，营造了一个盛况空前的"京都文化圈"，进而波及大江南北，乃至影响到北宋中后期的举国上下。可惜好景不长，到了元祐四年（1089），由于受重新执政的新党的排挤，苏轼自请外放杭州。随着新旧党争的愈演愈烈，加之扛鼎盟主的黯然离去和苏门一众文士的逐次被贬外放，盛极一时的京都文化声势大减，可谓渐趋式微。

此后十余年，苏黄厄运连连。才大名高的苏轼先后被贬岭南的惠州，继而儋州，九死一生，最终病逝归途；与东坡仕宦生涯共进退的山谷，亦先后被贬黔州、戎州，最后在贬所广西宜州作古。在接连遭贬谪期间，二人只在鄱阳湖因泊船避风而匆匆见过一面。此后天各一方，除书信往来外，苏、黄再未相遇。建中靖国元年（1101），黄庭坚放还出川至荆南，惊闻苏轼卒于常州。他悲恸不已，先后作十余首诗词缅怀，并至太平州遥设灵台拜祭。后来他还请画师画了一幅半身坡公像悬于室中，每日早起瞻拜，奉之终身。据《邵氏见闻录》记载："每蚤作，衣冠荐香，肃揖甚敬。或以同时声名相上下为问，则离席惊避曰：'庭坚望东坡门，弟子耳，安敢失其叙哉！'"苏黄同舟共济、至死不渝之深情厚谊，由此可见一斑。

最后，笔者意犹未尽，特补写上一段并非题外的话。古之文士仁人，凡有建树者，莫不善友而重谊。《论语》有云："君子以文会友，以友辅仁。"然而，古往今来，文人之间的"撕逼"现象亦屡见不鲜，故魏文帝有道"文人相轻，自古而然"。（《典论·论文》）但凡事不可一概而论之，在中国古代文化鼎盛时期的唐宋，盛唐的"诗仙"李白与"诗圣"杜甫的深情厚谊；南宋"词中巨龙"辛弃疾与"主战志士"陈亮的莫逆之交，都曾为人称扬不已，传为文坛佳话。

可以说，前承"李杜"，后启"辛陈"的"苏黄"之谊，在中国文化史上产生的影响更为深远，特别是同宋代文化的繁荣与发展有着更为直接紧密和广泛深刻的联系。考察苏黄友谊及其对宋代文化的影响，有助于探寻两宋文化的发展轨迹；有助于加深对苏黄留下的大量诗词文赋、书画经典作品的鉴赏和研究；有助于探究苏轼建立的"蜀学"和黄庭坚创始的"江西诗派"对两宋乃至后世产生的深远影响及文化意义，进而从更细微的历史文化视角诊断出：一直被认为积贫积弱的宋王朝，为什么在华夏历史演进中能开创出最为光彩夺目的一个文化盛世，而无须加上之一。

胡宗元诗集序①

　　士有抱青云之器，而陆沉林皋之下②，与麋鹿同群，与草木共尽，独托于无用之空言，以为千岁不朽之计③。谓其怨邪，则其言仁义之泽也；谓其不怨邪④？则又伤己不见其人。然则其言，不怨之怨也⑤。

　　夫寒暑相推，草木与荣衰焉。庆荣而吊衰，其鸣皆若有谓，候虫是也⑥；不得其平，则声若雷霆，涧水是也；寂寞无声，以宫商考之则动而中律，金石丝竹是也⑦。维金石丝竹之声，《国风》《雅》《颂》之言似之；涧水之声，楚人之言似之⑧；至于候虫之声，则末世诗人之言似之⑨。今夫诗人之玩于词，以文物为工⑩，终日不休，若怨世之不知者，以待世之知者。然而其喜也，无所于逢；其怨也，无所于伐⑪。能春能秋，能雨能旸，发于心之工伎而好其音，造物者不能加焉⑫，故余无以命之，而寄于候虫焉⑬。

　　清江胡宗元，自结发迄于白首，未尝废书⑭，其胸次所藏，未肯下一世之士也。前莫挽，后莫推，是以穷于丘壑⑮。然以其耆老于翰墨，故后生晚出，无不读书而好文。其卒也，子弟门人次其诗为若干卷⑯。宗元之子遵道尝与予为僚，故持其诗来求序于篇首⑰。观宗元之诗，好贤而乐善，安土而俟时，寡怨之言也⑱。可以追次其平生，见其少长不倦，忠信之士也。至于遇变而出奇，因难而见巧，则又似予所论诗人之态也⑲。其兴托高远，则附于《国风》；其愆世疾邪，则附于《楚辞》⑳。后之观宗元诗者，亦以是求之。故书而归之胡氏。

注 释

①胡宗元（1012—1082）：字尧卿，江西临江军新喻（今江西省新余市）人。本文作于元丰五年（1082），山谷时任吉州太和知县。

②青云之器：青云喻高位或宏图，青云之器指经世之才。陆沉：无水而沉，此谓隐居。林皋（gāo）：指水边的山林。

③"独托"二句：前句化用孔子之言："我欲载之空言，不如见之于行事之深切着明也"；后句言千岁不朽，谓才识之士不为世用，只好以文章为不朽之事。见曹丕《典论·论文》："盖文章，经国之大业，不朽之盛事。"

④邪：同"耶"，此作表疑问的语气词。

⑤不怨之怨：谓发挥温柔敦厚的传统诗教，诗既要有怨刺，又要含蓄而不露。

⑥荣衰：荣盛与衰败。有谓：此谓有意。候虫：随不同季节出没的昆虫。

⑦不得其平：为"大凡物不得其平则鸣"之意，见韩愈《送孟东野序》。考之：敲击它。金石丝竹：此泛指优美声乐。

⑧楚人之言：指以屈原《楚辞》为代表的楚地诗歌。

⑨至于候虫之声，则末世诗人之言：谓候虫之声纤弱哀切，故拟比末世之言。见《诗大序》："乱世之音怨以怒，其政乖；亡国之音哀以思，其民困。"

⑩玩于词：玩弄文辞。文物：谓文饰物象，此处"文"名词用作动词。

⑪终日不休：每天乐此不疲。无所于伐：谓不会刻意地指责谁。伐，攻击、指责。

⑫旸（yáng）：阳光晴晒。此谓诗人能描绘四时阴晴之变化。工伎：工巧。

⑬余无以命之：我没法为之命名。寄于候虫：只能归类于候虫之鸣。

⑭清江：北宋时为临江军治所，即今江西省樟树市。结发：此指童年。废书：丢弃书本。

⑮其胸次五句：谓宗元胸襟宽广，不会在当世杰出人才之下，但前无人荐举，后无人助力，只得老于山林。挽，推挽，荐拔。莫，无人。丘壑，山林。

⑯翰墨：笔墨，此指经籍学问。次其诗为若干卷：编辑其诗歌并结集刊行。

⑰遵道三句：胡遵道为宗元次子，时任吉州太和县主簿，与县令山谷为同僚，故特请山谷为其父诗集作序。详见山谷《胡宗元墓志铭》。

⑱安土而俟（sì）时：安于乡土隐居而等待时机。胡宗元一生安居乡里，在"鲁公岭艺松竹，灌圃畦，隐约林丘之下盖二十年。"

⑲至于三句：谓就宗元诗作之奇巧而言，又颇似之前所述工于辞章者。

⑳兴托高远：指诗意形象中寄寓的思想感情深刻高远。忿世疾邪：愤恨世俗，憎恶奸邪。此谓胡宗元诗既有很高的艺术性，又有充实的思想内容。

赏　读

写出这一篇说理透彻、评述精准和言辞简练、生动、优美的序文，山谷显然是下了一番功夫的。在其众多的序言跋语中，此篇堪称上乘之作。

作为北宋中后期文坛的扛鼎人物，作序题跋占据了黄庭坚"了却公家事"后的不少时间。看得出，由于精力有限，山谷作序题跋也是亲疏有别的。感情深者，通常是不惜笔墨；感情浅者，多半是简写了事。像对胡宗元这样，起先为之撰写了长文墓志铭，尔后又为其诗集作序的事例则不多见。原因当是山谷与尧卿既是忘年之交，又是江西同乡，还与其次子在同一县衙共事。有此几层关系，山谷为之作序，于情于理均是一件"却之不恭"的事情。

作者此序开篇即对"诗可以怨"之说表达了自己的见解。出自《论语·阳货》中所谓"怨"，乃孔子概括诗歌"兴观群怨"四项社会用途之一。山谷认为自古迄今，不少博学品高之士因怀才不遇而退隐山林，在作诗填词聊以自遣的过程中，难免触碰起各式各样的愁情怨绪。在他看来，诗不但可以怨，还应为"不怨之怨"，即再怎么怨，亦当怨而有度，不能超越伦理纲常所允许的界限。这与儒家怨而不怒、温柔敦厚的"诗教"是一致的。也就是说，诗者因人生际遇生变，言之以情，既要将人所不堪之情表达出来，又要胸次释然，保持平心静气的超然态度。即自我调适为含而不露，乃至以逆为顺，这是"诗可以怨"应把控的尺度，故"不怨之怨"，可视作黄庭坚诗学主张的重要观点之一。

接着山谷从"诗以言情"和"言为心声"的角度，将诗歌创作进行了分拣、归类和评点，大致梳理出三种不同类型：第一类是像候虫那样随季节变换的有谓之鸣；第二类是像涧水奔腾跌宕那样声若雷霆的不平之鸣；第三类像金石丝竹那样"动而中律"的寂寞无声之鸣。所述三"鸣"中，山谷认为候虫之声过于悲催，怨天而尤人，有如末世之哀鸣，似不忍多闻。涧水之声则当看作物遇不平，则鸣以示人，乃物的机敏；人遇不平，则语出激愤，亦是天性使然，无可厚非。值得称道的当是金石丝竹之声，以宫商考之，则动而中律；以品质论之，则雅俗兼具，犹如《诗经》之《风》《雅》《颂》，亦如韩愈所言的"郁于中而泄于外者也，择其善鸣者而假之鸣……皆鸣之善者也"。此之谓善鸣者，即是恰如其分之言情抒怨，既能使鸣者受压抑的情感得到升华，又能抚慰其受挫的心灵。事实证明，抒怨之诗富有人情味与艺术魅力，往往更能打动读者并引起共鸣。

再接下来作者转入序文正题，即诵其诗、知其人，对胡宗元其人以及诗歌做出相应评价。

对于胡氏之生平行状，山谷曾在《胡宗元墓志铭》中做扼要介绍："宗元少以贡进士荐于乡，再试不第，客游高安，年四十，筑草堂于高安鲁公岭，隐居读书二十年。在熙宁六年应诏出山，获授临江军长史，元丰五年五月卒，年七十一。"倘若照此为胡宗元编制一份个人履历表，其人生经历可谓比较简单明了，属于历久怀才不遇而处江湖之远的隐逸文士类型。

依据山谷此序和参照其所撰墓志铭可知，胡尧卿一生为人善良，性格随和，处事从容。打孩童时起即乐善好学，长成后更是学而不倦，乃至活到老而学到老。山谷认为经数十载日积月累，其学养功底深厚，"胸次所藏"不会亚于任何一位当世名家。他年轻时曾考取过乡试，如同大多数乡贡进士一样，未能一举通过会试这座"独木桥"。此后绝了科举仕进的念头，转而寻一方世外净土，徜徉于山林泉石之间。晚年受友人荐举，一度短暂出山做过一任官府幕僚，后回乡以教育宗族子弟为业，直至终老山林。

尽管胡宗元是一位长期避世而居、名不见经传的文士。然而，山谷在认真阅读其诗集后，对他"自结发迄于白首，未尝废书"的长相坚守肃然起敬，并以行家特有的品读感受，对胡宗元诗歌做了"遇变而出奇，因难而见巧"的高度评价。认为尽管其一生怀才不遇和不为世所用，却贵在"寡怨之言也"。

不但没有"候虫"似的无病呻吟,而且还兼有"涧水之鸣"与"金石丝竹之鸣"的融合之长,真正践行了"不怨之怨"的夫子自道。特别是在诗意形象中寄寓高远情怀、愤世嫉俗中表达深刻思想两方面,做到了"极风雅之变,尽比兴之体",即"其兴托高远,则附于《国风》;其忿世疾邪,则附于《楚辞》。"用后世的文学理论术语来说,其诗歌创作体现了现实主义与浪漫主义风格的有效结合,足可垂范于后学乃至后世。

一般来说,古代"抱青云之器"之士,迈过成功率极低的科举"门槛",风光一时之后的长路漫漫,多半难以挣脱"三步曲"式的体制藩篱。首先,致力于立德立功,以期"致君尧舜上,再使风俗淳",在达则兼济天下的同时,自身也可青史留名和封妻荫子。其次,屡遭挫折后,有的心灰意冷,不得不在现实面前妥协,转而潜心向学,"立言"以期不朽。不过,这第二步,被视作儒者末事,属于退而求其次无奈之举。再次,有的看破世态炎凉转而退隐江湖,"与麋鹿同群,与草木共尽",修身养性,安贫乐道,以求独善吾身。这第三步无居庙堂之高风光,有避世寂寞之清苦,通常只要不"恋栈",又能预先攒足些银两以备不时之需,则自可择地安然归隐,如胡宗元似的"安土而俟时"。说破玄机:即蛰居山林,待时而动,以图东山再起。

然而,所谓理想很丰满,现实很骨感。到了黄庭坚、胡宗元之辈所处的北宋王朝统治中后期,由于国本根基先天不足,文化盛极一时而后呈下坡趋势,加上外有强敌环伺和侵扰,内有新旧党争纷争不息,以致朝政黑暗、官吏腐败和国家长期积贫积弱。像黄、胡这一类有着实打实才能的正直之士,不仅因"前莫挽,后莫推"而难以实现从政之初的理想,而且或因不甘随波逐流,或因不愿选边站队,或因不屑于依附权贵,往往遭受打压、排挤,甚至还免不了因言获罪。其情其状,如置身黑暗无底的隧道,抬头看不到一缕亮光,以致心如止水,再也泛不起一圈涟漪,更遑论步入他们曾孜孜以求的权力中枢。

由于个性、资历和家境背景不同,在"入世"与"出世"之间纠结徘徊的胡宗元与黄庭坚,所做出的人生选择与结局也有所不同。胡尧卿因科举受挫,较早选择了结庐东篱而"穷于丘壑",虽一度归去来兮,但最终仍回归到陶潜开风气之先的隐逸诗人行列。黄山谷则选择逆来顺受,在纷繁复杂的宦海中苦苦挣扎。总之，无形的体制桎梏阻断了他们的预设路径，导致了难以挣脱的怆然结局。那就是二人的从政夙愿，前后相继化作南柯一梦。胡弃官隐居而埋没于山野丘壑；黄则"食贫自以官为业"，长期沉沦于下僚。至于"立言"，山谷算是名大才高而泽被后世；尧卿则是其名不彰、其诗亦未见传于世。至于退隐山林，尧卿可算是捷足先登者；山谷则是身不能至而心向往之，却一直未曾动步，最终以罢官戴罪之身而客死于穷乡僻壤。如转换一个视角来看：黄、胡均是不合时宜的落伍者，或者说是封建专制官僚体系的被淘汰者。从这个意义上来说，二人可算是殊途而同归。

最后，有所遗憾的是因胡宗元诗集已散佚，加上山谷在序文中对胡宗元诗句未提一二，更未附举其诗歌代表作为例证，所以，胡宗元先生诗作水平到底如何？后世的人们只知其人而未见其诗，缺少直观感受和实据。不过，他的诗歌既能入一代诗宗黄庭坚的法眼，而且在序文中不吝赞美之词，可以推想：如在宋诗中别其等第，当至少居中品乃至上品之列。

云巢诗并序^①

　　东阳沈睿达，少日名满诸公间，读书、取支、书字^②，作文章傲倪一世，以自为师^③。其所锄植纵夺未尝依人，自为一家^④。亦周旋得意蓄画、声伎，必欲妙天下^⑤。几研间，陶瓦、金铜物皆阅数百年，远者溢出周、秦。然其好奇无厌倦，言论无可豪举，负气不自金玉^⑥，一纵恣绳墨外，以是故逐，不得列士大夫，漂转江湖态^⑦。

　　度已老，乃得九华、秋浦之间。睿达自庆曰："使我自卜，择如是矣。"遂筑于齐山下。清居燠室，冬夏具宜^⑧。其麓之宽平度为子舍，饭牡、养雏，使取自足，不以关我^⑨。又买舍旁二山，左山大木岑蔚，其阳敏竹^⑩。右山地皆载石，洗剔尘土，出其伏藏，皆偃蹇有敖世意^⑪。舍北行，山溪间，可以杖藜游衍，其知名岩洞，为九十有七，其卑青溪、秋浦以为堑，其高大江以为壂，于以仰高而望远想见^⑫。曩时，中朝士大夫之游居此山及此山之九隐，既已湮灭而无传^⑬。伤夫泪丧于俗，万世同流，风雨所漂摇靡有定，正吾其终巢于此山^⑭。于是削迹、斫根，谢去少习，因病为药，暝眩自供，休其百骸，与心俱死^⑮；化冠裳以为野服，息交游以见古人，屏放声伎，尽空所有，卧榻、隐几，无人扫除，笔砚尘濛，生理若寄^⑯。而读书不历用日，多得古人著意处，文章雄奇，能转古语为我家物，山林之岁月，尽以从事，故此士大夫，为功见多，因自号其所居曰"云巢"^⑰。

从眉山苏子瞻乞文。子瞻曰："虎豹来田，吾以是累，吾方刮除毛皮，独以形立，子当爱我，不当要我作文⑱。"又欲乞文于南丰曾子固。会子固以忧去中书舍人而捐驱于金陵⑲。则以告豫章黄庭坚曰："曾子固、苏子瞻文章磊落旁日月，居一世，后前能轩轾人；庭坚戏弄笔墨，不经师匠，家人子语耳，君安用此⑳。"

虽然，三十年藉藉沈睿达，吾敢自爱无能之词以恨之㉑？故传载云巢之因起，讫于崇城，而系以诗之。以俗观之，吾与睿达皆得罪；以道观之，则俟君子㉒。其诗曰："在昔人豪，负世机丑㉓。及其高丘，名丽箕斗㉔。修士溺于名，文人溺于口；豪士溺于财，壮夫溺于酒㉕。不用其长，举摘瑕垢。礼义文章，观心则陋㉖。我观云巢，其归无咎。维彼蒙鸠，室家于苕㉗。妇子丧劳，夕不谋朝。鬼瞰之室，燕雀附高㉘。祸盈去飞，其雏燔焦。息丘以樵，粪田以毛㉙。义示子孙，食力而敖。解其天弢，莫此云巢㉚。"

注 释

①云巢：沈睿达隐居之地，位于古池州九华、秋浦之间的齐山之麓。

②沈睿达（1032—1085）：名辽，字睿达，北宋钱塘东阳（今浙江省金华市东阳）人。好经籍、有诗名，善书法。曾任官监内藏库。与兄沈遘、族兄沈括合称"三沈"。少日：少年时期。取支：本佛学术语，意为十二支之一，此谓诵经礼佛。

③傲倪：傲气而鄙视一切。以自为师：自己做老师，谓自学成才。

④锄植纵夺：从禅机角度，形容理想的教学境界，谓禅师对学人的锄欲植德也罢，纵夺可观也罢，均非常精彩。

⑤周旋：谓相机进退。蓄画：收藏书画。声伎：此指歌舞声色技艺。

⑥几研间：几案书柜之间。陶瓦、金铜物：陶瓷玉器、金铸青铜器物。溢出周、秦：时间上远达周朝、先秦。

⑦无可豪举：豪放不羁。不自金玉：不肯屈从权贵。一纵恣绳墨外：一味放纵而超越规矩之外。故逐：故被放逐。江湖态：江湖百态。

⑧自卜：自己占卜选择。燠（yù）室：温暖的居室。

⑨度为子舍：作为偏室屋舍。饭牡：以食投喂鸟禽。养雏：养鸡鸭幼雏。使取自足，不以关我：使之自给自足，不用我来关照。

⑩大木岑蔚：大树生长茂盛。其阳敏竹：山的南面竹子成林。

⑪出其伏藏，皆偓寒有敖世意：发掘的物藏，均有傲世轻物之意。伏藏，佛教密教术语。

⑫杖藜游衍：持杖藜从容出游。其卑：低的地方。想见：经推测得出结论。

⑬曩（nǎng）时：以往的时候。中朝士大夫：指偏安江南的东晋官员。九隐：多在此隐居。

⑭泪丧于俗：伤心失意于俗世。万世同流：历久而同声类气。

⑮削迹：销声匿迹。斫根：砍除劣根。谢去少习：改掉少年时养成的习气。休其百骸：修养全身心。与心俱死：指心死，人与心俱灭之意。见《庄子·田子方》："夫哀莫大于心死，而人死亦次之。"

⑯野服：山野平民服装。息交游以见古人：谢绝交际而与古人相见沟通。屏放声伎：屏弃歌舞享乐。尘濛：蒙上灰尘。生理若寄：生命就像寄居山林一样。

⑰不历：原义没有经过，此谓为每日读书。能转古语为我家物：能将古籍变成我所掌握的东西。尽以从事：尽心尽力去做。为功见多：见到功效多。

⑱乞文：请求为己写文章。虎豹来田：虎豹因有皮毛有花纹，故招来人来田猎。喻自己因文字招致非议。见《庄子·应帝王》："虎豹之纹来田。"独以形立：特指独立而不作，以免因文获罪。

⑲曾子固（1019—1083）：即曾巩，字子固，江西抚州南丰人。北宋文史学家，为唐宋八大家之一。以忧去中书舍人：以丁忧而辞去中书舍人之职。

⑳磊落旁日月：与日月共光辉。轩轾：古代车身之物，此喻高低轻重。不经师匠：未经过名师教导，为自谦之词。

㉑藉藉：显著盛大貌。以恨之：此谓留下遗憾。

㉒得罪：招人不快。俟（sì）：等待。

㉓负世机丑：担负世道的重任，"丑"同"枢"。

㉔箕斗：箕宿与斗宿，二十八宿之中的两宿，此泛指群星。

㉕溺：沉迷不悟。

㉖举摛（tī）：挑剔、指责，"摛"古同"摘"。观心则陋：观察心性则浅薄。

㉗蒙鸠：即斑鸠。见《荀子·劝学》："南方有鸟焉，名曰蒙鸠，以羽为巢，而编之以发，系之苇苕，风至苕折，卵破子死。巢非不完也，所系者然也。"

㉘丧劳：本谓失去劳力，此指受伤害。鬼瞰之室：指鬼神窥望富贵人家。见《文选·扬雄〈解嘲〉》："高明之家，鬼瞰其室。"

㉙祸盈去飞：累积不好的事多了，飞来又飞去。燔（fán）焦：烤烧焦了。息丘以樵，粪田以毛：荒丘使之生长树木；肥田使之生长禾稼。

㉚食力而敖：自食其力而遨游。见《庄子·列御寇》："巧者劳而知（同"智"）者忧，无能者无所求。饱食而遨游，泛若不系之舟，虚而遨游者也。"天弢（tāo）：谓天然的束缚。

附《鲁直帖》：

庭坚顿首。初约十五日遣人送灵寿杖往取糟姜，而灯夜醉卧景德方丈。明日，病酒家中，催放船甚急，意绪欲哕，懒向笔砚，故遂不果遣人。承动静，又所须皆不急耳。别来日欲寓书，匆匆只了眼前，及此不可以爽云巢之约。拨忙就此，不审可意否？公《三游山记》皆手录奉还，六合纸写得一轴。鄙作楚词，至金陵辄为一喜事人携去，亦不足观，故不别用纸录上也。道中时作小诗，别信当寄上。天气北极妍暖，不审体力何如。伏望动静燕誉，颇复游历诸山否？永仲将去，更得与谁游，亦有乞士隅人可与云水耶？濯缨之乎？遮日向西，回观云巢，定非俗物。发白矣，政使向前有味，更能过往时所缋否？愿安乐云巢，勿作铜官以北梦也。区区随食河外，日以相远，临书怀想，增劳千万。以淡漠自寿，因北风惠音。三月丙寅。庭坚顿首再拜，睿达奉礼执事。

又：勉作此文，寒浅不堪。承见约甚严，故须录上，写得尤不堪，笔画憨浊，乃成墨猪，漫欲存录，切不宜用此刻石，恐不当。烦睿达妙墨，粗得一书字净洁人为写石乃佳，庭坚再拜上。

赏 读

乍一看标题中"云巢"二字，还误以为是某位隐逸文士的名字。读罢山谷此序后，方知它是北宋文士沈辽隐居之地的名号。沈睿达不以自己的姓名而以"云巢"二字为自己诗集命名，并先后拟请当世三位文学巨擘为之作序，至少释放相关信息有二：一是其诗当以古风为主调，承袭陶渊明隐逸之风也；二是其隐居于池州九华山与秋浦之间的齐山之麓，乃风景名胜之地，不乏当世名士来此探奇访幽，并与之诗文唱和互动。

据山谷诗序所述：沈辽乃钱塘东阳人氏，打青少年时起在文人圈中即负盛名。其读书、学佛、作书法、写文章等均无师自通，还喜好歌舞宴聚和狎妓游乐，以及收藏名家字画和金石玉器古玩。沈睿达恃才傲物，自视甚高；举止豪爽，好学尚友，本无意于功名，却受友人荐举，出任过监管内藏财资之类的官职。因负气不屈从权贵和不甘受官场规矩约束，以致被贬斥，未能跻身达官显宦之列。终其一生，属长期落泊的谦谦君子和寄身江湖的草野文士。

有感于老之将至，沈睿达选择退隐江湖。在池州九华、秋浦间的齐山之麓筑室隐居，修身养性，颐养天年。他在山中另置一偏舍饲养家禽鸟兽，投足食粮后，野放巢外而不用人工照管。此外，还购买了屋舍旁两处山地。左边一山树木葱茏，南坡有一片青翠竹林；右边一山怪石嶙峋，经雨水冲刷泥土裸露，此地天藏地伏，皆有傲世轻物之意。屋舍的北向，沿着一条山溪出游，风景美不胜收，仅知名岩洞就有九十七处之多。向低处有青溪、秋浦之间的沟堑，登高处可一览滔滔大江与奇峰险壑，景致绝佳。从东晋时期起，就有不少士大夫来此游历，有的流连忘返而在此隐居。惜乎岁月不居，时节如流，昔时隐者的踪迹多已湮灭无闻。

沈辽觅得此一方宝地隐居，意在远避官场倾轧和尘世喧嚣，回归和亲近自然，修身养性和健体疗疾。他一改以往沉湎于声色犬马陋习，自谓洗心革面。于是，穿着山野平民服饰，谢绝俗套交际，默默与古人心神交流；还弃遣家伎，散空钱财。每日或卧榻，或伏案，读书不倦，以致门庭无人洒扫、笔砚蒙尘均不加理会，好似把余生全部寄托于山林。山中不知日月，竟日读书吟诗，与古人神交，悄然变古语典籍为自家之言。观古而知今，鉴往而知来，自卜得其所哉，故号山中所居为"云巢"。

到了元丰六年（1083）初，沈辽将云巢吟咏之诗编撰成集，自谓敝帚而自珍。先请文坛盟主苏轼为之作序,东坡因之前"乌台诗案"蒙冤,一时声称自戒文字,故婉谢了好友的相求;转而请鼎鼎大名的南丰先生,亦未如所愿。原因是曾巩遭母丧丁忧去职,不久即因哀伤过度而卒于金陵;后来赶上黄庭坚由吉州太和调任德州德平,北上途中特地来齐山探望老友。所谓来得早,不如来得巧,被睿达逮了个正着。尽管山谷自谦不敢与前面两位师长比肩,推辞再三,还是恭敬不如从命,洋洋洒洒写下了此篇语精情笃的序文,还特地赋上古风一首作为全篇收束。

由于山谷序文与诗作内容有所重复,加上此诗已在注释部分作较详细注解,故对原文中诗歌部分不再作逐字逐句翻译,以下仅对序文与诗所溢出的信息做相应解读。

一、山谷此篇序文当是亲临"云巢"拜访睿达之后,构思于北上途中,抵达任所后才完成的

他写毕诗序并附书信一封,托人转达给沈辽,时间当是在宋元丰七年(1084)的仲夏。综合分析相关史料可知,黄庭坚科举入仕后,或因工作调动,或因回乡探亲,前后共四次乘船来往经过池州。时间分别是元丰二年(1079)、元丰三年(1080)、元丰七年(1084)和绍圣元年(1094)。

山谷经池州就便造访云巢,并应承为沈睿达诗集作序之事,当发生在他第三次池州之行,时间在元丰七年。理由和依据是:第一次池州之行是在元丰二年,他回江西分宁省亲后返回北京府学(今河北省大名县,山谷时任府学教授)履任,途中遇大风而泊船池州,或因天气不佳,未曾往云巢拜访沈辽。有其诗《阻风铜陵》可引为旁证。第二次是在元丰三年,他调任江西吉州太和县令,山谷从北京抵朝廷吏部改官后,再从京师汴梁一路南下经扬州、高邮、芜湖、舒州,先后拜访了文友徐积、秦观、李之仪和舅舅李常。其行经各地均与诗友唱和酬答,亦未有造访沈辽的记录。第四次是在绍圣元年,时间距前一次相隔较久。山谷被贬谪巴蜀,由陈留乘舟下运河转大江溯水西行,待命芜湖时再抵池州铜陵探幽访友。不过,此时沈辽辞世已近十年。

据上所述,可以确定"黄沈云巢之会"发生在山谷第三次池州之行,时间是在元丰七年,亦即发生在沈辽因病去世的前一年。

二、从山谷序文所述可知，沈辽出身于钱塘世家大族，是从小即过着锦衣玉食生活的富家公子

另据宋史所载，其长兄沈遘曾蒙父荫而补郊社斋郎，亦可引为钱塘沈氏为官宦世家之佐证。倘若无此优越家庭背景，青少年时期的沈睿达断不可能读书不倦的同时还有余力诵经礼佛、收藏名贵字画和古玩器物，乃至狎妓寻欢和歌舞宴乐。因此，此一时期即"名满诸公间"的沈辽，除先天才能出众外，与其大有来头的家庭背景亦不无关系。当然，他本无意于功名，加上生性"好奇无厌倦，言论无可豪举，负气不自金玉，一纵恣绳墨外"，以致一度混迹官场颇不如意，到中晚年栖身于齐山之麓，自筑云巢，徜徉山水间而自得其乐，成为处江湖之远的一方知名隐士。

沈睿达一生好读书、习书法，喜结交诗书名家，与王安石、苏轼、曾巩、黄庭坚均有诗歌唱和与书信往来。有关其人身世，山谷序中推介较全。尽管之后的《宋史本传》《东坡集》《攻槐集》《梦溪笔谈》等亦有其记述，但大多叙事简短，语焉不详，疑多为以山谷此序为正本之翻版。与前者有所不同的是，后者在推介沈辽的同时，多会牵扯出其两个名气更牛的兄长，即其胞兄沈遘与族兄沈括，并依籍贯将三人合称为"吴兴三沈"。

三、"三沈"以年龄排序，依次为遘、括、辽。沈辽小长兄沈遘七岁，小族兄沈括一岁

有的文章将沈括误为二沈兄弟的堂叔或族叔，要么想当然也，要么是未细察三人年龄所致。如以才学论，当首推科技巨擘沈括，其代表作《梦溪笔谈》，被称为"中国科学史上的里程碑"。有此震古烁今之光环，无人可望其项背。其次是年龄最长的沈遘。宋史赞其通达奇才，会试高中榜眼，又以太庙斋郎身份获廷试第一，其科考学霸之神功，甚至能甩沈括一条街。其著述有《西溪集》十卷、《文献通考》传之于世。再次是沈辽，相比二位牛气冲天的兄长，只能屈居"小三"。睿达虽是天赋异禀，傲睨一世，但毕竟非科举科班出身，且长期隐居山林，其才学多为两位兄长的大名所掩。

以从政而论，沈括官至权三司使、经略安抚使，可称封疆大吏；沈遘召开封府，迁龙图阁直学士，为一朝之重臣。相比二位兄长，沈辽仅做过负责监内藏库之类的僚佐，品级差了不是一星半点。不过，沈睿达本无意于功名，以官职高低别其等第，显然有失公允。

以品行而论，三沈排序则拟掉转过来，当首推沈辽。山谷序文中对其人品推崇甚高，称颂其"及其高丘，名丽箕斗"，尤其是他后来"谢去少习"，遣出家伎，散尽钱财，周济贫困，潜心修道，可谓唐代韦苏州式的"浪子回头"，更是难能可贵。等而次之的是沈遘，其人聪明绝顶，权谋和胆识过人，但过刚易折，后居母丧、服未除竟猝然而卒，年仅四十三岁，时人无不叹惜。三沈中数沈括名气最大，堪称百科全书式天纵之才，但其个性有些怪癖，为人稍嫌刻薄，史评污点有二：一是无端搜罗文字而举报苏轼，是"乌台诗案"始作俑者；二是在宋廷与西夏"永乐城"之败战中，沈括率军进退迟疑，后被追罚救援不力之责。

总体而论，三沈均是智商奇高，才能与品德各有千秋，属同列宋史本传的非等闲人物。

四、或许是因行色匆匆和旅途劳顿，写毕《云巢诗并序》之后，山谷一直不是很满意，故特地加写了一封"与沈睿达书"，坦陈因"拨忙就此"而"蹇浅不堪"；在一并寄出给沈辽时又感"勉作此文"，书写亦不如意，故"行人临发又开封"，在书信后再加写了一段"又即"，郑重交代睿达"不宜用此刻石"，并建议在诗集付梓时，由沈辽自己书写录存，而不必采用山谷书法手迹刊行（见注释）

作为一代诗书大家，黄庭坚笔墨相对别人来说，更易被收录保存而传之后世。这封"与沈睿达书"及附言"又即"，后来被一分为二，成为《鲁直帖》二篇，附录于《沈氏三先生文集》后而得以传世。近年有研究者指出，《全宋文》《黄庭坚全集》均漏收了山谷此三篇散文，即：《云巢诗并序》和两篇《鲁直帖》，它们均出现于《四部丛刊三编》之《沈氏三先生文集》第二册的《云巢编》附录中。此三篇山谷散章诗、文、书俱佳，是研究黄庭坚散文与沈辽诗歌不可多得的珍贵史料和实据墨迹之一。

王定国文集序①

元城王定国，洒落有远韵，才器度越等夷②。自其少时，所与游尽丈人行，或其大夫时客也③。生长富贵，其嗜好皆老书生事而不寒乞，诸公多下之④。

其为文章，初不自贵珍，如落涕唾，时出奇壮语惊天下士⑤。坐大臣子不慎交游，夺官流落岭南⑥。更折节，追刻苦，读诸经，颇立训传，以示得意⑦。其作诗及它文章，不守近世师儒绳尺，规摹远大，必有为而后作，欲以长雄一世⑧。虽未尽如意，要不随人后，至其合处，便不减古人⑨。

定国富于春秋，崎岖岭海，去国万里，脱身生还⑩。邂逅江滨，斗酒相劳苦，但以"罪大责轻，未有以报君"为言，郁然发于文藻⑪，未尝私自怜，此其志未易为俗人道之。王良秣骥子而问途，气已无万里矣⑫。恐观者以为定国之所以垂世传后者，如是而已，故为序见之。

定国名巩，文正公之孙，懿敏公之子⑬。癸亥八月壬辰序。

注　释

①王定国（约1048—1117）：名巩，字定国，号介庵，自号清虚居士，莘县（今山东省聊城市莘县）人，出生于元城（今河北省大名县）。北宋名相王旦之孙，借恩荫入仕，累官端明殿学士、太常博士、宗正寺丞。长于诗、

擅书法、有画才，与苏轼、黄庭坚交谊深厚。按照山谷序文留款推定，此序作于元丰六年（1083）。

②度越等夷：超出同辈、同等的人。

③丈人行：谓父辈。其大夫：他的祖父。

④老书生事：老成读书人之事。寒乞：寒冷天乞食，比喻小家子气，不大方。见《宋书·后妃传·明恭王皇后传》："外舍家寒乞，今共为笑乐，何独不视？"

⑤不自贵珍：自身不怎么珍惜。如落涕唾：就像流落鼻涕和唾液。

⑥坐大臣两句：谓王巩作为宰执名臣之后，被以交友不慎为名而论罪，以致被削夺官衔而放逐到岭南的宾州（今广西壮族自治区宾阳县）。

⑦更折节：改变平日的志向行为。颇立训传：本指对词语、文意的解说，此谓做了颇多的读书心得笔记。

⑧师儒绳尺：儒学的规矩、法度。长雄一世：长时间称雄，引领时代风骚。

⑨不随人后：不落在别人的后面。不减古人：不逊色于古人。

⑩富于春秋：正年轻旺盛之时。脱身生还：得以脱身活着回来。

⑪邂逅江滨：偶然相遇并交往于江滨。郁然发于文藻：将郁愤之情抒发于文章之中。

⑫王良秣骥子：王良是春秋时晋国善驾驭马和相马的技师；秣骥子，此谓骑马。

⑬文正公：王定国的祖父王旦，真宗朝名相，谥号"文正"。懿（yì）敏公：定国的父亲王素，仁宗、英宗朝大臣，谥号"懿敏"。

赏　读

在北宋中后期以苏轼为盟主的"文人圈"中，以重友情而愿吃亏而论，如被东坡称赞为"孝友之行，追配古人"的黄庭坚当为魁首的话，列名榜眼者则非此序的主角王定国莫属。王巩出身豪门，妥妥的"官三代"，以性情豪爽、能诗善画而名重一时，不少知名文士均乐与之交好。元丰六年（1083），王巩从谪地放还，将自己在岭南所作的诗与文结集刊行，竟约请到苏、黄两位文坛首领分别为之作序，在京师引起热议，并传为一时之佳话。

山谷此序开篇即称赞好友洒脱不羁、襟怀朗韵，才学与格局超越同辈之人。故打从年少时与之交游者，要么是其父辈之朋；要么是其祖父辈之友。王巩家世显赫，是含着金钥匙出生的富家子弟。长成后，工诗善画、爱好广泛，处事老成、为人大方，这些方面与之交好的同辈文士多有所不及。

当初，王定国对自己的诗文习作不怎么珍惜，犹如流鼻涕和唾液似的，然而其诗文中时有雅言警语，令天下士子赞赏称奇。元丰二年（1079），因受苏轼"乌台诗案"的牵累，王巩以罪谪监宾州盐酒税，被放逐至边远的岭南。他一改以往嬉戏习性，发奋研读经史典籍，并写下大量心得笔记。几经贬谪后，王巩所作诗歌及其他文章，不受近世儒家教义框框的约束，规模弘远，必有所作为而后作，以期称雄于世而引领时代风骚，虽然未必能尽如其意，但就不落于人后而言，其舒展自如与洒脱之处，则不逊色于古代贤达。

正值年轻力壮的王巩，被放逐于路途崎岖的岭南，离京师万里之遥，最终九死一生而得以北归。他奉调江西，我与他在赣江之滨不期而遇，并设席为之接风洗尘。定国感慨道：自己之前负罪大而受罚轻，愧在未能尽忠以报君恩，故将郁愤之情抒发于诗文。他从不顾影自怜，其鸿鹄之志亦从未轻易向常人道出。劫后重生的王巩，好比古时善驭马的王良问路于旅途，似已无当年行万里路之豪情。我有些担心观者为此质疑：王巩之诗文何以既能垂范于当今又能流传后世呢？品读其文集可不言而喻，特为之作序。

山谷此序遵循孟子提出的"以意逆志"和"知人论世"的文学批评方法，从被序者王巩所处的社会历史和人文环境的角度出发，联系"读"与"感"互动生成的背景与渊源，用自己读后之感悟去追寻作者的心灵踪迹，明了王巩用情用心之所在，并结合其非同寻常的身世生平，对文集进行了深入其中方知其味地解读，从而勾勒出了王定国其人既可亲又可敬的鲜活形象。

一、王巩出身名门望族

其祖父王旦在真宗朝是继寇准之后的一代名相，以多谋善断著称，为三槐堂王氏最杰出的代表人物；其父王素亦为宋廷重臣，庆历年间出任谏官，与欧阳修、蔡襄、余靖合称"四谏臣"，以犯颜敢谏而名垂青史。不过倚借先人累积的勋业，以及常人可望不可即的高贵出身，对于志大才高的年轻王巩犹如一把"双刃剑"：好的一面是他无须通过天下学子趋之若鹜而成功率极低的科举"独木桥",凭祖上恩荫即可登堂入仕,甚至顶着父祖的光环在官场中予取予求;不好的一面是太过优越的先天条件,易诱发人之天性里潜存的惰性,比如坐享其成和不思进取,以及铺张炫富、遇事使气任性、耍公子哥儿脾气,等等。毋庸讳言,诸如此类的毛病在青少年时期的王巩身上或多或少是存在的。比如其儿女亲家、宰相刘挚就批评过他"好使性子";与之交好的苏辙亦曾指出:"巩之所长,人所难能;所短,或少年所不免。"

事实上,因个性使然或者说涉世不深,有显赫家世加持且出仕较早的王巩在官场一路走来并非顺风顺水。早期他辗转于多个州县任中下级官职,后来奉调入朝亦只获任秘书省正字、宗正寺丞之类的文职闲官,且长时间原地踏步,迟迟难得升迁。这与他好上书言事、指斥时病,以及"跌宕傲世,好臧否人物"的个性不无关系,实则更与他在朝中新、旧党争中倾向于保守的政治立场直接相关。故此,在王安石、章惇等新党人士执政时,他不仅几次受到罚金、勒停政纪处分,还三番五次被贬谪出朝,仅放逐边远的岭南广西就有三次之多。

正是政治上迭遭打击,加上长时谪守边远蛮瘴之地,使其广泛接触了社会上各色人等,得以了解社会底层生存的不易与艰难。对于民间疾苦的感同身受,促成了王定国的"三观"发生了较大改变,使之从一个不知柴米油盐贵的公子哥儿,逐渐蜕变为一个与其自号名实相称的"清虚居士"。在荒僻的流放之地,他耐得住寂寞,受得了困苦,把挫折当成人生必经的历练,不仅不怨天尤人,而且还安之若素、勤学不倦、养性修行、纵游山水和自得其乐,以致历尽沧桑而初心依旧、容颜不改,好似焕发出了人生的第二春。山谷序中所谓"夺官流落岭南。更折节,追刻苦,读诸经,颇立训传以示得意",说的即是王巩这一段"至其合处,便不减古人"的人生经历。

二、王定国不单是出身高贵,而且笃力向学,勤于著述,其诗歌、散文、书画、音乐样样出众,一生创作和留下了大量的优秀诗文和书画艺术作品,是史上著名三槐王氏唯一有著述留传至今之人

依常理而论,在北宋中后期文士圈中如此叫得响的人物,当如其父祖辈一样在正史上扬名立万,然而令人不解的是,王巩其人其事虽列入宋史本传,仅记载其与苏轼交游的事迹,其他俱无。在后来续修的史书中亦只见零星记载，以致其创作的诗文书画作品大多散佚而未传于世。好在他为人正直大方，重情谊和广交朋友，与司马光、刘挚，苏轼、苏辙兄弟，以及"苏门"黄庭坚、秦观等一众文人交情深厚，彼此多有诗歌唱和、题跋作序和书信往来。通过搜集此类文人间交往留存笔记与相关史料记述，以及尝试"以诗证史、诗史互证"之法，仍可大致梳理出其一生政治思想取向、文学创作发展脉络和所取得的不凡艺术成就。

王巩出身显宦名门，家学渊源深厚，幼承庭训，聪明早慧。在当时以王安石为代表的革新派与以司马光为代表的保守派对立中，他虽未选边站队，但其政治态度总体上倾向保守一派的。山谷序中赞其"未尝私自怜，此其志未易为俗人道之也"是说王定国之文以史话杂论和指斥时弊见长，用今天的话说就是对社会历史与时事政治比较关注。当初，他踌躇满志出仕之时，正值北宋中期熙丰变法前后，面对变法引发的激烈新旧党争，作为有见识、有抱负的士大夫王巩，不可能不食人间烟火而完全置身事外。实际上，他先是因倾向和同情司马光为首的旧党受到牵连，后又置身于朔、洛、蜀学派之争而不能自拔，并因与苏轼交厚而饱受贬官流放之苦。故此，他的诗文多表达政见和针砭时弊，当是身在其位、必谋其职之义不容辞之职责所在，亦是导致其仕途失意和屡遭放逐的主要原因之所在。

其在文学上的造诣很高，时人评价其"有隽才，长于诗"；东坡称赏其"以其岭外所作数百首寄余，皆清平丰融，蔼然有治世之音"且"苦其多，畏其敏，而服其也"；山谷序中则认为他从岭南北归后，其"作诗及它文章，不守近世师儒绳尺，规摹远大，必有为而后作"。能得到众多当世文士的首肯，特别是两大诗坛主帅苏、黄的高度评价，可见王巩的诗才非同一般，尤其是经历了岭南谪守的磨砺后，其诗文创作不但数量众多，而且达到了极高的思想艺术水准。惜乎王巩诗集及苏轼为之所作序均残缺不全，仅《全宋诗》收存诗歌十余首，其中五律《题管圣浩蒲川归隐》与七律《寄桂州张谏议和永叔》两首最为知名。作于宾州的后一首七言律诗："桂林太守几时行，泛汴桃花浪已传。目极云阴低远树，夜寒风急乱春灯。巢鸣翡翠愁无限，水宿鸳鸯冷不胜。阳朔山前好峰岭，为公怜爱万千层。"描景清新淡雅，意旨深远，音律工整，素为时人和后世所称道，由此王巩之诗才可见一斑。

　　王巩一生笃志向学，勤于著述。著有《甲申杂记》《闻见近录》《随手杂录》各一卷，《四库总目》并传于世，但其文集除山谷序文被收录在《山谷篇·内集》卷一六外，大多已散失和不见传于世。此外，颇见其学识功力的《论语注》十卷，包括秦观为之所作之序均已散佚。作为世袭贵胄，王巩爱好广泛，多才多艺，尤以长于诗文和能书善画扬名于世。他与苏轼、黄庭坚相交甚笃，三人诗文交流和书信往来最多，除谈诗论文之外，还相互交流、切磋书画心得与技艺，东坡甚至自认己之画较之定国"有所不及"。惜乎王巩画作差不多已散失无存，后人无法见识其"庐山真面目"。好在其书法尚有《致安国》《书尺牍》《老病帖》《冷淘帖》等笔墨存世，从中可鉴知王巩行书与苏轼书风颇有几分相似，同样是笔墨酣畅，蔚为大观；其小草在当时与另一大书法家米芾齐名。东坡评价其草书："颇有高韵，虽不逮古人，然必己有传世也。"

　　此外，王巩音乐才能出众，尤善于弹琴吹笛。宋元丰元年秋，苏轼知徐州，巩前往探访。二人游泗水，登魋山，吹笛饮酒，乘月而归。当晚东坡兴犹未尽，又携友登黄楼赏菊赋诗，并对定国道："李太白死，世无此乐三百年矣！"众所周知，苏轼虽不擅长歌咏，但精通管弦乐律，平生于音乐自视甚高，像如此赞许别人的情况实属鲜见。由此可见，王定国音乐才华之不同凡响。

**　　三、在北宋中后期的历史上，无论是在名宦迭出的政坛，还是在群英荟萃的文人圈，王巩都是知名度极高的活跃人物**

　　这倒不单是因他出身累代显宦、世代书香之家，也不单是因为他才华横溢、为人豪爽，而是因为其有一段与"女人缘"相关的风流韵事，被东坡原汁原味地写进了著名的《定风波》词曲中，不仅在当时歌坛广为传唱，至今还为人们茶余饭后所津津乐道。

　　宋神宗元丰二年八月，导致苏轼险些丧命的"乌台诗案"事发，被捕入狱百余日之后，苏轼最终被贬谪发落黄州。与此案牵连的文士达二十多人，其中王巩受责罚最重、被贬到最僻远的广西宾州。对此，已由苏大学士蜕变为"东坡居士"的苏轼很是内疚，在与王巩的远程通信探问中，一再表示对方因自己而无辜受累，以及对其遭受一子死贬所、一子死于家和自身几病死的劫难深表歉意、不安与难过，并猜想"余意其怨我甚，不敢以书相闻"。不料"去国万里"的王巩对遭此种种厄运并不萦怀，还在给东坡的回信中大谈道家养生之术，申言自己在宾州贬所，除坚持读书和吟诗作画之外，就是修行悟道，既得以解忧，又以洗我昏蒙，看似有失，实则所得不少也。在落拓的境遇中，两位"长雄一世"的名士，尚能如此相互取暖、慰藉和勉励，彼此深中隐厚而终身不渝的友情由此可见一斑。当然，对王巩回书之言，东坡一度只是将信将疑，认为好友是不愿给身处逆境的自己再添堵，不过是黄连树下弹琴苦中作乐而已。

转眼过去了近五年，王巩终于获赦北归。先行一步复官的东坡为之设宴接风洗尘，久别重逢，双方乍一见，大出东坡预先之意料，王巩竟然是"坐坡累谪宾州，瘴烟窟里五年，面如红玉"。即经此一劫难的定国不但丝毫没有落拓的疲态，反倒是容光焕发，性情比当年更为豁达。见到苏轼一脸的疑惑，定国叫来自己的小妾宇文柔奴来与东坡相见，并说我之陷身蛮荒而精神不衰，除了自强不息的养生修行外，就在于有此"红颜知己"不离不弃、相亲相伴，方能逆来顺受、安然度过岭南那一段难堪岁月。东坡转问柔奴："按说岭南应不好？"柔奴顺口即答："此心安处，便是吾乡。"满座无不拍手称妙！受佳人妙语启发，东坡稍作沉吟思考，一曲名词《定风波·南海归赠王定国侍人寓娘》应声而出，其中之千古名句"此心安处是吾乡"，不仅当即蜚声海内、风靡一时，而且古往今来不知抚慰了多少旅外游子的灵魂。

美女宇文柔奴随口一句"此心安处，便是吾乡"，虽是从白居易的诗句"无论海角与天涯，大抵心安即是家"化用而来，但她能被公论为"以诗入词"之千古名句的原创，并经坡仙之口吟出而成为交口传诵的经典，此中足可见柔奴的睿智与学养。回过头来说，黄庭坚在序文结尾所谓的"恐观者以为定国之所以垂世传后者"，似有些多虑。可以说，王巩得此绝世佳人，与此金口名句结缘，何其有幸，幸甚至哉！这一发生在北宋美女与才子之间且确证于史的风流桥段，可以让后人从一个管中窥豹似的微孔，回看与洞察到那个"文风鼎盛、文人天堂"时代的一块绚丽的斑纹，抑或一段历久不衰的耀眼华章。

书家弟幼安作草后①

幼安弟喜作草，携笔东西家，动辄龙蛇满壁②，草圣之声，欲满江西。来求法于老夫③。老夫之书本无法也，但观世间万缘如蚊蚋聚散④，未尝一事横于胸中，故不择笔墨，遇纸则书，纸尽则已⑤，亦不计较工拙与人之品藻讥弹⑥。譬如木人，舞中节拍⑦，人叹其工，舞罢则又萧然矣。幼安然吾言乎？

注　释

①幼安：山谷之妻弟，江西洪州人氏，生卒年不详。作草：书写草书，亦泛指写字、写作。

②携笔东西家：随身带着笔到别人家。东西，此指别人家。龙蛇满壁：龙飞蛇舞般书写满墙壁。见《法书要录》卷一《王右军题卫夫人笔阵后》："若欲学草书，又有别法，须缓前急后，字体形势，状等龙蛇。"又卷八《书断》中论王献之书："盖欲夺龙蛇之飞动，掩钟张之神气。"李白有句："时时只见龙蛇走，左盘右接如惊电"。（《草书歌行》）

③草圣之声，欲满江西：想让草圣之名声誉满江西。草圣，善写草书之圣手。求法于老夫：向我求教写草书之法。

④万缘：万事纷繁错杂。蚊蚋（ruì）聚散：像细小的蚊虫一样聚集和分散，喻人生短暂虚妄。见《楞严经》卷五："十方微尘，颠倒众生，同一虚妄。

如是乃至三千大千，一世界内所有众生，如一器中贮百蚊蚋，啾啾乱鸣。"

⑤未尝一事横于胸中：未曾有一件事横亘在胸中。遇纸即书：碰上有纸即书写。

⑥品藻讥弹：评论好坏。

⑦木人：木人即木偶人。木人舞由艺人提着线、导引木偶人表演的舞蹈。

赏　读

或许是为妻弟书作题跋之故，山谷此文没有郑重其事地另择纸卷书写，而是随意接写在幼安草书后的空白之处。虽只简短一百一十字，不料无心插柳，此跋可称作黄庭坚众多序跋中的上乘之作，其中所谓"书无定法"成为山谷名世的重要书论之一。

幼安擅长和喜欢作草书，每日携带着毛笔到处挥毫泼墨，动不动就龙飞蛇舞般地将自己的草书写满人家的墙壁，因而大家都调侃他当为"草圣"。或许他很想让自己善书之名传遍江西，特来向老夫我求教作草之法。我平常写字讲究顺其自然，即我书意造本无法也。然观世间万事纷繁错杂，如同蚊虫聚集起来又飞散开去，一切随缘而行，我从不留任何执念于胸中。所以，我写字从不挑选笔墨好坏，遇上什么纸张都可以书写，把纸张写完、尽兴了即作罢，也不在乎字写得好还是写得差，更不在意别人品评与讥讽。犹如木偶人，跳起舞来能和着节拍，人们都惊叹其技巧高超，曲终人散之后，表演者与观者又都安然如常了。幼安弟，你觉得我说得对吗？

此篇书后题跋，虽只寥寥几语，却是言简意赅，不仅说理精准透彻，而且笔法摇曳亲切、情意交融，且略带师生间的调侃与戏谑，并衍生出以下几个需厘清的相关问题：

首先，幼安作为宋代书法界名不见经传的人物，其书法水平究竟如何？山谷在文中没有直说，只说到其每日笔不离手，手不释卷，到处题字作书。可以说，倘若他不是名满天下的文坛巨擘黄庭坚的小舅子，又赶巧其姐夫为他的一副草书附写了此篇有名的题跋，恐怕我们将永远无法知晓北宋中后期的江西洪州，曾有这样一位"书痴"似的书法家，或者说草书爱好者。

综合相关史料及山谷题跋可知：幼安为黄庭坚第三任妻子石氏之弟，年龄至少小山谷一轮。二人既是亲戚关系，又是亦师亦友的忘年交，来往较为密切，故说话比较随意，交往不拘礼节。或许是受山谷的影响，幼安打小就十分喜爱书法，后来达到了痴迷而一发不可收拾的程度，大家因此调侃他当为"草圣"。他对此不以为意，还是每天乐此不疲地到处书写，极力想让自己善书的名声传遍江西。由是观之，经过孜孜不倦地勤学苦练，幼安的书法，尤其是草书，说是功多业熟也好，说是自创一体也罢，还是有两把刷子的。虽未必能入一流大家行列，但逢年过节为乡里乡亲题个词、写个门联什么的，还是上得了台面的。

时过境迁，往事越千年，对幼安草书之水准，我们今天很难有个合适的衡量标准，也无法给其大致定位。当然，如能穿越时空，假设北宋时期也有我们当今书法协会之类的机构，以幼安生平笔耕不辍的韧劲，又有大咖黄庭坚小舅子的名号加持，混上个国级"常务理事"乃至地方"副主席"之类的头衔当是可以想见的。总归是书法草书水平的鉴定，古往今来，玄机重重。从带风向的视角来看，写出的字美或丑倒无妨，能龙飞蛇舞般挥洒涂鸦即可，最好别人认不全、看不懂，抑或兼有指头掐、胡子扫、扫帚刷之类的特异技能，便可人前人后地称大师，甚至堂而皇之地自封"草圣"了。

其次，撇开亲戚关系不论，山谷开篇即提到幼安勤学苦练，尤其是喜作草书，每日携带笔墨，到处涂鸦，本来就兼有几许赞赏与调侃的意思。

一方面，一句"动辄龙蛇满壁"，便足可见正面褒扬和鼓励后学之意。"动辄"指他挥毫落笔轻巧熟练；"龙蛇"则是赞其书法线条随机灵动；"满壁"则是形容作品写得多，睁眼即看到铺天盖地。山谷作为过来之人，对于后学如此勤学苦练、日夕不废用功的执着精神，无疑是乐见其成的，认为假以时日前程或未可限量。

另一方面，一句"草圣之声，欲满江西"，又多少有点借人之言来调侃幼安的意思。作为北宋书坛一等一的大家，山谷当然懂得称"草圣"者，代表着书法领域最高水平，可谓广博精微，洞透万有，非常人可达之至高境界，史上只有东汉的张芝、唐朝的张旭曾获此殊誉。山谷借此来称许自信心有些膨胀的幼安，无疑也有不忍打消后学积极性之意，即对后辈既要予以正面鼓劲，又有侧面提醒其须知"人外有人，天外有天"。回过头来说，假如内弟真的能称"草圣"，又何须来求教于老夫，其弦外之音是：老夫岂敢承当此不情之请呢？

再者，幼安急于向山谷讨教作书之法，直白说就是写草书的诀窍，但作者却是临机宕开一笔，回答的是："老夫之书，本无法也。"诚然，这并非是作者过于自谦而吝于指教，而是以现身说法，劝谕内弟学书当历经一个从"有法"到"无法"的历练过程，即从最初学习前人到后来实现对古人法度的超越。所以，他要向内弟传授的不再是学习阶段的循规蹈矩，而是提示其一个成熟的书法家必具精神涵养和书写个性，即在继承的基础上寻求融诸体之法，破前贤之格，进而实现对前人的超越或者说突破。

至于如何实现超越，他用了一个很形象的比喻，即"但观世间万缘，如蚊蚋聚散，未尝一事横于胸中"。这里所谓"缘"，即"因缘"，乃佛家术语；"万缘"则是泛指一切事物。山谷主张书法创作应摆脱一切世俗观念，不受任何事物的拘束，认为保持自己心胸的澄澈空灵、天然淡泊乃是作草书的第一要务。也就是说"法"的问题与书家之心境紧密相关，心怀思虑或者心思纠结者，往往小心翼翼、不经意地遵规守法；只有心境豁达、无任何执念者，可以超脱于世俗，随心所欲地自由书写，达于泯然"无法"之境。此时此刻，他在挥毫泼墨时不再有任何功利意识，"不计较工拙与人之品藻讥弹"，其书法只是充内形外的个性自然流露，摇曳多姿，纵逸而不失规范；收放自如，流畅而不失凝重。也即是说，在书法的楷、行、草、隶、篆诸体中，草书结构简省，笔法连绵，相对最适合达人性情。因此，书法写性情，如囿于学习阶段的成法，不仅难以纵情畅怀，而且终难实现从"有法"到"无法"和从"有我"到"无我"的极限超越。

最后，山谷在文中将作草书形象比作木偶起舞，观者赞叹它和着乐曲节拍而舞姿舒展，但它本身并无取悦人的动机，到了曲终人散，表演者与观者又都一如从前，故无须计其优劣。可以说，这里借佛家援用的木偶之喻来谈艺事观感，表面看来本体与喻体二者似有点脱节，不具可比性，但细究起来，山谷认为世间万事纷繁错杂，皆随缘而生，人生如逆旅，聚散两相依。何况这个木偶人之比喻，还是因人而"喻"的，即针对书法功力已具一定水准而某些方面尚有欠缺的幼安而言。末尾一句"幼安然吾言乎"？在作者亲切而深长的发问中，联系之前点到即止的评述，至少含有以下两点劝喻与勉励后学之意。

一是强调书法虽以汉字为载体，但其本质是笔墨抒情，要筑实学养根基，广纳万象，渗入个体情感和意趣，不能故作声势，随意摆弄，就字写字。如木偶起舞，虽然不乏技巧和佳构，但离开人的真情实感，将难以达到书法的至高格局与境界。即只有构基于情感、内功和审美之上的草书作品，才能彰显丰富的内涵与永久的生命力。

二是借木偶舞之形似与神不似的特性，间接提醒或告诫内弟幼安，书法中作草是最为抽象的艺术，而且无所谓成功的秘诀。写得多、练得勤，固然重要，但训练不得法，亦是徒费用功。作草最难，不能心高气躁，图简便、走捷径和流于表面形式，而是要从最基本的临帖、临碑和从原原本本地练习正楷做起，通过师法前人，一步一步夯实基本功，方能循序渐进，通过不断开拓创新，逐渐形成自己的书法个性和风格，进而师心自用、行笔无碍和气韵生动，正所谓妙合于自然。

总之，书法之作草，就是法与无法、意与无意相生相成、水乳交融的一种神乎技矣。若求法外之法，功夫即在书外，所谓"书无定法"，说的就是这个道理。

白山茶赋并序

　　姨母文城君作白山茶赋，兴寄高远，盖以自况^①，类楚人之橘颂。感之，作后白山茶赋^②。

　　孔子曰："岁寒然后知松柏之后凋也。"丽紫妖红，争春而取宠，然后知白山茶之韵胜也^③。此木产于临川之崔嵬，是为麻源第三谷^④。仙圣所庐，金堂琼榭。故是花也，禀金天之正气，非木果之匹亚^⑤。乃得骨于昆阆，非乞灵于施夏^⑥。造物之手，执丹青而无所用；析薪之斤，虽睥睨而幸见赦^⑦。高洁皓白，清修闲暇。裴回冰雪之晨，偃蹇霜月之夜^⑧。彼细腰之子孙，与庄生之物化^⑨。方培户以思温，故无得而陵跨^⑩。盖将与日月争光，何苦与洛阳争价^⑪。

　　惟是当时而见尊，显处于瑶台玉墀之上；是以闭藏而无闷；淡然于幹枫枯柳之下^⑫。江北则上徐、庾，江南则数鲍、谢^⑬。盖不能刻画嫦娥，藻饰姑射^⑭。谅无地以寄言，故莫传于脍炙^⑮。况乎见素抱朴难乎郢人^⑯，故徐熙、赵昌舐笔和铅而不敢画^⑰。或谓山丹之皓质，足以争长而更霸。知我如此，不几乎骂^⑱。虽琼华明后土之祠，白莲秀远公之社^⑲。皆声名籍甚，俗态不舍，挟脂粉之气而蕴兰麝，与君周旋，其避三舍^⑳。

注　释

①姨母文城君：山谷母亲李氏之妹，其舅李常之姊，里人洪亶妻，生卒年不详，南康建昌（今江西省永修县）人，封文城县君。李氏能文善画，但为人刻薄，事见《宋朝事实类苑》卷三九。

②类楚人之橘颂：类似屈原的《橘颂》，楚人此指代屈原。

③丽紫妖红：艳丽的紫色和鲜艳的红色。韵胜：犹高雅而超凡脱俗。

④临川之崔嵬（wéi）：指临川境内的麻姑山高峻雄伟。临川，为今江西省抚州市之古称；崔嵬，原意为有石头的土山，多形容高峻雄伟的物体。麻源第三谷：古为风景名胜之地，坐落在麻姑山下，属丹霞地貌，有老人峰、绣球石等著名景观，位于今抚州市南城县境。

⑤金天：指秋天；秋季的天空。木果：本指树上的果实，此处泛指树木花草。匹亚：谓彼此相当，不相上下。

⑥昆阆（làng）：指昆仑山上阆苑，相传神仙所居之地。见唐·《博异志·阴隐客》："修行七十万日，然后得至诸天，或玉京、蓬莱、昆阆、姑射。"施夏：此谓恩惠、仁慈。

⑦析薪之斤：砍柴的斧子。虽睥睨（pì nì）而幸见赦：虽侧目注视但有幸被免伐。睥睨，斜着眼看，有厌恶或高傲之意。

⑧裴回：徘徊、彷徨，引申为留恋之意。偃蹇（yǎn jiǎn）：本义骄横，此引申为高耸之意。

⑨细腰：纤细的腰身，多代指美女。见《墨子·兼爱中》："楚灵王好士细腰，故灵王之臣皆以一饭为节。"庄生之物化：庄生即庄子，物化一语出自《齐物论》"庄生梦蝶"的故事："不知周之梦为胡蝶与，胡蝶之梦为周与？周与胡蝶，则必有分矣，此之谓物化。"

⑩培户以思：培土施肥以助其生长。陵跨：跨越。

⑪何苦与洛阳争价：没有必要与洛阳牡丹争春斗艳。

⑫惟是：作连词，相当于"只是"。瑶台玉墀（chí）：玉石装饰的高台与华美的台阶，多指仙人居住之地。闭藏而无闷：潜藏隐伏而没有忧烦。

⑬徐庾：南朝徐陵与北周庾信两位宫体诗人的并称。鲍谢：南朝诗人鲍照与谢朓的并称。

⑭嫦娥：古代神话中的月宫仙，又名恒娥、素娥。姑射：原为山名，后多为神仙或美人的代称。见《庄子·逍遥游》："藐姑射之山，有神人居焉，肌肤若冰雪，淖约若处子。"

⑮无地以寄言：惊艳得无处留下诗文。脍炙（kuài zhì）：细切烤熟的肉，此谓佳肴。

⑯见素抱朴：现其本真，守其纯朴，谓不为外物所牵。语出于《老子》。郢（yǐng）人：原指楚地善歌者，后多喻知己。见《庄子·徐无鬼》。

⑰徐熙：五代南唐杰出画家，江南花鸟画派之祖。赵昌：北宋初著名画家，擅画花果，多为折枝花。没骨花鸟画自成一派，对后世影响较大。

⑱山丹：即山丹花，百合属植物。不几乎骂：几乎没有受到指责。

⑲后土之祠：土地神的祀庙。远公之社：远公即东晋名僧慧远尊称；之社，指净土宗道场。

⑳籍甚：盛大、盛多。兰麝（shè）：兰与麝香，此谓名贵而鲜亮馨香。其避三舍：意思是退让回避九十里，一舍为三十里。见《左传·僖公二十三年》"……晋楚治兵，遇于中原，其辟君三舍。"

赏　读

这篇《白山茶赋》分序与正文两部分。序简要说明作者此赋是读姨母文城君所作同名赋后的有感而发，并称赞姨母之赋兴寄高远，托物言志而"盖以自况"，类似屈原之作《橘颂》。正文部分则夸赞白山茶迎寒勃发、高洁皓白的品质；称赏白山茶花"见素抱朴"和"俏也不争春"的朴实精神。一如昔时陶翁以诗写菊，赞其淡然洁净、与世无争之隐逸者品格。

作者起句即引出先圣的名句来开宗明义，称赞白山茶为隐中君子，具有像松柏一样耐得困苦、受得折磨、不改初心和坚忍不拔的秉性。可以说，看惯了春花之姹紫嫣红、争奇斗艳，方可领略白山茶凌寒竞放、超凡脱俗之神韵。

白山茶产自江南临川山野之中，数麻姑山下的麻源第三谷生长最为茂盛。

那里仙雾缭绕，山环亭阁，富丽堂皇。故此，茶花汲金秋正色之气息，非一般花木所能匹敌。其萃聚昆仑仙境之精华，采纳天地之灵气；肇自然之性，成造化之工，就算执丹青妙笔也难以描绘；即便持劈柴利斧对着它也不忍砍伐。此花晶莹剔透，安宁闲适，飘摇于冰雪皑皑之清晨；傲立于霜月茫茫之暮夜，如美人纤细的腰身随风舞动，似庄子之梦而化蝶。拟当培土浇灌使之柔和生长，使之温文尔雅难以超越，自当与日月争光，又何必与牡丹争春呀！

每当花开时节，它格外受到追捧。矜耀于瑶台玉阶之上，即便湮伏于地亦不忧烦，而是淡然于过季的干枫枯柳之下。无论是江北的徐陵、庾信两大宫体诗人，抑或是江南的鲍照、谢朓二位诗赋名家，也难以精准刻画月宫的嫦娥和姑射山的仙姬。料想因无处寄语言情，故没法自达如品味佳肴的快感。何况此花洁白无瑕、守正纯朴，真难为其不少知音，故五代南唐的画坛巨擘徐熙、本朝初的丹青圣手赵昌，他们援翰调色欲描绘此尤物而终不能落笔成画。有人说白山茶如山丹质地洁白，足可与桃李争奇斗艳，人皆知我爱此花，却几乎没有谁责怪我偏袒它。虽然，它如琼树绽蕊装点土地神邸，如白莲竞放飘溢远公道场，俱是声名极大，契合世情而依恋不舍。可谓挟美女娇柔之气息、含兰花麝浓郁之馨香，与其打交道，则是可远观而不可亵玩，自当退避三舍也。

山谷此赋专以白山茶为吟咏对象，通过描摹此种野生植物的生长特性、花期、品质来表达作者寄寓的情感和揭示辞赋的主旨，虽然篇幅不长，却是言简意赅、格高韵雅；重情而明理、好古而善化。表象上看似在观赏山茶之洁白、素净和花枝招展，实际上尽情赞颂了正直文士的不凡气质、品格和情操，是黄庭坚为数不多的以单一植物为所咏对象的一篇经典力作。此篇咏物赋展现了作者善于写景状物、以物喻人、托物言志之深厚文学功底，以及擅长驾驭赋体文辞的大家手笔和风范。结合以上意译和赏读，拟对以下几个相关问题予以厘清和接续解读。

一、山茶花，又名茶花、海石榴、玉茗、耐冬等，属山茶科，为常绿灌木和小乔木，性习温暖、湿润的环境

花期较长，从头年十月至翌年五月间均有开花。花形艳丽，花瓣为碗形状，分单瓣与多瓣，多为黄蕊绿萼，叶子浓绿有光泽，四季常青。山茶有不同程度的红、白、紫、黄等各色花种，其中白色、金色两种较名贵。山谷为之作赋的白山茶，更是被称誉为"天赋玉玲珑"，乃山茶花中最为珍贵之异品。

或许是受到地理、植物知识和个人生活阅历所限，山谷文赋中提到"此木产于临川之崔嵬，是为麻源第三谷"，即今天的江西抚州市临川、南城麻姑山景区一带。此说依严格意义而论，有不够准确和全面之嫌。实际上山茶原产于我国东部，产地广泛分布于长江、珠江流域及云南、四川、重庆、湖北、江西诸省市，后来被引进到韩国、日本、印度、欧美诸国与台湾地区。如今既是中国"十大名花"之一，亦是世界名贵花木之一。

二、山谷此篇《白山茶赋并序》前、后均没有如常落款，文中亦未涉其生平可追索的时间与地址，故具体写于何时何地失考，只能大致推断作于熙宁元年至元丰七年（1068—1084）之间，理由有二

其一是上述时段，山谷年龄在二十四岁至四十岁之间。自打治平四年（1067）登科考入仕，先后历任汝州叶县尉、北京国子监教授、吉州太和县令，历时跨年头算分别是四年、八年（两任）、四年，时间跨度有十六年之久。山谷年少失怙，早年除与外家二舅李常最为亲近外，就数与能文善画的姨母文城君交往较多。曾称姨母"治《春秋》甚文"，还写过诗词赞评她擅长的墨竹画作。故以此推断，在前述其任州县地方官的三个时间节点，他均有可能读到姨母所作的《白山茶赋》，并受她影响和启发而创作同名之赋并序。时至今日，虽难以清晰准确认定山谷作赋的具体时间和地点，但可推定此赋写于宋元丰七年（1084）之前。

其二是元丰七年之后，山谷与其姨母几乎不再往来，对她只有难以言表的抱怨，甚至与之反目成仇。故此，绝无可能写出对文城君称赏有加的此篇序言。事情的原委是：文城君既是山谷母亲的嫡妹，又是山谷胞妹的婆婆。黄、洪两家联姻原本是亲上加亲。由于黄大妹当初并不愿嫁洪家，事先已得罪其婆婆，故文城君后来忒不喜欢嫁进洪家的这个外甥女兼儿媳。不仅处处为难她，还时常施予言语冷"暴力"，不堪婆婆虐待的黄大妹最终选择了以死抗争。对大妹之死，恼羞成怒的文城君先是不允其灵柩入葬洪家祖坟，后又将其尸骨焚烧成灰而抛撒江中（详见黄庭坚《毁璧序并诗》）。可以说抛尸灭迹之举，即便在古代社会也是对死者毫无人性的漠视与凌辱，自然引起了黄家人的极大愤怒，导致两个家庭从此交恶。故此，以元丰七年为界，山谷在之后的诗文书信中（包括与黄大妹四个儿子——"豫章四洪"的多次诗文赠答和通信交流中），再也没有提到其姨母文城君任何文字。不过，令人撞破脑袋也难以想到的是：大家闺秀出身、才华横溢的文城君李氏竟是一位心地如此歹毒的妇人。

三、山谷此赋夸赞白山茶既有松柏凌寒耐冬之傲骨，又有桃李逢春绽放之娇姿，显然是在借物抒怀和以物喻人

即通过描写白山茶"高洁皓白，清修闲暇，裴回冰雪之晨，偃蹇霜月之夜"的特性，来类比、暗喻正直文士之耐得住寂寞、不哗众取宠和坚贞不屈的品格。那么，或许有人要问，山谷于此是实有所指，还是泛泛而论？联系黄庭坚所处的北宋时代背景和政治历史环境来看，其以"花"喻人，应当是"泛指"与"实指"二者兼而有之。

一方面，作者通过对白山茶自然形象描述来夸赞其"冰清玉洁、见素抱朴"的品性，还在文中借故说五代的徐熙、北宋的赵昌两位大画家"舐笔和铅而不敢画"，实则是推己度人，巧妙诠释了高蟾的"世上无限丹青手，一片伤心画不成"诗句之意，极力赞美了白山茶妩媚多姿、傲世独立的品格。不难看出，作者咏物喻人，以白山茶"见素抱朴"而"盖以自况"，将山茶之神韵与自己的精神境界合二为一。既泛指一种不因环境改变而变化的淡然处世之人生态度，又表达了对人的内在品格的高度自信和热情讴歌，以及对高尚志向的毕生坚守和不懈追求。

另一方面，山谷在文中发出的"盖将与日月争光，何苦与洛阳争价"的一声感喟抑或赞叹！给人印象最为深刻，对此细加解析和领悟，窃以为，山谷之前的所谓"虽睥睨而幸见赦"已埋下伏笔。这一声感叹，实则是暗自为困陷于"乌台诗案"而大难不死的苏轼而发，诚然，也是在为受此案牵累的苏门一众文士打抱不平。他们才学盖世、德行兼备，且均是成名已久的文坛精英，却因不愿在朝中激烈的新旧党争中选边站队而遭到排挤、打压，乃至贬谪。几乎与此同时，苏轼被放逐到了边远的黄州，并在那里创作了《前后赤壁赋》《念奴娇·赤壁怀古》等千古绝作。在山谷心目中，所谓"足以争长而更霸"，也只有东坡能受之无愧。认为东坡凭负其绝世才学，大可如白山茶一般不屑与群芳争春，就足以傲视天下，乃至与日月同辉、共三光而永光。

四、山谷传世的辞赋约三十篇，其中以单一植物为题的还有《煎茶赋》《刘仲明墨竹赋》《苦笋赋》《对青竹赋》等篇

总体而论，这篇白山茶赋与其他几篇咏物赋相类似，所咏不外乎是既平常可见、又格调高雅的茶与竹，并凸显其咏物文赋较为鲜明的三个艺术特点。

其一，即以物喻人，托物言志，表达自己对高洁人格的追寻和坚守。此一特点在前面部分已详述，故不再赘言。

其二，力戒铺陈，创新求变，在摆脱汉大赋之铺陈、唐律赋之严于骈俪等方面刻意求新求变。山谷此赋并未作任何背景铺陈，开篇即借孔子之至理名言导入，然后以一系列掌故、古雅之词来进行比拟、描绘，并通过叙中夹议、议中带叙的散布方式而层层递进，如细流缓缓入川流远，悄然揭示白山茶之"韵胜"：就在于其耐霜熬冬、无意争春和守身如玉的独特品性。这种水到渠成和简构化的叙写方式，夹叙夹议、删繁就简、语短而意长，全篇缩减了丽辞的藻饰和排比的张扬，既适度遵循了律赋行文对仗、押韵和句式长短有序的要求，又突破了冗长的句式铺排和严格的韵律约束，体现了宋赋向散文化和平易化演变的特点，并在表情达意上体现了重情尚雅、以文入赋、重说理和善议论的鲜明特征。

其三，寄情于物，崇尚雅趣，熔融个体情感于所咏之物象。山谷此赋运用比兴、体物和拟人手法，来感悟物我两契的生命意义。表面上处处都在描写白山茶的花色、形状和生长特性，实则无处不是在以高洁的茶花自拟自比。作者以情体物、托物言情，借山茶花之岁寒后凋而孤芳自怜，即以"知我如此，不几乎骂"的自谓，委婉表达了作者对自己入仕经年而怀才不遇的几许感伤，特别是对看不到未来的一丝隐忧，可谓寄寓之意既现实又深远。在这里，山谷笔下白山茶已不再是客观之物，而是个人情感表达、心志寄托的媒介，是作者人格的一种物化。最后，全篇收束的一句"与君周旋，其避三舍"，更是隐约透露出作者久蕴于心的一种退避俗世的隐逸之意。

总之，对上述这句结尾词略加延伸比照，与山谷后来挥写的《松风阁》诗中"安得此身脱拘挛，舟载诸友长周旋"的结句十分近似，与乃师东坡那首著名的《临江仙》结句"小舟从此逝，江海寄余生"更是有着异曲同工之妙。

毁璧序并诗①

　　夫人黄氏，先大夫之长女。生重瞳子②，眉目如画，玉雪可念。其为女工，皆妙绝人。幼少能自珍重，常欲鍊形仙去③。先大夫弃诸孤早，太夫人为家世堙替，持孤女诧，以夫人归南康洪民师。民师之母文成县君李氏，太夫人母弟也。治《春秋》，甚文，有权智，如士大夫④。夫人归洪氏，非先大夫意，怏怏逼之而后行。为洪氏生四男子，曰朋、刍、炎、羽。年二十五而卒⑤。民师亦孝谨，喜读书，登进士第，为石州司户参军，奔父丧，客死⑥。文成君闻夫人初不愿行，心少之，故夫人归则得罪。及舅与夫皆葬，夫人不得藏骨于其域，焚而投诸江⑦。是时朋、刍、炎、羽未成人也。其卒以熙宁庚戌，其举而弃之，以元丰甲子某月。夫人殁后十有四年，太夫人始知不得葬，哭之不成声，曰："使是子安归乎？"其兄弟无以自解说，念夫人，建洪氏之庙南康庐山之下。故刻石于庐山，筑亭以庥之，髣髴其平生而安之⑧。

　　"毁璧兮陨珠，执手者兮问过⑨。爱憎兮万世一轨，居物之忌兮，固常以好为祸⑩。羞桃荔兮饭汝，有席兮不嫔汝坐⑪。归来兮逍遥，采芝英兮御饿⑫。

　　淑善兮清明，阳春兮玉冰⑬。畸于世兮天脱其缨，爱罥人兮生冥冥⑭。弃汝阳侯兮，遇汝曾不如生。未可以去兮，殆而其雏婴。众雏羽翼兮故巢倾⑮！归来兮逍遥，西江浪波兮何时平。

山岑岑兮猿鹤同社，瀑垂天兮雷霆在下[15]。云月为昼兮风雨为夜，得意山川兮不可绘画。寂寥无朋兮去道如咫，彼幽坎兮可谢[16]。归来兮逍遥，增胶兮不聊此暇[17]。"

注　释

①毁璧：毁坏璧玉、鄙弃珍宝之意。作者借以痛惜不幸英年早逝的大妹。

②夫人：黄庭坚的大妹，洪氏。先大夫：黄庭坚已故的父亲黄庶。重瞳子：眼中一瞳孔中有两个瞳仁，相传造字始祖仓颉、虞舜、晋文公重耳、楚霸王项羽等皆重瞳，引为人貌相之吉兆。

③錬（liàn）形仙去："錬"同"炼"，此谓学道家修炼自身形体，以延年益寿成仙。

④太夫人：此指黄庭坚之母。母弟：此谓文成县君李氏，为太夫人同母之妹，亦即黄庭坚的姨娘、姨妈。

⑤怏怏逼之而后行：被逼迫而不乐意出嫁。

⑥奔父丧客死：指黄庭坚大妹夫洪民师奔父丧而客死路途。

⑦夫人不得藏骨于其域，焚而投诸江：指黄大妹死后没有落葬夫家祖坟内，而是焚化后骨灰被投弃江流中。

⑧庥（xiū）：庇荫、保护。髣髴：类似，好像。

⑨陨珠：坠落珠宝。执手者兮问过：握在手中者的过失。

⑩爱憎兮万世一轨，居物之忌兮，固常以好为祸：意为人生尽管爱憎纷纭，但历万世亦终归一死，居则受人忌恨，常祸福无常。

⑪羞：进献。桃茢（liè）：桃枝所编拂帚，茢笤帚，相传可用桃枝编拂帚可扫除邪害。饭汝：祭祀食品。有席兮不嫔汝坐：以祭礼供着灵位而礼葬之。

⑫归来兮逍遥：呼唤魂兮归来之意。芝英：即灵芝、云母，道家认为服食可长生，全句谓死者已羽化成仙。

⑬淑善：静淑善良。玉冰：冰清玉洁。

⑭畸于世：不见容于世，此乃黄大妹不为婆家所容的委婉说法。樱

（yīng）：束缚。罥（juàn）：牵挂、缠绕。冥冥：昏昧。

⑮阳侯：古传说中的波涛之神。曾不如生：尚不如牲口，"生"在此与"牲"通用。殆：危险。雏婴：幼鸟，此代指四个洪姓幼儿。羽翼：羽毛、翅膀。

⑯岑岑：高远、深沉貌。猿鹤同社：与猿鹤为友。

⑰去道如咫：谓距离天仅咫尺之间。幽坎：墓穴。谢：此谓推却。

⑱胶：粘住，此谓困窘。暇：闲暇。

赏 读

　　黄庭坚这篇悼念亡妹之名作，当是先写出后面的骚赋体诗，然后再补写追述性的序文。作者在诗的首句即以"毁璧"和"陨珠"为喻，对其妹悲惨遭遇表达极度痛惜的同时，亦流露出诸多不便直陈的难言之隐。换言之，无论是诗还是序，均似有一种"大悲隐于心"之"痛"跃然字里行间，可谓哀思切切，痛意绵绵；令人读后感到字字含泪，句句揪心，尽可想见黄氏兄妹一生一世未了之深情。

　　序文开篇即深情追忆起黄大妹。说她是一位天生重瞳子、眉清目秀兼肤白的窈窕淑女。打小就天真活泼，心灵手巧，惹人喜爱，还曾痴迷过养生之道。早年，在外为官的父亲黄庶猝然病逝，家道中落。迫于生计，由黄母做主将大女儿许配给南康（今属江西省庐山市星子镇）洪家为媳。黄大妹的婆婆文城县君李氏，本是黄庭坚的姨妈，故黄、洪两家联姻，也算是亲上加亲。然而此桩婚事，既非黄庶生前所属意，亦非大妹本人所愿，迫于母命难违，她还是怏怏不快地嫁去了洪家。大妹女容、女德兼而有之，又擅长女红针线，自是上得厅堂，下得厨房。在夫家陆续生育洪朋、洪刍、洪炎、洪羽四个男孩后，竟然在花样年华的二十五岁不幸身亡，令人悲叹不已。

　　接着文中穿插约略介绍了大妹夫洪民师其人。说是民师谨守孝道，喜读诗书，登进士第后，官至石州司户参军（掌理户籍、赋税），后因奔父丧而客死路途。当时洪家四个男孩尚未成年，可谓自小失怙，祸不单行。对大妹之死，作者或许是考虑到洪母李氏是自己的长辈，故不便挑明妹妹实则是婆家虐待致死的。当初黄大妹本不愿出嫁洪家,加上年轻单纯少个心眼,故一开始即得罪了夫家婆婆。既嫁之后,由于婆婆心存芥蒂,免不了对其横挑鼻子竖挑眼,常施以言语"冷暴力"。慑于家长制威权和不堪忍受婆家欺凌,大妹最终选择了以死解脱。事后令黄家人无比愤怒的是:洪家并未善待已亡人。先是不允大妹尸骨落葬与其公公、夫君之墓相邻的洪家祖坟地域,后又残忍地将其骸骨焚烧成灰而抛撒于江水之中,可怜黄大妹芳魂化作一缕尘埃而付诸东流。

作者事后才得知:年小自己一岁的妹妹,殁于宋熙宁三年(1070)。在大妹死后十四年,即到了元丰七年(1084),其骸骨又被迁出焚烧成灰而抛入江流。此时的黄母及家人才得知大妹之死未得善后,最终魂灵无处可依。黄母为此每日以泪洗面,痛悔不已。黄家兄弟为安慰母亲和缅怀大妹,遂就近在庐山脚下为之建一洪氏祠庙,并立碑石和建有亭台,以便黄家人祭奠大妹亡灵。

紧接序文之后的诗篇,采用的是一种介于楚辞与汉赋之间的文体写成。此体脱胎于屈原的楚辞而形成于西汉,到唐宋时归类于骚体赋之列。这种诗体格调古雅,长于宣泄情感,偏重于表达内心愁苦。《毁璧》的诗歌部分,共二十八句,采用五、六、七、八、九言句式交替叙写。在结构上大体可分为三个层次。按南宋理学大师朱熹的解析:第一言其失爱于姑(婆婆)也;第二言其死后不免于水火;第三言其死后山川寂寥也。每一层次均以"归来兮逍遥"句收束。通过这种一咏而三叹的方式,如泣如诉地表达了对死者的痛惜之情,以及呼唤逝者魂兮归来的祈愿。由于本文侧重于赏读山谷序文,加上注释部分已对诗句做了较翔实注解,故对诗歌部分仅作扼要解析,不作逐字逐句的古语今译。以下仅就几个相关问题作深度延伸解读。

一、通过解读序文和诗篇可知,作者行文时大抵有三个"难言之隐"

其一是黄大妹是怎么死的?诗中所谓"畸于世兮天脱其樱",即是一种隐晦的表达。此句大意是:人不见容于世,生不如死,倒是天可怜见的一种自我解脱。如此婉转而又带诗意地表述,实则已透露了黄大妹是不堪夫家的虐待而自寻的短见。其二是黄大妹的死因。从家庭角度来看，首先是源于黄母做主的包办婚姻种下的苦果，而后是婆家的虐待酿成最终悲剧。放大到社会层面来看，尽管并未意识到封建家长制及包办婚姻是摧残亲人生命的主因，但作者仍从鲜活的生命不幸逝去的具体观感出发，向社会或多或少地提出了责难。然而，对悲剧的始作俑者黄母和洪母，以孝行著称的黄庭坚碍于伦理纲常须为"尊者讳"。故仅在序文中作了"夫人归洪氏，非先大夫意，怏怏逼之而后行"和"初不愿行，心少之，故夫人归则得罪"两点简短陈述。如此这般点到即止，显然是作者笔下留情，不愿在人死多年之后而于事无补地归咎和问责两位女性长辈，尤其是实为一家之长的洪母李氏。三是黄大妹死后最终被焚烧而抛灰灭迹。此举即便在近千年前的古代社会，亦是有违"死者为大"的丧礼习俗，甚至是对黄家的大不敬和对大妹生死的漠然无视。尽管作者对此无比愤慨，但又不宜在诗文中直接怒怼，只能在诗中用"弃汝阳侯兮，遇汝曾不如生"的婉转说法，对洪家予以旁敲侧击地谴责。此处所谓"生"乃有意隐"牲"字，隐晦道出了大妹生前和死后在婆家眼里甚至还不如牲口。那么，黄庭坚为何不实话直说呢？原因是黄、洪两家是外亲加姻亲，对方的一家之长洪母还是他的姨娘，作为晚辈的他又不能不顾及尊长的颜面。这与南宋陆游对母亲强行拆散其与唐婉的婚姻，只能在《钗头凤》词中用一句"东风恶，欢情薄"，婉转隐晦地表达一下内心的不满是同样的道理。

二、通常在加写序的诗作中，由于诗为正文主体部分，序为补充说明部分，故往往是序文简短而诗文较长

换言之，即大多数情况下，作为正体的诗相比作为辅体的序，所写文字会更多一些。但凡事都有例外，比如陶渊明的《桃花源记》、王勃的《滕王阁序》，不仅是序比诗写得长之又长，还因序写得太好反而比原诗更为知名。黄庭坚这篇《毁璧》亦是诗短而序长（序二百九十五字，诗一百八十字）。究其原委，大抵是在元丰六年（1083），山谷获知黄大妹死后十四年仍被"灭迹"之事，在激愤中写了此篇伤悼之诗。在这首骚赋体诗中，招魂似的一咏而三叹，抨击以洪母为代表的家长制恶行之意似见非见、似隐若现。大约过了一年（1084），黄庭坚由吉州太和县令调任德州德平德监。北上之前，他回了一趟老家分宁双井。随后在乘船下修水出鄱阳湖的上任途中，又遵母命，顺道抵庐山为黄大妹建了一座洪氏祠庙。或许是当时祠亭立碑所需，写下的碑文又兼作《毁璧》诗序所用，这从序文近似墓志铭的写法可窥见端倪。正因为序文是在诗作之后的补写，故对诗中未能直陈的大妹在婆家的遭遇、死因，尤其是不得善终之事，有必要做出事后追认和扼要说明，以尽可能分辨出其中的是非曲直。凡此等等，可以说黄庭坚写此序头绪多、顾忌多，难免颇费周章和笔墨。好在他是驾驭文字的高手，一前一后且不同体裁的诗与序，均写得警炼精当、隽永含蓄和哀婉动人，尽显诗文大家的不凡功力。

三、序文中还有三处穿插叙写，表面上看似是无关"痛痒"之笔，实则每一处均可见作者"此中有真意"的苦心编排

第一处，序文开篇简要介绍黄大妹生平后，添加的一句"常欲錬形仙去"，看似与所述内容关联不紧，细究起来，则是含有深意的伏笔。试想一下，一位年少时即痴迷道家养生之道的女子，当有极强的求生愿望，至少应珍惜生命，何以会在二十五岁芳龄自寻短见呢？潜在答案是：她被逼得生不如死，只能自寻解脱而一死了之。第二处，序文中提到洪母时，转述了一句"治《春秋》甚文，有权智如士大夫"。表面看来，是在夸洪母文化水平高和为人处世巾帼不让须眉，实则暗讽她"牝鸡司晨"，当是逼死儿媳及相关后续恶行的元凶。第三处，作者序文两次提到自己已故父亲黄庶。第二次提到时说"夫人归洪氏，非先大夫意"，意即黄家与洪家联姻早有动议，但父亲生前有先见之明，婉拒过洪家的提亲。潜台词是：如不违背父亲生前之意，大妹的命运或有可能改写。总之，以笔者个见，前述三个突兀之处，绝非作者轻描淡写之"冷笔"，而是深思熟虑后的刻意为之。此外，笔者在前面还说到此篇诗序近似一篇墓志铭的笔法。试看序文中有关死者的生平身世、家庭成员、生卒年月、归宿一应俱全，如将前述的三处"冷语"抽出删除，不就是一篇标准体的洪氏墓志铭吗？由此，笔者猜想序文当是山谷为洪氏建祠立碑时的"一文两用"，

也就有理由可以成立。

四、或许是《毁璧》诗、序中均言及了洪家的过错，故后来"江西四洪"中排行老三的洪炎，在编定《豫章黄先生退听堂录》文集时耍了点小心眼，未将乃舅此文收入其中

由于黄庭坚在北宋是与苏轼齐名的文坛巨擘，此篇诗、序俱佳的《毁璧》，还是被后人收录进了《别集》《能改斋漫录》等文集。朱熹曾评价说："穷峭而意悲怆，每读令人情思黯然"，认为诗好过序。宋元之际学者刘埙亦对"黄璧"推崇备至，认为诗、序双佳，足可与韩愈的骚体名赋《罗池庙碑歌辞》相比肩。此外，在五百年之后的朝鲜，李朝文人许筠同样为悼念被婆家迫害致死的姐姐许兰雪，仿照"黄璧"样式写了一篇同名之作。对黄、许同题《毁璧》稍加比较，二者除文风、意境和情感取向有所差别外，在抒情、对象和结构方面有诸多相同点。许氏在其《毁璧·序》中写道："余亡姊贤而有文章，不得于其姑，又丧二子，遂赍恨而殁。每念则尽伤不已。及读黄太史辞，其痛洪氏妹之情，悲切怛切，千载之下，同千之恸，若是其相类，故效其文而抒其哀也。"此段话坦承，出于同"病"相怜，"许璧"借鉴并脱胎于"黄璧"。双璧同声相应，亦从一个侧面证明："黄璧"这种痛感"红颜命薄"且须"为尊者讳"的委婉表达方式，不仅较早走出了国门，而且还开启了后人叙写同类题材的先河。

小山集序①

晏叔原,临淄公之暮子也②,磊隗权奇,疏于顾忌③。文章翰墨,自立规摹。常欲轩轾人④,而不受世之轻重。诸公虽爱之,而又以小谨望之,遂陆沉于下位。平生潜心六艺,玩思百家,持论甚高,未尝以沽世。余尝怪而问焉,曰:"我盘跚勃窣,犹获罪于诸公,愤而吐之,是唾人面也。⑤"乃独嬉弄于乐府之余⑥,而寓以诗人之句法,清壮顿挫⑦,能动摇人心。士大夫传之,以为有临淄之风耳,罕能味其言也。

余尝论:"叔原,固人英也,其痴亦自绝人。"爱叔原者,皆愠而问其目,曰:"仕宦连蹇,而不能一傍贵人之门,是一痴也;论文自有体,不肯一作新进士语,此又一痴也;费资千百万,家人寒饥,而面有孺子之色,此又一痴也;人百负之而不恨,己信人,终不疑其欺己,此又一痴也。"乃共以为然。虽若此,至其乐府,可谓狎邪之大雅⑧,豪士之鼓吹⑨。其合者《高唐》《洛神》之流,其下者岂减《桃叶》《团扇》哉⑩!

余少时间作乐府,以使酒玩世,道人法秀独罪余以笔墨劝淫,于我法中当下犁舌之狱⑪,特未见叔原之作邪!虽然,彼富贵得意,室有倩盼慧女,而主人好文,必当市购千金,家求善本,曰:"独不得与叔原同时耶!"若乃妙年美士,近知酒色之娱;苦节臞儒,晚悟裙裾之乐⑫,鼓之舞之,使宴安酖毒而不悔,是则叔原之罪也哉⑬!山谷道人序。

注　释

①《小山集》：晏几道词集。《小山词》自序云："七月己巳，为高平公缀辑成编。"范姓郡望高平，宋人亦称范仲淹父子为高平公。据晏几道自序，可推知此指小范，即由范纯仁资助出了这本词集，时间约在元祐二年（1087）。黄庭坚此序当在同一年，两人结识相交大抵在元祐元年。

②晏叔原：名几道（约 1038—1106），字叔原，号小山，晏殊第七子。莫，通"暮"，指晏殊暮年所得幼子。

临淄公：晏殊。欧阳修《晏公扇道碑铭》："累进阶至开府仪同三司，勋上柱国，爵临淄公。"按宋制位同宰相。世以父子词曲之风，称父晏殊为大晏，称子晏几道为小晏。

③磊隗（wěi）：即磊块，光明磊落之意。权奇：奇特不凡。

④规摹：即规模，此指文章体制风格。轩轾：轻重高低，常引申为褒贬。

⑤盘珊勃窣（sū）：蹒跚、勃窣均指脚步不稳，跛行之状。

⑥乐府之余：指词，宋人谓词为诗之余。自古诗演变为乐府，又变为长短句。

⑦清壮：清越振响。顿挫：抑扬转折。陆机《文赋》："箴顿挫而清壮。"

⑧狎邪：狭路曲巷，后同烟花柳巷，指娼妓居所。

⑨鼓吹：原为乐歌名，由打击乐与吹奏乐组成，声势雄壮。

⑩《高唐》《洛神》：指宋玉所作《高唐赋》，曹植所作《洛神赋》。《桃叶》《团扇》：皆为原乐府曲名，以言情说爱为主。

⑪犁舌之狱：据《禅林僧宝传》卷二六《法云圆通秀禅师》："禅师名法秀，秦州陇上人也，生辛氏。"李公麟工画马，法秀告诫："入马腹中亦足惧。"山谷"作艳语，人争传之。秀呵之曰：'翰墨之妙，甘施于此乎？'鲁直笑曰：'又当置我于马腹中耶？'秀曰：'汝以艳语动天下人之淫心，不止马腹，正恐生泥犁中耳！'"

⑫倩盼：美女。苦节：苦持名节。癯（qú）儒：清瘦儒者，"癯"同"瘦"。

⑬使宴安酖毒而不悔，是则叔原之罪也哉：谓贪图歌舞享乐，犹如饮鸩

止渴而不后悔。莫非也是叔原的罪过。

此文是黄庭坚应邀为晏几道的词集写的一篇序言。

作者开篇即点出小晏"官二代"身世，看似有点落俗套。其实，在俗眼看人低的官本位国度，大晏这块金字招牌是不能不打的。一则可省略一段小晏如何从豪门子弟到潦倒文人的冗余文字。二则世称大、小晏一脉相承，虽然父子生活遭际的巨大落差，决定了大、小晏词在选材、用语和达意方面多有不同，但晏几道婉约清丽词风大抵起自家学渊源，则无须赘言。

序言的第一段，寥寥几笔，即为词家晏叔原先生填了一份类似后世求职升官也必备的个人简历。大致翻译一下即是：晏几道自幼潜心六艺，旁及百家，尤喜乐府，文才出众，曾得其宰相之父及同僚喜爱。他不受世俗约束，生性高傲，不慕势利，从不利用父势或借助其父门生故旧当权的有利条件，谋取功名，因而仕途很不得意，一生只做过颍昌府许田镇监、开封府推官等小吏。

接着是文中的一问一答。尽管小晏的答词与之前叙述稍嫌重复，但让晏叔原自己直白道出了沉湎于楚馆秦楼的缘由：就是看不惯那些道学先生的颐指气使，故我行我素。穿插这一问答，是推出全篇"文眼"的结构性铺垫。我认为，这篇序言最精警之处：即"清壮顿挫"四字。这是谙熟小山词、作为词曲行家的黄庭坚对文友词风及其人其事最为精当、独到的结论性评点。

"清壮顿挫"原本脱胎于陆机《文赋》中"箴顿挫而清壮"之语句。山谷在此处看似信手拈来，实则是深思熟虑的巧妙安排，既是对之前叙述的总结性中心词语，又与之后"四痴"之说，有着"罕能味其言也"之一字一句的对应关联。

在为人作序中用似贬实褒的"痴"字来评人论事，不知是否是山谷先生首创？"四痴"之说，有点类似后世的"京城四大傻"网红段子，读起来有一种让人欲罢不能、急着想往下看的视觉冲动。所谓"四痴"即："仕宦连蹇，而不能一傍贵人之门，是一痴也（清）。论文自有体，不肯作一新士进语，此又一痴也（顿）。费资千百万，家人寒饥，而面有孺子之色，此又一痴也（挫）。人百负之而不恨，已信之，终不疑其欺己，此又一痴也（壮）。"

上述"四痴"翻译过来的大意是：一痴不拼爹。乃父曾为当朝宰相，门人无数，却从不利用这层关系弄个高官厚禄；二痴不媚俗。作文填词从不追逐时尚，不在意别人是否欣赏，而是始终不失自己的个性本真。三痴不会治家。将家传的千百万钱财或随意花费或捐助友人，以致家人忍饥受寒也不管不顾。四痴心太易受骗。无论别人怎样忽悠他，他都不记恨。至此，一位活脱脱的至诚君子、落泊文人肖像，跃然于字里行间，使人顿生怜悯和敬意。

依理而论，小晏词《鹧鸪天》中的"舞低杨柳楼心月，歌尽桃花扇底风"、《临江仙》中的"落花人独立，微雨燕双飞……当时明月在，曾照彩云归"、《蝶恋花》中的"红烛自怜无好计，夜寒空替人垂泪"，等等，都是风靡京城、名动天下的曲句，艳而不俗，浅处皆深。山谷应邀为好朋友作序，怎么也得列出一两句来标榜。然而，身为词曲行家的山谷先生，却始终对被序者的佳篇名句只字不提，只是在结尾一段把自身也摆进去了：反思了自我年少时与小晏有同病相怜的艳遇经历。也许意在提醒挚友，当然也警醒自己：过度纵情声色总归是不妥的，犹如饮鸩止渴，会误己罪身的。

听此一言，还以为作者接下来免不了要对小晏写香艳词提出些批评，不料山谷先生笔锋一转，把话又说回头了。认为爱美女是男人的本能天性，且不论哪个血气方刚少年不怀春；即便是苦苦持节的儒者老叟，不时也会念念不忘顾盼美女的体悟之乐。快哉，爱美之心，人皆有之，不禁为之拍手称快！性情中人的快言快语，无道学先生的言不由衷。以此作结，反而读之轻松、愉悦，让人深感好朋友之间的心意相通和真挚情谊。

从史料上获知，黄、晏元祐元年（1086）久别后在京城相遇，此前他们就有过两三年交往。两个人年龄相差近八岁，但相同相近的词风、性情和爱好，加上又是江西籍同乡，两个人很快成为无话不谈的好朋友。怪不得在高手如云的京城，已沦落潦倒的小晏好不容易在另一位"官二代"范纯仁（范仲淹之子）的资助下出一本词集，偏偏约请尚属小字辈的黄庭坚来为之作序。

　　读完此篇与众不同的序言，亦可悟出擅长为人配写题画诗的山谷先生，寥寥可数的三段文字，好似在为晏几道画一幅水彩肖像。第一段文字是轻描淡写似的素描，大致勾勒出小晏相貌、生平粗线条轮廓；第二段文字则是上色添彩，着重精细还原被画者看不见、摸不着的个性本真。第三段文字更是落笔定性，暗喻小晏"四痴"之外，还是一"情痴"。

　　何谓情痴？正是用情太痴，才能出没秦楼楚馆而全无顾忌；正是迷情入痴，才能在与沦落风尘的美女歌伎互动中得到心灵的慰藉；也正是至情梦痴，才能在风花雪月中寻觅到独特的创作灵感，从而成就"措辞婉妙，一时独步"（《白雨斋词话》）的小晏词。恰如后世的鲁迅先生所言："有至情之人，才能有至情之文。"其实，不用序者多言，通过阅读一首首用语清丽、动摇人心的小晏词作，即可感知，即可找到答案，即可见其文而知其人真性情。

题摹燕郭尚父图①

　　凡书画当观韵。往时李伯时为余作李广夺胡儿马②，挟儿南驰，取胡儿弓，引满以拟追骑③。观箭锋所直发之，人马皆应弦也④。伯时笑曰："使俗子为之，当作中箭追骑矣。"余因此深悟画格，此与文章同一关纽⑤，但难得入人神会耳⑥。

注　释

　　①摹：照着样子画或写。燕：宴饮，"燕"同"宴"。郭尚父（697—781）：字子仪，华州郑县（今陕西省渭南市华州区）人。唐中兴名将，在平定"安史之乱"中居功至伟。德宗即位时，尊其为"尚父"。

　　②李伯时：即北宋大画家李公麟（详见另篇）。李广（？—前119）：西汉抗击匈奴名将，善骑射，陇西成纪（今甘肃省秦安县）人。据《史记·李将军列传》载："出雁门击匈奴。匈奴兵多，破败广军，生得广……广佯死，睨其旁有一胡儿骑善马，广暂腾而上胡儿马，因推堕儿，取其弓，鞭马南驰数十里，复得其余军，因引而入塞。"

　　③引满以拟：拉满弓弦而瞄准。

　　④所直发之：箭锋所指而直接发射。应弦：应弓弦声而被射中。

⑤俗子：凡俗之人。关纽：本义弦乐器上转砣轴，引申为事物的关键、枢纽。

⑥神会：在心神上领会。

赏　读

此篇简短的画跋读后，第一感是挺新奇别致的，不仅是言辞简短而包蕴丰富，还从艺术审美的视角引出了"观韵、画格、关纽"三个画评术语。为助力有兴趣的读者更好地阅读和理解原文，照例先作古文今译。

但凡鉴赏书画重在观其韵味。以前李公麟曾给我画了一幅李广抢夺匈奴战马图。画中李广一边挟着胡兵向南急驰，一边取过胡儿的弓箭，拉满弦瞄准后面的追兵。看上去箭锋所指，如直接发射出去，后面追赶的人马定会应声而倒。由此可想见，画者捕捉的正是李广张弓搭箭、引而不发的一瞬间，此乃高人一筹的艺术表现手法。当时，伯时不无得意地说：假使让俗手来绘作此画，无疑会画出追兵中箭而倒的结局。对此我思忖良久，领悟到了绘画与写文章的关纽原是相通的，只不过常人难以进入心领神会的化境罢了。

以下再就此画所涉几个问题做必要的接续解析。

一、题目与内容脱节的问题

跋文的标题明明写的是《题摹燕郭尚父图》，按说画中当是唐代名将郭子仪宴饮的情景。但反复阅读此文，没有看到一字一句与平息"安史之乱"的郭大将军有关，相反，叙说的是友人李公麟所绘的有关西汉"飞将军"李广的故事。显然画跋文不对题，让人感到所拟题目与所述画面内容出现错位。这在以严谨著称的山谷散章中是十分罕见的。

难道这是山谷一个不经意的小失误吗？答案是肯定的。不过对书画题跋来说，亦算是事出有因。按照此篇简短的画跋来推测：当时山谷摊开《摹燕郭尚父图》画卷，原打算就此画展开评述。他在画册留白处写上标题后，又转念一想，以眼前这一幅画来评述有关"观韵"之论，画中韵味与张力均感不足，不如另选好友李伯时不久前给自己作的一幅画来展开评述。虽然两幅画中的主要人物郭子仪与李广，均是英勇善战的一代名将，但前者构图是室内的宴会，场景不够生动活泼；后者则是一幅宏大而激烈的草原逐鹿图，显然后者比前者更适合表现构思与创意，并展示艺术想象空间。

有鉴于此，作者可能是临时起意，决定调换一下所述画作。可是之前拟写的题目已落笔，字墨已留在画面上，不便涂改，否则会损害原画，是题画跋文的大忌。故在一时无措之下，只好将错就错，以致于张冠李戴。当然，此一失误，并非有论者推测的故弄玄虚，实乃不得已而为之，或许算是留给观者一个冷幽默式的念想吧？

二、此文起首一句"凡书画当观韵"，可谓是提纲挈领，开宗明义地表达了中心论点

当然，山谷所说的书画之"韵"，涉及艺术的审美标准问题，较难下准确的定义。早在六朝谢赫即提出品评人物画之六条标准，将"气韵"视为六法之首；后来唐司空图着重从韵味评诗，认为好诗当有"韵外之致""味外之旨"。联系古人诸多有关"韵"与"诗、书、画"的论述来看，山谷开篇标举的"韵"，乃精神范畴的情趣风致，应包含所谓"情、神、气"三韵。依此而论，凡是那些有生命活力和生动形象、能开启人的心灵、激发观者人生感悟的艺术创作均有韵味。也就是说，真正的丹青高手不会为画而画，而是讲求画外之余味，尽可能给观者留有艺术想象空间。比如李公麟画的《李广夺胡儿战马图》，描绘的是汉代"飞将军"李广在一次战斗中遇险而单骑逃脱，被众匈奴纵马追击，李将军转身应战，张弓搭箭却引而不发；倘若画出的是李广一箭射中追兵翻身落马的场景，那么，不留韵味的情节便一览无余了。如此当是俗手画匠之所为，绝非大家手笔。

由此来看，山谷所谓画中观韵，与其品评诗书的观点是一致的。强调意到笔不到，好的画作当融入画家的情、神、气，即留下艺术空间让观者去体味，并与观者做视觉交流和心灵感应互动。在为此画题跋时，山谷通过鉴赏和领悟李公麟画中的"留白"，联想到书画讲求"尚韵"，与诗词强调"重韵"，原来也是相通的。他认为艺术作品当意到笔不到，留下空间让观者去体味，任由读者展开想象，才能做到画中有韵、文中有趣，这即是文学艺术虚实相生、有无相间的"同一关纽"。只不过这个"关纽"较为隐晦，表现形式若隐若现，常人不易心领神会罢了。

三、那么，所谓"关纽"又是什么呢？按照字面原意，关纽即弦乐器上的转轴，起着调整音高的关键作用

在山谷之前，有不少古人称绘画与文章为同一关纽。东坡曾以诗作过形象的例解："'论画以形似，见与儿童邻。作诗必此诗，定知非诗人。'此便是文字关纽也。"由此可见，山谷所谓作画与文章同一"关纽"之说，与东坡所述均是指艺术创作规律也。至于如何掌控艺术"关纽"，即遵行艺术创作规律，虽然山谷无系统性的全面论述，而且此一观点包括前述的"观韵"，只是零散见于他的诗文序跋以及书信中，但通过条分缕析和反复梳理，山谷将这一美学思维论述得较为明确而深刻，归拢起来不外乎有以下几点。

其一，强调艺术家在创作中的主导地位。认为画作水准含有资历、技巧、基本功等诸因素，但主要取决于画者的性情与格调，也就是说画格即人格。换言之，艺术创作水平的高低，不取决于书画作品本身，而取决于艺术家的境界与格局。

其二，以理为主，即思想内容先入为主，亦是把握艺术"关纽"的题中应有之义。山谷认为："好作奇语，自是文章病。但当以理为主，理得而辞顺，文章自然出群拔萃。"（黄庭坚《与王观复书》）这里强调的"理"，即是指思想内容。

其三，书画当韵外有致，即美的构建。按照美的规律构建对象世界是艺术创作的基础，也是对创作主体的根本要求。山谷认为书法的美感在"能以韵观之，当得仿佛"。如同《诗经·关雎》中的窈窕淑女，之所以令君子好逑、辗转反侧，不全在于其外表美艳，更在于其内在气质，亦即有"韵味"。

四、跋文说到"关纽"，还顺带提到了画格

山谷所说的画格，答案与跋中引述的李公麟的一句话紧密相关，即"俗子为之"中的"俗"字。一言以蔽之曰："绝俗。"他认为艺术作品的至高格调在于绝俗。画者无俗气，境界就高，即人格决定画格。山谷自出道以来，对文学艺术创作中的各种"俗"一向深恶痛绝，曾申言："士大夫处世可以百为，唯不可俗，俗便不可医也。"依此推而论之，艺术创作做到了绝俗，格调自然就会高；画格的高下，不在于书画作品本身，而取决于画者为人处世的境界与格局，即先做不俗之人，才可为不俗之作。而要做到不俗，不作俗画，就应先做到胸中有道义，又广之于圣贤之学，画乃可贵和不同凡俗。

总之，衡量绘画艺术水平的高低，不能就画论画，化用陆游的一句名言来说就是：功夫在画外。即要求画者应把更多功夫下在掌握渊博知识，到生活中广泛涉猎、开阔眼界和提升境界，才能践行与实现艺术人生价值。具体来说，对画者要求大抵有三：一是涵养心胸，心胸狭小，构思就放不开；胸怀宽广，则视界无疆，格局就高；二是要设法将人的精神气质融入书画作品之中，做到"行于平夷而韵自胜"，使之意境深远和韵味悠长；三是意在笔先而隐其形，做到无意为画而画乃佳，即气韵发于无意之间，笔墨方能自由心生，从而达到"绝俗"的至高境界。

最后顺带提一下，单写上了题目的那幅《摹燕郭尚父图》，画者姓甚名谁、作于何时何地和绘画水平如何？由于跋文中未置一字，加上原画真迹疑已失传，将永远是一个未解之谜。

东郭居士南园记[1]

以道观分于崭岩之上，则独居而乐；以身观国于蓬荜之间，则独思而忧[2]。士之处汙行以辞禄，而友朋见绝，自聋盲以避世，而妻子不知，况其远者乎[3]！

东郭居士尝学于东西南北，所与游居，半世公卿，而东郭终不偶[4]。驾而折轴，不能无闷；往而道塞，不能无愠[5]。退而伏于田里，与野老并锄，灌园乘屋，不以有涯之生而逐无堤之欲，久乃遽然独觉，释然自笑[6]。问学之泽虽不加于民，而孝友移于子弟；文章之报虽不华于身，而辉光发于草木。于是白首肆志，而无弹冠之心，所居类市隐也[7]。揔其地曰"南园"，于竹中作堂曰"青玉"。岁寒木落而视其色，风行雪坠而听其声，其感人也深矣[8]。据群山之会，作亭曰"翠光"。逼而视之，土石磊砢，缭以松楠；远而望之，揽空成色，下与黼黻文章同观[9]。其曰翠微者，草木金石之气邪；其曰山光者，日月风露之景邪。不足以给人之欲，而山林之士甘心焉，不知其所以然而然也[10]。因高作阁曰"冠霞"，鲍明远诗所谓"冠霞登彩阁，解玉饮椒庭"者也[11]。蝉蜕于市朝之溷浊，翳心亨之叶，而乾没之辈不能窥，是臞儒之仙意也[12]。其宴居之斋曰"乐静"，盖取兵家《阴符》之书曰："至乐性余，至静则廉[13]。"《阴符》则吾未之学也，然以予说之，行险者躁而常忧，居易者静而常乐，则东郭之所养可知矣[14]。其经行之亭曰"浩然"，委而去之，其亡者莎鸡之羽；逐而取之，其折者大鹏之翼[15]。通而万物皆授职，穷而万物不能撄，岂在彼哉！由是观之，东郭似闻道者也⑯。

东郭闻若言也，曰："我安能及道，抑君子所谓'困于心，衡于虑，而后作'者也⑰。我为子家塐，轩冕不及门，子之姑氏怼我不才者数矣⑱，殆其能同乐于丘园，今十年矣。可尽记子之言，我将劖之南园之石⑲。它日御以如皋，虽不获雄，尚其一笑哉！⑳"予笑曰："士之穷乃至于是乎！"于是乎书东郭之乡族名字，曰新昌蔡曾子飞，作记者豫章黄庭坚。

注　释

①东郭居士：从原文可知，为新昌蔡曾子飞的名号；北宋新昌属筠州（今江西省高安市）人。

②嶃（chán）岩：高而险的山崖，"嶃"同"巉"。蓬荜：简陋居室。相关二句之意分别出自《庄子·天地》："以道观言而天下之君正，以道观分而君臣之义明"、《易·观》："观国之光，利用宾于王。"两句之意见赏读。

③汙（wū）行：不清楚的行为，"汙"同"污"。辞禄：辞去爵禄。自聋盲：自己弄得听不到看不到，意即不问世事。

④尝学于东西南北：曾到处游学。不偶：怀才不遇。

⑤驾而折轴：驾车而折断车轴。往而道塞：行走而遇道路堵塞。

⑥并锄：一起锄地耕种。乘屋：盖房子。不以句：意为不以有限的人生而追求没有止境的欲望，见《庄子·养生主》："吾生也有涯，而知也无涯。以有涯随无涯，殆已！"遽（jù）然：警觉貌，古时谓修道者独自悟道为独觉。

⑦肆志：放纵情志。市隐：居于闹市而不感寂寞，形同山林隐居。

⑧摠（zǒng）："摠"同"总"，聚合、拢共之意。雪坠：落雪。

⑨磊砢（luǒ）：许多石头堆砌貌。黼黻（fǔ fú）文章：原指衣服上的花纹图案，此谓绚丽景色。

⑩不足以给人之欲：谓山水景物不能满足普通人之欲望，而隐士却感到舒心快活。

⑪鲍明远：鲍照（约416—466），字明远，南朝宋诗人，文学家。冠霞：

指披云霞成仙之意。解玉：指解开玉佩而辞官。

⑫蝉蜕：原指幼蝉蜕下外壳而成虫，此谓解脱于污秽。翳（yì）：遮掩。心亨：内心通达。臞（qú）儒：指清瘦儒生，此谓东郭居士。

⑬《阴符》：指《阴符经》，相传为黄帝所撰，内容多为道家修炼之术。至乐性余，至静则廉：谓达到最快乐境界对待事物就不会敏感，达到最安静境界对待事物就不会有欲望。

⑭行险者：谓不惜冒险而图侥幸的小人。居易者：谓常以道自处，安居平稳的君子。

⑮莎鸡之羽：莎鸡，俗称纺织娘，其翅膀很薄。大鹏之翼：谓大鹏之翼很大，若垂天之云，见《庄子·逍遥游》。此两句谓委弃世俗而退隐，所失者如莎鸡轻薄之羽毛，微不足道；如一味追名逐利，所受之挫折，则如大鹏垂天之翼翅，将成难以承受之重。

⑯闻道：谓知晓事物真理，见《论语·里仁》："朝闻道，夕死可矣。"撄（yīng）：干扰、扰乱。岂在彼哉：彼指外物，此谓主动权不在于物而在于己，即悟道者不受外物所左右。

⑰若言：这样的话。困于心，衡于虑，而后作：谓心意困苦，思虑阻塞，才有此行为，见《孟子·告子下》。

⑱子家壻："壻"同"婿"，别人家的女婿。怼（duì）：原意为互相对峙、抵触，此处引申为怨恨。

⑲劖（chán）：凿、铲，此指刺刻下文字。

⑳御：驾车。如皋：水边之地。获雉（zhì）：打猎射中野鸡。见《左传·昭公二十八年》："昔贾大夫恶（长相丑陋），娶妻而美，三年不言不笑。御以如皋，射雉获之，其妻始笑而言。"

赏　读

本文作者"起笔扣题"。开头两句借用《庄子》和《易经》中的格言说事，即所谓从天道的高度来看待万物的名分，则无彼此之分，故能超然而乐；

而以草野之民的身份来念及国事，则心有忧思。这种开宗明义的写法，将抽象的义理作人格化的解读，表明此文虽名之为"园林游记"，实则意在推天道而明人事也。

作为黄庭坚的方外契友，东郭先生原也是一位行万里路、读万卷书的向学之士，与之交游者大多通过科举而成为达官显宦，独先生仕途阻羁而怀才不遇。犹如驾车而折断车轴，行路而遇路堵塞，不免使人心生郁闷。无奈之下，先生退而卜筑南园，不问世事，日夕与野老耕夫为伍，寻山向水而自得其乐。久而久之，"遽然"顿悟：欲求无穷而人生有限，以有限之人生追无穷之欲求，终不可得也。故反思以往的自己之所以不快乐，就在于对功名利禄太过在意，以致迷失了自我。如今"久在樊笼里，复得返自然"，才有了一种放飞自我且大隐隐于市的"独觉"。正如陶翁《归去来兮辞》中所谓"悟以往之不谏，知来者之可追。实迷途其未远，觉今是而昨非"，如此歧途折返，方能反求诸己，不受外物所左右，而成为矢志求道之隐逸君子。

黄庭坚为北宋文坛扛鼎诗人，其散文亦善于应用古诗的意象写景抒情。文中对游园过程的精彩描述，犹如园林中小溪淌水，流动着一种舒缓、婉约、典雅的韵调，让读者在感同身受中产生了与作者相向而行的心灵传感共鸣。即通过亲临其境似的游览，真切感受到一种忘世脱俗的情怀和对回归大自然的神往。全篇在内涵表达和创作技法上具有以下几方面的特征。

一、这篇游记重在抒发园林幽情，寄托精神追求，书写对园林景、人、事的体悟

作者当时在吉州太和任县令，虽然是"食贫自以官为业"，却能放下身段，像当今旅游行业的一位专线导游似的，一边向游客做精彩讲解；一边领着大家入园畅游。大家先抵青玉堂，调丝品竹，感知岁寒众芳摇落，竹林幽翠；随即凭栏翠光亭，一览松楠葱绿，群山叠嶂，揽空成色。登上冠霞阁，品鲍照名句，领略爽目舒心之快意；接着入座乐静斋，悠然品茗，近窥道家修炼之玄机。最后，行经浩然亭小憩，但见园林静谧，烟浮暮山。在这一静一动之中，仿佛作者与东郭居士联袂而来，导引着游客沿着既定线路图向终点行进，尽享此山水间特有的"至乐性余，至静性廉"之观感和意趣。游览至此，似已脱离了单纯的文字和音韵，在不知不觉间进入"不以物喜，不以己悲"的悟道之境。

二、初读黄庭坚这篇游记，笔者曾有过一个疑问：即文中若隐若现的导游似的人物，到底是本文的作者还是本园的主人？等到完成注释部分并反复研究之后，方知既非单一的作者黄庭坚，亦非单一的园主东郭居士，而是二者兼而有之的组合体

即在游览的过程中，作者与园主的角色是可随时互换的。这种互换的好处是，可以突破时空和游历线路限制，从远近、高低乃至过去与现在的不同视角，跳跃似的将园中风光一览无余。读者既像是一路与东郭居士结伴而行，入青玉堂、进翠光亭，观竹色、听松风，领略"岁寒三友"傲霜斗雪之坚贞品性；又像是随作者黄庭坚上冠霞阁、登浩然亭，一览绿树环抱、繁花簇拥、水榭亭台的景致，不仅尽得山水园林赏心悦目之乐，而且还感受到了作者蕴于内心的超脱世俗羁绊、归隐田园的终极追求。

三、作者着力标举的是一种远离尘世喧嚣的体验和超越人生的精神追寻，一言以蔽之曰：即"问道、悟道、得道"

文中所谓"不以有涯之生而逐无堤之欲""于是白首肆志而无弹冠之心，所居类市隐也""通而万物皆授职，穷而万物不能撄"等等，就对从问道起始、进而修炼悟道和最终遽然得道之心路历程，进行了"三段式"的诠释。所谓"道"，指的终极目标，可以说是贯穿全文的一根主线。故文章一开头即抛出天道人生的命题，显然意在区分"天道"与"人身"之间的关联与遥距，指出人当超越一己之身的忧患得失，通过如蝉蜕变似的修炼才能臻于道境。最后，又通过东郭居士"困于心，衡于虑，而后作"的自解脱困，阐述了道境的获得当是经历了人生种种挫折的结果，如此方能"遽然独觉"而悟道。换言之，人只有见机从现实的名利场抽身，回归和亲近自然，通过长期修身养性，当其眼界可洞彻事物的本质，超出这个物质世界的范畴，升华到物我两忘的境界，即天人合一时，就可以称为"隐而得道"。

四、此文语言精练、含蓄蕴藉、情景交融，具有将经术、议论、情感融为一体的艺术特色

通过导游似的讲解和领游，将东郭居士南园风光做了全景式的描述，表

现了作者追求平淡自然、戒急伏忍的修身养性本色和儒、释、道兼容的学养功夫，堪称黄庭坚传世散文中的经典佳作之一。文中所描述南园中的楼堂亭阁、竹石松楠、日月风露以及春夏秋冬情境转换等等，都是作者精心选取植入园林的重要景素，均是有着象征意义的文化符号，无不体现着文人意趣和精神秉性。在这里，作者以东郭先生在挫折中见机而归隐作为示范，表达了君子遇世道污浊，当寻机退避而知天达命，有所为有所不为，即在逆境中不气馁，不消沉，择善而从，退养修身，超然于世俗之外，从而将文章的寓意、气度以及对人生的感悟升华到了一个令人仰视的得道高度。

题李白诗草后①

余评李白诗，如黄帝张乐于洞庭之野，无首无尾，不主故常，非墨工椠人所可拟议②。吾友黄介读《李杜优劣论》③，曰："论文政不当如此。"余以为知言。及观其藁书，大类其诗，弥使人远想慨然。白在开元、至德间④，不以能书传。今其行草殊不减古人，盖所谓不烦绳削而自合者欤⑤。

注　释

①李白书名被诗名所掩，其书法仍为后人所珍爱。宋时草书、行书存有若干墨迹。今国内仅有《上阳台帖》存世，为李白所书自咏之诗："山高水长，物象千万，非有老笔，清壮可穷。十八日，上阳台书，太白。"此帖现藏故宫博物院。

②不主故常：不按常规。墨工：木工，因用墨斗弹线量直而名之。椠（qiàn）人：雕刻木版的技工。拟议：筹划、议论。

③黄介：名介、字几复（1037—1088），豫章（今江西省南昌市）人。与黄庭坚为同科进士，相交一生的挚友。李杜优劣论：宋人评李杜，因个人视角和喜好不同，多有"扬李抑杜"或"扬杜抑李"之纷争，终难分轩轾。可详见元稹为杜甫所作《墓係铭》。其文中称："诗人以来，未有如杜子美者。

是时山东人李白，亦为奇文取称，时人谓之'李杜'。余观其壮浪纵恣、摆去拘束、摹写物象，及乐府歌诗，诚亦差肩于子美矣。至若铺陈终始、排比声韵，大或千言，次犹数百，辞气豪迈而风调清深，属对律切而脱弃凡近，则李尚不能历其藩翰，况堂奥乎！"

④薶（gǎo）书："薶"同"稿"，薶书为草书的别称。开元：唐玄宗年号。至德：唐肃宗年号。

⑤不烦绳削而自合：意为不劳雕琢加工即已符合法度。语出韩愈《南阳樊绍述墓志铭》。

赏 读

在文风鼎盛的天水一朝，黄庭坚以"诗书双绝"之名享誉宇内。猜想山谷先生也懂得名家书写之优势叠加效应，故其一向偏好在别人的诗卷、书帖、画册上题诗留跋，此文即是他传世的有关诗书的题跋之一。或许在诗帖上题写受尺牍空间所限，这篇跋文仅百余字，却是洞若观火，颇见诗书行家锐利的艺术眼光。如此这般的唐、宋两位诗书大家的"隔空连线"，后者寥寥几语品评，即能挠到前辈李白诗、书飘逸灵动的"痒"处。

黄庭坚一开始即引用《庄子》中"帝张咸池之乐于洞庭之野……"所载逸事，来类比和评赏李白的诗歌。认为李诗气势宏大，如入无人之境，自有帝王气度；诗风汪洋恣肆，纵横飘逸，不受时空约束，犹如神龙腾云之见首不见尾。以此之故，李白那种看似疏狂无边、偏离所谓范式的诗风，自是不易被中规中矩的书匠艺人所认同。由此还引申出了自唐以来有关李白、杜甫诗歌孰优孰劣的纷争问题。山谷的好友黄几复认为李杜诗歌风格迥然不同，本不宜凭主观喜好轻议优劣，进而作无谓的争议。黄庭坚非常赞成黄几复的看法，认为是行家公允之论。接着在亲眼鉴赏过李白一副草书真迹后，山谷对诗仙书法做了颇有见地的简要评价。认为李白书风与诗风相类似，那种飘逸洒脱、豪放不羁的风格，不由得后人不心生慨叹。从盛唐到中唐，是诗家辈出、诗歌鼎盛之世，李白诗歌飘逸灵动风格和仙风道骨般的秉性，曾被武则天朝的状元贺知章称为"谪仙人"。此后，诗仙大名不胫而走，致使其书名长期被诗名所掩。黄庭坚认为李白的传世行草水准，绝不会在古时的杜度、崔瑗、张芝等草书名家之下，并认为诗仙书法的最大特点是：不加雕琢而自然符合法度，犹如其五言古风所谓"清水出芙蓉，天然去雕饰"。

从以上解读可看出，黄庭坚这篇《题李白诗草后》的题跋，行文虽短，却是言简意赅，评点精当，还牵涉了文史上纷争已久的两大公案：其一是李杜诗歌优劣论；其二是李白书法的真实水平。这两个折腾了逾千年的话题，遗留至今，似乎仍是余音未绝，需费些口舌分而述之：

其一，有关李杜优劣论纷争，起自中唐。之前的盛唐乃文学盛世，诗歌独领风骚。当时的李太白，御驾恭请，自是高山仰止，独占鳌头。杜甫虽有诗名，但尚不能与当时大名鼎鼎的李白相提并论。到了历经"安史之乱"后的中唐，百废待兴，文风渐由雄浑豪迈转向了笃思务实。白居易、元稹发起新乐府运动，提出了"文章合为时而著，歌诗合为事而作"的创作主张，强调诗歌惩恶扬善、补察时政的功能。这种偏于写实的取向，加上元白个人审美喜好，由此一反之前的李前杜后或李杜并重之论。元稹在一味捧杜的同时，不忘顺带贬李，说李白"及乐府歌诗，诚亦差肩于子美"（见《唐故工部员外郎杜君墓系铭并序》）；至于格律诗歌创作方面，则是杜强李弱向来为世所公认。有"诗魔"之誉的白居易，则在其著名的《与元九书》中附和元稹的观点。文史上元白齐名，算是二人联手开了扬杜抑李之先河。然而当是时也，韩愈、柳宗元等诗文大家并不认同元白的看法，而是力主"李杜并重"。此外，还有持论李前杜后的一派，坚持扬李而抑杜。凡此等等，导致一时间李杜优劣纷争不已。由于元、白既是诗坛领袖，又为朝中重臣，故扬杜抑李派最终占据了上风。流风所及，自中唐、晚唐乃至唐末五代，虽然论名气李大杜小，但大多数情况下都是更推崇杜诗的。

到了重文偃武的北宋之初，点缀升平的西昆体风靡一时。由于其代表人物杨亿、刘筠、钱惟演之辈，出于个人对大、小李（李白、李商隐）的崇尚和偏好，加上他们本是看低杜甫派，故李杜优劣之争即发生反转，扬李抑杜又开始占据上风。不过，到了北宋中期，欧阳修倡导复兴古文运动并取得成效，西昆体华丽雕琢诗风日趋式微。唐诗高峰之后，以创新为标榜的宋诗，主理趣的风格渐成格局，诗风趋向务实致用。加上科举制度的日趋完善，进士科的诗赋、策论考试成了天下士子踏入仕途的敲门砖。在此大背景下，对诗歌的炼字、炼句、对仗和格律音韵的探讨研习成风。杜诗之诗法谨严、精工合律，尤其是晚年以"诗律细"闻名的格律诗，差不多成了士子学诗备考的"教科书"。故反过来，扬杜抑李又大行其道。特别是到了北宋后期，应运而生的"江西诗派"把杜甫抬升到了"祖师爷"的地位。一时间，扬杜抑李更是占据绝对上风。出人意料的是作为江西诗派鼻祖的黄庭坚一向推崇杜甫，以学杜诗为标榜，但他并未受扬杜抑李之风所左右。在此跋文中对李诗飘逸风格做了精当概述，并予以极高评价。之后不久，他还书写了其草书代表杰作《李白忆旧游诗》长卷。由此可看出，尽管不同时期的两大诗人风格迥异，但并未妨碍山谷对李白诗歌的欣赏。不仅如此，在文中他还借好友黄介之口，表达了李、杜诗歌理应并而重之的意思。得出了两者各有所长，诗风截然不同：前者洒脱浪漫，后者倾向写实，并无可比性的结论。实则指出了自唐以来的扬李抑杜抑或扬杜抑李之争，均是不当之论。

其二，从李杜优劣论中衍生出的是李白书法真实水平之争。在唐代，被誉为"诗家天子"的李白，曾应诏入朝供奉翰林，相传挥笔作诗，立等可取，书法自应是十分了得。唐代孟棨在《本事记》中就描述过："白取笔抒思，十篇立就，笔迹遒利，凤峙龙拿。"惜乎此后，李白书法成就因其诗名太盛而不为世人所注重，甚至渐渐被忽视了。到北宋之后，李白墨迹存世已然稀少，对其书法水准之争则持续不断。多数一派意见认为李白书法水准很高，独具一格，足可与历代书法大家媲美；少数一派意见则认为李白书法稍嫌章法随意而偏离范式，难称一流大家，远不能与其诗歌达到的高度相提并论。其实，李白书法笔力到底如何，最好的办法是拿出其书法作品，由行家进行直观鉴赏和横向比较，似更能得出较有说服力的结论。可惜从盛唐开始，乃至后世，李白书名长期为诗名所掩。大多数人不知诗仙李白的书法也是有两把刷子的，加上李白书法流失很严重，其生前创作的既是诗歌又是书法的作品，渐渐地只见其诗传世而鲜见其书留存。也就是说李白书法作品早在唐代就大多散佚了。除了上述孟棨之外，不太可能留下更多同时代书法家对其作品的直观感受和评价。

历史经两宋、元、明、清到了近现代之后，李白书名渐渐鲜为人知。也就是说，因李白的诗名实在太大，以致长期掩盖住了他的书法成就。至今，偌大的华夏神州，仅故宫博物院藏有一副据称是李白唯一的存世书法真迹。这副名为"上阳台帖"的行草，用笔纵放飘逸，雄健流畅，是《李白墓碑》中称其"思高笔逸"的国内唯一的实物见证，可谓价值连城。因全篇仅寥寥二十五字，仍不足以窥见李白书风的全貌。无独有偶，到了二十世纪八十年代，另一副李白存世的《嘲王历阳不肯饮酒帖》书法惊现东邻日本，引起两国学界的极大关注。经权威专家运用现代技术手段多方鉴定，确定为唐时遗物。尽管是否确为李白手书真迹尚存争议，但有专家认为，这首五言古风诗写的是嘲笑友人不肯饮酒而有失隐者风范之逸事，与李白诙谐豪放诗风十分吻合。此帖全篇五十字，为接近汉魏碑书的行楷，与《上阳台帖》书体有所不同，亦是笔锋刚劲洒脱，符合李白诗风、书风个性特征。故此，将两书帖两相对照，可印证李白不仅善书，而且楷、行、草书皆能。只是由于时代相隔久远，限于目前的技术条件，要进一步论证《嘲王历阳不肯饮酒帖》确凿无疑为李白手书遗物，以及找到它如何东渡日本的实据，实在是一项暂不可能完成的任务。

如上所述，李白书法真实水平究竟如何，可靠的实物见证绝少。碍于古今存有争议、莫衷一是的情形下，最靠得住的理应是"宋四家"之一的黄庭坚的看法了。这不单是北宋距李白所处的盛唐不远，更重要的是黄庭坚既是著名诗歌和书法大家，又曾有史馆书局任职的履历，有可能比别人亲眼见到李白更多的传世书法真迹。据《宣和书谱》载，宋廷内府就收藏有李白行书《太华峰》《乘兴帖》两副，草书《岁时文》《咏酒诗》《醉中帖》三副，惜乎此五副书帖早散佚了。诚然，李白这些书作能被宋皇家内府珍藏，一方面说明了其书法真乃大家手笔；另一方面说明了山谷写此篇《李白诗草后》题跋时，肯定见过不止一副李白书法真迹。以此之故，还可说山谷以诗书行家的身份，对李白书法及其技艺水准做出的评价，有着不容置疑的实证性和权威性。

　　再者，现存李白珍贵无比的存世墨迹《上阳台帖》，虽只寥寥四句四言诗，但历代收藏题跋众多。其中"艺术天子"宋徽宗、元代收藏与书法兼具的大行家张晏等在题跋中，均对李白书法与其诗风相近的飘逸个性，做了与黄庭坚差不多一致的高度评价。由此可见，山谷当年在反复鉴赏他所看到的李白诗草后，其眼光是锐利的，直观感受是准确的，评价亦是恰如其分。李白书风一如其诗风，豪放飘逸，时常出人意表；最难能可贵的是李白行草"不烦绳削而自合"，意即不劳雕琢加工即已符合法度，亦即看似无法度实则暗合法度，谓之有法度实则又无法度。古往今来，能够达此"似无实有"之境界者，当有资格入列历代书法大家的行列。以此艺术鉴赏标准来衡量，李白绝对当得起"诗书双绝谪仙人"之桂冠。

　　最后，补充说一句并非题外的话：与现今许多书法家不同，李白书法大多是自己书写自己的诗文作品，而不是动辄抄写别人的名诗警句。窃以为，如此方能直抒胸臆，尽情表达眼中所见所闻和内心所思所感，从而"入乎其内，出乎其外"，做到诗为心声，书为心画，从而达到"不烦绳削而自合"之至高境界。

松菊亭记①

　　期于名者入朝，期于利者适市②，期于道者何之哉？反诸身而已③。钟鼓管弦以饰喜，鈇钺干戈以饰怒，山川松菊所以饰燕闲者哉④！贵者知轩冕之不可认而有，收其余力以就闲者矣；富者知金玉之不可守而有，收其余力以就闲者矣⑤。

　　蜀人韩渐正翁，有范蠡、计然之策，有白圭、猗顿之材，无所用于世，而用于其楮中，更三十年而富百倍，乃筑堂于山川之间，自名"松菊"。以书走京师，乞记于山谷道人⑥。山谷逌然笑曰：韩子真知金玉之不可守，欲收其余力而就闲者⑦。予今将问子，斯堂之作，将以歌舞乎，将以研桑乎⑧？将以歌舞，则独歌舞而乐，不若与人乐之；与少歌舞而乐，不若与众乐之⑨。夫歌舞者岂可以乐此哉！邺饥问寒以拊孤，折券弃责以拊贫，冠婚丧葬以拊宗，补耕助敛以拊客，如是则歌舞于堂，人皆粲然相视，曰：韩正翁而能乐之乎⑩！此乐之情也。将以研桑，何时已哉！

　　金玉之为好货，怨入而悖出，多藏厚亡⑪。它日以遗子孙，贤则损其志，愚则益其过。韩子知及此空为之哉⑫！虽然，歌舞就闲之日，以休研桑之心，反身以期于道，岂可无孟献子之友哉？孟献子以百乘之家，有友五人，皆无献子之家者也⑬。必得无献子之家者与之友，则仁者助施，义者助均，智者助谋，勇者助决，取诸左右而有余，使宴安而不毒，又使子弟日见所不见，闻所不闻，贤者以成德，愚者以寡怨⑭。于以听隐居之松风，裛渊明之菊露，可以无愧矣⑮。

注 释

①据文中所述：松菊亭为蜀中富商韩渐（字正翁）所建私家楼阁。此记当为元祐年间山谷在京师时，应韩正翁之请求所作。

②期于二句：意为期望争功名者要入朝为官，期望争利者要入市交易。见《战国策·秦策》："争名者于朝，争利者于市。"

③何之哉：怎么办呢？反诸身：反过来从自身找原因，意为期望悟道者，当反求诸己，为古人内省修养之法。

④饰：意为表达，饰喜即表达欢乐。饰怒：表达威严。燕闲：安乐悠闲。

⑤不可认：意为存在不确定因素。不可守：意为藏储不住。收其余力以就闲者：将过剩精力用于享受安乐生活。

⑥范蠡、计然之策：指像二人一样的理财致富之道。范蠡春秋末谋略家，助越灭吴后，相传远遁江湖经商成巨富。计然传为范蠡之师。白圭、猗顿之材：指像二人一样善于经商。白圭、猗顿为战国时人。楮（chǔ）：纸的代称，此指钱币。更三十年：中间经三十年积累。以书走京师：写信寄到京城。乞记：乞求为之作记。

⑦逌（yōu）然：脸色宽舒状。

⑧研桑：谋利算计。研，计然姓辛名研；桑，指汉桑弘羊。二人均以善算计理财闻名。

⑨"将以"六句：可参见《孟子·梁惠王下》：曰"独乐乐，与人乐乐，孰乐？"曰："不若与人。"曰："与少乐乐，与众乐乐，孰乐？"曰："不若与众。"

⑩恤（xù）：救济。拊：抚育。券：债券，双方各持一半为据。责：通"债"。拊宗：抚养贫穷宗亲。

⑪好货：贵重物品。怨入而悖出：烦琐地入账而又不甘愿支出。厚亡：亡失很多。

⑫遗：留传。空为之哉：愿望落空了。

⑬孟献子：春秋鲁国大夫，孟子先祖，主张节用和发展生产。卒后谥号为献，世称孟献子。

百乘：一百辆马车，此指财产富有。家：此指卿大夫领地。

孟献子之友：见《孟子·万文下》记弟子向老师问朋友之道。孟子答道："友也者，友其德也，不可以有挟也。"并举鲁国大夫孟献子为例，说其与牧仲等五人为友，心中并不以为自己权位高且富有，而这五位友人，如也存有孟献子富贵的想法，也就不能成为他的真正朋友了。

⑭使宴安而不毒：谓不能耽于安乐而危害其精神。子弟日见所不见，闻所不闻：此谓弟子学业修养日有长进。见扬雄《法言·渊骞篇》："七十子之于仲尼也，日闻所不闻，见所不见。"

⑮听隐居之松风：见隐逸诗人林逋句："入手凉生殊自慰，耳频长听隐居风。"裛渊明之菊露：裛（yì），通"浥"，沾湿。见陶渊明《饮酒》诗句："秋菊有佳色，裛露掇其英。"

赏 读

从山谷文中所述可知，他当年面对的是一篇类似时下的"高考"作文。给出的材料是：一富甲巴蜀的韩姓富商，出巨资修建了一座拟名为"松菊"的私家楼阁，为附庸风雅，特地托人带信至京师，请求黄庭坚为其撰写一篇装点门面的文章，题目自拟，稿酬从优。

彼时在朝修撰《神宗实录》的黄太史，连记载皇上的文字都出自其手笔，应付一乡绅的"考题"自是不在话下。稍加审视思考，一篇题为"松菊亭记"的作文即一挥而就。由于山谷名大才高，即便是作文乃儒者末事，预估得分当在"满分"之列。以下借鉴当今"高考"随机抽卷试评的方式，对这篇虚拟"作文"进行三个方面点评解析。

一、此文开篇即提出该如何对待名与利的问题，并通过"期于道者何之哉？反诸身而已"的自问自答，开诚布公地亮明了"追名逐利不如就闲"的中心论点

如此，既回避了跟富商巨贾谈金钱的多余话题，又指出人生的成功不能局限于拥有轩冕之贵和金玉之富，即不止于物质上的收获，还应有精神上的追求，包括对他人、对社会有所回馈和通过修身养性来完善道德人格等均为题中应有之义。作者如此开宗明义地急切"破题"，或许是出于两点考虑。其一是收到韩渐的"求文"信之前，山谷与其素昧平生，且无任何沾亲带故关系，故与陌生人说话，与其大道理拐着弯说，不如"丑话"说在前头，反正能以理服人即可。其二是鉴于韩渐商人的身份，作者或多或少有所顾忌。因为由士、农、工、商"四民"构成的封建社会，等级森严，士贵商贱，处于顶层的"士"与居于末流的"商"，若无特别之需，大多在文字上老死不相往来，否则，难免有为士不尊乃至沾染"铜臭"之嫌。而作者既要替富商完成"贴金"之记文，又不能坐失自己士大夫的节操，也就是一开始就要拿捏好有关名利取舍的分寸。

二、山谷以旁观者的身份不在商而言商，通过列举史上范蠡、计然、白圭、猗顿等成功富商的事例，概述了韩正翁"无所用于世而用于其楮中，更三十年而富百倍"的发家致富之道，即与诸多前辈一样靠成功经营而成为一方巨贾，并穿插概述了作记的缘起

随后是对所建楼堂用途的一连串发问，在明知对方无法作答的情形下，作者代为一一解答。即若是用作歌舞宴乐，理应如亚圣孟子所言：自己一人独乐，不如与人同乐；而与少数人同乐，又不如与众共乐，才能领会到人生的真乐趣。若是用于个人投资，一味地追求无止境的生财谋利，倒不如将富余钱财用于安老、助幼、扶贫、济困等社会慈善活动。如此才能真切感受到财富给自己带来的心灵愉悦，以及对自己、对他人和对社会带来的真实作用。虽说是"天下熙熙，皆为利来；天下攘攘，皆为利往"，但一切功名利禄不过是身外之物，荣华富贵生不带来，死不带去，如过眼云烟转瞬即逝。人生贵在对生命存在意义的追寻和体悟，故个人创造财富，既要取之有道，又要用之有益，即将钱财用于既利己又利他的地方，才能发挥钱财的最大增值效应，使之得其所哉，自己才能真正得其乐哉，亦即活出生而为人的意义和实现生命的价值。

三、说一千道一万，作者并不讳言，有钱确实好处多多

然而，人的本能欲求往往是嫌收入少而恨支出多，赚多了花得也越多。富甲一方之人，都将面对如何消费与留传子孙的两大问题。如打算日后让子

孙继承遗产，儿孙贤达的会消损他们的创业动力；儿孙不成器的会加大他们的过错。韩老先生如懂得儿孙自有儿孙福和富不过三代的道理，还会在这方面白费心机吗？那么，自身消费除了适度歌舞宴乐和悠闲安居之外，当打消无节制谋利生财的念头，回到自身的修身养性。这就要学习古时孟献子的为人处世态度。孟献子其人，名尊位贵且家产丰厚，他有五位至交挚友，这五人均不是冲着其钱财与之结交的。只有结交到不为名利而来的朋友，他们中仁爱者会助你广施恩泽；重义者会助你理顺财产分配；有智者会助你精心谋划；有勇者会助你果敢决断。一旦遇到难以取舍之事，与身边人相商即可应付自如。如此，既可使歌舞宴乐不过于奢华，又可让子弟们增广见识，看到之前没有看到的，听到以前没有听到的。以至于贤者可以修身积德，愚者尽可能少犯过错，然后像隐士林逋那样听松风，陶渊明那样饮菊露，怡然自得其乐。如此生而为人，就没有什么好愧疚和遗憾之事了。

最后，还有一相关逸事得费些口舌说明一下。大约在十多年前，我在上网浏览时，看到北京大学"胡适人文讲座"发布的一则消息：大致内容是某顶级大学一华裔教授，在北京大学作的关于古典文学文本不同解读方法的讲座，新意迭出，令听众颇感兴趣。此君演讲中主要解读了北宋时期的两篇散文，一篇是苏轼的《石钟山记》；另一篇即是黄庭坚的《松菊亭记》。当时，我正在为写《黄庭坚传》而收集相关资料，华裔教授有关"二记"讲座内容当即被我下载并复印下来，以备日后深究和细读。

对于"苏记"，因非本人的关注重点暂且忽略不论，有关"黄记"的解读则给我留下很深的印象。归纳起来华裔教授大致有两个出人意表的新见解：一是黄庭坚除诗书外，散文的造诣也很高，可视为唐宋八大家之后的第九家。二是黄之所以在《松菊亭记》中不忌讳言商谈钱，是因为他写此记收取了富商一笔不菲的润笔费（查无实据）。对于前一点，向来为人所乐道，我当时不以为然，但今天倒是举双手赞成。对于后一点则是至今仍不敢苟同。从那时起，我一直在研究中留意山谷为人作文的稿酬问题，得出结论是：山谷一生仗义疏财，在稿费问题上从不计较。比如当时在各类稿酬中数墓志铭最为丰厚，山谷就曾与东坡相商尽量少写或拒写墓志铭。有时在盛情难却的情形下，偶尔收取一些润笔费，也多半是视不同情况而定，合理适量收取或少收多不收。如遇上韩富翁这样素不相识者，当然不会拒收酬谢；而遇上朋友熟人，则是基本不收或拒收。不然，凭山谷在北宋文坛的大咖地位和历任地方、朝廷多个官职，何至于早年因家庭人口多、负担重而出现过"老夫往在江南贫甚，有于日中而空甑无米炊时"的窘况（见黄庭坚《药说遗族弟友谅》）。到了晚年，山谷两遭贬谪，但每到一地，对其诗书追捧索求者甚众。化用现在时髦话来说即是"明明可以靠作诗写字吃饭，却偏偏要坚守洁身自好的底线"。不然，何至于最后客死异乡而身无余资，甚至其遗骸还是后来由朋友出资送归故乡。凡此等等，均印证此位华裔教授所谓"黄庭坚的出现打破了中国文人要么当官、要么当隐士的传统，另一条途径就是文人也可卖文为生"云云，是经不起推敲的荒腔走板。当然，此君来自遥远的大洋彼岸，仍对中国古典文学莫逆于心，本身就值得我等后学景仰。对其讲座中的某些观点不认同，也只在本赏读的结尾处顺带一提，自以为无关全文主旨亦无伤大雅！

陈留市隐并序①

陈留江端礼季共曰②："陈留市上有刀镊工，年四十余，无世家子姓③；惟一女年七岁矣，日以刀镊所得钱与女子醉饱，则簪花吹长笛④，肩女而归，无一朝之忧，而有终身之乐。疑以为有道者也。"陈无己为赋诗，庭坚亦拟作⑤。

市井怀珠玉，往来人未逢⑥。乘肩娇小女，邂逅此生同⑦。养性霜刀在，阅人清镜空⑧。时时能举酒，弹镊送飞鸿⑨。

注　释

①陈留：地名，北宋时属京畿路开封府管辖，今为河南省开封市陈留镇。市隐：谓身居市井而行为高洁的人。见《晋书·邓粲传》："夫隐之为道，朝亦可隐，市亦可隐。"

②江端礼（1060—1097）：字季共，宋开封陈留人氏。少游太学，学诗律于黄庭坚。尝驳柳宗元《非国语》，为苏轼称许。

③刀镊（niè）工：俗称剃头匠。刀镊，即刀与镊子，修剪头发的工具。世家子姓：原指富贵人家子弟，此谓不知其家与姓名。

④簪（zān）花：戴花头上，插花于冠。

⑤陈无己：即陈师道（1053—1102），字履常，一字无己，号后山居士。

徐州彭城（今江苏省徐州市）人。"苏门六君子"之一，工诗能词，江西诗派重要诗人。

⑥市井怀珠玉：怀揣珠宝过街市。比喻贫居而怀德行之人。见《老子》："知我者稀，则我者贵，是以圣人被褐而怀玉。"

⑦邂逅：没有相约而遇到。

⑧霜刀：磨得光亮如霜的刀。阅人：观察人生。镜空：客人用来照脸的镜子空着。

⑨弹镊：弹敲镊子。此处暗用《战国策·齐策》中冯谖弹铗作歌的故事与嵇康《四言赠兄秀才入军诗》中"目送飞鸿，手挥五弦"之句意，暗喻陈留刀镊工品行高尚。

⑩附：陈师道《陈留市隐者》："陈留人物后，疑有隐屠耕。斯人岂其徒，满腹一杯羹。婷婷小家子，与翁同醉醒。薄暮行且歌，问之讳姓名。子岂达者与，槁竹聊一鸣。老生何所因，稍稍声过情。闭门十日雨，吟作饥鸢声。诗书工发冢，刀簬得养生。飞走不同穴，孔突不暇黔。"

赏　读

通常而言，一篇列在诗之前的序，称之为"小序"，以示与《毛诗》所谓"大序"有别。小序多用于概述主要内容或作诗的缘起，在全篇中起到的是辅助或说明作用，篇幅多半是诗言长而序言短。黄庭坚这篇《陈留市隐并序》则有别于常态，序比诗之文字多了一倍有余。乍一看，给人以头重脚轻的观感，且所述内容与诗咏之事大体相近类同。不难看出，如此行文是山谷针对特殊题材的刻意为之，以借助诗之前的序言，预示作者对刀镊工平凡而自得其乐生活的由衷向慕与赞赏，尽可能将这位民间手艺人之超凡脱俗形象与举止，速写似的生动、饱满地刻画出来，并加以充分描述和适度美化。

诗序所述剃头匠逸事，并非山谷亲历所见，它来自其学生江端礼的转述：说的是陈留街市上有一年届不惑的刀镊工，不知其家居何处和姓甚名谁？只有一个七岁女孩与他一起生活。此人每天凭手艺赚钱供自己和小女孩过活，吃饱喝足后则头上插着鲜花，口中吹着长笛，肩上扛着女孩一道回家。看上去无忧无虑，乐在其中，猜想当是一位"大隐隐于市"的得道高人。陈师道曾赋诗咏赞其人，令山谷感慨不已，亦拟作诗一首。

与陈无己所作五言古风稍有不同，山谷采用的是五言律诗，诗中除二三处用典之外（见注释），几乎没有生僻字，所咏内容与序言所述亦大致相同，故对诗歌部分的解析从略。以下仅将"两诗"所述主要内容略作比较，并就诗序所涉人与事做相关延伸解读：

一、这两首诗均作于元祐二年（1087），陈诗作于前，黄诗作在后

黄庭坚当时在京师任秘书省著作佐郎，参与修撰《神宗实录》，与苏轼、秦观、张耒和陈师道等同朝为官。公事之余，师友之间时常游乐聚会，往来密切，且多以诗词相互酬答唱和。以苏、黄为核心的元祐京师文化圈，除所谓苏门"四学士"与"六君子"等主要成员之外，也吸引了莘莘学子参与其中，序言开篇即提到的江端礼即是其中的一员。

江端礼其人，家住京畿陈留，年少时游于太学。他年龄虽小山谷十六岁，但二人一见如故，特别投缘，遂结成忘年之交。季共师从山谷学诗填词，是出入黄庭坚京城居所——卧醋池寺的常客。有一回，他造访黄府，讲起自己曾在陈留市上见过一位刀镊工之逸事。说者无心而听者有意，山谷对此位剃头手艺人十分感兴趣，并追问此人及小女孩的下落。惜乎此君漂泊江湖，行迹不定，季共也只是偶遇，之后并不知其所踪。为此，黄庭坚继陈师道之后，作五言律诗一首以记其事，表达了对这位情操高洁的街头手艺人的赞赏之情，以及"只闻其事、不见其人"的些许遗憾。

二、陈师道与黄庭坚交谊深厚，二人亦师亦友，同为"江西诗派"的开创者

对于这位偶尔现身陈留市井的隐者，两位大诗家一同为之赋诗则不多见。将陈、黄之诗略作比较，或许有助于读者加深对陈留刀镊工的了解，并领略这两首同题诗"借人咏怀"的寓意所在。

其一，陈诗属五言古风，全诗九十字；黄诗属五言律诗，全诗四十字。众所周知，由于古风不受格律、字数约束，故能较完整地叙述刀镊工的传奇逸事；五律则受平仄、对仗和字数所限，故需在诗之前加写序言，使二者互为印证和补充，尽可能将陈留隐者传奇故事较完整地叙写出来。

其二，据陈师道诗中自述，作者曾在陈留街市上亲眼见过此人，还询问过其姓名而对方未做回答；山谷则未见过剃头匠尊容，有关此君的故事完全听自学生江端礼转述。因此之故，陈诗对刀镊工描写更具现场观感，即更接陈留市井"地气"。黄诗则渗入了更多想象因素，音韵铿锵而规范，诗中首、尾联的用典亦恰到好处，更具诗情画意和艺术韵味，但毕竟是未身临其境和亲见其人，读之或多或少有隔了一层薄纱的疏离感。不似陈诗中"老生何所因，稍稍声过情。闭门十日雨，吟作饥鸢声"之句，写得生动、具体和更贴近江湖手艺人的实际生活情况。

其三，黄、陈之诗均是在京城汴梁所作。当时，二人先后奉调入朝任名气大而品级低的馆阁文史官员。在"居大不易"的京都，陈、黄均属于长期郁郁不得志而沉沦下僚的名士。尽管两个人都出身仕宦之家，但境遇略有不同。陈无己童年时家道衰落，生活十分困苦，时常不免饥寒；后来被荐举入仕，亦是官微人轻，家境贫穷，妻女需在岳丈家就食。山谷年少时家境优越，虽因其父英年早逝，生计曾一度限于困窘，但先后得到任高官的舅父李常与岳丈孙觉的大力帮扶，加上其二十三岁即中进士，历任府学教授、知县和朝中太史，家庭生活虽谈不上锦衣玉食，但总体上属温饱不愁类型。

正是上述二人之间看似不大的地位、家境和生活之差别，决定了他们诗歌即便写同样的人与事，也有着明显的视角和感受不同。陈诗称许刀镊工"刀鑭得养生"，即靠手艺自食其力，且有"仁者爱人之心"收养了一个小女孩，以"满腹一杯羹"为心满意足，更偏于从物质生活层面的感受来看问题，对于这位漂泊江湖、处于社会下层的劳动者，寄予了感同身受似的理解与同情。黄之诗文对剃头匠平凡而自得其乐的生活不吝赞美之词，更多偏于精神层面来看待其"市井怀珠玉"的隐者风范，推断其无拘无束而游艺于市井，当是一位有"道"隐者；认为他寄迹于刀镊之业，是大隐于市，实怀金玉本质，并特地加写了小序来概简述其境况和点明写作动机。如此于平凡中见不凡，于细微处见精神，反映了作者思想中超尘绝俗的倾向，以及自身一直纠结于"出世"与"入世"的矛盾心理，在颂扬隐者的同时，也抒发了久蕴于内心对仕宦生涯的厌倦、淡漠和对归隐山林的向往之情。

解　疑

　　或议涪翁御奴婢不用鞭挞[1]，能慈而不能威。涪翁笑曰："奴婢贱人，不过为恶而诈善，慢令而诈恭[2]，当其见效在前，虽我亦不能不怒，退而自省不肖之状，在予躬者甚多[3]，方且自鞭其后，又何暇舍己之沐猴而治人之沐猴哉[4]？"

　　或曰："孔子曰：'小惩而大戒，小人之福。'然则非欤[5]？"涪翁曰："然。有是言也。不曰'不教而诛谓之虐，不戒视成谓之暴，慢令致期谓之贼乎'[6]？今之用鞭挞者，有能离此三过者乎？昔陶渊明为彭泽令，遣一力助其子之耕耘，告之曰：'此亦人子也，善遇之[7]。'此所谓临人而有父母之心者也。夫临人而无父母之心，是岂人也哉！是岂人也哉！"

注　释

　　①涪（fú）翁：山谷绍圣二年（1095）被贬为涪州别驾、黔州安置（今重庆市彭水苗族土家族自治县），抵贬所即在涪陵水边结庐自居，时年五十一岁，又自号涪翁。此文为山谷入巴蜀后所作。鞭挞：用鞭子扑打。

　　②贱人：多指社会底层女性佣人。慢令而诈恭：轻慢主人而装作恭敬的样子。

　　③自省不肖之状：自我反省做得不对情状。不肖，品行不正，多表自谦之词。在予躬者甚多：自己需要改正的缺点很多。

④又何暇一句：又怎么有闲暇放任自己装样子，却要惩治他人装样子呢？谓猴子戴上帽子扮人，表面上像个人物，实则不像。见《史记·项羽本纪》："人言楚人沐猴而冠，果然。"

⑤小惩三句：意谓稍加惩罚，使之接受教训，以免犯更大的错误，这对下人来说是件好事。既然如此，那就没有什么不对的。见《易·系辞下》："小人不耻不仁，不畏不义，不见利不劝，不威不惩。小惩而大戒，此小人之福也。"

⑥不教三句：意谓不经教化便加以杀戮叫作虐；不加告诫便要求出成绩叫作暴；起先松懈而后突然做出限期叫作贼。见《论语·尧曰》："子曰：不教而杀谓之虐；不戒视成谓之暴；慢令致期谓之贼。犹之与人也，出纳之吝谓之有司。"

⑦昔陶渊明五句：昔日陶渊明任彭泽县令后，派一仆人回家助其儿子耕作，并告诫儿子说："其虽是仆人，但也是父母所生之子，望好好对待他。"

⑧夫临人而无父母之心，是岂人也哉：对待别人的孩子没有为人父母的怜爱之心，还算是正常的人吗！

赏 读

本文开篇借旁人之口来称赏作者为人友善，即便是对待家中的仆佣，也尽量待之以仁慈而从不依仗威势。山谷对此感慨道，奴婢作为处于社会最底层之人，她们有时暗地里使坏却装作老实善良的样子；有时轻慢主人却装成恭敬的样子。此类装幌子现象看在眼里，对我这样一位文士来说，一时也会怒不可遏，但退而转念一想：诸如此类的"不肖之状"，在自己身上也或多或少地存在，自责犹恐不及，哪里还有闲暇放任自己装样子却要惩治别人装样子呢？

还有人说，孔子说过：对于下人犯错稍加处罚，使之接受教训并引以为戒，以免犯更大的过错，对他们来说未必是件坏事。对此，山谷回复道：孔子确实说过这样的话。不过《论语·尧曰》中亦有云：对待治下民众，不经教化便加以杀戮叫作虐；不加告诫便要求其成功叫作暴；起先松懈而后突然做出限期叫作贼。试想，如今仍沿用鞭挞之法管理奴婢者，又有谁能撇得开孔子所述的这三种过错呢？

昔日陶渊明任彭泽县令，遣派一仆人回乡助其儿子耕作，并告诫儿子道：仆人也是其父母十月怀胎所生之子，务必善而待之。这即是所谓用为人父母之心对待他人。假如对待地位比自己低微的人毫无父母怜悯之心，那就不算是正常人，甚至不能算是人了。

从以上解读可看出，此文采用了一种略带调侃的问答方式展开叙述，问话者是假设之人，作答者则是作者本人。这种别具一格的叙写方式，相对来说更贴近现实生活，更能引起读者的共鸣。一方面作者在文中身份可随时转换，批评之言由作者自己反躬自问，夸赞之语则借由旁人之口道出，有助于主客平等互动和吸引人进入语境；另一方面便于作者直接明了地切入话题，并通过引经据典，分辩式地间接说理，使人读后感到山谷这篇小品文结构紧凑，说理透辟，有一种寥寥几语便能以理服人的奇异能量，更有一种推己及人的自觉反省和心系苍生的家国情怀。

一、本文主要论道的是主人对待奴婢的态度问题

作者以一个普通雇主的身份来与读者交流，谈及家中奴婢，言语平和，没有士大夫居高临下的优越感，这在等级森严的封建社会是难能可贵的。当然，山谷并不否认世间存在人与人之间的差异和不平等现象，但强调尊重他人，友善对待下人，才能显示出高尚的道德价值。人为万物之灵，知觉独异于物，故人与人之间应平等相处，即便是对处于社会底层的奴婢也不能有任何歧视，而是要以仁者爱人之心友善相待，即所谓"御奴婢不用鞭挞，能慈而不能威"。

山谷一向倡导平等待人，在实际生活中也常常是这样做的，可谓口既言之而身必行之。比如其以往在京师任太史时，有一次做客表弟李安诗家，遇上李家正在面试一位跛脚女佣。此女婢形貌丑陋，说话得理不饶人，引起了雇主不快并打算弃用。山谷见女婢虽下肢跛疾，但上肢健全且头脑反应敏捷，就极力从中调解，力劝李安诗用其所长，以免其流落街头。后来这个女婢确实勤快能干，把雇主家打理得井井有条，李安诗一家皆大欢喜。此事反映了山谷为人处世的宽容态度，从一个侧面展示一位有良知儒士的仁者爱人之心，以及对下层弱势群体的理解和平等相待之情。

二、对于家仆是严加约束管理还是应平等相待？山谷在文中做了理性的自我反省，并提出了自己的见解

认为奴婢乃是处于社会最底层之人，从事侍候人的活计，限于自身所受教育和生存条件，难免会有这样或那样的不足和缺陷。当看到他们种种"不肖之状"时，自己也是"哀其不幸，怒其不争"，但转念一想，诸如此类的"不肖之状"，在自己的言行中也偶有出现，与其言之凿凿地指责别人，倒不如正视与反省自己的不足，并不断加以改正，即孔子所谓"欲正人者先正己，己不正焉能正人乎"？

在山谷传世的诸多诗文中，亦不乏反映此类自省自责心情的诗句。诸如"我愧疲民欲归去，麦田春雨把锄头""我不忍敌民，教养如儿甥""滕口终自愧，吾感乏王师"等等，都可从中窥见山谷能放下士大夫的架子，把自己放置于芸芸众生之中进行换位思考，时常惦念和关注民生疾苦，坚持以儒家倡导的"仁爱"精神处理人与人之间的关系，做到"己欲立而立人，己欲达而达人"。即从修身、齐家的起点出发，进而治国、平天下，泛爱众而归于"仁"，才不会陷入孔子所谓"不教而杀谓之虐；不戒视成谓之暴；慢令致期谓之贼"的三个误区。苟如此，人人具有仁爱之心，则儒家提倡的上下、老幼、尊卑有序的理想社会就不难实现了。

三、本文以对话的方式多所议论，其核心论点实则是一句话"临人而有父母之心"

为此，山谷对陶渊明要求其子"用父母之心"对待家仆之言行大加赞赏，并郑重声言"无父母之心者"就不配称为"父母官"，甚至不配称之为"正常之人"。事实上，山谷出身于耕读传家的乡村仕宦家庭，从小深受儒家人本思想的影响，长期与家中仆佣亲密接触和谐相处，对下层民众有着一种天然而淳朴的感情。比如治平四年（1067），他中进士后衣锦还乡，当得知儿时玩伴、家佣之女玉兰出嫁后的生活十分困苦，当即筹资帮她开了一凉粉店，并亲笔题写店名招牌，可谓一招助儿时玩伴解困脱贫。此等另类"英雄救美"之事，曾在当时的分宁山乡传为一段佳话。

出仕为官之后，无论身处顺境还是逆境，他都对广大贫苦百姓寄予关切

和同情。如初次为官任叶县尉，即遇上当地发生大地震以及次生的洪涝灾害。面对赤地千里、生灵涂炭的惨状，他忧心如焚，率领部属深入灾区维持秩序，赈济灾民，组织民众开展生产自救，助力流离失所的灾民重返家园。他根据亲临灾区见闻写下七古《流民叹》一诗，不仅真实记录了这场历史上发生在河朔地带的严重自然灾害，还在诗中大胆地为民请命，呼吁统治者对此类灾害应早做预防，防微杜渐，其中"投胶盈掬俟河清，一箪岂能续民命"之诗句，抨击了朝廷救灾不力和安民无措，是其早期诗歌创作中一篇分量很重的直面现实的杰作。

中年时，他主政江西太和县。甫一抵任，即在官署前书写下"尔俸尔禄，民脂民膏；下民易虐，上天难欺"的十六字戒石铭，旗帜鲜明地表达廉洁从政和敬民爱民的心志。他十分痛恨那些"向来豪杰吏，治之以牛养"的虐民之政，谨守"当官莫避事，为吏要清心"的从政初心。他不畏劳苦，步入罗霄山脉深处体察民情，实地解决了烧炭山民以物抵税的问题。他为官一任，施政宽简，"因法以便民"，对朝廷强制推行的食盐配额政策进行了合理调整和变通，收到了"吏不悦，而民安之"的效果。

山谷为"江西诗派"的开山宗师，一生著述丰硕，其中不乏反映社会现实和关注民生的诗文。诸如"民病我亦病，呻吟达五更""麦苗不为稻，诚恐非民瘼。不知肉食者，何必苦改作""不以民为梯，俯仰无所怍"等诗句，表达了一位有良知的士大夫对百姓冷暖的牵挂之心和对民众疾苦的关切之情。到晚年，他两遭贬谪，先后被放逐到巴蜀、岭南边远地区。尽管自己身处艰难境地，却仍是心系百姓，以天下苍生为念。他特别反对为政者鞭扑下民，申言"按省其家资，可忍鞭抶之"；可见此文中所谓"御奴婢不用鞭挞"，乃是其一以贯之的主张和做法。

在本文结尾处，他特地转述陶渊明嘱咐儿子"此亦人子也，善遇之"的大实话，引出"临人而有父母之心"的核心论点。意在以陶氏之言告诫天下为官者，倘若没有这种推己及人的"父母之心"，就不配称所谓"为民父母"，更不配算作人了。诚哉斯言，乃是对孟子所谓"居天下之广居，立天下之正位，行天下之大道，得志，与民由之，不得志，独行其道"警语之最好诠释。

刘明仲墨竹赋^①

子刘子山川之英，骨毛粹清^②。用意风尘之表，如秋高月明^③。游戏翰墨，龙蛇起陆；尝其余巧，顾作二竹^④。其一枝叶条达，惠风举之。瘦地筼筜，夏箽解衣^⑤。三河少年，禀生勍刚。春服楚楚，侠游专场^⑥。王谢子弟，生长见闻。文献不足，犹超人群^⑦。其一折干偃蹇，斫头不屈。枝老叶硬，强项风雪^⑧。廉蔺之骨成尘，凛凛犹有生气^⑨。虽汲黯之不学，挫淮南之锋于千里之外^⑩。

子刘子陵云自许，按剑者多，故以归我，请观谓何^⑪。黄庭坚曰：吾子于此，可谓能矣。犹有修篁之岁晚，枯枿之发春^⑫。少者骨梗，老而日新^⑬。附之以倾崖磐石，摧之以冰霜斧斤^⑭。第其曾高昭穆，至于来昆仍云^⑮。组练十幅，烟寒雨昏，迺为能尽之。盖阳虎有若之似夫子，市人识之。颜回之具体，门人不知^⑯。苏子曰："世之工人，或能曲尽其形，至于其理，非高人逸才不能辨。^⑰"意其在斯，故藉外论之^⑱。梓人不以庆赏成鐻，痀偻不以万物易蜩^⑲。及其至也，禹之喻于水，仲尼之妙于《韶》，盖因物而不用吾私焉^⑳。若夫燕荆南之无俗气，庖丁之解牛，进技以道者也^㉑。文湖州之得成竹于胸中，王会稽之用笔如印印泥者也^㉒。《诗》云："鹤鸣于九皋，声闻于天。"妙万物以成象，必其胸中洞然。好学者，天不能制其肘。刘子勉旃^㉓。

注　释

①刘明仲：山谷好友，善画竹，生卒年不详。此赋题后有元祐三年（1088）秘书省落款。

②山川之英：山河造就的精华。骨毛：骨，指人的品质和气概；毛，指须发等外在特征。此处指刘子爽朗的精神和仪表气质。粹清：纯洁清明。

③风尘之表：指超越世俗的胸怀。秋高月明：秋高气爽，月色分明。

④游戏翰墨：谓将文墨视作游戏。龙蛇起陆：即龙蛇起陆，腾跃。此处形容笔势像龙蛇一样腾挪飘逸。尝其余巧：指尝试运用其多余的技艺来画竹子。

⑤条达：形容竹叶疏密有致。筍笴（gǎn）："筍"同"笋"；笴，竹竿。解衣：竹子脱落的笋衣。

⑥三河少年：汉代称河东、河内、河南三郡为三河。此谓洛阳黄河南北一带，多游侠少年。禀生勡（jiǎo）刚：禀生，禀性；勡刚，轻捷刚健。侠游专场：侠游，并游，"侠"通"夹"；专场，此谓在一定的场所无所匹敌。

⑦王谢子弟：东晋王、谢两家世为望族，故常并称。此处指世家贵族子弟。文献不足，犹超人群：此谓王谢子弟，在诗书礼乐的熏陶下，即使读书有所不足，也自有一种清高脱俗之气。

⑧偃蹇（yǎn jiǎn）：弯曲横卧。斫（zhuó）：砍断。强项：谓刚强不为威武所屈。

⑨蔺（lìn）：战国时赵国良将廉颇与智士蔺相如并称，见《史记·廉颇蔺相如列传》。

⑩汲黯：汉武帝时人。好学，游侠，任气节，数犯颜直谏。淮南王欲谋反，犹忌惮汲黯。

⑪陵云自许：以凌云自许，谓志向高远，亦喻笔力雄健。按剑者多：此谓飒爽挥剑之类的画多。归我：赠送给我。请观谓何：请观赏评价怎么样。

⑫修篁：修长的竹子。桥（niè）："桥"同"蘖"，树木砍伐后重新萌生

的枝条。

⑬骨梗：亦作"骨鲠"，此指新枝劲挺有力。日新：日日更心。见《礼记·大学》：汤之盘铭曰："苟日新，日日新，又日新。"

⑭礜（yù）石：此谓坚且硬的大石。摧之以冰霜斧斤：指如斧子般地修削、雕琢。

⑮昭穆：本指古时宗庙或陵墓之辈次排列，此处借指竹子大小高低错落有致。来云仍昆：此谓后代子孙要将画意辨识和表达出来。组练：此指缣帛之类画幅。迺（nǎi）："乃"字的异体字。

⑯阳虎：一名货，春秋战国鲁国权臣，长相似孔子。有若：字子有，鲁人，孔子弟子，长相似孔子。颜回：字子渊，鲁人，孔门十哲之一。此处意谓颜回具备孔子之体征而规模略小。

⑰"苏子曰"句：苏轼《净因院画记》："余尝论画，以为人禽、宫室、器用、皆有常形，至于山石、竹木、水波、烟云，虽无常形，而有常理……世之工人，或能曲尽其形，而至于其理，非高人逸才不能辨。"工人：此谓善于绘画的人。逸才：出众的才能。

⑱意其在斯：苏子之意就在这里。藉外论之：假托外人来论说。

⑲梓人：梓庆削木为鐻，鐻成，见者惊犹鬼神。见《庄子·达生》。鐻，悬挂钟磬的木架。痀（gōu）偻：亦作"佝偻"，即驼背。蜩（tiáo）：蝉。痀偻承蜩的典故出自庄子的《外篇·达生》。

⑳禹之喻于水：大禹熟悉水性而能疏导之。仲尼之妙于韶：孔子懂音律，能倾听虞舜韶乐而废寝忘食。因：顺应。不用吾私：指不以自己的意愿而强加于物。

㉑燕荆南：指燕肃（991—1040），字穆之，宋真宗朝进士。工诗善画，始作生竹，趣然免流俗。庖丁解牛：语自《庄子·养生主》，旨在说明养生之道，凡事要顺应自然。

㉒文湖州：即文同（1018—1079），字与可，北宋著名画家、诗人。王会稽：指王羲之，东晋大书法家，史上有"书圣"之称。

㉓"诗云"句：语见《诗经·小雅·鹤鸣》，原句为"鹤鸣于九皋，声闻于天。"

九皋，沼泽深处。妙万物：出自《易·说卦》："神也者，妙万物而为言者也。"
成象：即形象。勉旃（zhān）：此为勉力之意。旃，语气助词，"之焉"的合音字。

赏　读

　　北宋乃中国绘画史上文人画空前发展与兴盛的时期，题画诗与之相互映发并蔚然成风。山谷不擅作画而长于赏画，书写过不少知名的题画诗，如此等采用赋体文加大字行书方式来评画之作则不多见。这篇墨竹赋开头即先评人而后论画，给人以一种"画之不足，题以发之"的新颖感受。

　　开篇寥寥几语推介，即可知刘明仲仪表俊朗，气质高雅，乃河洛一带精英人物。其于绘画可谓是行有余力，不经意间而为之，却往往是涉笔成趣，蔚为大观。例如他创作的两幅墨竹图，即是形神俱佳的水墨画精品。其中的一幅青竹，枝繁叶茂，随风摇曳，似断似续，遗留在地面上的残壳，当是初夏脱落的笋衣。这一竿青翠嫩竹，就像是曹子建《名都赋》中的京洛少年，禀性轻捷而刚健，似披上鲜亮春衣的女子楚楚动人，轻移莲步而无可匹敌。节节攀升的绿篛，又像是六朝王谢世族子弟，出身高贵，见闻广博，即便文采稍嫌不足，其雍容华贵气质仍超凡脱俗。另一幅画的则是一竿老竹，虽然茎干折损而曲伏于地，且端梢已削，却是枝横叶硬，倔强不息地迎风斗雪。其折卧的竹茎，就像史上以德报怨的廉颇与蔺相如，虽然他们的躯骨早已化为尘土，但其遗风仍然不怒自威，栩栩如生而令人折服。其纵横挺拔的枝叶，又像史上才高而任性的汲黯，即便不常做学问，凭仗其不屈的胆识与气节，也能运筹于帷幄之中，挫敌（淮南王）于千里之外。

　　再细观这两幅墨竹，一老一少犹如父子，二者相互映衬，相依相生，似有世代传承之亲情而绵延不绝。倘若别的画工要将此画意表达出来，至少得有十幅缣帛来描绘，还非得借助寒烟冷雨等意象来衬托不可。大抵说来，像阳虎、有若，其外貌与孔子很相似，然而，即便是市井流俗之辈也能加以辨认。又如颜回之个性气质相比于乃师孔子，也是神情大体具备而格局略小，这一细微差别，即便在孔门弟子中亦有相当一部分人无从分辨。对此，苏东

坡曾说："世上善画工匠之中，有的能非常详尽画出人的种种形貌，至于人物
禀赋气质的些微差异，若不是超凡脱俗之辈或出众才能者是辨识不出来的。"
苏子言下之意或许就在于此。

刘先生常以画言志，故自画像中以手抚剑的画作不少。他赠送墨竹图给
我，意在请我给予评价。在我（黄庭坚）看来：刘先生的画，已显示不凡功
力和才华了。犹如岁末晚生的竹子和枯竹逢春再发之芽，嫩枝劲挺有力，老
株日久弥新，衬以险峻的山崖和坚硬的巨石，面对冰霜的侵袭和刀斧的砍削，
仍然会不断拔节向上而旺盛生长。此外，还可说是乐器工匠非为赏赐而制作
如此精巧的钟鼓架；而佝偻老者也并不因万物繁杂而影响其专心致志从树梢
上粘蝉。此一方面的极致情形，恰如大禹因谙熟水性而疏导治水；孔子因懂
礼仪而能领悟《韶》乐的美妙。这都是因为他们顺应了事物的自然属性而没
有以一己之私强加于物象所致。至于说到燕肃作画绝无俗气，犹如庖丁解牛
不在炫技而在于解悟其道了；还有文同画竹之胸有成竹，王羲之作书之藏锋
于笔墨之中。恰如《诗经》有云："鹤的鸣声可以通达天上。"顺应万物的自
然规则而描摹出物象，对此了然于胸的好学之人，上天也不能对你有所掣肘
的，以此与先生共勉！

由于此题画文遵循宋赋"以议论成文而好博喻"的格调、韵律和语质，
不易阅读理解，为尽可能帮助读者，以上采用直译为主加意译为辅的方式对
原文做了较详尽解读。相信读过译文之后，大家当可知黄庭坚在墨竹画审美
方面不乏真知灼见，是一位有竹缘、识竹性、崇竹节的文学艺术巨匠，以下
仅就此做几点简要补充。

一、黄庭坚自小就与竹结下不解之缘

其出生之地——北宋江南西道分宁县双井村，依山傍水，到处生长着各
种修篁翠竹。打孩提时起，钻竹林、拔竹笋、砍竹子做钓竿、乘竹筏渡修河，
等等，均是小庭坚乐此不疲的游玩项目。年少时，他还忒喜欢随母亲乘船回
修河下游娘家——建昌军磨刀李村（今江西省永修县）。外公家后院有一偌
大的竹园，是他与兄弟姊妹常玩过家家、捉迷藏游憩之地。藏书成癖的二舅
李常和擅长画墨竹的三姨娘崇德君李氏，均是小庭坚崇拜的偶像，二人对其

一生的成长均有着较大影响。此外，在双井老家，山谷打小练习书法十分勤奋，每天书几纸，寒暑不废用功。相传他写字时有个甩毛笔的习惯动作，墨水常会甩到书窗之外。久而久之，靠近窗台的一丛竹子沾墨而黑，后来新长出的竹子也呈黑色。再后来山谷成为北宋首屈一指的书法大家，对其故里随处可见的黑油油的竹子，其乡人口口相称为"双井竹"或"山谷竹"。

二、山谷一生长期在竹海簧林中耳濡目染，与竹相亲相近，可谓是熟知竹性之人

他二十三岁中进士而步入仕途，随后辗转于多地任地方官。无论走到哪里，他始终不改喜择竹而居、幽篁拂窗的习性。特别中年进京师任史官与苏轼朝夕相处，更是沾染上了好友"宁可食无肉，不可居无竹"的癖好，并结交了文同、李公麟、黄斌老等一大批擅长画竹的丹青高手，其中东坡的从表兄文同还是北宋墨竹画派的肇始者。凡此等等，均为山谷观竹画、咏竹诗、辨竹性提供了便利。在京城逢政事之余，一班文人雅士时常邀集在一起吟诗、填词和作画，在互动唱和中留下许多诗文精品，其中有关"咏竹"的题画诗就不在少数。东坡的"竹外桃花三两枝，春江水暖鸭先知"、山谷的"孤根偃蹇非傲世，劲节瘤枝万蹙风"更是风靡一时的名句。后来苏轼因在党争中被排挤放逐，黄庭坚等苏门弟子亦随之屡遭贬谪。尽管身处逆境，他们却是一如既往地爱竹、植竹、赏竹、咏竹，从竹之"君子"品格中汲取"伐而不屈、困而不折"的精神力量。有研究者统计过，山谷一生题写过有关"竹"的诗词有六十六首之多，散文篇什亦逾双位之数，在两宋文人中居于首位。他创作的诗歌《咏竹》《题子瞻墨竹》《竹石牧牛图》《题李夫人偃竹》《姨母李夫人墨竹二首》以及散文《苦笋赋》《道臻师画墨竹序》等，均是交口称颂的咏竹名篇。

三、在上述众多"咏竹"的诗文中，涉及竹的种类繁多

常见的有毛竹、楠竹、筇竹、箬竹、苦竹、罗汉竹、新妇石竹、箭竹、墨竹等；随着春夏秋冬季节交替又衍生出风竹、雨竹、霜竹、雪竹、枯竹、翠竹，等等，但不论时空如何变换，山谷眼中的竹子就是"谦谦君子"，有着"纤秀洒脱、中空外直、长青不谢"的秉性和品格，是情感的寄托和生命的象征。他在题画诗《次前韵谢与迪惠所作竹五幅》中就认为：画者一旦落笔，就应能表达心中所拟之物象与所思之意趣，若是"生枝不应节，乱叶无所归"，缺乏诗情画意，是诗与画之病，不作可也。又如在此篇为友人所作的有关"竹"的赋体文中，山谷别出心裁，先概述出画者的精神气质以及独特才情，然后再正面描述两幅墨竹图兼及自然界竹子的各类形态变化。全篇以四字句式为主，间或有六字以上句错综其间，并转引"苏轼"与"黄庭坚"两大艺术巨擘的介入插话，间接表达了画作立意、格局和境界之高，非一般画工描摹之作所能比拟。还列举诸多物象与历史人物对有限画幅做多方位、多视角的放大类比与联想，把画者的心灵感悟、旁观者的观感与大自然的景致融为一体，使观者与图画之间产生一种超视觉的冲击和奇妙的情感互动。故此，赋文中看似对刘仲明的画技如何未置一语，实则已通过对两幅画作的构图、线条、墨色的多维度描述，让人感知了这"一少一老"两幅墨竹透出的形神兼备之气息，从而肯定了画家具备无可争辩的绘竹才华和高超笔墨技艺，乃至无形中将画者人格提升到可与"竹之劲节"媲美的高度。

跋东坡论画①

　　子瞻论画语甚妙。比闻一僧藏苏翰林十数帖，因病月，尽为绿林君子以其摹本易去，故以予家两古印款纸断处。

　　陆平原之"图形于影，未尽捧心之妍②；察火于灰，不覩燎原之实。故问道存乎其人，观物必造其质③"，此论与东坡照壁语，托类不同而实契也④。又曰："情见于物，虽近犹疏；神藏于形，虽远则密⑤。是以仪天步晷而修短可量，临渊揆水而浅深可测⑥。"此论则如语密而意疏，不如东坡得之濠上也⑦。虽然，笔墨之妙，至于心手不能相为南北，而有数存焉于其间⑧，则意之所在者，犹是国师天津桥南看弄胡孙，西川观竞渡处耳⑨。予尝见吴生《佛入涅槃画》，波旬皆作舞，而大波旬酝藉徐行⑩，喜气漏于眉宇之间，此亦得之笔墨之外。

　　或有益程氏，故并书之⑪。

注　释

①此跋约作于元祐四年（1089），苏轼、黄庭坚二人同在京师任官之时。

②陆平原：即陆机（261—303），字士衡，吴郡吴县（今江苏省苏州市）人。西晋著名文学家、书法家，著有文学理论批评名著《文赋》。因曾任官平原内史，故又称其陆平原。图形于影：画图形之影子。未尽捧心之妍：画不出西施病

而捧心之娇美之态。见《庄子·天运》："西施病心颦其里，其里之丑人见之而美之，归亦捧心而颦其里。"

③察火于灰，不觌燎原之实：从灰烬中察看，看不到燎原的火势。见《尚书·盘庚》："若火之燎原，不可向迩。"觌（dǔ），察看。观物必造其质：观察事物必了解其内在实质。

④与东坡照壁语，托类不同而实契也：苏轼《传神记》云："传神之难在目。顾虎头云：'传形写影，都在阿睹中。'其次在颧颊。吾尝在灯下顾自见颊影，使人就壁模之，不作眉目。见者皆失笑，知其为吾也。目与颧颊似，余无不似者。眉与鼻口，可以增减取似也。"照壁，旧时遮挡大门的墙壁。照壁语托类不同，谓陆机与苏轼皆以图影为例，而寓意不同，陆机认为不能尽态极妍，苏轼以为可传神写照，但二人在要求表现精神实质这一点上是相同的，所以说"实契也"。

⑤情见于物，虽近犹疏；神藏于形，虽远则密：情见于具体物象，虽距离近也觉得生疏；神蕴于形，虽距离远亦觉得密切。

⑥仪天：以仪器观测天象。步晷（guǐ）：依日晷测算时间和星辰运行。揆水：揣测水势。

⑦得之濠上：意为对艺术的奥妙感到心领神会。见《庄子·秋水》：庄子与惠子游于濠梁之上，共论游鱼之乐，惠子问庄子何以知游鱼之乐，庄子答曰："我知之濠上也。"

⑧心手不能相为南北：喻不能得心应手。有数存焉于其间：指口虽不能言，但内心明白有数。见《庄子·天道》："不徐不疾，得之于手而应于心，口不能言，有数存焉于其间。"

⑨弄胡孙：戏耍猕猴，胡孙即猢狲。观竞渡：观看龙舟竞渡。此两句详见《景德传灯录》卷5载唐代慧忠国师之事：代宗时"有西天大耳三藏到京，云得'他心慧眼'，即能知晓'他心通'，即能知晓他人心思的一种法力。'帝敕令与国师试验'师曰：'汝道老僧即今有什么处？'曰：'和尚是一国之师，何得却去西川看竞渡！'国师再问，答曰：'何得却在天津桥上看弄胡孙！'"

⑩吴生：指唐代大画家吴道子（约680—759），又名道玄，阳翟（河南

省禹州市）人，画史尊称为"画圣"。佛入涅槃：指佛陀示寂"涅槃"，利益众生，意义深广。波旬：释迦年尼出世时之魔王名。

⑪程氏：即程怀立，生卒年不详，宋南都（今河南省商丘市）人。以善画人物著称，曾为苏轼写真画像。东坡作《传神记》送其云："南都程怀立，众称其能，于传吾神，大得其全。怀立举止如诸生，萧然有意于笔墨之外者也，故以吾所闻助发之。"《传神记》是苏轼绘画理论著名的代表作。

赏 读

黄庭坚此跋以引用手法起首，先说一僧人收藏苏轼画帖之逸事，接着列出陆机《演连珠》中有关"影形神"之论述。旨在阐明诗歌与绘画二者美学特征之异同，强调艺术创作只有切实细致地观察才能发掘事物的本质，并认为东坡之论画与陆平原之论述，看似寓意不同，实则是遥相呼应，关注点大同小异。二人均主张将"影"介入"形神"关系并应用于创作实践，进而以影为手段和中介，实现从写形到传神的艺术升华。

陆机认为照着影子描摹人像，难以刻画出面容的具体神态；犹如大火燃烧成灰烬时，也很难察看出烈火熊熊之势态。所以，问"道"要向得道之人求教，观察事物要透过现象看本质。陆机此论与东坡之论皆以图影为例而寓意有所不同，但二者强调以影写形、以形传神的主张实则是一致的。又说：情感寄托于物，虽距离近也感到疏远；质蕴藏于形，虽距离远亦觉得密切。所以说，凭借天文仪器可测量天体长短和推算星辰运行；濒临渊流可揣测水势的深浅。此一认知，尽管话语周密却有所疏忽本意，不如东坡像庄子游于濠上那样能悟得到艺术创作的妙诀。虽然，笔墨中的妙味，当得之于心、手相应而非南辕北辙；口虽不言但要能做到心中有数。其意向所指，非竭尽自己心力方能驾驭，否则，犹如一国之师却在天津桥南看耍猴和去西川观龙舟竞渡一样，可谓之无担当或不得要领。我曾看过吴道子画的《佛入涅槃》图，画中群魔皆翩翩起舞，而魔王却从容地缓步而行，其喜乐之态露于眉宇容貌之间。这种得之于笔墨之外的"神采"，当有益于例解南都程怀立人物画技之奥秘，特此题跋并书写下来以记其事。

或许受尺幅所限，山谷题跋用词精致而切重、言微而意深，涉及中国传统绘画理论中有关图形于影、以影写形、以形传神等一系列既抽象又复杂的问题，以下结合陆机的《演连珠》与东坡的《传神记》中的有关论述来展开解析。

一、山谷认为陆机提出"图形于影"之说，道出了以影构形传达内容的绘画之特征，并通过举出"捧心之妍""察火于灰"两个例子，强调形与影皆因物而生，二者对物的塑造既大体相同，又各有着不同的作用和侧重点

东坡画论则更进一层认为，既然绘物时"影"的媚悦与否并不关涉"形"的妍态，说明影虽依附于形，但对形的诠释并非是完全对等而完整的。那么，对形与影关系的把握，关键在于洞察其细微的异同，以影写形当随着形的变化而变化，方能捕捉到形影相随的"意思所在"，即精神特征。

接着作者还依据陆机的说法，认为早在西晋时期，人们就已注意到影与形的密切关系，确知图画是从影发展而来的。还认为，陆平原此语意在表达"图形于影"的缺陷在于不能展现对物象的"纤丽"之容。说明早期中国画崇尚追求形似，以摹影不能表现出物象具体而微的细节与细腻丰富的层次感为缺憾。这也从另一个角度说明了影是形的投射，"影"在绘画中的作用，不能以对"形"的精雕细琢的标准来评价，它的价值体现在能传达对象的内在精神特质。

二、序中所谓"情见于物，虽近犹疏；神藏于形，虽远则密"，虽大致是引自陆机《演连珠》中的说法，但山谷据"东坡照壁语托类不同"做了有意识地微调

认为苏子瞻既是诗文大家又擅长丹青，故能在陆平原论述的视点上，更进一步将"影"介入"形""神"之关系，并通过自身的绘画实践来深化认知。在东坡看来，从以影写形到以影传神是绘画艺术发展的必由路径，并梳理和总结出两个相关步骤。一是以影描形，即现代绘画所谓宏观造型，属艺术创作的构型阶段。画者须运用构图、线条、用笔等基本功初步呈现意象生成框架，对描摹物象特征要做到"修短可量"与"浅深可测"。二是以形写容，即微观造型，属绘画创作的成型阶段。序中所谓"笔墨之妙，至于心手不能相为南北，而有数存焉于其间"，即是要求画者心中所拟物象当与手上功夫相协调，使之形影相随相生，切忌互为抵触，尤其是要把握整体和抓住物象特征，做到意在笔先、心中预设有数，以恰到好处表现对象的神采为度，从而创作出理想的自然与人物形象。

三、在上述以影写形之两个相关步骤完成后，接下来的细节刻画、着色添彩和点睛之笔均重在表现对象在流动中所展示的神态，也就是从以影写形过渡和升华到以影传神

或因"形影神"带有一种形而上的意味，不易被常人接受理解。为此，山谷特地以吴道子的一幅《佛入涅槃》画来做例解。认为此画中群魔起舞的场景描摹逼真，而最令人眼前一亮的则是对魔王举止惟妙惟肖地刻画，将其喜形于色的神态展现得恰到好处。尽管佛祖出世时的魔王形象谁也未曾见过，但一代画圣运用高超的技巧和想象力，将虚构魔王画得神态毕现、栩栩如生，令观者心领神会和信以为真。这也充分说明了绘画艺术发展至盛唐，已由当初追求"形似"过渡到更高阶段的追求"神似"，为宋代"文人画"的产生和兴盛奠定了坚实的基础。

诚然，文人画的突出特点是强调画的精神，其终极目标是完善人格、净化心灵。具体到技巧上，形者示于外，神者隐于内，故画形易而画神难。所以，学画主要通过形象来抓神情，对物写生，不单是对自然或人物外形的描写，更应注重挖掘蕴于内质的"神采"；既注重形似，更追求神似和进而达到形神兼备。总体来看，东坡《传神记》中对"神似"的表现看法不外乎有二。

其一，影为形的投射，只是人或物的外形轮廓，不足以完全反映形的全貌。所以，抓住人的外形特征固然重要，形似也能给人获得某种情感，但神似重在能捕捉人的灵魂。所以，人物画重要的是抓住眉目间的"传神"，即顾恺之所说的"传形写影，都在阿睹中"，要通过以目传神来表现人物的"神采"。

其二，眼为心灵之神，欲抓住"目之传神"，不可止于静观，而是要"于众中阴察之"，在暗中观察对象的即时动态和在行止中的不经意流露，以得其人性情为妙，即离形得似，寓物于心，犹如捕捉到西施"捧心之妍"一瞬间之媚态，实现由追求形似向更注重神似递变，进而体现笔情墨趣之神韵。

有关绘画中的"形似"与"神似"关系，本脱胎于中国古代哲学中的形体与精神这一范畴。古往今来，对于两者既相对应又相辅相成之关系，一直是绘画领域中的一个争论不休的话题，可谓仁者见仁，智者见智，莫衷一是。有鉴于此，山谷在跋文中见机点到即止，没有就东坡画论有关形似与神似之说展开评述，或许意在避免引起误解和不必要的争议。

最后，跋文以一句"或有益程氏，故并书之"做结语，表面上看来是王顾左右而言他，实际上意在表明：画家程怀立曾画过的一幅东坡写真，得到东坡本人"于传吾神，大得其全"的赞赏，并认为此种得形神兼备之全的技巧，非一般画者所能具备，乃当世顶级画家得之于笔墨之外的"顿悟"，一言以蔽之曰：丹青造化之功在画外也。

致景道十七使君书^①

昌州使君景道，宗室之秀也^②。往余与公寿、景珍游，时景道方为儿童嬉戏，今颀然在朝班^③。思公寿、景珍不得见，每见景道，尚有典刑^④。宣州院诸公多学余[道]书^⑤，景道尤喜余笔墨，故书此三幅遗之^⑥。翰林苏子瞻，书法娟秀，虽用墨太丰，而韵有余，于今为天下第一。余书不足学，学者辄笔懦无劲气^⑦。今乃舍子瞻而学余，未为能择术也。适在慧林，为人书一文字试笔墨^⑧。故遣此，不别作记。庭坚顿首。景道十七使君。五月七日。

注　释

①景道：姓赵，名令率，字景道，为宋宗室亲王赵德昭后裔。使君：汉代称呼太守、刺史，后用作对州郡长官的尊称。十七：为景道在家族同辈中的排行。

②宗室之秀：此书又名"跋自所书与宗室景道"。书法原帖此处脱落"室之"二字。

③颀（qí）然：挺立修长、风姿挺秀貌。

④尚有典刑：典刑原指常刑，掌管典章制度和刑罚，此处指景道循规守法。

⑤[道]：为多写的错别字，笔者在原帖字旁点了三笔，为删除之意，

是山谷处理书写多余别字的常用手法。

⑥遗：赠送、给予。

⑦辄（zhé）：就、总是。懊（nuò）：同"懦"，软弱无力。

⑧适：相合、相当。慧林：北宋京城汴梁（今河南省开封市）大相国寺内两大著名禅林之一。

赏 读

致景道十七使君书，又称尺牍、书札、手札、书信，是黄庭坚于元祐四年（1089）在京城任职时写给后学赵令率的一封书信，并随信附赠诗册，共抄写山谷诗作七绝八首，以供景道研习书法时作范本临摹使用。这三张传世书法名帖虽然字数不多、行文较短，然而内含的信息量远比想象的要大，需从以下五个方面厘清和解读。

一、据查阅史料考证，可知书札的收件人景道为赵宋宗室，名令率，字景道，太祖赵匡胤五世孙，燕王赵德昭之玄孙，华原郡公赵世骙长子，袭爵东阳侯

书中称谓公寿者，名世享，为景道之叔父；称名景珍者，名令尹，为景道之堂兄。山谷在信中回忆起约治平四年（1067）自己赴京应礼部试时，经岳父孙觉的介绍，结识了公寿、景珍等宗室子弟，并与之交游。当时景道还是一不谙世事的儿童，一转眼二十余年过去了，已长大成人的景道与山谷同列朝班，成了一位温文尔雅、一表人才的朝中官员。景道其人好学而谦逊，虽贵为皇族后裔，但为人率真，喜结交文友，与苏轼、秦观、晁补之等均有诗文往来。曾授昌州知事衔出使辽国，故手札开头称其为"昌州使君"，惜乎宋史未见其传亦无其诗文存世。

二、从书中所述"宣州院诸公多学余书，景道尤喜余笔墨"语句可推知，在重文偃武之风的长期熏陶下，当时的北宋皇室研习书法、绘画、金石之学蔚成风气，不仅九鼎之尊的宋皇身体力行，赵氏宗室子弟亦乐此不疲

写得一手好字不仅是宗室俊彦装点门面的要求，而且是他们日后治国理政必备的一门基本功。故此，名动天下的苏东坡、黄庭坚等书法大咖特别受他们

追捧和尊崇，能得到心仪的偶像指点更是他们求之不得的事情。作为宗室后起之秀的赵景道，即是山谷书法的"铁粉"之一。在信中，时为中下级朝官的黄庭坚，说景道因特别喜爱自己的书法故写此三张书帖赠之，以作为其临摹学习的样本，实则在不经意间道出了景道一直师从自己学习书法。或许是碍于景道皇家贵胄的身份，山谷不便明言二者实质上的师徒关系，这从黄庭坚寄信时特地在收件人名字后加上"十七使君"之"官衔"，即可看出些端倪。

三、黄庭坚写此书札的同时，还特地另外抄写了自己诗作两册，均采用与信札相同的小字行楷书写，并随信寄送给赵景道，以供其研习书法时参照学习

两本诗册共录写七言绝句八首（本文只做约略介绍，不一一展开评述）。第一本先录山谷写给岳丈孙觉（字莘老）的七绝两首，接着书写于京师居室所作的七绝两首。从这四首七绝的内容和所作时间推断，前面的第一、二首当为山谷进京任史官前的旧作。山谷在元丰八年（1085）以秘书省校书郎见召入朝，故此两首旧作至少写于四年之前；后面同框的第三、四首，从其"右归自门下后省卧醺寺池书堂"落款来看，当为其在京城所写的近作，因为"卧醺池寺"正是黄庭坚在汴京为官时赁居的住所名称。第二本同样抄写七言绝句四首，是山谷用同韵和作太史局同僚王仲至的"咏姚花"之组诗，当是山谷在京师的最新之诗作。因为所谓姚花，即名贵的姚黄牡丹，通常五月初开花，而山谷手札落款时间正是五月七日。平心而论，这八首绝句中的第三、四首写的是自己在京城任职的感受和心境，较能代表山谷诗作水准；其余六首是友人间的互赠唱和之作，大抵流于此类诗作的应景互动形式，谈不上有多高的诗艺水平。然而，从书法鉴赏的视角来看，这两本诗册作品显然是经过书者精心打磨和刻意取舍的，诸如字形、笔锋、结体、取势均收放自如，兼有小字楷、行正体用笔技法，既适合景道作为范本练习，又显示书者超一流大家不凡的基本功力，可视作山谷传世小字行楷书法精品中的精品。

四、或许是师徒间的书信往来，此手札谈及了乃师苏轼书法，认为东坡书法笔迹娟秀，尚意而重韵，形意并重，自成一体，并将其评为当时书坛之"天下第一"

也就是说，对世所公认的"苏黄米蔡"四大名家，山谷认为东坡书法为实至名归之魁首。当然，这主要是就行、楷正体而言的。在黄庭坚看来，学书要像学画一样，形为意表，意为关键，通其"意"才是打通诸体的路径。所谓"意"指意理，即书法艺术本体的内在法度与书家的主体精神。重形而薄意，疏离意理，也许可观但不可学。为此，山谷反思了自己的小字行楷撇捺开张而稍显瘦硬，世有"长枪大戟"之议，易导致"学者笔悚无劲气"，并郑重建议景道等后学宜以苏轼书法为主要学习对象。这是因为苏字便学而黄字不好学，否则，舍东坡而学山谷，绝非正确的选择。其实，苏黄不但诗歌齐名，书法成就亦各有千秋，难分轩轾。二人虽有师徒之分，平时交往实则以兄弟相称。黄在此手札中又说到苏字"用墨太丰"，此前曾戏言东坡字犹如"石压蛤蟆"；而苏轼则反唇相讥山谷字像"树挂死蛇"。由此可见，两大书家惺惺相惜，善意的调笑间也指出了对方的某些不足，或者说瑕疵，彼此亦师亦友之关系传为书坛千古佳话。

五、从文后谈到的"适在慧林，为人书一文字，试笔墨"可知，山谷当年作此手札并寄信地点，并非在其任职的秘书省办公室，亦非在其汴梁的居所"门下后省卧醺池寺"，而是在佛号闻名遐迩的京城大相国寺

经查史料与综合分析可佐证：元丰五年（1082），宋神宗命京师大相国寺创立慧林、智海两大禅院，此二院后来均成为京都佛事香火旺盛禅林。推想黄庭坚作为书法巨擘、当朝史官和禅宗黄龙派入室记名弟子，当时是应邀前往大相国寺参与佛事活动。事毕后，通常按礼节得为主办方留下墨宝，即是书札中所谓的"试笔墨"。当是时也，山谷道人在禅堂挥毫作书之余，又乘兴给学生作此一手札，并将事先已书写妥当的两本诗册一并随信寄赠赵景道，以指导其临摹学习。这即是此三张弥足珍贵的小字行楷书法的出处和得以扬名传世之由来。三张书帖大小都在平尺左右，加起来一共三十三行，四百一十八字，史上曾为《戏鸿堂法书》卷十三、《玉烟堂帖》卷二十一、《海宁陈氏藏真帖》卷四、《懋勤殿法帖》卷十六、《谷园摹古法帖》第十四卷、《宋贤六十五种》卷四等藏本收录，现真迹纸本珍藏于台北故宫博物院。

最后需指出的是：古代社会在无当今手机、计算机和网络便捷交流的条件下，小字手札可说是文士之间最主要且最常用的联系交流方式。此种笔墨通信交流，由于多半是因事临机起意，书者往往不计工拙，即兴提笔书写，不仅最能流露寄件人与收件人之间的真情实感，而且还最能体现笔者的写字水平；倘若手札出于书法名家之手，则更能窥见其积年锤炼的书写功力。细观黄庭坚这一手札二诗册书帖，可看出结体自然舒展，用墨多取扁平之势，撇捺开张，横排竖列略微偏斜，可见内紧外拓，字正而形阔，既显示了不同凡响的书写基本功力，也或多或少地显露了山谷行楷曾学乃师苏轼的痕迹。猜想山谷此举是有意选取而为之，意在强调"舍子瞻而学余，未为能择术也"之所言不虚。

也许正是指导晚辈习书之所需，山谷此手札与其存世的众多手札用行书笔法偏多有所不同，此手札包括两本诗册更多采用的是介于楷行之间、偏重于楷书的写法。由此显示了山谷不仅擅长草书、行书，其正体楷书也自成一家，具有不容置疑的扎实功底。假若不具备千锤百炼正体之基本功，甚至"童子功"，黄庭坚草、行书法就不可能在名家辈出的天水一朝登峰造极，堂而皇之地名列"宋四家"。正如苏轼在《论书》中所言："书法备于正书，溢而为行草。未能正书，而能行草，犹未尝庄语，而辄放言，无是道也。"东坡以其经验之谈告诉后学：学书当从正楷为起始，夯实基本功后，方可逐渐向行、草方向循序渐进，是为学书正道。窃以为，这种"始于正道"之论，对于消除当今"丑书"盛行的书坛乱象，进而发扬光大传统书艺，当不失其"正本清源"之借鉴意义。

黄几复墓志铭[①]

吾友几复，讳介，南昌黄氏。有田西山下已数世，不知其所从来[②]。父昼以天文经纬，言人事畸耦如神[③]。几复与其兄甲皆授学其父，试以迎日求五纬法，曰："先得者传焉。"甲以二日，几复以十日[④]。其父曰："甲可世家，介可为儒。"而二子皆以卒业[⑤]。

几复年甚少，则有意于六经，析理入微，能坐困老师宿学[⑥]。方士大夫未知读庄、老时，几复数为余言："庄周虽名为老氏训传，要为非得庄周，后世亦难趋入；其斩伐俗学，以尊黄帝、尧、舜、孔子，自扬雄不足以知之[⑦]。予曾问名《消摇游》，几复曰："消者如阳动而冰消，虽耗也而不竭其本[⑧]；摇者如舟行而水摇，虽动也而不伤其内。游于世若是，唯体道者能之[⑨]。常恨魏晋以来，误随向、郭，陷庄周为齐物[⑩]。尺鷃与海鹏，之二虫又何知，乃能消摇乎？[⑪]"其后十年，王氏父子以经术师表一世，士非庄、老不言[⑫]。予戏几复曰："微言可以市矣。"几复曰："吾安能希价于咸阳，而与稷下争辩哉[⑬]！"

熙宁九年，乃得同学究出身，调程乡尉，论民事与令不同而直，移长乐尉，举广州教授[⑭]。岭南人士承几复讲辞章句，闻所未闻，稍有知名者。改楚州团练推官，知四会县。新兴民岑探自言有神下之，越俗禨鬼相传，数郡推宗焉[⑮]。新州捕得探兄弟妻子系治，探欺野人，言"吾能三呼陷新州城，"不逞子及老弱从者以百数。至城下，言不效，皆溃去[⑯]。而新州声张，以为豪贼挟众攻城。经略使遣将童政捕斩，而官军所遇薪水行商皆杀之，亦檄几复护枪手策应[17]。几复察童政部曲多不法，即自言："经略司不隶将下，得以土丁捕贼[18]。"且言："童政所效首级，莫非王民，斩已瘗之棺，刳方娠之妇，一童政之祸，百岑探不足云[19]。"其后皆如几复所言。用荐者改宣德郎、知永新县[20]。几复仕于岭南盖十年，故中朝士大夫多不识知。其至京师也，言均减二广丁米，事颇便民，诸公将稍用之，而几复死矣[21]！盖元祐三年四月乙巳。

娶胡氏，四子：一男曰㮚[22]；三女：长嫁梅州司理参军王镇，次许嫁番禺王逵，季尚小。几复孝友忠信，可与同安共危，喜言天下奇士，胸次隗磊，不以细故轻重人[23]。蚤与诗人袁陟游，亦工为五言，似韦苏州[24]。其客死，逵调其棺敛，又护其丧归葬，请铭焉。逵闻义士也，尚能保佑其惸孽[25]。铭曰：

呜呼几复！信道以后时，见微而不戮[26]。启予手足，子归不辱。西山之封，其倩所筑[27]。太史司马，实多外孙。女归有子，其似斯文。

注　释

①黄几复，名介，字几复，南昌人氏。出生何年不详，卒于元祐三年（1088），此篇墓志铭当作于同年。

②有田西山：即今南昌市新建区西山，又名逍遥山，乃道教名山。

③畸耦：即奇偶，代指人的命运顺利与不顺。此指黄介之父从事占卜之业，观天文地理，以测人事吉凶。

④迎日：推算时日。五纬：即金、木、水、火、土五行之说。授学：从父学习占卜之术。

⑤世家：本义世家大族，此指继承家学。卒业：完成所学之业。

⑥六经：是指《诗》《书》《礼》《易》《乐》《春秋》六部先秦典籍。坐困：难倒。

⑦庄周句：即《庄子》被认为是阐发《老子》学说的，要理解老子之学需从学习庄子入手。

⑧消摇游：即逍遥游，《庄子》开宗明义首篇，是其思辨至高之境界。阳动而冰消：意为阳动而行，阴止而藏。

⑨若是：如果是这样。体道：得道，领悟天道。

⑩向、郭：指魏晋学者向秀、郭象。向喜谈老庄之学，曾注《庄子》，郭承其余绪，成书《庄子注》三十三篇。齐物：即齐物论，主要指一切事物归根到底都是相同的，没有什么差别，也没有是非、美丑、善恶、贵贱之分。

⑪尺鷃（yàn）：小鹌鹑。海鹏：大鹏。庄子在《逍遥游》中写鲲化为鹏，将飞往南冥，遇斥鷃取笑，连蜩与学鸠亦笑之，庄子文中说："之二虫又何知。"此处化用庄文之意。

⑫王氏父子：此指王安石、王雱（pāng）父子。经术师表：指王氏父子所撰《周官新义》《毛诗义》《尚书义》之三经新义合称，并指定为太学经学教材。

⑬微言可以市：精辟言辞可以售卖。希价于咸阳：意为出高价悬赏。见吕不韦集门客撰成《吕氏春秋》："布于咸阳市门，悬千金其上，延诸侯游士宾客，有能增损一字者，予千金。"稷下：战国时田齐的学宫，集学士众多，属官办私讲学宫。

⑭熙宁九年：宋神宗年号，熙宁九年即公元1076年。同学究出身：学究为宋科举诸科之一，次于进士科。宋学究科考及格而等第又次于学究出身者，称同学究出身。与令不同而直：此指几复与上司意见不同而坚持正确己见，古人所谓非直而直，是直也。

⑮新兴：端州治所，属广南东路。越俗禨（jī）鬼：祈求鬼神，降福消灾。推宗焉：推崇岑探为头领。

⑯野人：村野农夫。不逞子：宋时口语，指为非作歹之徒。

⑰经略使：古代官名，不常设，总管一地兵民之政。薪水行商：砍柴汲水者与行旅客商。

⑱部曲：古代军队编制单位，此指部属。土丁：宋时维持地方治安的乡兵之一。

⑲瘗（yì）：埋葬。刳（kū）：剖开。不足云：不值得去说。此指一个军官童政的作恶带给百姓的祸害比一百个妖人岑探更盛。

⑳用荐者：因而受到推荐使用。

㉑仕于岭南：在岭南地区当官。二广丁米：二广指广南东路、广南西路；丁米，即身丁费，北宋男子二十为丁，六十为老。

㉒槩（gài）：黄几复儿子名槩。

㉓隗（wěi）磊：光明磊落。细故：琐事、小节。

㉔蚤：同“早”。袁陟：字世弼，南昌人氏，庆历六年（1046）进士，累官至太常博士。韦苏州：唐代著名诗人韦应物，诗风澄澹精致，因曾任苏州刺史，故名。

㉕惸嫠（qióng lí）：无兄弟与无丈夫者，此指孤苦之人。

㉖信道以后时，见微而不戮：求道以待时机，见微而知著，不枉及无辜。

㉗启予手足，子归不辱：临终视手足，安然无疾归去，意谓几复善终。见《论语·泰伯》：“曾子有疾，召门下弟子曰：‘启予足，启予手。’”封：坟墓。倩：女婿，此指二婿王逵。

㉘太史司马，实多外孙，女归有子，其似斯文：此指黄介像司马迁一样，子女外孙众多，女嫁贤良，男有文才，家族兴旺。见《后汉书·杨恽传》：“恽母，司马迁女也。恽始读外祖《太史公记》，颇为《春秋》，以材能称，好交英俊诸儒，名显朝廷。”

赏读

黄庭坚天性随和，胸怀坦荡，一生交朋结友众多。若是按与其交情深浅程度开列排名榜的话，苏轼位居榜首当无疑义，榜眼则非本墓志铭之主人公黄介莫属。山谷与几复，既为同姓又是江西洪州同乡。二人从年少时即相知，且为同科乡试中举，可谓是相交一生而情同手足的铁杆朋友。对于博学才高而未显于世的黄介英年早逝，黄庭坚在嗟痛之余，饱含深情为之写下此篇墓志铭。

或许是对几复太过了解和熟悉，作者此文开头将逝者的家世渊源一笔带过，出人意表地从黄家父子三人一则往事说起。说的是几复之父黄昼操占卜相术，观地理天象以测人事吉凶十分灵验，并欲将此绝学传授给两尚未成年儿子中的一个。于是，以讲授“五纬法”来检验兄弟俩谁的悟性更高，结果哥哥黄甲两天即可学会，而弟弟黄介则需十天。黄父由此选定黄甲承袭家学，而让黄介习儒者业。后来兄弟俩殊途同归，均在各自领域学有所成。

山谷这种别开生面的开篇笔法，意在跳出墓志“知人论世”的常规俗套，以一个相知者追本溯源的视角，概述黄几复从一个懵懂少年到一个德才兼备干臣的艰辛成长历程，并令人信服地诠释逝者生前所展示的博学、才高和多能，天赋禀授实则占比较小，更多的是后天勤学和历练所促成。

承前述可知，黄介非"小时了了"之辈，故打小即知钝学累功。少年几复下过苦功研习《诗》《书》《礼》《易》《乐》《春秋》等先秦典籍，并能解析入微和融会贯通，有时提问会难倒授业老师和乡儒。当老庄之学尚未为显学时，几复对老庄哲学精髓即有独特见解。他认为老子《道德经》乃浓缩精华，高妙而深奥，倘若没有庄周寓理于事的阐发和例解，后世就难以趋入门径而得其要旨。他还认为儒道本有相通之处，庄子所谓"逍遥游"乃圣人所欲达至高境界。逍者如冰遇阳光而融化，看似有所耗损，但实则未失其本原；遥者如泛舟而行，虽水面摇荡，但阻碍不了航行。犹如为人处世，悟道者不受外物所累，即可逍遥自在，抵达清心空明、物我两忘之神游之境。

几复生前与作者就《庄子》学说有过诸多探讨。他认为魏晋以来，人们受向秀、郭象之流的玄学误导，将博大精深的老庄思想局限于齐物之论。这就像《逍遥游》中嘲笑鲲鹏的尺鷃与学鸠一样，见识如此短浅，怎能像鲲鹏一样扶摇九万里而遨游于无极之天地。更有甚者，到了本朝的王安石、王雱父子以新法为名，制订"三经新义"而施行于学宫，令天下士子非从"三经"者不预科举之列，弄得学界一时非老庄学说不言，实际上扼杀了宋初以来宽松的学术文化环境。凡此等等，几复均能洞若观火，察其弊端，并调侃过"王学"的失当之处。二人达成的共识是：道不同，不相为谋。

行文至此，照例追述逝者的生平行状。熙宁九年（1076），黄介通过学究科考而入仕途，历任广南东路多处州、县官吏。任广州教授时，开讲辞书章句之学，当地士人闻所未闻，耳目一新，几复之博学渐有名声。其在岭南为地方官长达十年，最亮眼的表现是在任新会县令时，协助州府经略司平息了当地土顽岑探兴妖聚众作乱。在平乱过程中，他敏锐发现追剿官军给民众带来的祸害远大于匪患，并揭露了武将童政借平乱为名而劫掠百姓、杀人越货的种种暴行。这种不信邪、不唯上和只为苍生的为官之道，赢得了当地百姓的赞誉和拥戴，还获得转任和升迁的机会。

尽管几复抵京师吏部候任时，朝中几无相识，可谓人微言轻，但他仍利用难得的上朝之机，斗胆为民请命，上疏奏减了两广地区人丁费。此举令朝中当权者刮目相看，正商议着如何对其量才使用，几复却遽然逝于汴京客舍。卒时是元祐三年（1088）四月乙巳。据几复与山谷年龄相若而推断，其终年约四十四岁。由其子婿扶灵南归，入葬于南昌西山故土祖墓。

墓志收尾部分，对几复家庭及婚姻、子女状况做了扼要介绍，尤其对几复为人"孝友忠信、胸次磈磊"和"不以细故轻重人"予以高度评价。几复能诗善文，学养深厚，早年与诗人袁陟交游，擅长五言；诗风精致澄澹，近似中唐诗人韦应物。山谷对好友结论性评语是：几复是一位可同甘苦、共患难和不枉生死相交的朋友，正所谓怀才者人乐交之，爱人者人恒爱之。

墓铭起笔的一句"呜呼几复"，虽是约定俗成之套语，但仍可从中感知到山谷对"好人不长于世"的一声深沉叹惜。最后的四言韵文总揽全篇，句短而意长，恰如太史公《史记·汲郑列传》中所言："一生一死，乃知交情。"

毋庸讳言，尽管黄几复德才兼备，但久居岭南偏僻之地，远离京城政治文化中心，加之英年早逝，其学识与才干终未能大显于世，宛如一颗流星在大宋的天空匆匆划过。倘若不是与大文豪黄庭坚为莫逆之交，且彼此多有诗文唱和，史上存在感几乎可忽略不计。换言之，正是黄庭坚为之撰墓志铭，特别是那首《寄黄几复》的传世杰作，才使得黄几复其人其事没有埋没在历史的风尘之中，亦使得后世的读者有机缘认识这样一位德、才、能集于一身的谦谦君子。

"桃李春风一杯酒，江湖夜雨十年灯。"这一千古名句，即出自著名的《寄黄几复》一诗的颔联。十四个平常字的编码组合，看似平淡无奇的六组物象，用三组名词或名词性词组，上串下联，无缝对接，中间未加任何动词或介词关联，却收到了平常中出新奇之效。不仅道尽了朋友之间的一往情深，甚至还被赞誉为有宋一代最牛的两句对仗诗，所谓"两句压全宋"，显然移植于人言张若虚《春江花月夜》"孤篇压全唐"之说，不免有过誉和夸张之嫌，但试想一下，在名家辈出、灿若星河的北宋诗坛，没有此等压箱底的"硬通货"，黄庭坚绝无可能与公认的盟主苏轼齐名而并称"苏黄"。

逝者长已矣，生者常戚戚。读罢山谷为几复所作的一铭一诗，不忍寻思发问：逝者复何哀？壮志未酬身先去；几复一何幸？同袍难舍相知情。有道是世事无常，人生得一知己足矣。据此，几复之灵若地下有知，当可含笑九泉。

写真自赞①

　　余往岁登山临水，未尝不讽咏王摩诘辋川别业之篇②，想见其人，如与并世。故元丰间作"能诗王右辖"之句，以嘉素写寄舒城李伯时，求作右丞像③。此时与伯时未相识，而伯时所作摩诘，偶似不肖，但多髯耳④。今观秦少章所蓄画像，甚类而瘦，岂山泽之儒，故应臞哉⑤？少章因请余自赞。赞曰：

　　饮不过一瓢，食不过一箪⑥，田夫亦不改其乐，而夫子不谓之能贤，何也？颜渊当首出万物⑦，而奉以四海九州，而享之若是，故曰："人不堪其忧。"若余之于山泽，鱼在深藻，鹿得丰草。伊其野性则然⑧，盖非抱沈陆之屈，怀迷邦之宝⑨。既不能诗成无色之画，画出无声之诗，又白首而不闻道，则奚取于似摩诘为⑩！若乃登山临水，喜见清扬，岂以优孟为孙叔敖，虎贲似蔡中郎者耶⑪！

　　吏能精密，里行娴婉⑫，则不如元明，而无元明忧疑万事之弊。斟酌世故，铨品人物，则不如其弟知命，而无知命强项好胜之累。盖元明以寡过，而知命以敖世。故鲁直者，欲寡过而未能，以敖世则不敢。自江南乘一虚舟，又安知乘流之与遇坎者哉！

　　或问鲁直："似不似汝？"似与不似，是何等语？前乎鲁直，若甲若乙，不可胜纪；后乎鲁直，若甲若乙，不可胜纪⑬。此一时也，则鲁直而已矣。

一以我为牛，予因以渡河，而彻源底；一以我为马，予因以一日千里计[14]。鲁直之在万化，何翅太仓之一稊米。吏能不如赵、张、三王，文章不如司马、班、扬[15]。颀颀以富贵酖毒，而酖毒不能入其城府[16]；投之以世故豺虎，而豺虎无所措其爪角。则于数子，有一日之长[17]。

道是鲁直亦得，道不是鲁直亦得。是与不是且置，且道唤那个作鲁直。若要斩截一句，藏头白，海头黑。

似僧有发，似俗无尘。作梦中梦，见身外身。

注　释

①"赞"：是一种古代文体，有诗与散文两种表达方式，多用于歌颂和评述。本文约作于元祐四年（1089），山谷当时在朝为史官。由刘琳、李勇先、王蓉贵点校《黄庭坚全集》（中华书局 2021 年 4 月版）题为"写真自赞五首"，即第一自然段为序言，其余每一自然段为一赞，共五赞。

②王摩诘：王维（701—761），字摩诘，唐代河东蒲州（今山西省永济市）人。曾官尚书右丞，故文中又称其王右辖、王右丞。辋川别业：是王维诗歌名作之一，此诗写作者在辋川隐居时的田园生活，意境优美。

③"王右辖"之句：即黄庭坚所作的五言律诗《摩诘画》："丹青王右辖，诗句妙九州。物外常独往，人间无所求。袖手南山雨，辋川桑柘秋。胸中有佳处，泾渭看同流。"

嘉素：宋时质地好且用于书写作画的缣帛。

④不肖：不相像，不是很像。髯：两腮的胡须，亦泛称胡子。

⑤秦少章：秦觏（gòu），字少章。宋扬州高邮人，秦观之弟。癯（qú）：清瘦。

⑥饮不过一瓢，食不过一箪：孔子赞学生颜渊之贤曰："一箪食，一瓢饮，在陋巷，人不堪其忧，回也不改其乐。"此用其意，见《论语·雍也》。

⑦当首出万物：意为圣人为君，头首出于众物之上。见《易·乾》："首出庶物，万国咸宁。"

⑧若余之于山泽：像我一样在山泽。深藻：此指水深处。鹿得丰草：鹿鸣志在得到丰草。见嵇康《与山巨源绝交书》："逾思长林志在丰草也。"

⑨沈陆：即陆沉，无水则沉，谓陆沉，常借指埋没人才。怀迷邦之宝：谓贤人怀才却让邦国沉迷不振。

⑩"既不"四句：无色之画谓诗，无声之诗谓画。此谓王维工诗善画，而自谦己无所长，长相形似又有何用？

⑪优孟为孙叔敖：优孟为楚国艺人。楚相孙叔敖死后，其子穷困。优孟假扮孙叔敖去见楚庄王，王以为孙叔敖复活，优孟趁机讽刺楚王寡恩，王幡然醒悟，遂封其子。虎贲似蔡中郎：蔡邕，东汉名臣，累官至掌宿卫的虎贲中郎将。此处意为不能因有蔡中郎一样的光鲜外表，就自以为灵秀其里。为作者自嘲。

⑫媪卹（yīn xù）："媪"同"姻"，"卹"同"恤"，媪卹此为怜悯之意。

⑬若甲若乙，不可胜纪：既像甲又像乙，此种情形太多，不能逐一记述。

⑭"一以我"五句：意谓人在千变万化的自然中可化为牛、化为马，或其他东西，生命本无高低贵贱之分。见《庄子·应帝王》："泰氏其卧徐徐，其觉于于，一以己为马，一以己为牛。"

⑮万化：万物。何翅：何啻、岂止，此处"翅"同副词"啻"。稊米：小米，此喻极微小。赵张三王：见《汉书·王吉传》："京兆有赵广汉、张敞、王尊、王章、至骏（即王吉之子王骏），皆有能名。故京师称曰：'前有赵张，后有三王。'"

司马班扬：指文史大家司马相如、班固、扬雄。

⑯顾顾：长长的样子。酖（dān）毒："酖"同"耽"，沉溺、延迟之意，指贪图富贵如同服毒。

⑰世故：世态人情。豺虎：豺狗、老虎，此喻像豺虎一般凶恶。见《论语·子路》："刑罚不中，则民无所措手足。"

数子有一日之长：数人发挥才干而占上风之时。见《贞观政要·任贤》中有载："王珪曰：'至如激浊扬清，嫉恶好善，臣于数子，亦有一日之长。'"

赏　读

　　黄庭坚这篇自题肖像赞，虽又名"写真自赞五首"，实则除最后一段偈语外，前四个自然段均采用散文体叙写。全篇书写收放自如，文含释道机趣。为便于阅读和理解，拟借助《金刚经》中所谓"四相"之"三相"来作对应解读，即"人相、众生相、我相。"从"似与不似"的视角来看，此"三相"与原文分四个自然段表述的内容，也算是大体吻合和多所关联，且听以下分解。

　　一、有关"人相"，即由"此"而观"彼"之形状，亦即佛禅所谓以分别心看待别人

　　窃以为，这里所说的"人相"，可解读为赞文所提到的王维画像。作者一开头即说到自己特别喜爱王维的山水田园诗，恨不得与其同处一世、一同隐居辋川别业、一同弹琴作画和吟咏赋诗。于是，就请当时尚不相识的大画家李公麟手绘了一幅王维肖像，悬于家中，以便诵其诗、通其意、观其像而如见其人。如此久之，又稍感此幅右丞画像有些瑕疵，即两腮胡须画得偏多了一些。拿去与好友秦观收藏的一幅王维画像作比照，两者竟如出一辙，不单是胡须偏多，而且画中人均偏瘦一些。故不忍问少章道："难道隐居山野之士就该是清瘦的吗？"秦观不得其解，反提议作者试着为自己画像题一赞，或许转换一下视角，就有了由此及彼、由表及里的真切观感。

　　二、有关"众生相"，指世间各种人的表现和面貌，即众多个"人相"的会合

　　通常有两层含义：一是"为众生"之相，即不能看透世间的因果际会，却执着于眼见的"众生之相"；二是把众生当作有别"我"的异相来看。黄庭坚乃禅宗黄龙派高僧入室记名弟子，他很有见地依循禅修"从戒入定"再"从定开慧"来例解众生迷途。比如因境界和格局的差异，面对简陋清贫生活，普通农夫与孔子高足颜回感受就大相径庭，前者难脱烦恼，后者不改其乐。由是观之，又似鄙人穷则独善避于草野，浮鱼自知潜于深水，鹿鸣志在得到丰草，可见人皆喜富贵而厌清苦，大抵芸芸众生的本性就是如此。就算是外形长得与王右丞相似，也不能将诗写成有色之画，或把画绘成有声之诗，倘若到年老还未能参透人生的真谛，又能有何作为呢？再说登山临水，众生往往偏爱名大形胜之地，岂不知不具优孟那样的智慧，就算拥有蔡邕一般的光鲜外表，亦难以灵秀其里。故从某种程度来说，能区分自身与外在现象的似与不似，认清自己只是一个特定的个体，即一切众生即非众生，我是众生，非彼我故，可助力众善奉行，诸恶勿作，进而摆脱一切执念，进入无烦恼的境界。

三、有关"我相"，乃"四相"中除"寿者相"外的第一相，也是最基础、最重要和最难破除之"相"

身为禅宗居士的山谷，自是深谙其中三昧。他先是以局外人的语气发问："画中人像不像你？"然后是作者一连串的似问非答的阐述。一句"似与不似，是何等语"的感喟，既否定了前述那句不确切的提问，又暗喻了"知'人相'易、识'我相'难"之常理。生之何如？在山谷看来，恰如乃师东坡名句："人生如逆旅，我亦是行人。"意指人生本是一个迁流不息、生灭无常的过程。作为个体的我，亦无时无刻不处在生命长河之流转变化中，没有恒常不变的个体存在，过去的黄鲁直不可计数，将来的黄鲁直亦不可胜数，它似我非人、似人非我，而我之为我，只存在于刹那。即文中所述："此一时也，则鲁直而已矣。"不仅如此，过去之我与现在之我，画中之我与生活中之我，既同属一生命之流，又各生分别，不尽相同。这就涉及一个似与不似、像与不像的问题，即禅谓生灭无常，相续不断，没有恒常不变的存在。山谷在此借题发挥，坦言自己如"太仓之稊米"而微不足道，更不如史上的"赵张三王"和"司马班扬"有经天纬地之才能，但稍感欣慰的是自己尚能开释而悟道，不致于迷失自我。如庄子所谓的"一以我为牛"和"一以我为马"，原意是不辨物我是非，作者在此借用并有所增益。表明对于前者自己尚能"因以渡河而彻源底"，坚持自修以超脱尘根；对于后者则"因以一日千里"，而追寻物我两忘之境。

上述这些取益于释道的见解，无疑对黄庭坚立身处世产生了积极的影响，使之明了自我在万物造化过程中所处的位置，即"鲁直之在万化，何翅太仓之一秭米"。从而能从容处世，坦然面对种种波折，形成一种兀傲自信、淡泊名利、随缘自任、超尘脱俗的人生态度。所以，作者能在后面不无自得地宣称：相比史上许多前辈卓越之吏能文才，固然是自愧弗如，但我之兀傲豁达的襟怀，又估摸着是前人所未必有的。比如说"富贵酖毒""世故豺虎"，皆有让人手足无措之祸患，前人视之如洪水猛兽，而我却能坦然面对而不受其害。所以，尽管山谷一生仕途蹭蹬，怀才不遇，到了晚年反受文字所累而两遭贬谪，但是，无论身处何种艰难困苦之境，均能因任自然和置生死荣辱于度外。

最后，还需补充说明一点：古代文士无今人照相的便利，将摹画人物肖像称作写真，故请人为己画一幅画像也常常是郑重其事，而且非大名鼎鼎的画家不请。何也？一言以蔽之，要画得像我，即山谷文中所谓"似不似汝"。读过这篇三段论式的《写真自赞》，当可知作者充内形外之渊源所自了；亦当明白作为本文中心论点的"似与不似"，原本就是一个无正解的假设命题。

王纯中墓志铭①

君讳纯中，字文叔，豫章艾城人。曾大父仲简；大父士夫，赠光禄少卿②。父固，都官郎中，赠中大夫。君在少年书生中有声，登皇祐五年进士第。调杭州书户参军，迁鼎州桃源令。于格当迁，以忧去③。除丧，昆弟四人来集吏部铨，乡老以为荣④。是岁京师疾疫，二兄客死。君遂郁郁无仕进意，消摇林丘者七年⑤，亲友强之，乃起。调唐州录事参军，改著作佐郎、知澧州石门县，移虔州瑞金县。改秘书丞、奉议郎，通判泗州。迁丞议郎、恩加朝奉郎，知洺州。元祐元年闰月丙午，终于官所，得年六十有一。

君寡言力行，守约而泛爱，自行束修，白首不倦⑥。年十四，太夫人捐馆舍⑦，父兄官学在外，君身济大事，持丧甚有礼意。居家从仕，无日不读书赋诗；自始学讫于牖下，为日录凡四十有八年⑧。游居欢悲，闻善见不贤，所自琢磨，无不疏记，读其书，可知其人有常度也。令桃源时，尚少，已号为能吏。唐州守，吏事米盐一切为小治办，以家人细故⑨，任僚属作耳目，并谮君，已而荐其僚，君独不与；君初不听，后不悔，亦不为人道之。石门故有铁赋，以给官船，船官罢而民输赋如故；铁冶涸，民取铁它州以供赋，价数倍。君请以田毛代铁赋，州上之，汔得清，民甚德君⑩。瑞金前数令以罪去，君至，则钩取奸黠主名，痛绳治之⑪，讼为之衰。淮水溢泗州城守，君徒步风雨中，调护工役弥月，水以不灾，有诏褒谕。洺州河决后，民在丘陵，官寺府库，穷于水火。君调用财力，不疾不徐[12]，劳民劝功，公私以济。及君丧行，倾城出祖祭，哭者皆出声。所谓古之遗爱，不近是耶[13]！

君两娶余氏，兄弟也；初室曰旌德县君，继室曰仁和县君。七男二女：丕先卒；阜，郊社斋郎[14]；申，举进士；本，南雄州保昌县主簿；举、率、肇、尚小。二婿曰玉山令秦敏学，崇阳尉徐裡。阜等以元祐二年十有二月甲申，葬君于高大父之域。以外兄余彦明状来乞铭[15]。文叔于庭坚丈人行也[16]，其敢不铭。铭曰：

"呜呼文叔，好德若不足。以自金玉，不上交以福。媚于茕独，濡之嘘之，泛民有谷。为民父师，子弟率育。俾而寿而康，奈何不淑！在今其子孙，敬忌尔德。非此其身，尚膺百禄。"

注 释

①王纯中：字文叔（1026—1086），北宋分宁（今江西省修水县）人。皇祐五年（1053）进士，历任多个州县官职。

②曾大父：曾祖父。大父：祖父。光禄少卿：生前或死后朝廷授予的荣誉职衔，以下中大夫等同。

③于格当迁：按资历当升官。以忧去：古时遭逢父母过世，在任官员须去职守丧三年，谓之丁忧。

④来集吏部铨（quán）：丁忧期满，除丧服，到京师吏部候任新职。铨，选用官吏。

⑤消摇林丘：回归田园，逍遥自在。

⑥泛爱：本义博爱，此处指广交朋友。自行束修：束修指一束肉，本义学费，此处意为亲自指导学生。见《论语·述而》子曰："自行束修以上，吾未尝无诲焉。"

⑦捐馆舍：抛弃所居住房，死亡的婉转说法。

⑧日录：读书笔记、日记。

⑨细故：细小而不值得计较之事。

⑩铁赋：铁矿的赋税。铁冶涸：铁矿开采枯竭。田毛：田地农作收成。汔（qì）：庶几、差不多。

⑪痛绳治之：绳之以法。

⑫不疾不徐：不快不慢，指速度或节奏把握适当。

⑬出祖祭：拦路祭拜灵柩。古之遗爱：古人为政仁爱的遗风，见《左传·昭公二十年》："及子产卒，仲尼闻之，出涕曰：'古之遗爱也。'"

⑭郊社斋郎：宋代掌郊祭祀、祠堂礼仪的官名，无品级，通常为官员子弟承荫而授的吏职。

⑮余彦明：字晋叔，生卒年不详，分宁人氏。元丰八年登进士第，累官至礼部侍郎、尚书。

⑯丈人行：前辈、长辈，古时用于对年长者的尊称，见《史记·匈奴列传》："单于初立，恐汉袭之，乃自谓：'我儿子，安敢望汉天子！汉天子，我丈人行也。'"

赏读

黄庭坚撰写的这篇墓志铭并无特别之处，大体行文比较循规蹈矩，未脱悼念类文体约定俗成的叙写套路。前面墓志部分用的是散文笔法；后面墓铭部分采用四、五言韵文撰写。为便于阅读起见，可将墓志部大致分为三个层次：一是简介墓主姓名、字号、籍贯、家世，登进士年第、历任官职和生卒年。二是全篇中心内容，扼要概述死者生平行状，重点叙写其履职之功德事迹。三是叙写其婚姻、儿女、子婿状况，记述其最后归宿地——墓址。鉴于此篇墓志铭叙事简约，文笔直白晓畅，故本文对墓志与墓铭均不做逐字逐句翻译。以下仅就墓志中易误读的几个问题做必要澄清和与之相关事宜做相应探讨。

一、对于墓主王纯中的籍贯，墓志开篇即表明其为"豫章艾城人"，即当时的北宋洪州分宁县，现江西省修水县人

或因省城南昌史上亦曾用名豫章，而修水的下游还有一个永修县艾城镇，且永修古时亦曾称艾地，距离上又比修水更靠近省城南昌，故也有学者据此认为王纯中是永修县艾城人。此一误读，当为古今地名相同与名称变迁所引出的混淆所致。

据史料文献可知：古艾地起自一国名号，是商周时期分封的诸侯国之一。其中心地理位置大致在当今修水县渣津镇龙冈坪。《宋史·郡县志》有载："分宁，古艾地也，县西一百二十里龙冈坪有艾城存焉。"尽管两宋以降，古艾地历史陈迹渐已湮灭无闻，但历朝历代的地方史志均有记载：修水春秋时期为艾子国属地。自秦汉至唐宋，修水先后有过艾邑、艾县、西安、豫章、分宁、义宁等多个名称，唯艾地是其名称有案可稽的发轫之始。由此可断定：王纯中乃正宗的江西修水人，当是铁板钉钉之事。此外，黄庭坚本人在其书法作品中多有"豫章黄庭坚"落款字样，以及学界将黄庭坚在诗词、书法上的造诣与建树概称为"豫章黄学"，亦从另一个侧面证明：但凡古史文献中出现"豫章艾城"字样，均是特指江西修水而非别的什么地方。

此篇墓志铭值得称道的是墓志第二段落。作者用缩简概要而富有张力的文字，追述了王纯中生前可圈可点的七件公私往事。其中前两件当为私事；后五件则显然为公事。

第一是年方十四岁，遭逢母丧，在父兄出外难返乡的情况下，凭一己之力主持办妥了母亲葬礼和善后事宜，让邻里刮目相看，足见少年老成。

第二是无论是为民还是做官，此君无日不读书赋诗，且读书笔记一写就坚持四十八载之久。惜乎此本日记已佚失，不然当是留给后世的一部笔记体皇皇巨著。

第三是先任桃源知县，虽年轻出道，但已崭露头角，有能吏之名；后为唐州录事参军，不谄媚上司而善待部属，做到知人善任，尤其是在官场染缸中能保持洁身自好，实属不易。

第四是为石门县令，利为民所谋，施行以田收代抵铁赋变通之法，有效化解了困扰当地工商户的异地高价纳税难题。此举似有税负转嫁之创意，说是后来王安石变法中"市易法""青苗法"等的先声当不为过。

第五是调任当时以民风彪悍闻名的瑞金县。从调查找准实情入手，果敢依法打黑除恶，使当地很快由乱到治，一举扭转了以前数任县令未能解决的社会治安乱象。

第六是通判泗州时，突遇特大洪水围城。作为一州副贰长官，他顶风冒雨，亲临抗洪第一线，指挥抢险救灾，终于保住了城池，受到朝廷表彰。

第七是任洺州知州，遇上黄河决堤，洪水泛滥。他临危不乱，坐镇指挥，转移受灾民众和抢救粮仓府库，尽量减少灾害损失；灾后又及时组织人们生产自救，重建家园。当他病逝任所时，众多百姓失声痛哭；家人扶其灵柩南归时，民众倾城而出，拦路拜祭，足见其为官一任，造福一方，赢得了民众真心拥护和爱戴。

二、墓志第三段落记述了王纯中曾两娶妻室，前妻与继室为余氏姐妹，二女侍一夫，共生养了七子二女

男儿中长子早卒，二、三、四子或荫补或科举，均有一官半职；父死时，五、六、七子尚未成年。二女均许配官吏为妻，并顺带提了一下两个女婿姓名及职务。但谁能预先想得到，时为玉山县令的大女婿秦敏学，后来的造化倒是应画上"一圈三连"的名字。诚然，就秦敏学本人履历而言，毕生沉沦下僚，本可忽略不论，但提起他与王大小姐结合生下的儿子秦桧，则是史上鼎鼎大名的非等闲人物。有关秦桧令人不齿之恶行，自宋孝宗朝为岳飞平反昭雪以后，人尽皆知，无须赘述。然而，正是黄庭坚所撰此方墓志铭的出土，至少为我们解开了两个历史疑惑。

其一，秦桧依父族当为建康（今南京市）人氏。但据墓志所述，方知其母族出自江南西路分宁，即今天的江西省修水县，亦即修水人王纯中乃秦桧的外公。换言之，秦桧外公是修水人，秦桧可以说是修水人的外孙。近些年来，为提振经济和开发旅游资源，有人写过"黄庭坚所撰墓志铭证实秦桧乃修水人亲戚"之类的文章。此举虽有不择"名人效应"优劣之嫌，但相比有的地方将小说人物西门庆拉来招摇，此类文章还算不上求"贤"若渴，至少其所言持之有据而非空穴来风。

其二，有关王纯中其人，从墓志所载来看：论学，无日不读书赋诗；论才能，上述七件公私事，足可见真章；论官职，登进士第而入仕，累迁至望州等级的一州之长。令人有些不解的是：一身当此三论，何以宋史未立其传，甚至在相关地方志中亦未见载其于乡贤之列呢？直到这方墓志铭的出现并牵扯出墓主与秦桧的外亲关系，王纯中后来其名不扬、其事不彰和未曾入列乡贤之谜才迎刃而解，即因人而废言也。南宋以降，天字号大奸臣秦桧之名乃修史写志之大忌，人们避之唯恐不及。这与传说中的书法宋体原为秦桧所创，后却"因人而废字"是相同之理。再者，清代乾隆朝状元秦大士吟出"人从宋后羞名桧，我到坟前愧姓秦"的名联，至今仍为杭州岳王庙前的游人所称赞与津津乐道，亦可算作又一例证。

三、从文化遗存的视角来看，历朝历代的文学大咖，当然也有民间知名写手，或出于悼念前贤和亲人，或碍于熟人朋友请托而盛情难却，写下了难以计数的墓志铭

不过较真起来，能在文学史上占一席之地的经典之作寥寥无几。个中原因在于此类追悼类文章囿于刻板的叙写样式，诸如逝者的家世、生平、婚姻、子女、官爵、学向、德行、功业等均须顾及。如此一来，任谁也难以在此等八股式的官样文章中绣出花来。再者坊间历来讲究"逝者为尊"和最讲人情面子，应邀执笔者面对不能复生的死者，尽管说是"金无足赤，人无完人"，下笔还得极尽溢美护短之能事。比方说老赵家的徽、钦二宗，明明是邻国俘去虐死的，写进墓志则变成了"二帝北狩"，意即爷俩扛枪上北苑打猎玩去了。如此变着文字戏法，若二帝之灵地下有知，料想羞得自己都挂不住脸面。

是故，古往今来，无论是墓志还是墓铭，作者在众目睽睽之下落笔就不自在，往往难以放得开、写得活，更何况按常例人家打点润笔费，即今天说的给了红包，就难免被人情世故带偏，写起来多说几句好话不嫌多，不足之处最好不提，或者反话正说。所以，尽管黄太史名大才高，下起笔来也难以脱俗。总之，此篇墓志铭，除墓志第二段落之外，其前、后段落均是按套路出牌的泛泛之笔，并无多少出彩之处。到最后一段墓铭，照例先呜呼一声，即启用便于哀而歌的韵文，再缅怀和褒扬一番逝者。所谓逝者长已矣，生者常戚戚，反正让悲从中来的生者听着舒坦即可，当然也起到了概括和收束全篇之效。

最后，尚需补充说明一二。即这方王纯中墓志铭出土于二十世纪七十年代，全称为"宋故朝奉郎知洺州军州兼管内劝农事上骑都尉借紫王君墓志铭"，楷书，正方形，青石质，边长八十八厘米，凡三十三行，七百七十字。书于元祐二年（1087）十二月。与随后同样在修水出土的《徐纯中墓志铭》《王处士墓志铭》合称为"黄庭坚手泽三墓碑"，是研究"豫章黄学"的珍贵实证史料，现珍藏于江西修水县黄庭坚纪念馆，属国家一级文物。

对于上述三方墓志铭，本文三中选一，即只选取《王纯中墓志铭》进行解读。这是因为前者不但比后两者文笔更佳，而且还有反面人物"秦桧"的加持；再加上黄庭坚与墓主王纯中并无沾亲带故关系，而后两者则均是双井黄氏亲族，徐纯中乃山谷堂姐夫，黄处士则是其堂伯父。有鉴于此，黄庭坚所撰并书的《王纯中墓志铭》，无疑书写内容更为客观真实，即便难免说点客套话，也便于拿捏住分寸。可以说，就文与书鉴赏而言，仍是一方与文学大家手笔相称的墓志铭。

李公麟五马图题跋①

余尝评伯时人物，似南朝诸谢中有边幅者②。然朝中士大夫多叹息伯时久当在台阁，仅为喜画所累③。余告之曰："伯时丘壑中人，暂热之声名，傥来之轩冕，此公殊不汲汲也④。"此马驵骏，颇似吾友张文潜笔力⑤，瞿昙所谓识鞭影者也⑥。黄鲁直书。

注　释

①李公麟（1049—1106）：字伯时，号龙眠居士。北宋舒州（今安徽省桐城市）人。熙宁三年（1070）进士，宋代杰出画家。五马图：为伯时在元祐年间创作的一幅绘画作品，无画家名款，后幅面留有黄庭坚题跋；另有南宋初曾纡（曾巩之侄）的跋语，言及山谷题跋作于元祐五年（1090）。

②南朝诸谢：指南朝谢灵运、谢惠连、谢朓等名士，皆工诗、能书善画。边幅：本义布帛的边缘，此处指仪表风度。

③台阁：本为尚书省，此处泛指大的官府。所累：所连累，影响。

④丘壑：山间涧谷，此借指埋名隐居之地。傥（tǎng）来：偶然得来。轩冕：古时士大夫官员的车乘与冕服，此指高官厚禄。汲汲：心愿急切、热衷于追求。

⑤驵（zǎng）骏：马健壮貌。张文潜（1054—1114）：张耒，字文潜，

号柯山，亳州谯县（今安徽省亳州市）人。"苏门四学士"之一，诗文有秀杰之气。

⑥瞿昙：为释宗所属之本姓，此处泛指佛家。鞭影：本义马鞭的影子，此指鞭策自己的事物。

赏 读

黄庭坚这篇写在画卷上的题跋，起笔第一句即提到自己曾评说李伯时其人，风流倜傥不减南朝谢灵运、谢朓之辈。潜台词即李公麟与诸谢一样，出身于世家大族，不仅善画、工诗和擅书，而且藐视世俗而轻世傲物。对此，朝中大臣多有感慨：认为以伯时之精明和才干，若非过于痴迷绘画，或许早该位极人臣了。山谷对此解答道：伯时乃性情中"大隐"之人，对于一时之声名孚望和高官厚禄，从来就没有在意而热衷追求。接着作者话锋一转，说李伯时笔下的《五马图》，每一匹马均画得体格健壮和逼真传神，既好似老友张耒文辞之笔力纵横，又好似佛禅所谓世间见鞭影而行之良马。意指李公麟以独步一时之白描技法，将五匹御马画得栩栩如生和光彩照人。

或许是受画卷幅面所限，此一题跋不足百字，却是叙写以"我"为主、转述旁人看法生动和品评独具匠心，从而增添了跋语所蕴含的边际信息和特有的书画达人交流情趣，需作以下两点延伸解读或谓增补说明。

一、李公麟出身名门大族，自小研习诗文，能书擅画和好古善鉴

熙宁三年（1070）中进士，历任泗州录事参军、中书门下省删定官、御史检法等中下级官职。从他创作的传世名画《西园雅集图》可知，伯时与王安石、曾巩、米芾和苏、黄及门下弟子均为至交，且常为当朝驸马王诜府上的座上宾。伯时虽官阶低微，却是多才多艺，乃元祐京师文化圈不可等闲视之的领衔人物。因其不愿在朝廷激烈的新、旧党争中选边站队，故对从政当官渐失兴趣，而后全身心致力于绘画创作，并在人物、山水画方面独辟蹊径，佳作迭出，享有画界"白描大师"之声誉。元符三年（1100），伯时以病由致仕，肆意于家乡山水间而终老，号龙眠居士，被推崇为"宋画第一人"和百代宗师。

《五马图》是李公麟最具代表性的传世名作。画的是北宋天驷间由西域进贡的五匹骏马，马旁各有一神态各异的奚官或圉人执辔牵引，幅面无画作者款印；前四匹马后，各有黄庭坚签题的马名、产地、年龄、尺寸等，马名依次为"凤头骢""锦膊骢""好头赤""照夜白"，第五匹推断名为"满川花"。从相貌和服饰来看，五位饲马者前三位为西域胡人，后两位当为汉人。卷末留有山谷"李公麟作"之题跋。

李公麟画技深得吴道子旨趣，以开创白描写意画而名世。据说为观察马的神情状况，他竟日蹲守皇家马厩，专注用心入迷，以致废寝忘食。故他画的马，以其行云流水般的线条，洒脱而行止如意的淡墨，非常逼真和富有质感。从马的线描轮廓，似乎能感知其皮毛、斑纹飘拂；略加细品后，又似乎能感觉到其骨骼、肌肉灵动。又据传，他画完第五匹马"满川花"时，该马竟然无征兆地死去。山谷对此曾感慨道："盖神骏精魄皆为伯时笔端取之而去。"至于画中人物，虽以配角与主角五马互动，但勾勒逼真，状貌极其生动，须眉疏密与卷曲之间，不但可透视其年龄、民族和身份，甚至结合面部表情和形体动作可以窥探其内心。

此幅国宝级名画对后世影响甚大，被认为是传承前人基础上而开创"白描"技法的标志性开山之作，体现了宋代文人画注重典雅、简约和淡泊的审美观。在绘画史上，成为继唐代张萱、韩干等画马大家之后，教科书式的宫苑鞍马、人物画最佳范本。《五马图》南宋藏入内府。到元、明、清，先经柯九思、张霆发诸家递藏；康乾时期由河南宋荦家而入清宫，系有案可稽的传世名迹。惜乎到了国运羸弱的清末，这幅在清宫珍藏二百多年的名画被盗出紫禁城，几经转手倒卖后流落于东瀛，现藏于日本东京国立博物馆。

二、在文风鼎盛的北宋一朝，黄庭坚被誉为诗书双绝，李公麟号为宋画魁首

两大书画名家早就相互知名而结识较晚。据山谷于元丰五年（1082）在《写真自赞》中所述："以嘉素写寄舒城李伯时，求作右丞像。此时与伯时未相识。"由此可见二人中进士后为官若干年，由于各自在不同地方任职，只是互闻大名、偶有书信往来而迟迟未曾晤面。大约到元祐元年（1086），黄庭坚从德州奉调入朝参与修撰《神宗实录》，同朝为官的黄李二人才有缘相见。由于志趣相投和性情相近，遂结为肝胆相照的知心朋友。

北宋元祐初的京都，以苏轼为盟主形成一个空前活跃的士人文化圈。一时群星璀璨，名流云集。政事之余，文人雅士们在各类游集宴乐中，逞才斗学，竞展所长。或乘兴吟诗填词，或当场绘画留墨，创作了大批量的诗、文、书、画艺术精品。在诸如此类的文友活动中，山谷与伯时均为不可或缺的领衔主角。二人以书画联袂互动，名震京城，轰动一时。据说在当时的汴京，苏轼酒后即兴填词、李公麟悬臂作画、米芾现场题壁书、黄庭坚临机写行草，被称为皇城文化景观可遇不可求的"四绝"，一时"圈粉"无数，誉满天下。

元祐三年（1088），由苏轼主持贡举会试。吏部侍郎孙觉、中书舍人孔文仲同为知贡举，并推选黄庭坚、张耒、晁补之、李公麟、蔡肇等十五人为考官，参与命题、审阅、校定和点检事宜。在科考进行期间，按宋廷保密机制需将考官集中"锁院"。禁闭在礼部考功司的考官们，为打发"过剩"时间，曾自发进行了一次全员参与的题画诗竞赛。即由李公麟、蔡肇联袂作画，其余考官当场据画中的物象落笔成诗。结果经公议推举，黄庭坚所作《观伯时画马礼部试院》诗为第一；苏轼作的《次韵黄鲁直画马试院中作》，虽从画面之景过渡到心中之情略胜一筹，因是依黄诗原韵而作，只能谦让为第二。此后，这种借鉴于前人、实则滥觞于"试院"的诗、画、书融合的艺术形式，渐以"题画诗"之名得以约定俗成，并经苏轼、黄庭坚、李公麟等不断运用而发扬光大。所谓"题画诗"即诗为有声画，画为无声诗，加上书法的加持，三者珠联璧合，相得益彰，构成了一道北宋都市文化的独特风景。

从元祐末到绍圣初，随着朝中政治风向的变化，特别是苏轼再次被排挤出京，盛极一时的京师文化热渐趋式微。然而，黄庭坚与李公麟之间的酬答唱和却是有增无减，原因是经苏轼的热心撮合，黄、李两家已结秦晋之好，即山谷的女儿黄睦嫁伯时的侄儿、新科进士李彦明为妻。由于居住地相隔不远，两儿女亲家频繁过府互访。或乘兴把酒吟诗，或联袂写字作画，在大宋的京都度过了一段难以忘怀的时光。

后来山谷之母李氏在京因病辞世，黄家兄弟扶灵柩南归，那幅悬挂在老家"永思堂"墓庐内的"安康郡太君"李氏遗像,即出自李伯时的手笔。再后来随着苏轼遭政敌打击而贬谪岭南,黄庭坚、秦观等苏门弟子也走马灯似的一而再,再而三地被贬谪放逐。

到元符三年(1100),李公麟有感于朝政黑暗而因疾致仕。他卜筑家乡舒城,居隐田园而不问世事,却与东坡、山谷时有通信联系。过了两年,黄庭坚谪赴广西宜州,经湘南遇酷暑难行而携带家眷不便,将老妻在内的一众女眷就近托付女婿李彦明(时任零陵县令)照管。伯时事后闻知此事,还致信嘱咐侄儿尽力照顾好黄家亲眷。

崇宁四年(1105)冬,得知黄庭坚客死宜州的噩耗,伯时伤痛不已。不久,据传专为山谷所画肖像尚未完成,即在一个风雪之夜追随好友的"精魄"而去。北宋文坛两大巨擘因相互欣赏而结交,通过艺术联姻而成为挚友,可谓风雨偕行而白首同归,在华夏书画史上共同谱写了一段友情佳话和一页值得称颂的辉煌艺术篇章。

祭舅氏李公择文①

盛德之士，神人所依②，珠玉在润，国有光辉。方时才难，公陨于道③，彼天悠远，莫我控告④。士丧畏友，朝失宝臣⑤，我哭之恸，不惟懿亲⑥。公处贫贱，如处修显，温温不试，任重道远⑦。内行纯明，不缺不疵，临民孝慈，来歌去思⑧。其在朝廷，如圭如璧，忠以谋国，不沽小直⑨。熙宁元祐，言有刚柔，公心如一，成以好谋。十年江湖，睟然生色⑩，三年主计⑪，须发尽白。它日谓我，何丧何得，我知公心，谋道忧国。出牧南阳，往抚益部⑫，称责办严，笑语即路。天下期公，来相本朝，奄成大夜⑬，终不复朝。呜呼哀哉！我少不天，殆欲堙替⑭，长我教我，实惟舅氏。四海之内，朋友比肩，舅甥相知，卒无间然⑮。今天丧我，舅氏倾覆，谁明我心，以血继哭⑯。平生经过，为我举觞，沃酒棺前，割我肺肠⑰。呜呼哀哉！

注　释

①李常（1027—1090）：字公择，南康建昌（今江西省永修县）人。少读书庐山白石僧舍。既擢第，留所抄书九千卷，名舍曰李氏山房。李公择是黄庭坚的舅舅，对其有知遇、养育和提携之恩。宋元祐五年二月二日，因病卒于赴成都任官途中，享年六十四岁。《宋史》有传，有诗文及会计学著述传世。

②神人所依：谓神将会帮助美德之人。《左传·僖公五年》："鬼神非人实亲，惟德是依。"

③才难：谓人才难得。见《论语·泰伯》。公陨（yǔn）于道：指李常在赴任时去世。

④莫我控告：无处陈诉哀情。见《左传·襄公八年》："剪焉倾覆，无所控告。"

⑤畏友：品德高尚，使人心怀敬畏的朋友。宝臣：贤臣谓之国宝。语出刘向《说苑·至公》："是国之宝臣也。"

⑥之恸（tòng）：极度悲痛。懿（yì）亲：至亲；懿本义为美好，又引申为深貌。

⑦修显：德高显达。不试：指不用刑罚。见《礼记·乐记》："兵革不试，五刑不用。"内行纯明：内心洁静明达。见《史记·五帝本纪》："舜居妫汭，内行弥谨。"

⑧不缺不疵（cī）：没有缺陷瑕疵。见《尚书·君牙》："咸以正，罔缺。"见《荀子·赋篇》："明达纯粹而无疵也，夫是之谓君子之知。"临民孝慈：对老百姓宽厚仁慈。来歌去思：到来时民众欢歌，离去后思其德政。见秦观《李公行状》。

⑨不沽小直：不待价而沽，即不计较待遇。见《论语·子罕》。

⑩睟（suì）然：温润貌。生色：现出神色。《孟子·尽心上》："君子所性，仁义礼智根于心，其生色也睟然。"

⑪三年主计：宋时主管财政之官称主计。此指李常曾在元祐三年（1088）出任户部尚书。

⑫出牧南阳：元祐四年（1089）李常出朝任邓州知州，此借用汉时地方官"牧"称谓。往抚益部：指后来李常转任成都知府，按宋制兼任当路安抚使，故云"抚"。

⑬奄（yān）：突然，此指突然逝世。

⑭殆欲埋替：几乎被埋没，谓自己从小丧父，几遭埋没。

⑮卒无间然：此指相知之深，彼此从没隔阂。语出《论语·泰伯》："禹，

吾无间然矣。"

⑯以血继哭：见《韩非子·和氏》："文王即位，和乃抱其璞而哭于楚山之下，泣尽而继之以血。"

⑰割我肺肠：柳宗元诗有句："海畔尖山似剑芒，秋来处处割愁肠。"

赏　读

　　北宋元祐五年（1090）二月之初，黄庭坚的舅父李常在赴任成都知府的途中因病卒于旅舍。噩耗传到汴京，时任秘书省著作佐郎的山谷闻讯哀恸不已。遥望西域，连夜设祭，含泪泣血写下了这一篇情调悲伤、思致委婉的祭文。

　　作者开篇两句即出语不凡，用典精当，可谓是不落一般祭奠文体的俗套。上句化用《左传》中"皇天无亲，惟德是辅……神所凭依，将在德矣"之意，来称颂舅父德行高尚；下句则是借用陆机《文赋》中"石蕴玉而山辉，水怀珠而川媚"之意，来比拟逝者品格如玉，身虽死而其精神长存，可与日月山川同辉。从开篇两句押"微"韵始，以下每四言一段，两两一组，偶句押韵，换韵而不同韵；行文几乎句句引经据典，差不多可说是"无一字无来历"。如此，一方面说明对逝者极其尊崇而饱含悲痛之情；一方面显示了作者才思敏捷而学养深厚。

　　接着文中以跳跃式的叙述称李常是当今难得的人才，却不幸遽然病逝在就任途中。那里属陕州阌乡县界，离京城十分遥远，以致无处表达痛惜之情。公择的突然离去，可以说是天下文士失去了一位值得敬畏的契友；朝廷失去了国宝级的良臣。而我之所以忍不住痛哭流泪，不仅是因为与逝者是至亲。公择未入仕时，就能安贫乐道，内心洁澈，不染瑕疵。科举入第后，无论是在地方为官，还是在朝为臣，均能做到守德亲民，故他上任时百姓欢歌，去职后人们思念其德政。他始终保持清正廉明，尽忠为国谋事，毫不计较个人得失。特别是对熙宁、元丰实行的新法失当之处，完全出于公心地提出不同意见和矫枉过正的财经对策。从熙宁三月他被贬为滑州通判开始，接着知鄂、湖、齐三州，后徙任淮西提刑，一直到元丰六年（1083）还朝，公择在外任地方官十有三年，留下了温文尔雅、勤政爱民的声誉；在朝任掌管财政的三司使（盐铁、户部、度支）和户部尚书仅三年，可谓殚精竭虑，夙夜在公，以致未老先衰，须发尽白。到了年逾花甲之后，仍然不辞辛劳，先是出任邓州知州，随即调任成都知府。不久前，舅氏笑语吟吟离京作别的场景，犹如在昨日，历历在目，转眼间却是天人永隔，再难返回，呜呼哀哉！

在人的一生中，有一些人注定很重要，其重要性甚至堪比亲生父母。对黄庭坚来说，李常就是这样一个与其人生息息相关的重要人物。孩提之时，舅父即发现了小庭坚天赋异禀，言其具神童潜质，当为"一日千里"之才。在祭文后一部分，山谷不由得回想起数十年前之往事……那时自己年少丧父，一度家境窘迫，舅父是如何携带自己游学淮南，生活上无微不至地关照，学业上不厌其烦地指点。在那期间，彼此既是血亲关系的甥舅，又是这世间难得的惺惺相惜的好友。舅父曾引荐自己结识了孙觉、苏轼、秦观等一班受益终身的师友；主持操办了自己与结发之妻孙兰溪的婚娶，还把毕生所学向外甥倾囊相授，指导自己乡试两夺乡魁和进士科举金榜题名，直至出仕为官。所以，"长我教我，实惟舅氏"。

可以说，没有舅父的教养、指点和提携，就没有如今在诗坛与苏轼齐名的黄庭坚。可惜天不假年，舅父溘然长逝，外甥泪眼已干，以血继哭，这一刻忽然间，真是令人撕心裂肺，痛彻肝肠啊！

生离死别，长歌当哭。黄庭坚这篇祭文虽然采用了传统的四言诗韵文句法，但从其直叙行文和未用俪句的方式来看，应属于散文体祭文，有着以下三个较鲜明的特色。

一、用情至深，动人心魄

山谷少孤失怙，是公择把他带出了家乡分宁山区，见识了山外更广阔的世界，并随舅父一家在淮南共同生活了近四年。在此期间，李常对他给予了如同己出的关爱，甥舅感情特别深厚。长大成人之后，黄庭坚与李常多在不同地方任官职，同朝为官仅有一年多时间。虽然甥舅聚少离多，但书信往来、诗歌唱和从未间断。两个人政见相近，均被视为新、旧党争中之倾向守旧人士。历任朝中多个重要职务的李常，对外甥或多或少有所提携和关照；特别是早年将山谷的诗文推荐给苏东坡披览，促成了北宋中后期两大诗坛巨擘"苏黄"的结缘。凡此等等，可以说是舅父对外甥恩重如山。公择的突然离去，对山谷来说有如平地一声惊雷，让他感到手足无措，悲从中来，难以自控。故文中所谓泣泪难止，继以泣血，均是真情实感地流露。读此等文，须想其一边哭，一边写，可谓字字是血，笔笔带泪。由于作者才思敏捷，学养深厚，看似悲从中来，未尝有意为文，而文无不工。

二、言辞质朴，对逝者评价恰如其分

李公择是深孚众望的重臣，担任过多处地方知州；历任三司使、户部尚书、御史中丞加龙图阁直学士等要职，又是在赴任途中因公殉职。依常理而论，山谷祭文中铺排俪句，炫美誉言，亦是此等文体的常例。何况逝者为尊，以公择之才、之能和之位，亦完全受当得起。从史料中可知，李常其人，编写了国史上第一部财会专著《元祐会计录》，是宋廷公认的善于理财的行家。此外，他在庐山白石庵开办的"李氏山房"，藏书由开初九千余册累增至逾两万册，并向僧众开放，实际则是创办了国史上第一家私人图书馆。一生中在这两方面均有所成就，该是很够了，即使只能做到其中一项，也是史上了不起的人物。司马光就曾对其理财之能予以高度赞赏："用常主邦计，则人知朝廷不急于征利，聚敛少息矣。"（《宋史·李常传》）也许正是碍于至亲长辈之故，山谷文中对公择专长和政绩点到即止，并没有多加展开和评说，更无任何不当溢美之词，有的是一五一十的客观评述，可谓入情入理，令人信服。

三、蕴味含蓄，言简意深

山谷无论赋诗，还是作文，均是公认的驾驭意象语言和善用典故的高手。此文行文看似平实，却是处处含典，每一用典均十分贴切而恰到好处，犹如注盐入水，不露痕迹；而且所用典故都与李常的生平、品格和政绩紧密相关，又都符合逝者的身世逸事，确乎是"用事不使人觉，如胸臆语也"。（《颜氏家训·文章》）全文以四言一句、偶句押韵和四句一换韵的形式编排，非但没有书面语的隔纸之感，反而觉得平实可读，犹如在与逝者隔空对话，从而增大了祭文的容量与情感张力，使祭文抒发得深沉郁悼、荡气回肠和催人泪下。

至此，忽然想起南宋学者赵与时在《宜退录》中的一段名言："读诸葛孔明《出师表》而不堕泪者，其人必不忠；读李令伯《陈情表》而不堕泪者；其人必不孝；读韩退之《祭十二郎文》而不堕泪者，其人必不友。"对此，笔者想补上一句："读黄庭坚《祭舅氏李公择文》而不堕泪者，其人必不与舅氏相知相亲。"

逝者长已矣，生者常戚戚。笔者以前读李白《拟古》中"生者如过客，死者似归人"的诗句，每每赞赏其乐天秉性和对生与死的豁达认知；随后读到其壮气豪迈无比的乐府诗《侠客行》，对诗仙仗剑周游、纵酒豪饮和视死如归的行侠气概油然又多了一分敬意。不过，当时并未深究，李白诗句只是自身历经生之坎坷或放纵后一种自发的情绪宣泄和感悟人生的精神提炼，并非是具体情境下个体生离死别的真切体验。再后来，读到黄庭坚这篇"以血继哭"的祭文，尤其是自己经历了几次失去血亲长辈的"割我肺肠"的哀痛之后，才懂得任何艺术提炼的情境实在无法与至亲之人生命消亡所触发的哀恸相提并论。诚然，死者已然安息，生者还要在人生路上蹒跚而行，生与死从来都是一种艰难与通达兼有的修行。对生之留恋和死之祭奠，在岁月的长河中，不过是特定时间断面的聚散离合之必然演绎，都不过是对"生死劫数"一种无果地追问。

总之，这篇感情真挚、浸透血泪的祭文，堪可与世所公认的史上三大祭文（韩愈《祭十二郎文》、欧阳修《泷冈阡表》、袁枚《祭妹文》）相比肩。窃以为，增添其为第四大祭文亦未尝不可，因为它与三大祭文有着相同的艺术特质：即语浅而义深，文短而情长，读之能摇动心旌，催人落泪，久久难以释怀。

书陶渊明责子诗后①

观渊明之诗，想见其人，岂弟慈祥②、戏谑可观也。俗人便谓渊明诸子皆不肖③，而渊明愁叹见于诗，可谓痴人前不得说梦也④。

![注　释]

①作《责子》诗时，陶渊明年四十四岁，生育有五个儿子。大名分别叫陶俨、陶俟、陶份、陶佚、陶佟，小名分别叫舒、宣、雍、端、通。诗中皆称小名，还说到三子阿雍、四子阿端同为十三岁，应是一对双胞胎。行志学：意为十五岁，见《论语》。

②岂弟：同"恺悌"，和乐安闲的意思。

③不肖：没有出息。

④痴人说梦：原指对傻子说梦话而傻子信以为真，谓凭妄想说不可靠或根本办不到的话。现用来形容愚昧的人说荒诞的话。原误以为出自宋僧惠洪《冷斋夜话》中语句，实则山谷此文言及更早。

赏 读

黄庭坚这篇读后感似的跋语虽只寥寥几句，读来却感到幽默有趣，可谓随意点评，即是金句。陶渊明此诗写得明白如话，通俗易懂，故在解读山谷原文之前，不妨先阅读一下陶渊明《责子》诗：

> 白发被两鬓，肌肤不复实。
>
> 虽有五男儿，总不好纸笔。
>
> 阿舒已二八，懒惰故无匹。
>
> 阿宣行志学，而不爱文术。
>
> 雍端年十三，不识六与七。
>
> 通子垂九龄，但觅梨与栗。
>
> 天运苟如此，且进杯中物。

按照孟子"知人论世"之说，当约略了解一下陶翁其人及其家庭状况。综合史料可知：陶渊明（约365—427），名潜，字元亮，号五柳先生，又称靖节先生。浔阳柴桑（今江西省九江市）人。曾任江州祭酒、建威参军、彭泽县令等职，是江西史上首位文学巨擘，又被誉为"中国田园诗派鼻祖"。

陶渊明一生三娶妻室，家庭成员众多，可谓上有老，下有小，家庭负担自是不会轻松。他早年多半时间在外教书和当官为吏，自谓是为"稻粱谋"。陶元亮先生仕途坎坷，二十五岁时娶的第一任妻子，次年因难产而致母子双亡，令晚婚的陶郎空欢喜了一场。三十四岁时续弦的妻室，六年内为他生下四个儿子，可惜天不假年，继室不幸死于肺病。几年后，又娶小他十几岁的翟氏为填房，翌年，生下幼子阿通。陶翁老来得子，自是倍加怜爱。之前离家在外打拼，他与妻儿聚少离多，归去来兮后，不免对膝下五个孩子又多了一分追补似的父爱。

这首《责子》诗大约作于东晋安帝义熙四年（408）。陶渊明时年四十四岁，已辞官归隐，过起了老婆孩子热炕头的乡村田园生活。膝下五个孩子，清一色的男性。大名分别叫陶俨、陶俟、陶份、陶佚、陶佟；小名分别称舒、宣、雍、端、通。老陶回乡赋闲后，与孩子们相处时间多了，对每一个儿子的习性均了如指掌，并用诗化语言依次进行了点评。

提起老大阿舒，他曾在另一首《命子》诗中有句，谓之"厉夜生子，遽而求火"。回想起当初长子深夜降生，初为人父的他急忙命人点亮灯火，看到母子平安，心上一块石头方才落地。如今此子长到十六岁了，只知饱食终日而无所用心，打着灯笼也找不出比他更懒惰之人。

说到老二阿宣，则卖了个关子，化用了《论语·学而》中的"吾十有五而志于学"之意，指出二小子已年届十五了，仍是一味地贪玩而不好学上进。

三子阿雍、四子阿端则同为十三岁，是一对双胞胎。二人如非智商有缺陷或是超级"偏科生"的话，断不至于算不出六加七等于自己的年龄。显然作者在此有意开孪生兄弟的玩笑，遣词造句有夸张之嫌。

尔后说到幺儿阿通快满九岁了，还是未脱乳气，每天只知索要梨子与栗子吃。猜想老陶在诗中拿此两种食物说事，大抵有两层用意：一是间接引出东汉孔融"四岁让梨"的故事，让九岁的陶佟相比之下而自惭形秽；二是此处选用"栗"字与前面的"七"字相同，均是诗歌逢偶句押韵之所需。

面对如此这般淘气的五个儿子，爱之深而责之切的陶老先生最后感到无可奈何，只能是选择顺应"天命"，喝酒浇"愁"。

以父亲的视角，写儿女情态入诗，最早当见之于左思《娇女诗》："吾家有娇女，皎皎颇白皙……"全诗共五十六句。作者从日常生活中剪裁几个小片段，描写了两个小女儿左芬、左媛娇憨活泼的种种情态，令人感受到带着笑意的浓浓父爱，以及家庭生活特有的情趣。

两晋之后，唐宋诗中写此类作品的不乏其人。较为知名的有李白《寄东鲁二稚子》、白居易《金銮子晬日》、元好问《石州慢·儿女篮舆》等等。此外，黄庭坚写过有关儿子的诗不下二十首，其中《嘲小德》堪称此类诗中的名家名作。诗曰："中年举儿子，漫种老生涯。学语啭春鸟，涂窗行暮鸦。欲嗔王母惜，稍慧女兄夸。解著潜夫论，不妨无外家。"这首五言律诗追忆独生儿子黄相从出生到弱冠之年的成长往事，声韵不拗，起合有应。其中对儿子"牙牙学语、信手涂鸦"片段的描写细致入微，妙趣横生。

后来南宋辛弃疾著名的《清平乐·村居》:"茅檐低小,溪上青青草。醉里吴音相媚好,白发谁家翁媪?大儿锄豆溪东,中儿正织鸡笼,最是小儿亡赖,溪头卧剥莲蓬。"云云,写入词中的同样是五个人物。与陶诗略有不同的是,辛词入镜的是一对农村夫妇与三个儿子。不能完全断定就是"以诗入词"的模仿翻版,但要说是稼轩居士的《村居》,受了五柳先生《责子》的启发和影响是"没毛病"的。

回头说陶渊明这首表面上拿儿子们"开涮"的五言诗,惟妙惟肖地描述膝下五儿厌学懒散的憨态,令人忍俊不禁,拍案叫绝。此诗对后世的影响比较大。杜甫和黄庭坚读过之后,分别写了诗评和题了跋语,做了不尽相同的解读。杜甫在《遣兴》中写道:"陶潜避俗翁,未必能达道。……有子贤与愚,何其挂怀抱。"这是说:陶渊明虽是弃官归隐,远离喧嚣,但也并未进入"不知有汉,无论魏晋"之忘怀得失境界,他对儿子品学的好坏,还是那么牵挂萦怀的。黄庭坚的题跋则认为:"俗人便谓渊明诸子皆不肖,而渊明愁叹见于诗,可谓痴人前不得说梦也。"意即陶翁这首诗写的是儿女情长和家长里短,即便是在批评儿子们不学习上进,有违自己"望子成龙"的期望,也是措辞婉转;不仅没有愁叹之意,而且还含着"逗你玩"的笑意,不难看出蕴于诗中的那种舐犊之情。

陶诗以《责子》为题,看似在对孩子们"厌学"进行责备与批评,实则涉及子女教育的深层问题。上述杜甫与黄庭坚对陶诗所见不同,源自二人教子之道有着明显差异。

老杜有多首诗言及儿女,可看出其对膝下二儿宗文、宗武期许甚高,不是夸奖他们"诵得老夫诗"(《遣兴》),就是称赞他们"聪慧与谁论"。(《忆幼子》)期待二儿从小习儒者业、将来科举出仕之意溢于言表。黄庭坚虽对独生儿子黄相怜爱有加,但在孩子教育问题上则主张因任自然,长成能自食其力即可,不必强求发达显贵。比如在上述《嘲小德》诗中,他见到儿子在家到处乱写乱画亦不管不顾。还有一次,黄相因贪玩而忘了练字,做父亲的他也只是写个留言提醒一下(《小子相帖》),不会给生性贪玩的儿子施加额外的压力。

以此看来，杜甫对陶诗的解读未免太较真、太着实了些。批评是有的，诗的语句亦是推断似的，更多地站在儒家入世与出世的视角看问题。认为老陶既然辞官归隐田园，即宜潜心悟道，世道人心和儿女情长之事大可不必挂怀。黄庭坚则与老杜不同，更多地站在洞察社会病态上看问题。认为孩子们不喜读书，未必是一件坏事。家长要求孩子们读书，无非是将来求取仕进，不过是重复父辈所走过的路。这条路，吾辈尚且不甘情愿，又何必要求下一代"子承父业"呢？黄庭坚的视点可能放得更远一些：凡认为陶诗真的是在埋怨孩子们不成器的，都是俗人之浅见，未能理解陶翁本意。在当时陶氏所处的礼乐崩坏、世风纷扰的社会，连做老子的都愤而弃官避世，把酒不问世事，叫尚不谙世事的孩子们哪里还会有进取之心呢？在他看来，面对天真可爱的孩子们，与其说陶渊明是在责其不争，以父亲的口吻批评儿子们不求上进，不如说是舐犊情深，以戏谑之言在和他的孩子们亲近搞笑。似有在回归田园生活的恬淡氛围中，故意卖弄儿女绕膝的天伦之乐之嫌。

总而言之，黄庭坚读陶诗的体会相比杜甫更为真切，评价老陶的心态亦更为恰当。在陶诗中，一方面，可以说儿子们的缺点都是被夸大和漫画化了，幽默风趣，让人忍俊不禁；另一方面，不难想象，对孩子们的习性如此了如指掌，能随意娓娓道来和生动逼真地写入诗句，这其中必隐含着一分慈祥的父爱，如俗话所言"知子莫若父"。至少陶诗中蕴含的怜子之意，应远远大过他对孩子们的批评之意。当然，从诗中也不难看出：此位"不为五斗米折腰"的铮铮硬汉，蕴于内心的那一分铁骨柔情。

跋东坡水陆赞①

东坡此书，园劲成就，所谓"怒猊抉石，渴骥奔泉②，恐不在会稽之笔③，而在东坡之手矣。此数十行又兼《董孝子碣》《禹庙诗》之妙处④。

士大夫多讥东坡用笔不合古法。彼盖不知古法从何出尔！杜周云："三尺安出哉！前王所是以为律，后王所是以为令⑤。"予尝以此论书，而东坡绝倒也。往时柳子厚、刘禹锡讥评韩退之《平淮西碑》⑥，当时道听途说者亦多以为然，今日观之，果如何耶？

或云：东坡作戈多成病笔，又腕著而笔卧，故左秀而右枯。此又见其管中窥豹⑦，不识大体。殊不知西施捧心而颦⑧，虽其病处，乃自成妍。今人未解爱敬此书，远付百年，公论自出，但恨封德彝辈无如许寿及见之耳⑨。余书自不工，而喜论书。虽不能如经生辈左规右矩，形容王氏⑩，独得其义味，旷百世而与之友⑪，故作决定论耳。

注　释

①东坡《水陆法像赞十六首》作于元祐六年（1091），当时东坡、山谷均在京师任职，故山谷此跋亦当作于同一年或稍后不久。

②怒猊（ní）：愤怒的狻猊，古代神话神兽，形似狮子。渴骥：饥渴的骏马。

③会稽之笔：指唐代书法家徐浩，字季海，官至彭王傅，会稽郡公，世称徐会稽。《新唐书》本传谓其书法："八体皆备，草隶尤工。世状其法曰：'怒猊抉石，渴骥奔泉。'"

④《董孝子碣》《禹庙诗》：前者为任殷撰、徐浩书之作；后者为徐浩撰并书之作。董孝子，名黯，字叔达，后汉句章人。和帝时杀其乡人以报亲仇，时人称其孝子。

⑤杜周云三句：杜周，西汉大臣。三尺：法律，因古时将法令刻于三尺竹简。此谓自古无一成不变之法，法拟据时所需作变更。

⑥《平淮西碑》：裴度讨伐淮西吴元济，韩愈为行军司马，奉命撰《平淮西碑》。后来李塑妻唐安公主女诉碑文不实，谓贬抑塑功，帝诏段文昌重撰碑文。相传柳宗元、刘禹锡均借此事讥讽过韩退之。见董逌《广川书跋》卷九。

⑦管中窥豹：从竹管小孔看豹子，只看到一小块豹纹。比喻见解狭隘、片面。见《世说新语·方正》。

⑧西施捧心而颦（pín）：美女西施因心痛病捧心而皱眉。颦，皱眉。见《庄子·天运》："故西施病心而颦其里。其里之丑人见而美之，归亦捧心而颦其里。里人见之皆逃走。"

⑨封德彝：即封伦，字德彝，由隋入唐，累官至中书令、右仆射。唐太宗曾感叹其不寿而没有看到贞观之治的盛况，山谷借此喻讥评东坡者见识短浅。

⑩形容王氏：模拟王羲之。形容，本指容貌神色或对事物加以描述，此处引申为仿效之意。

⑪旷百世而与之友：谓间隔百世而与古人为友。

赏　读

东坡书法长于写性情，作为弟子的山谷关注与置评最多。此跋以书论道、独具慧眼和见解精辟，一方面对苏轼书学路径与创作有客观、扼要地阐述；

另一方面对其技法求新、尚意之总体特征有深刻、准确地把握，对于后世正确认识和理解东坡书法大有裨益。

山谷开言即入正题，认为东坡为佛事法会题写的水陆法像赞，可谓墨韵圆润、笔力遒劲，出自《新唐书·徐浩传》中所谓"怒猊抉石，渴骥奔泉"，与其说是形容徐浩笔力之雄健奔放，不如说是出自东坡的手笔更为恰当。

当朝的不少士大夫曾讥讽东坡用笔不合古书法度，实不知他们所谓的古法从何而来？比如就法律制定而言，西汉的杜周说过：前面帝王明确制定的法律，后继的帝王可能变更为辞令。由此表明古无成法，法当与时俱进，不断有所更新完善。对此，山谷曾尝试以此来评论书法，得到东坡先生大加赞赏。还记得以往柳宗元、刘禹锡曾讥评韩愈的《平淮西碑》有不实之嫌，当时道听途说的文士多以为然，但以今天的眼光来看，他们所质疑之事还会认为是对的吗？

还有人说，东坡书写诸如"戈"一类的勾画字多呈病笔，加上其枕腕而握笔偏斜，故所书写的字左旁着墨丰润、右旁稍嫌枯涩。山谷认为此种说法犹如管中窥豹，只看局部而不见整体。犹如昔时的东施效颦，不懂得西施之美乃浑然天成，即便因病捧心蹙眉仍不失其娇态。当今的人们，尽管尚不知东坡此书的无比珍贵与潜在价值，但远过百年之后，自当会有公论，就像当年唐太宗感叹封德彝之辈一样，因奈何不了寿数所限而未能见到大唐后来的盛况呀！

最后，山谷自谦地表示，自己作书不甚工整，但偏好评论书法。虽然不能像研治经学的太学书生一样循规蹈矩，模拟书圣王羲之，却能独得其意趣，即便相隔百世之久，仍可与古人为友。故此，特为东坡水陆法像赞题作此跋。

通过以上解读，可以毫不夸张地说：在中国书法发展史上，在宋代独占鳌头的苏轼之书具有举足轻重的地位。古往今来，东坡书法一直受到人们的关注与推崇，对其书法的各种评价不胜枚举，莫衷一是。但相比较而言，还是山谷所作的评价更为准确、公允，更能发人所未道。此跋虽是为东坡"水陆法像赞十六首"而作，但所述内容、范围和评析维度均远超出了书作本身，以下仅就此跋所涉及的几个问题作相应的探讨。

一、何谓水陆赞？简言之，即专为佛事法会奉请的佛像敬题的赞辞，随

水陆法像一起悬挂于法会内坛，通常有诗赞与仪文两种形式

苏轼这篇水陆法像赞采用四言诗与行楷体方式书写，除前、后各一小段说明大意仪文之外，共撰有四言八句诗赞十六首，分别对应此次法会所奉请的十六尊佛众，分上、下各八位"阿梨耶"（梵语音译，为通晓佛理贤人的尊称）。由于诗赞涉及佛家所谓法界四圣、十凡及水陆道场仪规，内容较为深奥难懂，须具备一定的佛学修为才能心领神会。故此，本赏读只作约略介绍，不列举原文。

众所周知，山谷与东坡一同名列"宋四家"，同为宋代"尚意"书风的发起者和践行者。山谷以弟子身份兼行家的视角，对于东坡水陆法像赞之书看得真切、持论有据和赏析透彻。认为就总体而言，东坡此书可谓笔力圆劲、浑厚，气韵生动，一如《新唐书》本传中形容徐浩书法的八个字——"怒猊抉石，渴骥奔泉"，即像是发怒的狮子踢开石头、口渴的骏马奔向甘泉。在他看来，这八个字与其用于描述徐浩之书，倒不如说是出自东坡之手笔更为合适。总之，东坡所书十六首像赞共数十行字，方正停匀、点画别致和独出机杼，既充分体现了其书法洒脱个性，还兼具徐浩最著名的《董孝子碣》《禹庙诗》两副书法之妙味。亦即正合所谓书之妙道，神采为上，形质次之，兼而有之方可克绍于古人，乃至超脱于古法。

二、何谓书之古法？要言之，即中国书法发展源远流长，历经秦汉、魏晋南北朝至隋唐而入宋，在由实用性向功利性演变的进程中，逐渐形成了一定的文字书写笔法和规范

对此，本朝的一些士大夫出于各种成见，多讥讽东坡之书不合古法。山谷则援引西汉杜周"古无成法"和"法无常形"之说，对所谓不合古法之成见进行了有理有据地驳斥。认为对古法的传承绝非是抱残守缺和食古不化，而是在继承前人成果的基础上不断开拓创新，方能走出一条既兼容古法又自出新意、符合时代发展之所需的新路径。亦即所谓追求法外之法，功夫自在书之外。如一味囿于古法，则适合时代发展之需的书法创新就无从谈起。

实际上，东坡书法早期学习过二王、颜鲁公、杨凝式、徐会稽等前贤，可谓转益多师，博采众长；特别是到了中、晚期，随着阅历的丰富和人生遭

际的起落，他的书风亦随之发生较大变化。在吸收和继承前人精华基础上，不断融进"自得其美、自得其乐"的个人审美追求与意趣，逐渐形成了其结体上疏下密、上宽下窄，用墨偏重、字形扁阔和略带古隶的"苏体"风格，成为宋代文士"尚意"书风的发起者和奠基人。因为东坡所追寻的，不论是意象抑或意境，首当着眼于意，而以意作书，就不能拘于成法，甚至为寻求自由发挥的空间而不惜离法趋意。故此，苏轼之书既寻变化于法度之中，又出新意于成法之外，性情洒脱奔放，笔墨起伏随其心里情感流转，如江河之奔滔宣泄于纸卷，引领一代书坛之风骚。依此而论，山谷认为乃师东坡为"本朝善书，当推为第一"。（黄庭坚《跋东坡墨迹》）

不仅如此，东坡还善于在创作实践中提炼升华书法理论。他在《论书》《论古人书》《自论书》中提出的"自出新意，不囿于成法""把笔无定法，要使虚而宽""书初无意于佳乃佳"，以及"我书意造本无法，点画信手烦推求"等书论，均对当代与后世产生了广泛深远的影响。古往今来，在书法史上能够理论与创作并驾齐驱，两方面都能达"天花板"高度者如凤毛麟角，东坡先生即为其中之"人中龙凤"。山谷还认为，东坡书论由于站得高、看得远，一些超前见解与刻意之笔法，为学书者一时不能理解甚至产生曲解，实属正常现象，犹如韩愈当初作《平淮西碑》引来诸多误解一样，相信经过时间和实践的检验，最终总能澄清是非曲直的。

三、何谓书法之不工

直言之，即书写不合章法。山谷在这里说到"余书自不工，而喜论书"，并非完全是自谦之词，而是巧借《易经》中所谓"乃以求新者也"这句警语，表达为追求创新必会付出一定代价的常理，亦即如后来刘熙载总结出的"学书者始由不工求工，继由工求不工。不工者，工之极也"。意谓大巧不工，书家未经精心构造，便能顺其自然而成书，才是"尚意"书法所追求的最高境界。

回过头来看，有人认为东坡书法存在"作戈多成病笔，又腕著而笔卧，故左秀而右枯"等毛病。山谷对此的解答是：这就好比是古代的美女西施，即便是因病而捧心皱眉，亦难掩她"沉鱼"之花容姿色。这个比喻含义有二：

一是不合古法所谓破笔或者说病笔，当是书法表达性情的合理逾规，自觉追求产生一种残缺的美感；二是书法作为一种最抽象的造型艺术，其本质是抒情达意，若要使点线面契合心灵，笔墨挥洒得心应手，必得不拘成法，离法而趋意，以求在艺术空间自由地徜徉。这两点，恰恰是东坡笔墨最动人的美感观照，以及矢志创新的难能可贵之处。

具体来说，东坡之书使用"单钩"枕腕加偏低斜之执笔手法，同时有意蘸足较浓的墨液，下笔舒缓而灵动，才能书写出圆润而刚健、右枯而左秀的独特"苏体"书法。反过来，那些认为东坡此为病笔的非议，虽是觉察了他因追求新意所出现的某些局部笔画欠缺，却忽略这种另辟蹊径的改变能获得极佳整体效果，可谓是管中窥豹，一叶障目，只见局部而不识大体。可以说，东坡之书犹如巍峨泰山，如汪洋大海，其高度与广度非一般人能够抵达和领略，也许要远到百年乃至千年之后，才会为世所公论，并闪烁着其经久不息和绚烂夺目之光辉。

综上所述，山谷在题跋中对苏轼书法的评价，并未仅仅局限于这十六首水陆法像赞之书，而是站在更高、更广的历史视角，将东坡书法学习过程中从"有法"到"无法"、从"工"到"不工"和从"有我"到"无我"三段论式的挖掘、阐述和展现出来，使人们通过作者的导引认识到集诗、词、文、书、画之大能于一身的东坡是百载不遇、千年难逢的艺术全才和文化巨擘。

跋亡弟嗣功列子册①

《列子》书，时有合于释氏②。至于深禅妙句，使人读之三叹。盖普通中事，不自葱岭传来③，信矣。亡弟嗣功读此书，至于溃败，犹辑而读之④，其苦学好古，后生中殆未之见也。绍圣中，余自缮治而藏之⑤。少年辈窃取玩之，又毁裂，几不可挟，唐坦之复为辑之⑥。智兴上人喜异闻⑦，故以遗之。

注　释

①此文约作于建中靖国元年（1101）至崇宁元年（1102）间，作者出蜀东归，因病寓居荆州。

嗣功：为山谷叔父黄廉之第三子，亦即山谷的堂弟。

②《列子》：相传为战国时道家列御寇所作，唐时被尊为《冲虚真经》。列子其人是介于老庄之间道家学派的重要传承人物，创立了先秦哲学之贵虚学派。

③普通：梁武帝萧衍年号（520—526）。普通中事，指达摩来华传播禅法。据《景德传灯录》卷三，南天竺菩提达摩于梁普通八年渡海抵广州，梁武帝迎至金陵，与帝问答，机缘不契，遂渡江至洛阳，寓嵩山少林寺，面壁默坐，人称"壁观婆罗门"。他弘扬禅学，法嗣绵延，被禅宗尊为"东土初祖"。

葱岭传来：意谓《列子》中已有了佛法禅意，不会等到梁武帝时才从西域传来。葱岭，古时对帕米尔高原与喀喇昆仑山脉的总称。又据《景德传灯录》卷十九："越州诸暨县越山师鼐，号鉴真禅师。初参雪峰而染指，后因闽王请于清风楼斋，坐久，举目忽觑日光，豁然顿晓，而有偈曰：'清风楼上赴官斋，此日平生眼豁开。方知普通年远事，不从葱岭路将来。'"由此可见，师鼐觑日光而顿悟佛性真如实先天地而有，并非普通年中才由达摩传来中土。山谷此处化用师鼐偈语之说，意谓《列子》书中已有佛法禅意，不待普通年中方从西方传入。此说表现了山谷佛道相通与合一的思想。

④辑：修补整治，此谓修补装订。

⑤缮治：修补整治。

⑥唐坦之：名履，山谷的文友，见黄庭坚《与唐坦之书》。

⑦智兴上人：吉州太和县（今江西省泰和县）人。上人，上德之人，对禅林高僧的尊称。

赏 读

古往今来，好读书之人众多，但方法各有不同。荀子《劝学》开篇即说，学不可以已，可谓之勤读；陶渊明好读书而不求甚解，是巧读；杜甫说读书破万卷，如非夸张，在中古早期应算是泛读；苏轼所谓的八面受敌读书法，则是天赋加勤奋糅合地精读；至于本文所说的黄嗣功把《列子》一书读得破损不堪，并反复修补粘贴而读之不倦，可谓之苦读或者说专攻，有点类似大宋开国名臣赵普所称的专治《论语》。

一本书能读得污垢满卷和破损散脱了架子，并反反复复修补之。可以想见，这位黄嗣功先生当年是如何日夕勤学、手不释卷和读书上瘾成癖的。难怪山谷先生说：如此下苦功读古籍者，在他所认识的后生晚辈中，绝对找不出第二个。也亏得山谷先生当年作了此篇题跋，据此，北宋洪州分宁双井村一位读书成痴的后生的大名，才没有埋没在历史的风尘中，并有机缘被后世的读者所知之。

通常读书不倦，甚至能读入废寝忘食的痴癫状态，即李汝珍《镜花缘》中所谓读入了魔境，读成了"两耳不闻窗外事，一心只读圣贤书"的"书呆子"。古往今来，如此勤学苦读者，往往能塑造成科举应试中的"考试机器"，或现今所谓"学霸",指不定哪天就一举金榜题名或建功立业闻名天下,让人跌破眼镜。

在中国长达两千多年的封建社会及其衍生的应试教育史上,此种事例比比皆是。先秦苏秦的"锥刺股"、东汉孙敬的"头悬梁"、初唐的"书痴宰相"窦威、晚清的"书憨大帅"曾国藩,等等,均是史上标杆似的苦读成才的范例。当然,吴敬梓笔下小说中人物范进,算是被塑造出来的典型另类。惜乎黄庭坚这位嗜书成癖的堂弟英年早逝,我们在黄氏双井老家珍藏的"四十八进士"名册中,没有也看不到他的大名。

睹物思人。山谷先生在追忆中说到,在绍圣中年(1096)见到亡弟遗留且已经破损不堪的此书,不忍弃之,就自己动手再修补并收藏起来。时间过去了几年,还郑重其事地为亡弟在书册上题写了此跋。之后,把这本后来几乎被小孩玩残了和又经朋友唐坦之再次修补的旧书,最终转赠给素喜猎奇的智兴上人。我想,智兴作为青原禅林高僧,有缘最终获此木鹑衣百结状的《列子》,按照"合于释氏"因果的说法,此本留有黄嗣功无数汗渍且"多灾多难"的旧书,也终算是如《孟子·万章上》中所载的"得其所哉"!

最后,尚有一相关联之事需补充说明:黄庭坚在其诗词文及书法之外,另一个名动士林的造诣就是禅修了。其名字被普济列在南岳十三世黄龙祖心禅师的法嗣中,是晦堂祖心入室记名弟子,为居士分灯之一。由此可知,山谷道人禅学修为深厚。他在此文中一开头即说:《列子》一书时有合于释氏。意即列子与释禅时有兼容相通之处,故列子所处的先秦或已有了释法禅意,不会等到梁武帝时才从西域传来。据此,至少可推断:在旷日持久的《列子》一书真伪纷争中,认为该书为魏晋人托名所作伪书之说不可信。至于今本《列子》成书较晚,可能不同于黄庭坚读到的原本,或者经过魏晋人士的加工整理是有可能的。但是,要以《列子》书中所述与释禅经书所述有所雷同,就断定《列子》完全是伪书,则基本上是今人的臆测之词,并无令人信服的真凭实据。

赠张大同卷跋尾①

元符三年正月丁酉晦②，甥雅州张大同治任将归，来乞书。适余有腹心之疾，是日小闲，试笔书此文③。大同有意于古文，故以此遗之④。时涪翁自黔南于僰道三年矣⑤。寓舍在城南屠儿村侧，蓬藋柱宇，鼪鼯同径⑥。然颇为诸少年以文章翰墨见强，尚有中州时举子习气未除耳⑦。至于风日晴暖，策杖扶蹇蹷，雍容林丘之下⑧，清江白石之间，老子于诸公亦有一日之长⑨。时涪翁之年五十六，病足不能拜，心腹中蒂芥，如怀瓦石⑩，未知后日复能作如许字否？

注　释

①张大同（1030—1118）：北宋雅州（今四川省雅安市）人。以朝散大夫致仕，虽是山谷外甥，但年龄比乃舅大十五岁。

②丁酉：农历一甲子（60年）中的一个年份。晦：农历每月末的一天。

③治任：任职期满。乞书：索求书法。腹心之疾：胸口部位的疾病。

④有意于古文：有意学习古代文籍。遗：赠送。

⑤涪翁：山谷贬谪为涪州别驾、黔州安置，故又自号"涪翁"。僰（bó）道：古郡名，为僰人所居，治所在今四川省宜宾市。

⑥蓬藋（diào）拄宇：杂草丛生，遮盖了房檐。蓬藋，指乱草。蓬，飞蓬；藋，藜类植物；拄宇，原指以柱支屋墙，此谓杂草长高到了房檐。鼪鼯（shēng wú）：鼪：黄鼬，俗名黄鼠狼；鼯：形似松鼠，称鼯鼠或大飞鼠。

⑦中州：河南的古称，此谓中原地区。举子：被荐参加科举考试的读书人。

⑧寒蹶（jiǎn juě）：步履缓慢貌。雍容：大方，从容不迫的样子。

⑨老子：此为山谷自称。一日之长：谓年龄比别人稍大。见《论语·先进》："子曰：'以吾一日长乎尔，毋吾以也。'"

⑩蒂芥：比喻内心不快或不满。瓦石：瓦片、石头。多比喻价值低的东西。

赏　读

北宋元符三年（1100）正月末尾的一天，谪居巴蜀第六个年头的黄庭坚一开门即喜见来客。其外甥张大同在邻近地方任官期满之际，特地前来戎州向舅氏辞行，并请求名满天下的大书家山谷为之题写书法。赶上乃舅近日心痛病发正在家疗养，算是有些空闲，遂研墨援翰，书写下一副《韩愈赠孟郊序》长卷，并在卷尾附写了此篇跋文。山谷之所以在抄录韩文后还特地加写一段题跋，是考虑到年长于己的外甥有意研习古文，特以此作为一份赠别之礼。

此时自感年衰病侵的黄庭坚，从黔州转徙戎州安置已三年了。虽然名义上仍挂着一个"涪州别驾"的虚衔，实际上无工作岗位，且俸禄、福利待遇皆无，仍是以"省过"之名受着官府管束。因远在他乡和穷困潦倒，他在城南租了一间简陋农舍暂住。那里与一屠宰村落相邻，附近杂草丛生，蛇鼠出没，居住环境可谓既脏乱又差劲。不过，生性豁达的山谷倒是不以为意，还一如既往地指导当地一些青少年读书与写作。他觉得这批年轻人的文学功力日见长进，只是诗文中尚带有类似中原地区应试举子的"学生腔"，假以时日当予以纠正。此外，尽管身处逆境，但凡遇上风和日丽的好时日，山谷道人也会呼朋引类，策杖而行，徜徉于深林丘壑之下，漫游于青山绿水之间。还自言老夫今年五十有六，相比诸位游伴当是虚长几岁，因患有足疾而不便给大家尽礼。然而，被贬谪以来累积的不平之气，一直像有一片瓦砾和一块石头似的压在心头，不知以后是否还能如此随性洒脱地写字吗？

从以上大意解读可知，此跋全文虽不足二百字，却是曲尽其意，用笔精简，看似轻描淡写地叙述，却是处处暗含情愫。细究起来，还可提掇和衍生出以下几组相关信息或者说未尽之意。

一、外甥张大同此番来辞行，兴许无意间触碰到了乃舅久蕴内心的一抹乡愁

试想一下，老家就在邻地雅州的外甥张大同，尚且能心满意足地致仕还乡，而山谷被贬谪"巴山蜀水凄凉地"长达六年，其中因避亲嫌转迁僰道也已三年，何时能回到自己魂牵梦萦的分宁双井故乡呢？眼下看来，似是遥遥无期。通常人在他乡，遇上亲朋好友言归，绝不会无动于衷的，恰如自己昔日在汝州作的诗句所道："五更归梦三千里，一日思亲十二时。"（黄庭坚《思亲汝州作》）当然，实际上该年底他即获得朝廷赦令而出蜀东归，原因是朝廷政治风向又发生了重大变化。元符三年（1100），年仅二十三岁的宋哲宗因病早逝，有着"艺术天子"之称的赵佶继位登基而大赦天下。山谷正是在当年底搭上这一趟"末班车"。

二、在人均寿命偏低的近古时期，年近花甲的黄庭坚在仕途上屡遭厄运，加之谪居地生活清贫和居住环境恶劣，以致身体每况愈下，自感此生时日无多

在此惜字如金的跋文中，他前后提到自己患有"腹心之疾"和"足疾"（疑似心脏病与风湿关节炎）。然而，对未尽人生路途的疾苦，山谷心胸仍是一片开阔旷达，他在文中婉转表达了在贬居期间，尚需了却两件未了之事。一是要继续发挥余热，为培养蜀中文学青年才俊，一如既往地尽心竭力。二是要利用余生有限时光，从容地回归自然，策杖游览巴蜀的绝胜风景。意即不必在意华发满头，只愿在闲了时，与草木交换心性，与山水相依为乐。

三、值得着重一提的是最后落笔的一句反问："未知后日复能作如许字否"

联系跋文前后内容来看，窃以为，大抵作者不言自明之意有二：一是作者书写此副大字行书用情专注，有可能是乘兴挥写、一气呵成。事毕认为此书当是其晚年一件可打"满分"的得意之作。练习过书法的人或可知：书家有时在某种说不清、道不明的状态下的神来之笔，当是可遇不可求的，而且时过境迁之后，往往再难以复制。正如山谷在为苏轼著名的《寒食帖》题跋中所说"试使东坡复为之，未必及此"；二是抵近迟暮之年又略通医术的黄庭坚，自感身体已然出了状况，写此大字行书长卷就感到有些精力不济，此后如复为之，或许会心有余而力不足，未必再能写出此等上乘佳作。

四、此卷是黄庭坚应张大同索求而书写的赠别之作

最初前半部分是抄录《韩愈赠孟郊序》一文，后半部分书写的即是这篇简短的跋文。惜乎经近千年的岁月变迁以及在历代藏家竞相收藏的过程中，不知何时此副书法长卷被一分为二，前半部分原件早已不知所踪，仅余下后半部分这段"跋尾"。尽管是半截书法卷跋，但书写气势恢宏，运笔收放自如，中宫收紧，撇捺开张，斜欹外拓，将山谷的书写个性和技艺展露无遗，有很强的视觉冲击力，历来被认为是山谷晚年创作的大字行书神品。也正因为如此，这篇附文在作为主体的前半部分久已散失的情形下，幸能以绝版书法藏品而长存于世。

最后，再对这副书跋做扼要介绍：黄庭坚《赠张大同卷跋尾》，又称《张大同乞书帖》《为张大同书韩愈赠孟郊序后记》，纸本，大字行书，宽三十四点一厘米、长五百五十二点九厘米，四十五行，共一百七十二字。钤有"绍兴""内府"印记，曾经徐俊卿、周湘云、张大千等名家收藏，后面有王铎、吴宽、李东阳等题跋。现藏于美国普林斯顿大学艺术博物馆。

庞安常伤寒论后序[①]

　　庞安常自少时喜医方，为人治病，处其生死，多验，名倾江淮诸医[②]。然为气任侠，斗鸡走狗，蹴鞠击毬，少年豪纵事，无所不为[③]。博弈音技，一工所难，而兼能之[④]。家富多后房，不出户而所欲得[⑤]。人之以医聘之也，皆多陈其所好，以顺适其意[⑥]。其来也，病家如市；其疾已也，君脱然不受谢而去之[⑦]。

　　中年乃屏绝戏弄，闭门读书[⑧]。自神农、黄帝经方、扁鹊《八十一难》《灵枢》，皇甫谧《甲乙》、葛洪所综辑百家之言，无不贯穿[⑨]。其简策纷错，黄素朽蠹，先师或失其读；学术浅陋，私智穿凿，曲士或窜其文[⑩]，安常悉能辩论发挥。每用以视病，如是而生，如是而不治，几乎十全矣[⑪]。然人以病造，不择贵贱贫富。便斋曲房，调护以寒暑之宜；珍膳美饘，时节其饥饱之度[⑫]。爱其老而慈其幼，如痛在己也[⑬]。未尝轻用人之疾，尝试其所不知之方[⑭]。盖其轻财如粪土而乐义，耐事如慈母而有常。似秦汉间游侠而不害人，似战国四公子而不争利[⑮]。所以能动而得意，起人之疾，不可缕数，它日过之，未尝有德色也[⑯]。

　　其所论著《伤寒论》，多得古人不言之意。其所师用而得意于病家之阴阳虚实，今世所谓良医，十不得其五也[⑰]。余始欲掇其大要，论其精微，使士大夫稍知之。适有心腹之疾，未能卒业[⑱]。然未尝游其庭者[⑲]，虽得吾说而不解，诚加意读其书则过半矣。故特著其行事，以为后序云。其前序，海上道人诺为之，故虚右以待[20]。

元符三年三月，豫章黄庭坚序。

注　释

①庞安时（1042—1099）：字安常，北宋蕲州蕲水（今湖北省浠水县）人。北宋著名伤寒学家，撰有《伤寒总病论》等医著，被称誉"北宋医王"。山谷此序文作于元符三年（1100）。

②少时喜医方：打小喜欢研究医术药方。处：诊断、看病。江淮诸医：长江淮河一带的医生。古时此地以出名医著称。

③为气任侠：负气仗义，急难济困。蹴鞠击毬：古代踢足球游戏。毬（qiú），同"球"。

④博弈音技：博：指六博，古时的赌局；弈：下围棋；音：音乐；技：技艺，此指武艺。

⑤多后房：姬妾众多。所欲得：想得到的东西。

⑥皆多两句：指病家为治病多以庞安常所好来迎合他。

⑦病家如市：来看病的人多得像市场一样，即门庭若市。疾已：病治愈。脱然：不经意的样子，此指悄悄地离去。

⑧屏绝戏弄：断绝游戏玩耍。

⑨神农：古神农氏，尝百草为药以治病，此指《神农本草经》。黄帝经方：黄帝为华夏始祖，此指《黄帝内外经》。扁鹊：战国名医，相传撰《八十一难经》。皇甫谧（mì）：三国西晋时期学者、名医，撰《针灸甲乙经》。葛洪：号抱朴子，东晋著名道教丹术和医药学家。无不贯穿：此谓庞安常熟读医书，且能融会贯通。

⑩简策：此指书籍。黄素：用于书写的黄色丝绢。失其读：谓读不通句子。私智：个人小聪明。曲士：乡曲之士，此指孤陋寡闻者。

⑪十全：完全，此谓诊断几乎完全应验。

⑫以病造：来看病。便斋：日常休息之所。曲房：深邃的密室。饘（zhān）：浓稠的粥。

⑬如痛在己：就像病痛在自己身上。

⑭未尝两句：从不轻易借病人的症状，来尝试自己不熟悉的药方。

⑮似秦汉间句：好似秦朝、汉朝之间的游侠而不加害于人。战国四公子：指礼贤下士注重节义的齐国孟尝君田文、魏国信陵君无忌、赵国平原君赵胜和楚国春申君黄歇。

⑯缕数：多得数不清。德色：做好事而露出得意之色。

⑰师用：师法前人并用之于医疗实践。阴阳虚实：古代医生通过阴阳概念来辨别一些疾病，使之成为诊断、下药的依据。

⑱心腹之疾：指胸腹部位间的疾病。卒业：完成一项事情。

⑲游其庭：此谓亲自至其门学习。

⑳海上道人：此指苏轼。时年东坡由惠州再迁海南儋州，过海峡后又自戏称海上人。

故虚右以待：因东坡已承诺的前序未及作，山谷先作之序仍称后序，谦让老师而不敢占先。

赏 读

从黄庭坚这篇序文及相关史料可知，有"北宋医王"之称的庞安时所撰《伤寒总病论》，约成书于元符三年（1100），是对医圣张仲景《伤寒杂病论》注释性的医学专著。全书共六卷，述证简要，方治详备，在中医学界有"发仲景未尽之意，而补其未备之方"之声誉。至今仍是一部对中医理论和临床实践有着重要指导、参考意义的实用典籍。

由于山谷对著者知根知底，故序言基本上是按时间顺序介绍其生平。开篇简述庞安时出身医学世家，从小博闻强记，聪颖过人。他喜好研习医术药理，在家乡行医坐诊，名头压过了江淮一带的许多医生。作为富家子弟，青少年时期的安时风流倜傥，姬妾众多，生活富足。他爱好广泛，斗鸡走马、博弈击球、题诗填词等样样皆能。不过，安时生性善良，为人治病，不论贵贱，均以礼相待，招待宿食；尊老爱幼，精勤不倦，对病人疾痛如在己身，能治者必尽全力，不能治者则坦诚相告；病愈者持金酬谢，也不尽取，其医德医风，广受好评。

至中年，因患耳聋，对疾病予人之苦痛更是感同身受，遂一改少时嬉戏习性，专心发奋攻书。通过广泛涉猎和潜心研读历代医学典籍，搜集整理民间草医良方，加上临床经验日益丰富，庞安时已成为闻名遐迩的当世名医。他豪爽任侠的行事风格，犹如秦汉间纵横侠义之士，又像仗义疏财的战国四公子。在蕲水庞家，求医者络绎不绝，每日门庭若市。他以救死扶伤为己任，经其妙手回春治愈的各类病人难以计数，却从不自鸣得意。庞大夫对内、妇、儿科疾病均有临床实践和理论研究，特别是以善治伤寒、温病名闻天下，以致时人有"庞安时能与伤寒说话"之称誉。

到了晚年，庞安时结合自己数十年的行医经验，广集和参考华夏医界诸家学说，撰成《伤寒总病论》一书。该书对医圣张仲景的医学思想做了有益地阐述、补充和发挥，突出的特点是着意阐发温热病，主张把伤寒与温病区分开来，即对二者表征相似的温寒症状进行分诊，并区分不同病况分类施治和对症下药。此举在临床上收到了较好的疗效，对中医外感病学是一大补充和发展。此外，他还撰有《难经解义》《庞氏家藏秘宝》《验方集》《主对集》《本草补遗》等著述，惜乎均已散佚。

从以上对序言主要内容的解读可知，东坡先生曾允诺为安时此书作序而未及作，故山谷序文虽先作也只能称之后序，并空出右幅以待，以示对师长的尊重。或许出于不可知的某种原因，东坡之序直至其去世仍未作出，因此，后来《四库提要》移山谷后序为弁首。此外，山谷为好友之书作此序时，著者庞安时亦离世一年有余，故此序当是对逝者生前许诺的追补之作。为加深对这位悬壶济世一生的名医的认知和了解，以下在综合分析和梳理相关零星史料基础上，对庞安时其人其事做几点补充叙述。

一、山谷与安时相识交往，最初是源于东坡的介绍。苏轼与庞安时相识于元丰二年（1079）

苏轼因"乌台诗案"贬谪黄州不久。有一次，东坡突患左臂肿胀病，自我药疗不见好转，打听得安常善医，便慕名前往蕲水求治。庞大夫采用针灸疗法，未用药即手到病除。于是，两个智商超高的牛人，相见恨晚，不忍就此作别，遂相邀往当地著名的清泉寺一游。东坡此游吟出"谁道人生无再少？门前流水尚能西"的千古名句，即出自此次记游之作——《浣溪沙·游蕲水清泉寺》。

过了几年，苏轼时来运转回京任要职，接着庞安时也到京师行医开诊。通过东坡的援引和介绍，安时与山谷、秦观、张耒等苏门弟子皆相识而成为朋友。彼此意气相投，时常在一起出游宴乐，吟诗作文，在汴京度过了一段难忘的快乐时光。在此期间，苏门弟子中就数山谷与安时关系最铁，走得也最近。原因是山谷与东坡一样，也十分爱好医学。他打小在祖母仙源老太君刘氏的言传身教下，略通民间偏方医术。如今遇上一位圣手神医，免不了在医药方面常来讨教；庞安时行有余力而写诗，又忒喜山谷书法，亦时常向黄庭坚学习作诗与书法技艺。二人接触频繁，一来二往，遂成莫逆之交。尽管后来，东坡以及一众弟子屡遭贬谪放逐，但他们无论走到哪里，都与庞大夫保持着通信联系，彼此均牵挂着对方而延续着一分纯真的友情。

二、对于少年成名的庞安时，山谷序文只择要做了简介，尚有几则记载在宋人笔记中的传奇事例，值得归拢叙说一下

其一，据张耒《庞安常墓志》载：少年安时天赋异禀，从父庞之庆（号高医，蕲水名医）学医。乃父教以家传的诊脉之诀，安时初学即认为或有不足。于是，另取黄帝、扁鹊有关诊脉医书研习，不久即能无师自通，且能阐发新的见解。对于智商奇高且尚未成年的儿子，其父自愧不如，预测其从医当成名当世，光大庞氏，后果然应验。

其二，中年安常突患耳疾以致耳聋。遇上东坡来求医，由于交谈不便，二人就以手势比画交流，彼此心领神会，竟无失聪交流障碍。苏轼后来在《游沙湖》文中记述道:"余以手为口,君以眼为耳,皆一时异人也。"

其三,安时开诊行医,从不以盈利为目的,对穷苦百姓求医更是时常免收或减收医疗费。他利用家中富余闲置房间,安排行动不便的患者住宿观察治疗,定时巡诊查房,还相应提供饮食,直至将患者治愈送走。凡此种种,均证实了庞安时是中国医疗史上开创住院治疗的第一人。

其四,相传安常晚年回归故里,行医之余,尽享家乡山水田园风光之乐。年五十八岁时,有一天偶感身体不适,门徒请求给他诊脉。他含笑谢绝道:"不必了,我自知胃气已绝,大限将至也。"没过几天,他即在家中坐着与客人谈话时安然辞世。后人为纪念这位悬壶济世一生的名医,曾在其家乡修建了塑有其泥像的庙堂,惜乎因年久失修而损毁无存。

总之,需要着重指出的是:庞安时治疗伤寒,主要善于从发病的原因、症状入手,强调以宏观和辨证的方法看待疾病,并结合患者的体质、心理、居住地的地理、气候等因素进行综合探究,因人而异进行有的放矢地施治。他在继承医界诸多前贤的基础上,确认伤寒的病因是"寒毒",并从医疗的视角阐发了"寒毒"的危害与防治。同时,他提出了"疫气"是导致发病的原因,是外感热病中另一类性质不同的疾病。这类疾病虽然属于温病范畴,但究其病因,则是感染"疫气"引起的,并提出了温病当与伤寒分治的论断,这对后世中医温病学说的形成有较大的影响。此外,由苏轼从民间搜集发现并托付庞安时在书中记载下来的中药处方《圣散子方》,对后世防控瘟疫起到了积极的疗效作用。

小子相帖

小子相嬾书①，因戏题其几。曰：士大夫胸中不时时以古今浇之，则俗尘生其间，照镜则面目可憎，对人亦语言无味。一二子从予学经术□□②，颇有得意者，而德性往往不美，遇事而发，辄有市井屠沽气③。戏书□□。曰：大雨如悬河，水深汲橐驼，唯有庭前捣帛石④，一点入不得。

注　释

①黄相，黄庭坚儿子。嬾（lǎn）："嬾"同"懒"，懒书即懒得练写书法。

②一二子：有几个。经术：指注解经书的学问。

③屠沽：宰牲卖酒。

④橐（tuó）驼：骆驼，此处指旧时立于门前的石骆驼。捣帛石：即捣衣石。

赏　读

这是黄庭坚题写在儿子黄相书桌上的一段留言。全篇行书七行，一百〇四字（原帖有四字不清晰）。挥墨精致婉转，笔法收放自如。因黄庭坚是不世出的书法大家，这篇留言未见载于史书记述，而是以书法名帖遗稿而得以传世，至今珍藏于上海博物馆。

　　黄庭坚一生三娶妻室，结发之妻孙氏英年早逝，未生育；续弦的谢氏生女黄睦，不久亦因病辞世；他年届不惑，才由第三任妻子石氏生下儿子黄相。在人均寿命偏低的宋代，绝对属晚育一族。用山谷自己的词句说是"不见清谈人绝倒，更忆添丁小小"；（见黄庭坚《减字木花十九首》《清平乐·示知命》）也可戏说其婚育是"高投入而低产出"。对于来之不易的独生儿子，山谷自是百般疼爱，视之为掌上明珠。有点如民谚所说的："含在嘴里怕化了，捧在手里怕掉了。"

　　在文风极盛的天水一朝，黄庭坚是饮誉宇内的诗词和书法大咖。平时，求诗、求墨者几乎踏破了门槛，用现代网络流行语可说是"圈粉"无数。然而，老子英雄儿子未必好汉。譬如，对于每天临帖练字的必修课，黄相打小就不怎么感冒。某日，趁老子不留神，懒于练字的儿子又偷跑去玩了。有些动气又不忍责子的父亲，顺手拿过儿子扔下的纸笔，题写了此一劝子向学的书帖留在案桌上，这就是《小子相帖》得以问世的起因。也许是担心此举引起儿子不快，山谷一落笔即声言是戏题。意在告知儿子，批评你几句，吾儿不必当真，就当是为父跟你开个小小的玩笑。

　　上述如此这般父子笔墨互动的片段，比较少见，也有些耐人寻味。明明儿子有过错，父亲的批评却是委婉而带着微笑的。人言山谷对黄相或多或少有点溺爱，在此可看出些端倪。接着山谷不下笔则已，一下笔即是传世名句："士大夫胸中不时时以古今浇之，则俗尘生其间，照镜则面目可憎，对人亦语言无味。"这句话大意是说向学之人，倘若不时常学习古今诗书，让腹中多装点墨水，就难免沾染世俗气，以致对着镜子会觉得面目丑陋，对人说话则平庸乏味。此句教子劝学的警句一出，不仅当时即被文坛名流们多所引用，还在后世流传盛广，被众多文士多所记载转述，成为"豫章黄学"语录中流光溢彩的经典之一。

　　据本人推算，写此帖时，黄相年龄十来岁，即一〇九五年前后。此时，黄家正安置在贬谪之地黔州（今重庆市彭水苗族土家族自治县）。或许是觉得儿子年纪尚小而不谙世事，难以透彻理解这句话的真意。于是，苦口婆心的父亲，举个例子来加以说明。说是有几个小辈，跟着为父求学儒家经学。其中有的浅尝辄止，自鸣得意。岂不知学习上自满的人，往往易显露品德上的缺陷，故言谈举止俗不可耐，有如屠牲卖酒的市侩。对此，作为老师，我同样给他们戏说了一事：某日大雨滂沱，地面水流如河。积水洇湿了立在门口的石骆驼，唯有庭前捣衣石面是干干的，一点水渍都没渗入（何也？不难想到，捣衣石时常被棒杵敲打，天长日久，石面磨得光滑坚硬，故渗不进一点积水。因原帖有字脱漏，推想其潜台词意是：年轻人坚持不懈地学习，日积月累必成饱学之士。腹有诗书气自华，才能抵御不良习气的侵袭）。

此篇书帖，虽是给儿子的留言，却很形象生动，言简意赅，深蕴哲理。应是半百人生的山谷道人的经验之谈，说是其压箱底的经典语句亦不为过。苏轼在《记黄鲁直语》一文中曾记录道："黄鲁直云：'士大夫三日不读书，则义理不交于胸中，对镜觉面目可憎，向人亦语言无味'。"（见《苏轼文集》）有宋以降，这句名言屡屡见之于明、清士人记载转述。不过，如此一来，与山谷《小子相帖》的原句文意虽大体相同，字句却略有出入了。惜乎黄庭坚的原帖，因为出自老子给儿子的戏题，没有也不可能落下款识。所以，我们无法据此确认黄鲁直此言的最早出处。如按字面语义和义理来分析，苏轼的记录更为准确精练，与明代陈继儒在《小窗幽记》中、朱舜水在《书读书乐卷后》中的转述字句几无差别。由此推断：黄庭坚被贬谪巴蜀之前，曾在京城为史官，与乃师苏轼及其"四学士""六君子"等文友过从甚密，时常唱和聚会。这一名言的原话，极有可能出自汴京为史官时期，即元祐四年至六年之间（1089—1091）。至于是言语中说出的，还是书写时留下的，当时未有文字记载。时过好几年之后，山谷为黄相题写留帖，可能仓促间凭记忆书写，与之前原话略有出入，也属正常现象。所以，此篇《小子相帖》可能就是能见到的最早文字原版。再后来见之于苏轼所记载的，则可能是经黄本人提炼修改过的最终版本。

作为一代文豪黄庭坚之子，黄相在史上知名度不高。有学者认为倘若不是沾了乃父黄庭坚和女婿杜莘老（见《宋史·杜莘老传》）的光，其人其事，恐怕很难见诸史料记载。诚然如此，窃以为黄庭坚是不世出的文坛巨擘，我们不能以"虎父无犬子"之类的话语来苛求黄相。毕竟像"三苏"（苏洵、苏轼、苏辙）、"大小晏"（晏殊、晏几道）那样，父子均为史上人中龙凤的，即便在文风极盛的有宋一朝亦是凤毛麟角之事。从后来黄相的作为来看，也算是中规中矩和小有成就的一方乡绅，断不至于辱没了乃父一世英名。

以下根据本人多方搜集整理，简要推介一下此帖的主人公黄相生平：

黄相（1084—1132），出生于北宋分宁双井村，字小德，小名四十（因其父年四十得子而有此小名），号淡夫。从幼年时起，即随其父辗转奔走和生活于各地任所。年少时，除短暂就地入读私塾外，主要由其祖母李氏和父亲教他读书习字。从这篇书帖，以及山谷存世的《嘲小德》诗和《家诫》文中均可看出，山谷不仅对儿子非常疼爱，而且期许亦高。在乃父的悉心教诲和言传身教下，天赋不算太高的黄相，练得一手中规中矩的书法，能诗亦能文。十七岁时曾为《潜夫论》等古籍做过注解。赴乡试中过举人，却因家累未参加过进士科考。黄相年小时，东坡与山谷有过口头指婚之约，即将苏轼长子苏迈之女阿巽许配小德为妻。后来因两家家长均遭贬谪，天各一方，长时失联而未能如愿。黄相十六岁时，在父亲的主持下，娶戎州江安（宜宾市江安县）县令石谅（苏洵好友石扬休之孙）之女为妻。

有意思的是，黄相才学虽远不及父亲黄庭坚，生育功能却强乃父太多，后与石姓妻子共生养了六子五女。其孙辈多支迁徙各地，源源繁衍生息，更是人丁兴旺。黄相生性忠厚淳朴，以孝行见称乡里。中举人之后，趁往宜州迎乃父灵柩归葬家乡之机，举家从暂居的永州迁回了分宁双井祖居之地，并一度主持家乡樱桃、芝台书院的教学，以教授子弟、耕读传家为业。可以说是在父辈相继过世后，黄相为一家之长，把一度门庭冷落的双井黄家推向了枝繁叶茂、钟鸣鼎食之家的盛况。若干年后，又携家迁往其父曾寓居过的荆南之地（此次迁家原因不明）。到了南宋初年，作为黄庭坚"铁粉"的宋高宗赵构得知山谷尚有一子流落民间，即诏令黄相进京授封，不料他匆匆行至半途因中暑而卒于旅舍，年四十九岁。

我们前面曾说到，小德是黄家的宠儿，其父对他不免有些溺爱。山谷一生仕途坎坷，经历了三段婚姻，人到中年之后，才有了唯一的儿子。对儿子过于怜爱，本无可厚非，也是人之常情。恰如后世的鲁迅先生的一首七绝《答客诮》所述："无情未必真豪杰，怜子如何不丈夫？知否兴风狂啸者，回眸时看小於菟。"

与王周彦长书①

七月戊辰某敬报周彦贤良足下：

成都吕元钧，某之故人也，解梓州而遇诸途，能道荣州土地风气之常②。尝问之曰："亦有人焉？"元钧曰："里人王周彦者，读书好学而有高行，以其母属当得荫补入仕，始以推其弟，今以提推其甥及姪，斯其人也③。"时仆方再往京师，见其摩肩而入，接踵而出④，冠盖后先，车马争驰，求秋毫之利，较蜗角之名⑤，大之相嫌嫉，小之忘廉耻，甚于群蚁之竞腥⑥。兹穷荒绝塞，其地与蛮夷唇齿，其俗以奔薄相尚⑦，尊爵禄而贵衣冠，乃有周彦者，其古人之流乎⑧？岂不卓然独立于一世哉！既窃叹其人，又喜欲与之游也。

及某以罪戾抵戎僰，久之，观荣之士乐善而喜闻道，中州弗及也⑨。无乃周彦居西河而格其心，而变其俗，以致然耶⑩？凡儒衣冠怀刺袖文，济济而及吾门者无不接，每探刺受文则意在目前⑪，其周彦者亦我过也？经旬浃而寂然⑫。一日惠然而来，乃以先生长者遇我⑬。退而自谓："何以得此于周彦者？岂以葭莩之好，齿发长而行尊者耶？⑭"既辱其来，乃枉以书执进之，敬出其文词，且有索于我矣。周彦迫之不已，仆安得不启不发而有以报也⑮。

夫周彦之行犹古人也，及其文则慕今之人也，何哉？见其一而未见其二也，惟推其所慕而致于文而已。颜子曰："舜何人也，予何人也？⑯"孟子曰："伯夷、伊尹皆古圣人也。吾未能有所行焉，乃所愿，则学孔子也。⑰"孔子曰："吾不复梦见周公。[18]"孔子之学周公，孟子之学孔子，自尧舜而来至于三代贤杰之人，材聚云翔，岂特周公而已？至于孔孟之学不及于周公者[19]，盖登太山而小天下，观于海者难为水也[20]。企而慕者高而远，虽其不逮，犹足以超世拔俗矣。况其集大成而为醇乎醇者耶[21]？周彦之为文，欲温柔敦厚，孰先于《诗》乎？疏通知远，孰先于《书》乎？广博易良，孰先于《乐》乎？洁静精微，孰先于《易》乎？恭俭庄敬，孰先于《礼》乎？属辞比事，孰先于《春秋》乎[22]？读其书而诵其文，味其辞，涵泳容与乎渊源精华[23]，则将沛然决江河而注之海，畴能御之[24]，周彦之病其在学古之行而事今之文也。若欧阳文忠公之炳乎前，苏子瞻之焕乎后，亦岂易及哉！然二子者，始未尝不师于古而后至于是也。夫举千钧者而轻乎百钧之势，周彦之行扛千钧矣，而志于文则力不及于百钧，是自画也[25]，未之思尔。周彦其稽孔孟之学而学其文，则文质彬彬[26]，诚乎自得于天者矣，异日将以我为知言也。纸穷不能尽所欲言，惟高明裁幸。

蒙遗疋物芎术、珠子黄[27]，皆此无有，拜嘉惭怍。汤饼之具尤奇，羁旅良济益佩[28]，忧爱灾患，尤所不忘耳。元师能令携琴一来为望。庄叔之子亦可敦以《诗》《书》否[29]？惠讯至寄声不宣，某再拜。

注　释

①王周彦：名王庠（1070—？），字周彦，荣州（今四川省自贡市）人。是与山谷交谊颇深的祖元大师从弟，详见宋史本传。另据山谷《与王观复书》载："有王庠周彦，荣州人，行己有耻，不妄取与，其外家连戚里向氏，屡当得官，固辞，与以其弟或及族人。作诗文虽未成就，要为规摹宏远。此君又与东坡之兄婿也，故亦有渊源耳。"

②吕元钧：山谷在蜀地结识的友人，对荣州的风土人情非常熟悉。此封书信作于元符二年（1099），山谷时谪居戎州。

③荫补入仕：因父祖官位功勋，免于科举由朝廷而授补官职。

④摩肩而入，接踵而出：形容人流拥挤，熙熙攘攘。

⑤秋毫之利，蜗角之名：秋毫，鸟兽在秋天新生的细毛；蜗角，蜗牛的

触角；二者常用来形容极细微的事物。

⑥群蚁之竞腥：众多蚂蚁争抢散发腥味的肉食。见《庄子·徐无鬼》："羊肉不慕蚁，蚁慕羊肉，羊肉膻也。"

⑦与蛮夷唇齿：与边远蛮荒之地相邻。唇齿，喻地相比邻。奔薄：奔走竞利。薄，迫近。

⑧其古人之流：谓其与古人风范相尚，不同于流俗。

⑨观荣之士乐善而喜闻道，中州弗及也：观察荣州的文士乐于善行而喜于领会仁道，中原人士也比不上。

⑩无乃三句：谓周彦之高风亮节能感化人心，使所居之地移风易俗。见《史记·仲尼弟子列传》："孔子既没，子夏居西河教授，为魏文侯师。"

⑪怀刺袖文：怀藏名片、袖里装着文章前来求教。济济而及吾门：众多文士抵达我门前。

每探刺受文：每每探讨求教作文之法。

⑫经旬浃（jiā）：经过整整十天。浃，整、匝。

⑬以先生长者遇我：以我作为长者而恭敬礼遇。

⑭何以得此于周彦者：谓凭什么得到周彦如此厚爱。葭莩（xiā hú）：芦苇里的薄膜。此谓略有交情。

⑮不启不发：此谓受到启发对周彦有所教诲。

⑯舜何人也，予何人也：意谓舜为人，我亦为人，经过努力，我亦可达到舜的水平。

⑰孟子五句：大意是说如要做学问，就要向孔子学习，孔子行止全由自己掌控。见《孟子·公孙丑上》谓孔子"可以仕则仕，可以止则止，可以久则久，可以速则速"。

⑱吾不复梦见周公：孔子说好久没有梦见仰慕的周公了，意谓自己年已老再难以施展政治抱负。

⑲材聚云翔，岂特周公而已：谓人才聚集，任由高飞翱翔，岂止是周公时期才如此。

⑳盖登二句：登上泰山之高而小视天下，观大海之阔而难于为水吸引。见《孟子·尽心上》："孟子曰：'孔子登泰山而小鲁，登泰山而小天下，故

观于海者难为水，游于圣人之门者难为言。'"

㉑况其句：分别见《孟子·万章下》："孔子之谓集大成。集大成也者，金声而玉振之也。"韩愈《读荀》："孟氏醇乎醇者也。荀与杨，大醇而小疵。"醇，精纯完美。

㉒周彦之十三句：见《礼记·经解》："孔子曰：'入其国，其教可知也。其为人也温柔敦厚，《诗》教也。疏通知远，《书》教也。广博易良，《乐》教也。洁静精微，《易》教也。恭俭庄敬，《礼》教也。属辞比事，《春秋》教也。'"

㉓读其诗三句：意谓读其人之书和诵其人之诗文，当深入体味其意，然后陶醉于其中。

㉔则将二句：喻像决堤的江河水流向大海，其汹涌气势谁能阻挡。见《孟子·尽心上》："若决江河，沛然莫之能御也。"沛然，充沛盛大状。畴，谁。

㉕夫举四句：此谓周彦未学古之文，非其不能，实不为也。见《孟子·梁惠王上》："吾力足以举百钧，而不足以一羽……然则一羽之不举，为不用力焉……故王之不王，不为也，非不能也。"自画也：画地为牢而自我限制。

㉖文质彬彬：指文采与实质配合相适。见《论语·雍也》："质胜文则野；文胜质则史。文质彬彬，然后君子。"

㉗疋（yǎ）物：清雅之物，"疋"古同"雅"。芎（xiōng）术：草名，芎即川芎；术即白术，二者均可为中药。珠子黄：即水硫黄，又号珍珠黄，古人以之浸酒配药，误认为可延年益寿。

㉘良济益佩：良济，好的解救急难之物；益佩，优美的佩戴之物。

㉙庄叔：王周彦之族兄，见山谷《与荣州薛使君书》。

赏　读

晚年山谷习于借助尺牍来谈文论艺。这封在戎州写给后学王周彦的书信，洋洋洒洒，落笔千言，是其平素为数不多的长篇通信之一。

作者在信的开头不提收信人周彦，而是另说到老友吕元钧。回忆自己昔日在旅途中与其不期而遇，交谈过后，方知元钧对荣州风土人情非常了解和熟悉，并曾问过他：荣州有哪些知名人物？吕元钧郑重推荐了王周彦。说是此君不仅笃志好学，而且举止儒雅洒脱。比如，其母向氏贵为外戚，周彦多次可借此荫补为官，却一再推让给其弟与甥侄辈，其人之高风亮节由此可见一斑。那时，山谷正往京师公干，甫抵偌大的汴梁，但见人流如织，摩肩接踵，车水马龙，熙来攘往。有不少投机钻营士人奔走于权贵之门，争蜗角之名和逐蝇头微利，竟置礼义廉耻于不顾，实在是有辱斯文。此种流风所及，以致与边远蛮荒之地相邻的荣州，亦不乏奔竞逐利与趋炎附势之徒。唯有周彦从不为名利所动，卓然独立于世尘之外，不失古时贤士之风范。山谷听罢周彦其人其事，感叹之余，又欣喜有机会与之交游。

后来山谷因文获罪转徙至僰道戎州，经日久时长地观察，感到荣州人士乐于行善而崇尚求道，连中原文士亦有所不及。曾记得，昔日孔子的高足子夏居于西河，起到了教化人心和移风易俗的示范作用，如今周彦之高行或可与之相提并论。山谷初居戎州时，有不少后学穿戴整齐、怀揣名片和诗文前来求教，日日宾客盈门，络绎不绝。每当看到来访者的名片与诗文，山谷就想着周彦当在其中，可是如此盼望了整整十天，就是未见其人踪影。当山谷不再作指望时，周彦却飘然而至，并且对年长的山谷十分敬重而礼遇有加。宾主告退后，山谷扪心自问，彼此之前只算是略有耳闻，我凭什么能得到周彦如此尊敬与厚爱，难道就因为自己年龄较长和辈分更高吗？心想，既然蒙他如此看得起，带着其诗文前来拜见和求教于我，鄙人就当竭尽所能，对周彦予以悉心指导，以为其成长上进而助一臂之力。

周彦行事风格像古人，但其诗文却仿效当今的一些名家。何以如此？人们只知其一而不知其二，大抵只是凭其之所向慕而推断他的文风而已。颜回说舜为人，我亦为人，意即通过努力，我也可达到舜的境界。孟子说伯夷、伊尹皆是古时清高自守的先哲，若如我所愿，则宜向三代圣人之学的集大成者孔子学习。孔子说好久没有梦见其敬仰的周公了，意谓自己年老体衰再难以施展平生的政治抱负。实则诸子百家，各有所长。孔子向周公学习，孟子又学习孔子，自尧舜以下三代，人才辈出，任由各展所长，岂止是周公时期才如此。至于有关孔孟之学不及周公之学的说法，大抵是由于登泰山之高而小天下和观大海之阔而再难为水的缘故。凡志向崇高而远大者，虽不免有所不足，犹足以称之为超世拔俗，何况其集大成者可以做到精益求精呢？

　　周彦题诗作文，对照《诗》《书》《乐》《易》《礼》《春秋》而言，若论在"温柔敦厚、疏通知远、广博易良、洁静精微、恭俭庄敬、属辞比事"等方面，谁能超越六部经典之微言大义呢？故此，穷究经史百家，深品其文辞内蕴，就会陶醉其中而不能自拔，好似决堤的江河汹涌奔流入海，谁能驾驭住它呀！周彦的弊病在于其学古人之行而仿效当今作文之法。实际上，若像欧阳修之文光耀在前，苏轼之文璀璨在后，岂是常人能容易抵达的高度。不过，欧、苏二位当世文坛盟主，起初并不是没有师法古人，他们也是习古融今，然后才自成一家的。通常力能举千钧者而轻视于举百钧。就像周彦行事足可扛起千钧，而为文则于百钧力所不及，与其说是其画地自限，不如说是其非不能也，而是不为也。周彦之诗文承袭孔孟儒家之学，文采与实质协调相映，风雅俊逸，乃是得自于上天的厚爱。预料人们将来定会认同我的看法，并认为我之所言是有远见的。惜乎纸张写完了，尚未能畅所欲言，只好请你自行决断吧！

　　读罢这封书信，第一观感是：若尤最后礼节性的几句寒暄，好像这不是文友之间的一封通信，而更像是单为周彦所写的一篇诗文读后感。因为作为发信人山谷与收信人周彦，在信中除结尾有小段话语互动之外，二人几乎未做直面交流，甚至连礼节性的客套话也是能省即省，全文百分之九十以上篇幅是用在谈文论道，兼及对周彦的为人为文进行评述。

　　尽管往事越千年、时过境迁，蜀川名士周彦其人其事，难免于湮没在历史的风尘中，但依据山谷信中所述与综合宋史周彦本传所载，可大致梳理出其生平事略及其为人为文的特点，并衍生出以下几个相关话题。

　　一、周彦自幼聪慧过人，勤奋好学

　　因父亲早逝，他与其弟在母亲的严格管教之下，闭关于老家双溪石洞中，刻苦攻读诸子百家传注之学，可谓打下了扎实的"童子功"。长成之后，满腹经纶，谈吐不凡，淡泊名利，以德才兼备见称乡里。其母向氏是神宗皇后的姑母，按宋制周彦多次可荫补得官，这在常人眼中是烧香拜佛而求之不得的好事，唯独周彦对此不以为然，他不甘愿无功受禄，将唾手可得的机会一再推让给其弟王序与几位侄甥。到徽宗崇宁时，周彦以才德之名被荐举入朝。他上书指斥时政，对混乱的朝政表达不满，并前后累计十一次拒辞朝廷征召，后以侍奉母亲为由，回乡奉亲养志，自守清高，以山水田园为乐。其人虽一生布衣，却不失古时贤达本色和谦谦君子风范，可谓卓然独立于世，令人景仰。

二、荣州虽地处边远之地，与西南蛮荒之地相邻，交通十分不便，但敬贤礼士蔚然成风

这一点相比中原地区也有过之而无不及。周彦一生喜好结交朋友，乐与有真才实学的文士交游。因姻亲关系，他与苏轼、苏辙兄弟交情深厚，彼此多有书信往来和诗词唱和。通过大苏和吕元钧的引荐，周彦与黄庭坚相识并结成莫逆之交。二人通信往来日久，直至元符元年（1098），即山谷谪迁戎州才初次谋面，虽说姗姗来迟，却是一见如故。作为后学的周彦对山谷十分敬仰，多次当面或写信向山谷求教治学方法；黄庭坚对周彦才学与操守亦十分认可，称赞其"文行皆超然"。在此信中，山谷或通过友人转述或摘引历代圣贤警句，表达了对周彦的称扬、勉励与期许，并将自己多年累积的治学经验倾囊相授；周彦则是对山谷执弟子礼、敬重有加和谦虚求教。他呈请山谷批阅的诗文习作，兼有古朴典雅和文采斐然之长，给山谷留下了深刻的印象。当然，对周彦"其行犹古人"与"其文慕今人"的失当，作为一代文学巨匠与"过来人"的山谷，亦是一目了然，并暗自表示要尽力助其矫枉过正，以不负后学虚心求教之所托。

三、针对周彦诗文存在的不足，山谷对症下药，要求其多向古人和经典学习，而学习的最终目的是取法前人之长而为我所用

山谷指出，自尧舜、周公至孔孟以来，历代先贤创造了灿烂辉煌的华夏文明，开拓了如"登泰山而小天下"高远境界，但后人不能仅限于"高山仰止"，一如"曾经沧海难万为水"似的裹足不前，而是要登山则情满于山，观海则意溢于海。具体来说，要坚持出入经史典籍，原原本本地向古圣贤学习，但又非是"食古不化"，而是既钻进去，又跳出来，取其精华，去其芜杂，做到古为今用，有补益于现实社会。比如学习所谓六部经书，虽然谁也做不到超越它，但要学而然后知不足，学而见贤思齐，才能学有所成和学有所获。作为习儒者业的文士，如能做到温良雅致，那就是学好了《诗》；如能通今达古，那就是学好了《书》；如能心怀坦荡，那就是学好了《乐》；如能洁静细微，那就是学好了《易》；如能恭敬端庄，那就是学好了《礼》；如能言善辩，那就是学好了《春秋》。总而言之，山谷认为周彦天赋异禀，自小研习孔孟之学，功底厚实，如能克服过于谦逊而不自信的弱点，以及"学古之行而事今之文"的弊病，当可成为直追欧、苏而成为超世拔俗的一代文学大家。

四、在信的结尾，山谷致谢周彦赠他芎术、珠子黄等物品，这些都是民间治病药物

其中芎即川芎，亦称蘼芜、江蓠，其根茎可入药；术亦是草药，另有白术、苍术之名称，属补益之药。所谓珠子黄，则是以硫黄加钟乳粉调水熬制而成的丹药，又号珍珠黄，用酒冲服，相传能治疗心痛、补脾胃虚、提神等。黄庭坚、周彦这一类从小生长在边远山区的文士，受父祖家学的影响，均粗通民间医术。在缺医少药的古代，他们遇有患病或身体不适，多数情况下是自开药方与治疗。凡此情形，对于一些常见小病，或许及时对症下药，多半有药到病除之效。另外，宋代士大夫文人承唐人养生之道，多有服食丹药的故习，以求延年益寿。这种错误认知和调养方法，某些特殊情况下，或可起到所谓"有病治病，无病强身"的一时效用，但长期服用含铅、汞成分的丹药，多半会导致慢性中毒，进而为损体伤身乃至过早离世而埋下祸根。

由上述可知，黄、周二人均熟悉一些民间医术与偏方，还不忘在通信中相互探讨研究，并随信互赠一些珍贵药物，以及相关的熬药器具与随身佩戴的辟邪饰物，以备人在旅途的不时之需。凡此等等，后人至少可从中看出两点：

一是宋代不少著名学者，如沈括、苏轼等，对于探寻生命的奥秘饶有兴致，并奉本朝范文正公所谓"不为良相，便为良医"为圭臬，行医问药蔚成一时之风气。他们在题诗作文后而行有余力，对涉猎医道与药方乐此不疲，庶几人人可为半个"郎中"。

二是处于中古时期的宋代文人，即便像黄、周这样知识储备和才能足可傲视古今的人物，他们对生命的探寻与认知，都会受到所处时代生产力与科学发展水平的局限，出现一些令后人觉得不可思议的失误。最后，借用《韩非子·说林上》中一句警语作结："今人不知以其愚心而师圣人之智，不亦过乎？"言下之意是：今人带着愚昧之心，却不能学习、甄别大智若愚似的古人之才智，不也是有过错的吗？正如民谚所谓：今人莫笑古人痴，须臾后人笑今人。诚哉斯言！

与徐甥师川书^①

师川外甥奉议^②：

别来无一日不奉思。春风暄暖，想侍奉之余，必能屏弃人事，尽心于学^③。前承示谕："自当用十年之功，养心探道"^④，每咏叹此语，诚能如是，足以追配古人，刷前人之耻^⑤。然学有要道，读书须一言一句，自求己事^⑥，方见古人用心处，如此则不虚用功。又欲进道，须谢去外慕^⑦，乃得全功。古人云：纵此欲者，丧人善事^⑧，置之一处，无事不办^⑨。读书先静室焚香，令心意不驰走，则言下会理^⑩。少年志气方强，时能如此，半古之人，功必倍之^⑪。甥性识颖悟，必能解此，故详悉及之^⑫。

夏初或得相见，因五舅行，作记草草。

①徐师川（1075—1141）：即徐俯，字师川，号东湖居士，洪州分宁县（今江西省修水县）人。师川乃山谷的堂外甥，因其父徐禧在与西夏战事中殉国，荫补授奉直郎，南宋时赐进士出身，累官至参知政事。

②奉议：即奉议郎官名简称，又称奉直郎。

③侍奉：本义为对长辈伺候奉养，此谓以身奉公事。人事：此谓处人世

间繁杂之事。

　　④示谕（yù）：书信中告知。养心探道：涵养心志，探求为学之道。

　　⑤追配古人：指品行追平古代贤人。前人之耻：此谓作为前辈而感到学问不足的惭愧。

　　⑥要道：重要的道理，此指治学之道。自求己事：自我探求深意和理解含义。

　　⑦又欲进道：想再进一步寻求其中的道理。外慕：学问以外的各种私念。

　　⑧纵此欲者，丧人善事：放纵自己内心，会丧失一切为善之事。

　　⑨置之一处，无事不办：将心安放并聚精会神在一处，则没有事情是不能办成的。

　　⑩读书先静三句：读书拟让室内安静并焚香，令心意不松弛游走，如此则不至于有不能理解言语之外的道理。

　　⑪半古之人，功必备之：仅费古人一半功夫，就能收事半功倍之效。

　　⑫详悉及之：详细了解并尽力去做。

赏　读

　　这一封舅甥之间的通信，除了一眼瞥见的满满亲情之外，更多的是作为"过来人"的老舅在向小字辈外甥传授为学之道。为助力读者阅读理解，以下先大致翻译和解读此封信件。

　　别后未尝一日不思念。眼下春风和煦，料想你在公事之余，必定会放下诸多繁杂俗事，将全部精力用在做学问上。不久前你告知说：打算花费十年工夫修养心性和探求为学之道。每念及此语令我叹服。诚然如此去做，就足以与古代先贤相比肩，洗刷吾辈为学不足的缺憾。然而为学要遵循其规律，凡是读书，对于其中的一言一句，均须自我探求意思并理解含义，才能领悟到古人用心之处，照此而行就不会白费功夫。要想进一步探寻明白其中的道理，就须摒弃为学之外的各种杂念，才能获得全部功效。古人言：放纵自己内心，就会失去一切为善之事。若能将心中杂念克制并凝神聚力在一处，则没有事情是办不成的。读书要尽量让室内安静并焚上香，使内心意念不松弛而四散游走，才不致无法理解一言一语之外的道理。通常少年人血气方刚，如能照此行事，即便花费古人一半功夫，也能收到事半功倍之效。外甥天资聪颖、理解能力强，定能详尽明白我所说之意，并做到身体力行。

读罢这封言短情长的书信，可以想见山谷作为引领一代风骚的文坛巨擘，对晚辈为学的指点和提携是多么上心，可谓是把"压箱底"的积累尽数掏出来相授。好在他的一众外甥后来在事业与学问上，均算是给乃舅长脸，除了相竞步入仕途外，还多半在文风极盛的宋代以诗才闻名。后来徐俯、洪刍、洪炎、洪朋四人还入围"江西诗社宗派图"名录，足见乃舅的殷殷教诲和辛劳付出没有白费。以下综合各种零星史料，对于师川后来的作为，以及有所误传的舅甥关系做一些必要的厘清。

论及徐俯与黄庭坚这层同乡加亲戚关系，得从徐俯之父、北宋名臣徐禧说起。徐禧（1035—1082），字德占，洪州分宁县河市乡人，与黄庭坚是不折不扣的老乡。徐禧少有志度，博览周游，不事科举仕进，好谈军国大事。王安石熙宁初施行变法，因朝中反对派众多，一时几无贤能可用，故急需破格提拔一批新法支持者。徐禧作《治策》二十篇以献，先后得到王荆公、宋神宗的赏识，以布衣得以入朝为官，累迁为太子中允、集贤校理、知制诰兼御史中丞等职。在元丰五年（1082）爆发的宋朝与西夏的永乐城之战中，奉命领兵守城的徐禧虽誓死抗敌，但不能激励部属同心协力，加上指挥失当，终因寡不敌众以致城破落败，并以身殉国。

有关徐禧之功过是非，是否应追究"丧师失地"之责，史家多存争议，在此不再赘述。只想厘清有关"豫章黄学"研究中牵连出的一些小差错：

其一，徐禧出身乡绅大族，因发妻早逝，后续娶黄庭坚叔父黄廉之女为妻。他实则是山谷的堂姐夫，并非一些文章所述为康州太守黄庶的女婿。据修水黄氏家谱记载，黄庶四个女儿、即山谷的四个胞妹均名花有主，且有案可稽（另见《跋溪移文》赏读）。

其二，黄庭坚之父黄庶病故于康州（今广东省德庆县）时，其职务是摄知康州事，即以副贰代行知州职事。有文章称其康州太守似有不妥，至少是有违官场约定俗成的规矩。吾国自古对官衔称呼马虎不得，遗风致于后世，见怪不怪的某些实掌正职权的副职领导印发名片，须在后面加括号注明"主持工作"字样，似可引为例证。

其三，虽然山谷对待诸外甥一视同仁，并无远近亲疏之分。然而，由前述可知，徐俯与"豫章四洪"有所不同，其生母是黄庭坚的从姊，按分宁乡俗为山谷的堂外甥，是旁系姻亲；而洪刍、洪炎、洪朋、洪羽四兄弟均是黄庭坚胞妹黄大妹所亲生，相比徐俯之亲戚关系更亲近一层。

其四，徐禧、徐俯父子在两宋相继位列朝中重臣，但二人均非科举入仕。父亲走的是王安石变法时的特殊"通道"；儿子是作为"烈士遗孤"，先承袭为通直郎（取得国家公务员身份），后在南宋时赐进士出身，才得以登堂入室。

可以说，在黄庭坚众多的甥侄辈中，最受乃舅器重的是徐俯与"豫章四洪"中的老二驹父（洪刍），山谷在学业上对此二人悉心指点与开"小灶"也最多。当然，这两外甥后来均为一代名流，可谓未负乃舅的一片苦心和殷切期望。不过，从为文、从政两方面的结果来看，徐俯是后来居上，为山谷一众甥侄中无可争议的翘楚。

以诗歌成就而论，徐俯出道与乃舅就有得一比，即七岁亦能作诗，以神童见称乡里。早年诗作深受山谷影响，崇尚以学问为诗与瘦硬风格，但佳作不多。到晚年政治上受挫而退隐信州德兴（今江西省上饶市德兴县），诗风为之一变，可谓返璞归真，趋向清新自然。著有《东湖居士集》六卷（散佚），其诗代表作有《春游湖》："双飞燕子几时回？夹岸桃花蘸水开，春雨断桥人不渡，小舟撑出柳荫来。"这首脍炙人口的七绝，小巧淡雅、动静相生，颇具唐诗风致，被《全宋诗》《宋诗三百首》收录其中。

以从政当官而论，徐俯蒙父荫多年，后得内侍郑谌的荐举，到四十六岁时才实授官职。当然，主要还是遇上宋高宗是黄庭坚的超级"铁粉"，大器晚成的徐俯才好风凭借力，短时间内官运亨通。赵构不仅御案上摆放的是一本山谷笔记《宜州家乘》，而且屈帝王之尊而长期仿习"黄体"书法，其临摹的《戒石铭》几乎可以假乱真。故南渡之后，持有"山谷外甥"这张烫金名片，助力徐俯平步青云，擢升端明殿学士、签书枢密院事，乃至一度代理参知政事（副相）。徐俯虽身居高位，尚能勤勉于政事，谨守清廉底线，受到时人称赞。后因与宰相赵鼎政见不合，被贬为洞霄宫提举；知信州任满后，即自请退隐归田，六十七岁病逝于德兴乡村居所。

徐俯最受人称道的是在"靖康之变"中临危不乱，愤然抵制僭位的傀儡张邦昌，甚至将家中女婢改名"昌奴"，以示对张的鄙视。南渡后，徐俯声名大振，备受高宗的赏识。但在此之前，他曾做过一件聪明一世、糊涂一时之事：即在北宋末期，黄庭坚被奸相蔡京列入"元祐党人碑"，其诗文亦在禁毁之列。此时的徐俯正求仕进，对乃舅之名避之唯恐不及，申言自己非山谷至亲外甥，甚至对授业之师吕本中将其列名"江西诗派"表达过不满。殊不知三十年河东、三十年河西，到了南宋高宗一朝，黄庭坚大名成了"香饽饽"，徐俯摇身一变，又成了黄氏亲外甥和"山谷诗书"传人。

到绍兴元年（1131），朝廷特追赠黄庭坚直龙图阁，加太师，官子孙各一人。不久，高宗诏山谷独生子黄相赴行在，不想至荆渚因中暑而病亡；后由山谷女儿黄睦之子李仲康特补将仕郎。一时间，"黄氏亲族以至外姻，或迁官，或白身命官，殆无遗余"。（见南宋曾任宰相的朱胜非《秀水闲居录》）在一众沾山谷之光如分享"唐僧肉"的亲族子弟中，"四洪"中的老三洪炎因编纂和进奉《山谷集》而被诏用，从下层地方官跻身中级朝官之列。当然，受益最大的显然是徐俯，他顶着山谷亲甥之名得以亲近皇上。可惜盛名之下，其实难副，空负"山谷专家"之名。有一次，当高宗向他问起黄庭坚《宜州家乘》中多次提到的"信中"是何许人时，徐俯竟随口胡诌是一僧人而糊弄过高宗。个中原因，可能是他后来与贬谪在宜州的舅舅几乎失联，根本弄不清范寥的字号为"信中"，致使时任福建兵马钤辖、真正尽力照顾晚年山谷并与之送终的范寥白白错过了一次晋见皇上乃至升官发迹的良机，正所谓时也、命也、运也！

上述一段文字，多见于宋人笔记零星记述，不可不信亦不可全信，故未一一注明引自出处。转述这些与黄、徐舅甥关系相关的逸事，绝非有贬低徐俯人格之意。事实上，徐俯一度对山谷之前倨后恭，乃是特殊情形下选择自保的无奈之举，就算是有违君子风范，亦可说是金无足赤，人无完人。纵论徐俯一生，可以说是大节无亏，从政建树良多。其诗词创作师承山谷而后自成一格，尤其是晚年求新思变而值得称道，在两宋文坛虽不能与山谷相提并论，但作为黄氏之甥以及"江西诗派"一员，断不至于有辱乃舅千古传颂之英名。

与王观复书①

庭坚顿首启：蒲元礼来，辱书勤恳千万，知在官虽劳勤②，无日不勤翰墨，何慰如之！即日初夏，便有暑气，不审起居何如？

所送新诗，皆兴寄高远，但语生硬，不谐律吕，或词气不逮初造意时，此病亦只是读书未精博耳③。"长袖善舞，多钱善贾"，不虚语也④。南阳刘勰尝论文章之难云："意翻空而易奇，文徵实而难工。⑤"此语亦是沈、谢辈为儒林宗主时，好作奇语，故后生立论如此⑥。好作奇语，自是文章病，但当以理为主，理得而辞顺，文章自然出群拔萃⑦。观杜子美到夔州后诗，韩退之自潮州还朝后文章，皆不烦绳削而自合矣⑧。往年尝请问东坡先生作文章之法，东坡云："但熟读《礼记·檀弓》，当得之。"既而取《檀弓》二篇，读数百过，然后知后世作文章不及古人之病，如观日月也⑨。文章盖自建安以来，好作奇语，故其气象衰苶，其病至今犹在。唯陈伯玉、韩退之、李习之，近世欧阳永叔、王介甫、苏子瞻、秦少游，乃无此病耳⑩。公所论杜子美诗，亦未极其趣，试更深思之。若入蜀下峡年月，则诗中自可见，其曰："九钻巴巽火，三蛰楚祠雷"⑪，则往来两川九年，在夔府三年可知也。恐更须改定，乃可入石⑫。

适多病少安之余，宾客妄谓不肖有东归之期⑬，日日到门，疲于应接。蒲元礼来告行，草草具此。世俗寒温礼数，非公所望于不肖者，故皆略之。三月二十四日。

注　释

①王观复：即王蕃，生卒年不详。北宋名相王曾之后，其家先居益州，后徙家湖州，时任阆州节度推官，多以书信从山谷问学。

②蒲元礼：成都人，黄庭坚与王观复的朋友。他从阆中抵戎州，捎来观复给山谷的信。劳勚（yì）：劳苦。《诗经·小雅·雨无正》："莫知我勚。"

③兴寄：兴，比兴手法；寄，内容有所寄托，指意象中所蕴含的思想内容。陈子昂《与东方左使虬〈修竹篇〉序》："齐梁间诗，彩丽竞繁而兴寄都绝。"不谐律吕：不合诗歌的韵律。初造意时：当初要表达的意思。

④长袖善舞，多钱善贾：谓袖愈长舞姿愈美，钱越多经商越方便。此处意为读书精而博，易于写好文章。语出《韩非子·五蠹》："鄙谚曰：'长袖善舞，多钱善贾。'此言多资之易为工也。"

⑤意翻空而易奇，文徵实而难工：意为展开想象在空中驰骋，容易出奇妙，但落实到语言表达时，又难于工巧。见刘勰《文心雕龙·神思》。

⑥沈谢：指沈约、谢朓，均为南朝著名文学大家。

⑦理：道理，此指思想内容。出群拔萃：超出众人之上。

⑧观杜二句：谓杜甫诗歌、韩愈文章之臻于佳境，皆在晚年经贬谪之后。不烦绳削而自合：意为不劳雕琢加工已符合法度。此指文章形式与内容相吻合，达到文辞韵律要求。

⑨《礼记·檀弓》：儒家论述礼制的文集，《檀弓》是其中的一篇。百过：百遍。如观日月：像看太阳、月亮那样清晰明白。

⑩建安：汉献帝的年号。衰苶（nié）：衰落。苶，疲倦貌。陈伯玉：即陈子昂。李习之：即李翱。欧阳永叔：即欧阳修。王介甫：即王安石。秦少游：即秦观。

⑪九钻巴巽火，三蛰楚祠雷：九钻巴巽火，意为杜甫在巴蜀经历了九个炎热的夏天；三蛰楚祠雷：意为其也在巫山一带听到过三年的春雷。见杜甫《秋日荆南述怀三十韵》。

⑫入石：刊刻在石头上。代指印行、定稿。

⑬东归之期：此谓山谷将获赦免出川东归、回内地重获朝廷起用。

赏 读

在这封给后学王观复的回信中，山谷从评点其诗作谈起。认为王观复所作新诗比兴、寄托高远，欣见其积学渐进，不足之处是语感尚嫌生硬，不谐音律，有的诗句未把最初构思之意充分表达出来。究其原因，当是读书未能做到精深和广博所致。看来谚语所谓：袖愈长舞姿愈优美，钱越多经商越方便，不虚所言。

刘勰曾在《文心雕龙·神思》中认为：凭空驰骋想象，容易显出奇妙，而用文辞来描述，就难以工巧了。此话说的是沈约、谢朓当初为南朝文坛盟主，偏好奇特的语句，故此刘勰才有此论。重文采而轻内质，喜好作奇特的语言，这是写文章的通病。写诗作文当以思想内容为主，以学问为根基，以思想为触角，文章自然出类拔萃。综观杜甫晚年到夔州以后的诗歌，韩愈从潮州贬所还朝以后的文章，均不需删削而自然合乎作文的法则。前些年，我曾向东坡先生求教过作文之法。先生回复道："只需熟读《礼记·檀弓》，就可得其要旨。"于是，我取来《檀弓》上、下篇，读了好几百遍后，算是知晓了后人作文不如古人的症结所在，有如看到太阳、月亮那样心明眼亮。

自建安文学之后，写文章逐渐染上了好作奇语的通病，以致文坛气象衰弱，此类弊端至今尚存。唯有前朝的陈子昂、杜甫、李翱和本朝的欧阳修、王安石、苏轼、秦观等人的诗文无此毛病。至于来信中所谈到杜甫诗歌，觉得你未透彻理解其含义和意趣，仍需潜心深入思考。例如杜甫入蜀川、下三峡的年月，从他的诗句中就可看出。其诗曰："九钻巴巽火，三蛰楚祠雷"，可知他往来川西、川东历时九年，在夔州三年。你的诗作恐怕还得做些修改，方可刊刻发布。

通过以上对《与王观复书》主要内容的翻译，可以看到黄庭坚在回复后学的求教信中，花了相当大的篇幅对王观复的诗作进行评点和解析，在肯定其托物寓情方面有所长进的同时，也直面批评了其诗作中存在"语言生涩""词不达意""不谐韵律"等问题。而诸如此类问题的存在，除了难免受到片面追求文辞华丽时风的影响之外，更在于作者读书不够精深与广博所致，并就如何纠正"好作奇语"不良倾向，提出了自己的一些诗文创作主张。

一、注重向前人学习，向书本学习，是写好文章的重要方法

通过研习杜甫、韩愈等前贤名家名作，同时也注重广泛涉猎历代经史典籍兼及诸子百家，不仅有利于拓展和丰富自己的知识面，从中悟得写作技巧和方法；还有利于打开眼界，扩展思路和激发创作灵感。山谷主张读书不能浅尝辄止，而是应"深垦"而"博采"，从中思考义理，探索前人作文构思、谋篇、炼字、造句之法，还应特别注重学习杜甫、韩愈的"以理为主，意在笔先"的成功经验。他认为，杜甫晚年到夔州后的诗，韩愈自潮州还朝后的文章，由于人生阅历的累积和生活际遇的变化，他们的诗文创作明显进入了一个"真积力久、渐趋老成"的成熟期。体现在感情更深沉，语言更质朴，文辞表达技巧与理性思考观照能够完美结合，即无须多加修饰润色，自然而然就符合文章法度。此等诗文创作"蓄积晚发""自然天成"的现象，犹如工匠锻造器具，历经千锤百炼方能"大器晚成"，进而达到"不烦绳削而自合"的至高境界。

二、黄庭坚认为文学创作是既能体现时风又兼含个性化的创造性艺术，随着时代、人文、社会诸因素的不同而不断发生变化，可谓文之盛衰，实关时之否泰

建安文学以来的数百年间，其总体趋向为"时运交移，质文代变"，意味随着时代的不断推移，质与文在不同时期的相互消长，文风的质朴与华丽也不断发生变化。表现在总体上由"质胜于文"向"文胜于质"趋势流变，以致"好作奇语"成为弥漫一时的通病。山谷主张对此必须矫正，使文学创作回归到以"理"为主，即以思想内容为主的雅正之道，同时要"质文兼顾"，即注重内容的前提下，不忽视形式技巧的重要作用。他认为，文学作品思想深刻，内容充实，情感真挚，语言自然会流畅。否则，仅靠形式上的语句涉奇翻新来掩盖思想内容的贫乏，有悖于文学创作的内在规律。为此，他还列举了唐宋两朝以"韩、柳、欧、王、苏"等为代表的文学大家，认为只有他们才绝无"好作奇语"的毛病。这些名家创作的大量的经典诗文作品，对于后学如何践行"文以载道"精神，处理好内容与形式的关系，力戒浮华文风，

均有着不可替代的示范和借鉴作用。

总之，这封师友之间的通信，有着鲜明的"山谷体"印记。除掉前、后各一小段礼节性的寒暄外，几乎通篇都在探讨如何写诗作文的问题。故读其文而可知其人，即在感知山谷对后学不厌其详地悉心指点和殷殷教诲的同时，也感知了山谷提出的"资书以为诗""兴寄高远说""不烦绳削而自合"等诗文理论观点，大多是在与诗友的通信中相互研讨或以书信方式指导后学而点滴酝酿、累积、总结出来的，是其多年创作甘苦的经验之谈，弥足珍贵，可视作"宋代版"的远程教学示范。

诚然，提高写作水平的方法和途径多种多样，区区一封书信不可能面面俱到，但由此信我们可以读出：黄庭坚是两宋文坛为数不多的理论主张与创作实践兼长的一位大家，更是一位罕有的在诗词、书画领域可与"千年第一人"苏轼一较长短的全才型巨擘。唯其如此，山谷在文风鼎盛、名家辈出的北宋文坛能独树一帜和开宗立派，乃至成为影响甚大的"江西诗派"开山祖师，并与东坡并驾齐驱而成为最能代表宋代文学风貌、特色和发展成就的两座高峰。

砥柱铭卷①

维十有一年，皇帝御天下之十二载也②。道被域中，威加海内；六合同轨，八荒有截③；功成名定，时和岁阜。越二月，东巡守至于洛邑，肆觐礼毕，玉銮旋轸④；度崤函之险，践分陕之地⑤。缅惟列圣，降望大河，砥柱之峰桀立，大禹之庙斯在⑥；冕弁端委，远契刘子，禹无间然⑦；玄符仲尼之叹，皇情乃睠，载怀乃止⑧。爰命有司勒铭兹石祝之，其词曰：大哉伯禹，水土是职⑨。挂冠莫顾，过门不息⑩。让德夔龙，推功益稷⑪。栉风沐雨，卑宫菲食⑫；汤汤方割，襄陵伊始⑬。事极名正，图穷地里⑭。兴利除害，为纲为己。寝庙为新，盛德必祀。傍临砥柱，北眺龙门。茫茫旧迹，浩浩长源。勒斯铭以纪绩，与山河而永存。

魏公有爱君之仁，有责难之义⑮。其智足以经世，其德足以服物，平生向欣慕焉⑯。时为好学者书之，忘其文之工拙，我但见其妩媚者也⑰。吾友杨明叔，知经术，能诗，喜属文，吏干公家如己事⑱。持身清洁，不以谀言以奉于上智，亦不以骄慢以诳于下愚，可告以郑公之事业者也⑲。或者谓：世道极颓，吾心如砥柱⑳。夫世道交丧，若水上之浮沤，既不可以为人之师表，又不可以为人臣之佐，则砥柱之文座傍，并得两师焉㉑。虽然，持砥柱之节以奉身；上智之所喜悦，下愚之所畏惧，明叔亦安能病此而改节哉㉒。

注　释

①魏征：字玄成（580—643），唐代著名政治家、文史学家，封郑国公，为辅佐唐太宗开创贞观之治重臣。参与代撰《群书治要》等，今存《魏郑公文集》和《魏郑公诗集》。

②十有一年：即贞观十一年（637）。御天下：登基当皇帝。

③六合同轨：天下事物实行统一标准。八荒有截：荒蛮之地得到有效治理。截，此谓治理。

④洛邑：洛阳。肆觐（jìn）礼毕：祭祀礼仪布置完毕。玉銮旋轸（zhěn）：御驾转而向西。

⑤崤（xiáo）函：崤山，函谷关。分陕之地：传说中的分陕而治之地。

⑥缅惟列圣：缅怀各位圣贤。降望大河：俯瞰黄河。桀（jié）立："桀"通"杰"，桀立即耸立之意。大禹：史传上古夏后氏首领，夏朝开国君王，以善治水著称。

⑦冕弁（biàn）端委：冕与弁均为帝王、诸侯所戴礼帽；端委，佩戴端正。远契刘子：与刘子一样。刘子指汉高祖刘邦，相传其最早佩戴和发明帝王祭祀用礼帽。无间然：无可挑剔。

⑧玄符仲尼之叹：玄符，通常指天符，符命，此谓皇帝。指唐太宗发出与孔子一样的感叹。

睠：通"眷"，此谓眷顾。载怀乃止：怀念敬仰不已。

⑨水土是职：治理水土的职责。

⑩挂冠莫顾：帽子被东西勾脱也顾不得。过门不息：经过家门而不进去歇息。

⑪让德夔（kuí）龙：将荣誉谦让给夔龙。夔、龙相传为舜的二臣，夔为乐官，龙为谏官。推功益稷（jì）：将功劳推让给益稷。益、稷为大禹臣子益与后稷的合称。

⑫卑宫菲食：宫室简陋，饮食菲薄，多用以称颂帝王节俭的功德。

⑬汤汤方割：滔滔洪水把大地分割成一块块。襄陵伊始：水势很大，开始漫过山陵。

⑭事极名正：划定了人与地的名分。图穷地里：擘画了天下九州的版图。

⑮魏公有爱君之仁，有责难之义：魏征具备热爱君主的仁心，具备指责君王错误的正义。

⑯其智足以经世，其德足以服物：其智慧足以经略国事，其德行足以征服万物。

⑰时为好学者书之：经常为好学之人书写魏征的《砥柱铭》。工拙：工整、粗拙。

⑱杨皓：字明叔，眉州丹棱人，生卒年不详，时任黔中县尉。属文：撰写文章。吏干公家如己事：从政把公家事当成自己的事来做。

⑲可告以郑公之事业者：可以继承魏征直言敢谏的事业。

⑳世道极颓，吾心如砥柱：谓世道再不利，人也要同黄河激流中的砥柱山一样坚忍。

㉑交丧：衰乱。浮沤：浮在水面上的泡沫，常比喻世事无常和人生短暂。人臣之佐：辅佐君主的臣子。并得两师焉：此指有《砥柱铭》放在座位旁边，可同时得到大禹和魏征这两位老师。

㉒持砥柱之节以奉身：将《砥柱铭》的气节奉为言行的准则。安能病此而改节：怎么能使杨明叔沉沦而改变节操呢？

赏　读

这副《砥柱铭》书法长卷，由唐、宋两大文学名家的文章组合而成。前半部分为唐代魏征所作的《砥柱铭》；后半部分是北宋黄庭坚题写的一段跋语，又称为"题魏郑公砥柱铭后"。全卷共四百〇七字，其中铭文二百一十八字、跋语一百八十九字。

魏公铭文，虽是随帝驾抵黄河的应制之作，但笔力不凡，可谓铺陈富丽，气势夺目。为便于阅读起见，大致可分三个层次。

开篇所述："维十有一年，皇帝御天下之十二载也。"表明撰文纪年是唐太宗贞观十一年（637），此时李世民实际执掌天下十二年了。这是因为秦王当初通过玄武门之变而登基，按例还得用其老爸李渊"武德"年号过渡一年。此其一。

经过君臣十余年的励精图治，"贞观之治"渐呈盛世气象。魏公虽以犯颜直谏而名世，但拍马屁功夫亦是十分了得，不输历代任何一位御用文胆。此文寥寥几笔开场白，贾谊《过秦论》开篇之雄浑与汉高祖《大风歌》首开柏梁体之创意，即被有意无意地借鉴移植且进行了再版演绎，并以"时和岁阜"这句类似后世"形势大好"的套语做了小结。接着趁此"雄风"浩荡，天子率众跨崤函之险、履分陕之地和东抵洛邑之出巡，就是"威加海内"应有之仪仗阵势和置景展示。当此之时，唐太宗驾临滔滔黄河险隘，御览砥柱石山和大禹神庙，郑重正衣冠、行隆礼，并命臣下在砥柱石上刻下铭文祝祭。此其二。

照例是四言一句的韵体铭词断后，以总揽而概括全篇。此铭主旨是缅怀和歌颂大禹底定天下、廓清寰宇的功德。当然，唐太宗命魏征撰文赞颂大禹，也颇有自况的意思。作为开创不世之功的天下共主，李世民此趟出巡河洛，似已把自己等同于大禹的化身。对此，贵为股肱之臣的魏公自是心领神会，通过身临其境的观瞻和领悟，在文中巧妙地将太宗与大禹相提并论；极尽搜罗华丽辞藻为天子脸上贴金之能事，歌颂君王治水之功和开基之德；渲染大河奔腾不息、波澜壮阔和击搏挽裂、砥柱中流的宏大景象，以烘托出君临天下的威震寰宇和盛世磅礴气象。此其三。

由于本系列赏析文章是以黄庭坚散文为主轴，故对魏征铭文仅作以上大意解读而不作逐字逐句的古文今译，为便于读者阅读理解，特在注释部分做了较详细的注解。

黄庭坚在书写完魏铭后，似乎意犹未尽，紧隔一字而接续书写，题下的跋语多为浅显易懂之言。或许考虑到上下文的对应关系，大抵也表达了三层意思。

其一，山谷向来十分推崇魏公，敬佩其经世理国才干和犯颜敢谏的胆识。

故时常为好学的门下弟子题写魏公的砥柱铭，以致自己书写得工整还是拙劣与否都记不清了，只觉得魏征此铭铺陈的情境，如绝顶佳人般的傲娇和吸睛，令人身不能至而心向往之。

其二，此副书法是写给弟子杨明叔的临别赠品，当然得简要推介一下杨皓其人其事。山谷夸这位蜀中俊彦熟读儒家经书，能诗善文，又勤于政事，廉洁奉公，且从不欺上瞒下。在其师眼中，当是传承魏公事业的不二人选。

其三，以自己无辜遭贬为现身说法，告诫后学：面对世道浇漓，当吾心如砥柱而坚韧不拔；面对人生挫折，绝不可如浮沤一样随波逐流，而是要像砥柱石一样搏击中流而岿然不动。祈望杨明叔当以矢志治水的大禹、刚直不阿的魏征为良师，始终不改初心而笃行致远。

从书法艺术的视角来看，曾长久散藏民间，乃至流落异国而后又惊现于世的《砥柱铭》书卷，尽管经专家学者多方鉴定，多认为出自黄庭坚晚年手笔。且此副《砥柱铭》虽非山谷最卓越的代表作，但以其在北宋书坛的巨擘地位，以及一代名相魏征铭文的加持，仍可确认是一件难以估量的稀世珍宝。这副《砥柱铭》书卷长八米，加上历代藏家二十六个题跋、三百余方钤印，总长逾十五米。虽然魏征铭文加黄庭坚题跋仅四百余字，却涉及政治、文化、历史以及书法艺术本身等多方面内容，其衍生的信息量和对后世产生的不同凡响的影响力，也远非一般传世书法遗存所能比拟。故此，需对以下几个相关问题做补充式追述和必要的厘清。

一、从黄庭坚在砥柱铭卷本的题跋可知，由于对魏公才德的推崇，作为曾经笔不离手的当朝史官和墨不离身的一代大书法家，山谷在贬谪入蜀的六年期间，书写过多副魏郑公砥柱铭

也由于往事历久和时过境迁，这些书法作品大多湮没在历史的风尘之中，或许仅有其离开黔州转徙戎州时，书赠给弟子杨皓的这一副得以保留和传世。当然，倘若没有近千年后那"惊世一拍"的发生，世人尚不知有这一件稀世珍宝的存在，并且能拍出了令人震惊的天价。

2010 年 6 月 3 日晚，在北京举行保利拍卖行五周年春拍会上，黄庭坚手书的《砥柱铭》大字行书卷，以三亿九千万元落槌，加上佣金，按总金额四亿三千六百八十万元的人民币天价成交，创造了中国书画艺术品"最昂贵"的纪录，至今仍保持着单体书画艺术品拍卖之最。虽说是黄金有价而艺术无价，艺术品珍贵与否不能单纯以金钱来衡量，但由此惊世的天价一拍，极大地提升了原本鲜为人知的《砥柱铭》书卷的知名度，标志着有学者动议的黄庭坚当为"千年书史第一家"之说，几经纷争之后，渐为书法学术界所接受和认可。

然而一波未平一波又起。在《砥柱铭》引起轰动和热议的同时，有关其真伪之争即相伴而生，并形成莫衷一是的两派意见。一派认为从山谷书写水准、风格特征、历代名家收藏等多方考证，确系黄庭坚晚年手笔真迹；另一派则列出用笔悬疑、题跋时序颠倒、有别字和犯忌讳字、无落款等理由，提出种种质疑，甚至认为是明清时人托名之伪作。可以说，对拍出天价的《砥柱铭》究竟是真迹还是赝品，至今仍无定论。窃以为，如非专业人士，对此有所了解或大致知情即可。

二、据确切史料可知，黄庭坚谪居黔州（今重庆市彭水苗族土家族自治县）是在绍圣二年（1095）至绍圣四年（1097）

彼时已过知天命之年的山谷，因避外兄张向提举夔州路（管辖黔州）之"亲嫌"，在黔州谪居近三年后而转徙戎州安置。临行时书写这副《砥柱铭》赠给弟子杨皓。不知是一时疏忽还是别的原因，此副书法作品后面没有如常落下年款。但经专家学者鉴定，书写于绍圣四年（1097）是确凿无疑的。假如没有上述"惊世一拍"，是否有落款年月也算不上多大的事，更不会因此节外生枝而招致质疑。

事情的起因是《黄庭坚全集》中还另载有一篇《题魏郑公砥柱铭后》。两篇同名题跋的出现，衍生又一出真伪之争，犹如《西游记》中的真假美猴王，让人一时难以辨别。从两篇题跋对比来看，除去后一篇多出的开头与结尾部分外，两篇题跋文字内容大体相同。前一篇一百八十九字，无落款时间；后一篇则是二百五十九字，比前篇凭空多出七十字；落款时间是"建中靖国元年（1101）"，与前篇相差有四年之久。

由于两副《砥柱铭》题跋存在上述差别，有人据此推断前一篇为赝品，后一篇才是真迹。当然，以是否有留款时间为依据来判定一件书法作品的真伪，虽貌似有理由，但过于牵强，难以令人信服。因为黄庭坚前、后两副题跋中均写有"时为好学者书之"这句话，表明他为人书写过的《砥柱铭》不止一两副。比如《宋黄文节公全集·正集卷第二十六》就载有一篇《跋砥柱铭后》，其中明确提到此副《砥柱铭》是书写并赠送王观复的。这就是说，有可能有两副甚至多副《砥柱铭》存世；即便是同一副，也有可能是相同内容在不同时间的两次书写。如此推断可成立，那前述两篇文字有数十字的出入就不足为奇了。毕竟书写时间前、后相距有四年，写过后一题跋不久，黄庭坚即已出蜀东行而寓居荆州沙市。时过境迁之后，凭记忆复写往往误差在所难免，或自行作内容调整与文字增减，均是书家临机处置的常有之事。

三、综上所述，《砥柱铭》书卷的问世与存世均与杨皓关联甚大

那么，杨皓究竟何许人也？除山谷题跋中做了简要介绍外，其人其事未见宋史甚至地方志有相应记载。为此，只能通过非正史零星资料，尤其是现存的黄庭坚与杨皓的往来书信和诗文，大致梳理出杨皓的生平、业绩以及之后的一些情况。

杨皓，字明叔，眉州丹棱人，生卒年不详，年龄当小黄庭坚近二十岁。绍圣二年（1095）山谷初抵黔州，时任黔中县尉的杨皓即执弟子礼前来拜见。个中原因是杨皓的父亲与山谷叔父黄廉乃同科进士出身，又与黄庭坚挚友苏轼是同乡。当时，在山谷暂时借居的开元寺摩云阁，两人一见如故，遂结成亦师亦友的忘年交。黄在黔州期间，杨极尽地主之谊，对黄庭坚及家人的生活多有照顾；黄则在诗文方面对杨皓言传身教和悉心指点，并认为杨皓为人正直，办事干练，无论是从政还是为文，前程当未可限量。三年之后，山谷转徙戎州，杨皓因"当路无知音，求为泸州从事（官升一级）而不得"（见黄庭坚《次韵杨明叔见饯十首序》）。此时间，黄、杨师徒不免情绪低落，各自依韵作诗十首相和酬唱，尔后依依不舍地作别。

山谷居戎州时，仍与杨明叔书信往来不断，且多半是谈诗论文。有一回，得知杨皓参与襄理地方乡试，黄回信大感欣慰，将自己曾七次当考官所积累的经验向杨倾囊相授。（见《与明叔少府书》）此外，在另一封与友人通信中，还说到："杨明叔不病陋居而领其义，不卑小官而尽其心，强学不已，未易量也。"对杨关爱之心和期许之情一再溢于言表。到了元符三年（1100），有"艺术天子"之称的宋徽宗即位，照例大赦天下。黄庭坚获赦自蜀东归，杨皓曾亲赴戎州送行。师徒俩盘桓数日，各作诗词数首而挥泪作别，从此天各一方，再无相见之日。

自黔州结识到山谷从戎州起程东归，六年时光匆匆而过。黄庭坚对德才双佳的杨皓一直寄予厚望，预言其将仕途通达而有更大的作为。但杨皓之后的发展情况显然未达山谷预期，属于沉沦下僚而长期"一二一"原地踏步类型。诚然，我们不能因此认为山谷识人不明，因为在高度集权的官场体系运作中，选贤授能不过是愚弄下民而装幌子的官宣。到北宋后期，沿袭已久的官场"游戏规则"就两条：一是上头有人提携；二是有银子打点，舍此之外，没有第三条终南捷径。偏偏杨皓像乃师山谷一样，不屑于使钱托关系、找门子，更不会摧眉折腰事权贵，而只知闷头努力工作和学习，以为凭政绩、资历和品学兼优，上级总会有所考虑。由此可推知，杨皓仕途的最终结局只能是"如此这般"了。其实，回过头再探究黄庭坚在题跋中赞扬弟子"不以谀言以奉于上智，亦不以骄慢以诳于下愚"的话语之意，杨皓如此处理上、下级人际关系，表面看来无可厚非，但明眼人一看即可知其官途不顺之因出在哪里？无须在此赘述了。

从山谷离开蜀川之后的五年间，杨皓就像从人间蒸发了一样，史料中几乎再难寻其踪迹。再后来，不经意中又搜索看到两则有关他的逸事：一则见于《宋元笔记小说大观》。说是杨皓后来以黄庭坚门人自居，故与另一大书法家米芾亦有交往。有一次，几位友人到酒楼狎妓寻欢，杨皓知米芾有洁癖，却乘醉当众脱下一歌伎的绣鞋，倒进酒水当杯子喝花酒，弄得米芾当场呕吐不止，二人从此绝交。另有一则见之于民国《合川县志》记载，说是合川龙多山有一禅寺，黄庭坚门人杨皓曾隐居于此，并留有"禅空空此绝尘氛，占取嶕峣自不群"的诗句。不过，两则事例均出于稗官野史零星记载，未必无由，但不可偏信。

跋东坡墨迹

东坡道人少日学《兰亭》，故其书姿眉似徐浩[1]。至于酒酣放浪，能忘工拙，时瘦劲字，乃似柳诚悬[2]。中岁喜学颜鲁公、杨风子书，其合处不减李北海[3]。至于笔圆而韵胜，挟以文章妙天下，忠义贯日月之气，本朝善书者，自当推为第一人。数百年后，必有知余此论者。绍圣五年五月乙酉，渝州觉林寺下舟中书遗维昉上人[4]。

注 释

①少日：年少时日。《兰亭》：指王羲之书法《兰亭集序》，被称为天下第一行书。

徐浩（703—782）：字季海，越州会稽（今浙江省绍兴市）人。唐代达官、书法家，一代名相张九龄外甥。

②柳诚悬：柳公权（778—865），字诚悬，京兆华原（今陕西省铜川市）人。唐代著名书法家，与颜真卿并称"颜柳"。

③颜鲁公（709—784）：名真卿，字清臣，琅琊临沂（今山东省临沂市人）。封鲁郡公，唐代著名书法家，人称"颜鲁公"。

杨风子：杨凝式（873—954），字景度，华州华阴县（今陕西省华阴市）人。唐代著名书法家，因性情狂傲纵诞，有"杨风子"之号。

李北海：李邕（yōng）（678—747），字泰和，鄂州江夏（今湖北省武汉市）人。其父李善为著名学者，为《文选》作注。李邕承袭家学，书风奇伟，因曾任北海太守，又称"李北海"。

④绍圣五年：即公元 1098 年，这一年黄庭坚因避亲嫌，而从黔州贬所（今重庆市彭水苗族土家族自治县）转徙戎州（今四川省宜宾市）。书遗：书写赠送。维昉上人：维昉为山谷结识的方外友人；上人，旧时对僧侣的尊称。

赏 读

山谷这篇东坡墨迹题跋言简意赅，层次分明，总共一百二十余字，大致将苏轼书法创作师法取向以及书风演变划分为早、中、晚三个时期。

早期为青少年求学阶段。在父辈及塾师的指导下，主要以《兰亭集序》为范本，临摹学习"二王"书法。天纵之才加上锲而不舍，一笔形似唐代徐浩圆劲浑厚的行楷和乘着酒兴挥洒的柳体风格的行草，可谓积学乃成，崭露头角。

中期为仕进阶段。政事之余，东坡研习书法用意致深，涉猎诸家，转益多师，尤其偏好学习颜真卿和杨凝式。练就一手用墨浑厚、取势豪健的好字，风格与李邕又有几分相似之处。他在博采众长的基础上自创一格的"苏体"初露端倪，笔法转换多姿，妍媚动人。

晚期为流离谪居阶段。尽管命运多舛，但东坡天性豁达，经人生磨砺和岁月淬火，其独具一格的书法功成业熟，笔力圆润、重韵尚意，加上独步海内的诗文和表率士林的道德修为，可谓艺从心得，手与神运，其书技已臻化境，推为本朝书家第一，当是实至名归。对此结论，山谷自信满满，认为就算是数百年之后，人们还将会认同他这一说法。

在黄庭坚的书论和题跋中，评论东坡书法颇多，常有对乃师墨迹一语中的和恰如其分的点评。通过诸如此类散见于各类序跋中的书论，除了能观赏到"苏黄"在书法上教学相长式的互动之外，还可看出苏轼书风形成的师法渊源以及发展脉络走向，以下就此做三点延伸解读。

一、苏黄不但诗歌齐名，书法亦各有千秋

可以说二人惺惺相惜，互为成就。苏黄之间确有师生名分，但平常交往中多以平辈之礼相待。作为年龄小八岁的山谷一方，在文学艺术领域，对其一生影响最大的莫过于苏轼。在黄庭坚有关东坡书法的序跋中，不时会释放出求教请益于苏轼和师徒互帮互学的一些信息。诸如"予与东坡俱学平原。然予手拙，终不近业""诗成金声玉振，书成虿尾银钩""余尝评东坡善书，乃其天性。往尝于东坡手泽二囊，中有似柳公权、褚遂良者数纸，绝胜平时所作徐浩体字。又尝为余临一卷鲁公帖，凡二十纸，皆得六七，殆非学所能到"，等等，均可看出在研习书法上，既有东坡以师长之尊对弟子山谷的言传身教，又有二人近似"同班生"之间的互相欣赏和笔力比拼。故有书家考证认为：黄庭坚的书札小字行书，撇捺开张、字形略扁而方、笔势向右倾斜上扬等特征，均明显表现出仿学"苏体"的痕迹。反过来，山谷以禅悟书之技法对东坡亦有不小的影响。如苏轼的行书《祷雨帖》，有人就认为书写清壮灵动，跌宕开阔，几若黄庭坚的代笔。正是此等互相学习、双向互动和互为砥砺，促成二人书法出新意于法度之中，寄意象于形骸之外，并各树一帜，自成一家，成为北宋"尚意"书风数一数二的代表人物。

二、在文风极盛的北宋，苏黄均是全才式的艺术巨擘

二人不但是在散文、诗词、书法等方面是天花板般地存在，而且还有着同声相应、同气相求、至死不渝的情谊。故从知人论书的视角来看，由山谷来评点东坡书法，无疑是不二人选。众所周知，黄庭坚书法与苏轼同列"宋四家"，有着跟乃师相比难分轩轾的笔墨硬实力。然而，山谷何以独对东坡书法推崇备至而认为当推为天下第一呢？窃以为，答案就在他此篇题跋中所列举的三个评判标准。其一是书法技能本身，即达到"笔圆而韵胜"之极致书写水准；其二是"文章妙天下"，即自身具备书写所依凭的独步天下的诗文水平；其三有着儒家所谓"明明德，亲民，止于至善"的道德修为以及相关业绩。一言以蔽之曰：即德、才、能兼而有之，三者相辅相成，缺一不可。可以说，照此三项评价标准，在人才荟萃的北宋文坛，某一单项或有与东坡一较长短者，若以"三项全能"综合排名次，假如苏轼说他排第二，那就绝对无人敢称第一。从某种程度还可以说，苏轼书法的成就，其实就是他高尚道德情操和广博精深文学修养的一种表现形式。他创作的《寒食帖》《李白仙诗卷》等，均是北宋书法艺术巅峰之作。甚至可认定，东坡是将"尚意""抒情"加上文人个性，完美结合于书法艺术的天下第一奇才。千年以来，一直被模仿，从未被超越。

三、山谷此篇题跋文短而意长，从中可看到东坡学书之师承关系和书风发展演变轨迹

其早期以临摹右军《兰亭》入手，深得"二王"洒脱精致之技法。中年改学"颜柳"和杨凝式，书法趋于沉稳而重韵，晚年又师李北海，而后自成一家。由于苏黄之间太过熟悉和了解，故山谷上述对东坡师法前人的评述，基本上是准确到位和令人信服的，但凡事都有例外，山谷也有看走眼的时候。比如，题跋一开始说到东坡"其书姿眉似徐浩"，即认为东坡早期也学过徐季海。对此一说，苏轼本人就不认账。他在《论书》中说："世或以为似徐书者，非也。"限于古代落后的信息传播条件，山谷没有看到乃师此一有关"师徐"的自我否定之言，可算是不知者不为过。不仅如此，有关东坡学书方面，尚有山谷有所不知之事，即苏轼还学习和临摹过南朝王僧虔的书法。这一点尽管山谷不知，东坡本人也从未说起过，却有后人为之做了不容置疑的考证。比如，对于王僧虔唯一存世的《太子舍人帖》，后世有不少书家就差点误认为是出自苏轼手笔。诚然，王、苏二人的行书如此相像绝不会是平白无故的。对此，王稺登在苏轼《治平帖》的跋语中就说到："此书之迹，全类僧虔"；继王稺登此说之后，董其昌也发现了，他说："王僧虔遂蹑其体，苏东坡亦习之。"凡此等等，有这两位明朝后期顶尖的书法大家考证，东坡曾学过王僧虔算是实锤了。也再次从另一个侧面证明：苏轼挥洒翰墨一生，宗法南朝、隋唐诸贤，深得"二王""颜柳"精髓，其震古烁今的书法成就，来自继承前人、博采众长基础上不断出奇创新，而最终才能自成一家。

最后，得补充说明一点：即苏黄作为宋代顶级书法大家，两个人书法楷、行、草皆擅长，而且水平相当，难分轩轾。倘若非要分个谁笔力占先的话，应该说东坡略长于行书。比如后世评出和公认的所谓"天下十大行书"，苏的《寒食帖》列第三，黄庭坚的《松风阁》列第九，或可引为例证。而草书方面，应该说山谷略可占先，其代表作《诸上座帖》《李白忆旧游诗卷》等，历来谓之神来绝品，开创了华夏书法史又一新境，被文徵明等推崇到可称"草圣"的高度。总之，苏黄书法均有极高造诣和个性辨识度，各擅胜场，无愧于名列"宋四家"前两位，无愧于称之为北宋书坛的并世双雄。

苦 笋 赋

余酷嗜苦笋，谏者至十人，戏作《苦笋赋》，其辞曰：

僰道苦笋[①]，冠冕两川[②]。甘脆惬当，小苦而及成味；温润缜密[③]，多啖而不疾人[④]。

盖苦而有味，如忠谏之可活国；多而不害，如举士而皆得贤。是其钟江山之秀气[⑤]，故能深雨露而避风烟。食肴以之开道，酒客为之流涎。彼桂斑与梦永[⑥]，又安得与之同年。

蜀人曰："苦笋不可食，食之动痼疾[⑦]，令人萎而瘠[⑧]"。予亦未尝与之言。盖上士不谈而喻；中士进则若信，退则眩焉[⑨]；下士信耳而不信目，其顽不可镌[⑩]。李太白曰："但得醉中趣，勿为醒者传[⑪]"

注 释

①僰（bó）道：汉县名，属僰为郡，僰人所居，故名，在今四川省宜宾县境内。

②两川：东、西川的合称。唐至德二年（757）于剑南道置东川、西川两节度，因有两川之称。

③缜密：细密。

199

④啖（dàn）：吃、食。

⑤钟：聚集。

⑥桂斑：桂指筀竹，竹名。《山海经·中山经》："又东七十里曰丙山，多筀竹。郝懿行疏：'筀，亦当为桂，桂阳所生竹，因以为名也。'"斑，指斑竹。段公路《北户录·斑皮竹笋》："湘源县十二月食斑皮竹笋，诸笋无以及之。"梦永：总是梦想得到之意。另《三希堂法堂》为梦"汞"。

⑦痼疾：久治不愈之病。

⑧萎而瘠：干枯而瘦弱。

⑨眩：迷惑。

⑩镌（juān）：晓谕，明白。

⑪但得醉中趣，勿为醒者传：出自李白《月下独酌四首》其二。

赏　读

这篇短小精悍之文虽名之为赋，但从其行文随兴、结构稍松散和未全规范用韵律来看，也可以说是一篇随笔性的小品散文。

山谷此文特地在前面加一小序，说自己特别喜欢吃苦笋，为此受到不下十位朋友劝止，于是就"苦中作乐"似的写下此篇苦笋赋。

话说两川之地的焚道（今四川省宜宾市），茂林修竹，盛产苦笋。恰好山谷被贬谪辗转安置于此地，见当地人畏其苦、疑染疾而忌食之。但作者知道，苦笋实则苦而开味，食之爽口无害，当地俗传的苦笋不可食实为荒谬之说。那么，为何外表平常、俯拾可得的苦笋苦而有味，食之不仅无害，反而对人身体有益呢？因为它汇聚了山川之灵气，能隐含雨露的滋润，回避风烟的侵袭。用它做佳肴，可以振食欲，用它来下酒，则令人流口涎。苦笋看似外表不起眼，却是真正上好的食材。可笑那些徒有其表的桂斑之类，竟梦想仅凭光鲜的外表而得到人们赞叹，但两相对比，乏味的桂斑又怎能与可口苦笋相提并论呢？

苦笋初食略苦，嚼之转微甜，咽之愈有滋味，甚至还有清热化痰的药效。山谷再三为苦笋辩护之论，却并不为当地人所接受。由此可见，要想改变人们习以为常的偏见，绝不是一件轻而易举的事情。作者从一生活中的小事引发开来，托物连类，见微知著，悟出了"苦而有味，如忠谏之可活国；多而不害，如举士而皆得贤"的大道理，恰如民谚所谓"良药苦口利于病"。随处可见的苦笋，食之无害，应是多多益善，恰如国家科举选拔人才，应试的举子越多，贤良之士就会层出不穷。极尽网罗搜求之能事，做到野无遗贤，则如前朝太宗所感喟："天下英雄尽入吾彀中矣。"

至于苦笋食之是否有危害？作者的结论是：不仅能吃，而且特有味道，并自以为经亲身做示范，也不厌其烦说得很清楚了，但当地人就是不相信，还固执己见地坚持说："苦笋不能食，吃了发旧病，让人瘦而枯死。"一再听到此等混账话，猜想当时作者差不多想骂："龟儿子，要你相信一件摆明了的事，怎么就比过蜀道还难呀。"不过，作者还是转念一想，对于此等冥顽不灵的"土鳖"，不必徒费口舌。因为智商高之人明事理，毋庸多言；智商中等之人当面虽相信，可过后又有所疑惑；智商低下之人专听谣传，却不相信亲眼之所见，固执如顽石，不可理喻。难怪自蜀川走出的诗仙李白有诗句道"但得醉中趣，勿为醒者传"。

黄庭坚借李白诗句，为自己并非刻意批评固执的蜀人做了辩解。其实，此时远谪巴蜀且丢了乌纱俸禄的山谷原本就是一"吃货"，正愁生活清苦，没想到竟还有此等天赐的口福，加上此地还有"姚子雪曲"白酒（疑为五粮液前身），以及银茄、红豆、绿荔枝"三色"特产可供佐餐。想想，人处逆境，福祸相依，大可随遇而安，不吃则白不吃。当然，作者绝对不会想到：当时吃了个似醉非醉后，乘着余兴而信手涂鸦，竟给后世留下了一副文、书双佳的传世绝品。

前人谓山谷此文"文字简严，微有讥讽"。诚然，贬谪巴蜀前，山谷作为当朝史官，因修《神宗实录》中的秉笔直书而获罪，心中自有不平之气。再联想到乃师苏轼和同门的秦观、张耒、陈师道等，均是才高耿直之士，却纷纷因言获罪而屡遭贬谪，更是愤慨难平。物不平则鸣，故借咏苦笋虽苦食之却能"开道"之事，讽刺了朝廷用人上的近小人、远贤能，冀望当朝者能矫枉过正。这也许正是此篇自谓戏作的《苦笋赋》的点睛之处。至此，我们才看出文中被讥讽的顽愚"蜀人"并非作者存心作践四川人，而是借题发挥，指桑骂槐，实指那些假借支持王安石新法而上位、在朝弄权的奸佞小人。

其实，身为黄庭坚的小老乡，在未读到此赋之前，本人对苦笋是否能吃或者是否好吃也曾心存疑问，直到读过此赋以及山谷随后写的《书苦笋赋后》，才确信苦笋可吃，贪之"未尝能作病也"。（见《豫章黄先生别集》卷一）记得小时候，家乡修水山区每逢初春，竹笋遍地而生。我常随大人去郊野采摘，会被告知不要采外壳长有细白刺毛的苦笋，说是又苦而又麻，没有人愿意吃。后来上山下乡，发现当地农民倒是会采摘苦笋，但从没见有人吃，而是做猪饲料。再后来到了岭南工作。有一次，一粤籍同事请大家吃饭。他把一干人带到一家门面不起眼的客家餐馆，说是来这家得吃一道招牌菜"苦笋煲"。等到热腾腾的"苦笋煲"端上来，大家一下筷子，都觉得味道不错。其他菜还没上完，一大钵伴着肥肉蒸煮的苦笋煲已一扫而光，还让老板再添加了一钵。此后，我们几个差不多成了这家小店的常客，隔三岔五，都会去喝上一顿，而每次"苦笋煲"是必点之菜。

　　大约十年前，笔者因撰写《黄庭坚传》之所需，在收集资料时，第一次读到了这篇《苦笋赋》。此时，对苦笋是否可吃不仅不存疑虑，而且还时常惦记着"苦笋煲"的滋味，还时不时会去找那家已搬迁了的餐馆解解馋。交稿之后，责编与我商谈书的封面设计，我建议用一幅山谷漫画头像再配以一山谷书法衬底，如此则较合黄庭坚"诗书双绝"的称誉。责编随后反馈说头像好定，但山谷书法遗存较多，不知用写哪方面内容的？用其行楷还是草书？我又建议最好用写食品的行书。他不解为何一定要用有关吃方面的？我即简要给他讲了"苦笋"的故事。再后来，该书付梓出版时，封面书法又按编审的意思改《苦笋赋》为《山预帖》。原因是前者虽也是笔法奇伟的传世精品，但两相比较，当今不少书法行家认为：《山预帖》更不计笔画的飞扬之势。稳重之外，几许漾动之笔穿插其中，特别整幅文字向左倾斜，呈左低右高之态，欹正相生，动静神现和别有意趣。

　　扯得有些远了。最后，回头解读一下黄庭坚借用李白"但得醉中趣，勿为醒者传"的诗句收束赋文的用意。说是喜好饮酒的诗仙常以自得醉中之趣为乐，曾戒饬自己不要向清醒者讲述这种只可意会、不可言传的酒中乐趣。山谷顺着李白的诗意道：不必再为不知苦笋美味者徒费口舌了，因为对不识货者，即便荆山之玉也等同于废石头，并在此借"诗"发挥，暗含对人才不能为当道所用怀有"物不平则鸣"之意。

答洪驹父书

驹父外甥教授[1]：别来三岁，未尝不思念。闲居绝不与人事相接[2]，故不能作书，虽晋城亦未曾作书也。专人来，得手书，审在官不废讲学，眠食安胜，诸稚子长茂[3]，慰喜无量。

寄书语意老重[4]，数过读不能去手，继以叹息。少加意读书，古人不难到也。诸文亦皆好，但少古人绳墨耳[5]。可更熟读司马子长、韩退之文章[6]。凡作一文，皆须有宗有趣，终始关键，有开有阖[7]，如四渎虽纳百川[8]，或汇而广泽，汪洋千里，要自发源注海耳。老夫绍圣以前，不知文章斧斤[9]，取旧所作读之，皆可笑。绍圣以后，始知作文章，但以老病，惰懒不能下笔也。外甥勉之，为我雪耻[10]。《骂犬文》虽雄奇，然不作可也[11]。东坡文章妙天下，其短处在好骂，慎勿袭其轨也[12]。

甚恨不得相见，极论诗与文章之善病[13]。临书不能万一，千万强学自爱，少饮酒为佳。

见师川所寄诗卷有新句[14]，甚慰人意。比来颇得治经观史书否？治经欲钩其深，观史欲驰会其事理，二者皆须精熟，涉猎而已，无他功也。士朝而肄业，昼而服习，夕而计过，无憾而后即安。此古人读书法也。潘君必数相见[15]，比得其书，甚想见其人。

所寄《释权》一篇，词笔纵横，极见日新之效[16]。更须治经，探其渊源，乃可到古人耳。青琐祭文^⑰，语意甚工，但用字时有未安处。自作语最难^⑱，老杜作诗，退之作文，无一字无来处，盖后人读书少，故谓韩、杜自作此语耳。古之能为文章者，真能陶冶万物，虽取古人陈言入于翰墨，如灵丹一粒，点铁成金也。文章最为儒者末事，然既学之，又不可不知其曲折，幸熟思之。至于推之使高如泰山之崇，崛如垂天之云，作之使雄壮如沧江八月之涛，海运吞舟之鱼，又不可守绳墨，令俭陋也^⑲。

注　释

①洪驹父：洪刍，字驹父，洪州豫章人氏。生卒年不详，山谷的外甥。绍圣进士，时任晋州州学教授。工诗，与兄朋、弟炎、羽号称"四洪"。答书：即回信。据专家学者考证，此信原为两封书信，且被前后倒置。原因疑为四部丛刊木《豫章文集》中二书紧接，所言内容相近，所以致误，考虑到失误已约定俗成，本文仍合二为一作赏析。另有中华书局出版的《黄庭坚全集》将此书编在第二册之中，前面还有一封同名书信，但与此书关联不紧，可能作于不同时期，亦未将同名书信列入。

②绝不与人事相接：绝不介入官场人事纷争。

③晋："晋"同"进"。审：安胜、安好之意。诸稚子长茂：指驹父的孩子们健壮成长。

④老重：老成持重。

⑤绳墨：原为木工画线用的工具，此指规矩或法则。

⑥子长：司马迁的字。退之：韩愈的字。

⑦宗趣、关键、开阖：指文章要有立意、有主旨，在首尾至关重要处，要能铺排得开，收拢得住。

⑧四渎（dú）：指长江、黄河、淮水、济水，四水汇集川流湖泊，各自东流入海。

⑨绍圣：宋哲宗年号。斧斤：指写文章琢磨修改功夫。

⑩雪耻：希望外甥吸取自己以前的教训，为己增光，山谷自谦的说法。

⑪《骂犬文》：洪驹父所作文章。不作可也：不必要作的婉转说法。

⑫妙天下：指东坡文章为天下人所称誉。

⑬善病：指文章的优与劣。

⑭师川：徐俯（1075—1141），字师川，洪州分宁（今江西省修水县）人。江西诗派诗人之一，徐禧之子，山谷外甥。

⑮潘君：潘錞，字子真，著有《潘子真诗话》。

⑯日新：见《礼记·大学》："汤之盘铭曰：'苟日新，日日新，又日新。'"

⑰青琐：疑指代《青琐高议》的作者刘斧。祭文：青琐祭文为洪驹父所作。

⑱自作语：指自创且富有新意的词语。

⑲海运：行于海上。俭陋：枯竭、粗陋。

赏　读

　　黄庭坚给外甥洪驹父写这封回信时，年龄已近花甲。诗文名冠天下的山谷，一直没忘其大妹多年前离世时的嘱托，不厌其烦地通过书信交流的方式，对四个洪姓外甥在学业上予以悉心指导。此信除开头寥寥几句礼节性地问候和家长里短寒暄之外，几乎通篇都是在探讨如何读书和进行诗文创作。

　　或因双方通信频繁，山谷一如既往地从外甥的来信说起。认为从信中即可看到驹父写作水平大有长进，以致读过几遍不忍释手，并心生感慨道：只要坚持有的放矢地学习圣贤之书，就不难达到古人学问的境界。接着又对外甥随信所附的几篇诗文进行了品评，认为总体上值得称道，不足之处是欠缺古人作文的法度。建议外甥依此有针对性地多读司马迁、韩愈的文章，即可体会到凡写诗作文，须有立意有主旨，在至关重要处既能放得开又能收得住。就像大江大河一样，汇纳百川，汪洋恣肆，奔流千里，都得起自源头而最终注入大海。山谷在信中反思了自己以往的诗文创作，可大致以绍圣元年（1094）为界。认为绍圣之前，由于未把准行文的法度，故回头看之前的旧作，均感到幼稚可笑，不得要领；绍圣以后，才领悟到了诗文创作的有效方法，惜乎现在年事渐高，想写也写不动了，冀望外甥后辈吸取自己的教训，尽快超越吾辈。还顺带评点了一下驹父《骂犬文》一文，认为略有猎奇之嫌，并提醒外甥此类文章偶尔练笔则可，但少作或不作也可。例如，东坡文章妙绝天下，举世公认，但其短处在于喜好对时政进行干预乃至斥骂，望驹父引以为戒，慎之以学。

山谷在信中谈到了"资书以为诗"的重要性。认为要写好诗文，就得下功夫先治经研史。二者是写诗作文的必备基本功，即诗词学问要从书本知识的积累为起点。为此，还给外甥介绍了古人总结出的一天之中读书的有效方法：即晨起先做预习，白昼多作复习，晚上再自查不足之处，不留遗憾方能安枕入睡，如此日积月累，才能学有所获，学有所成。接着还对驹父的另一篇题为《释权》文章作了点评。认为文章首尾贯通，有创见有新意，足见有治经读史的功底。总而言之，无论是写诗还是作文，完全靠自造语句最难。杜甫写诗、韩愈作文，基本上能做到无一字无来历，而读书较少的一些后辈，认为韩、杜均是自创的语句，事实上并非如此。自古以来善写文章的高手，能做到陶冶万物，然后熔铸出富有新意的语句，即便采用的是前人用过的熟语，但经提炼加工，也能化腐朽为神奇，就像灵丹一粒能把铁石点化成金子，使文章增添色彩。

黄庭坚还说道，对丁崇儒学者而言，写文章本不是什么大事，但要探求写文章之法，就不可不思考和了解其中复杂变化之处。至于要使文章高妙，要做到像泰山一样巍然挺拔，像云彩一样高悬；倘若要使文章雄壮，要做到像八月的波涛一样汹涌澎湃，像怒海的巨鲸一样能吞没船只，那就不可被陈规俗矩所束缚，使文章显得浅陋。

从以上对原文的解读，不难看出此信应是前后两封信的组合拼接，而且曾被前后倒置。从时间顺序上来说，前信至少写于绍圣元年（1094）之前，当从"所寄《释权》"开始，到"又不可守绳墨令俭陋也"为止；后信大抵写于绍圣四年（1097），则是从"驹父外甥教授"开始，到"甚想见其人"为止。由于前、后两信都是从评点驹父随信所附诗文谈起，进而指导外甥如何通过治经读史提高写作水平，并谈到了自己的一些创作体会。虽然原来的两封书信被包括《中国历代文论选》在内的多个误本合二为一，但粗读起来倒也文从字顺，说明两信所写内容是相通的。所以，笔者只好错就错，按约定俗成的误本进行解读，并据个人研究体会，谈两点此信所涉问题的见解：

一、信中所谓东坡"短处在好骂"，涉及文学的社会作用及对时政的干预问题

早在先秦时期，儒家至圣先师孔子就提出"兴、观、群、怨"之说，大

致意思是：诗歌是一种表达个人情感的方式，其创作价值是艺术和审美功能，同时又兼具知人论世、抑恶扬善的社会作用。不过，在古往今来的实践中，诗歌艺术审美与批判现实功能二者之孰轻孰重不易把握，往往容易顾此失彼，过于突出政治性，难免会削弱艺术性；而过于强调艺术性，又难免失落政治性。山谷信中在肯定东坡诗文独步天下的前提下，也指出过于喜好讥讽时政是其所短，并提醒外甥"慎勿袭其轨也"。

在黄庭坚看来，"诗者，人之性情也，非强谏争于廷，怨愤垢于道，怒邻骂座之为也"。（《书王知载朐山杂咏后》）他认为诗歌非政客争辩或怨妇骂街，而是个体性情的艺术呈现，有其内在的审美要求，嬉笑怒骂皆成文章并不可取。换言之，诗歌不宜用于过多干预朝政，介入人事纷争，成为政治斗争工具。这是山谷通过书信随机表达的个人之见，从强调诗歌的艺术属性来说，本无可厚非。然而，正是这一与年轻后辈书信探讨交流道出的观点，不知何故被无限加持放大，成了其诗歌重表现形式、轻现实内容的标签。山谷本人也被长期戴上形式主义"鼻祖"的帽子，导致在北宋即与苏轼并称"苏黄"之天平"黄"的一端严重失衡，从而长时期削弱了黄庭坚在中国文学史上应有的一代宗师地位，不能不说是一件憾事。

二、信中所谓"无一字无来处"与"点铁成金"的论点，历来为诗学评论界所关注和引起热议

赞成者认为山谷揭示了杜诗、韩文之深意，开辟了一条以故为新、由有意为诗至无意为诗的"以书本为诗"之路径，甚至把二者与山谷另一"夺胎换骨"之说统合成"江西诗派"重要理论纲领；批评者则以此作为山谷提倡蹈袭、剽窃的证据，甚至直指山谷为"特剽窃之黠者耳"。（王若虚《滹南诗话》）其实，这两种截然不同的意见均有点小题大做，背离了山谷以一种循序渐进的学诗方法指导后学的本意，乃至把山谷在与后学通信中随机表达的一些零碎观点，不恰当地归纳并视作原则性、系统性诗论。

黄庭坚一生的最后十年，几乎都是在接连被贬谪的境遇中度过的。从名重天下的黄太史到转为年轻后辈争相求教的授业老师，他从容豁达地经历了此种角色的悄然转换。面对或者说隔空面对（通信）求知若渴的各色人等，山谷逐渐摸索出了一套既可面授机宜又适合隔空通信说教的教学方法。这即是从"无一字无来处"起始到"点铁成金"自如运用，再到"夺胎换骨"实现飞跃之阶段式的教学法。这种出自山谷独创且便于操作的学诗方法，被实践证明是行之有效的。众所周知，黄庭坚后来被尊为"江西诗派"创始宗主，他的诸外甥中有洪朋、洪刍、洪炎、徐俯被列入"江西诗社宗派图"，包括他晚年刻意培养的杨皓、高荷、范寥等，均卓然成为北宋晚期诗坛一流大家。对此，著名词家李之仪曾不无感慨地道："鲁直成就诸甥之意，可谓尽矣，故率然自知，类不相远，盖一本于舅氏也。"（《跋苏黄众贤帖》）

此外，在山谷所处的北宋中后期，随着活字印刷术的广泛应用和经史古籍大量刊行，士人们嗜好读书蔚然成风，而这种风气也必然反映诗学领域中来。从山谷诸如此类指导后学的通信中可看出，他强调要提高诗歌写作水平，向经典古籍学习是既实用又必须的路径。首先，在思想道德修养方面，要从学习经义和史籍源头开始，进而会通事理，以合儒家之道德规范。其次在语言造句方面，要从学习借鉴古人词汇、甚至模仿经典语句做起，在初步做到"无一字无来处"的基础上，再经过锻字炼句加工，逐渐把经典熔铸运用到自己的创作中。经史子籍和古人词汇积累多了，又能融会贯通，下笔时就能取之左右逢其源，自然就创作出好的诗文作品，犹如道家方士用手指一点使铁变成金的法术。通过此种"资书以为诗"方法的反复练习和运用，就能把自己的创作提升到可与前人媲美、甚至超越前人的水平。

综上所述，作为一代文学宗师，黄庭坚在其舅李常"长我教我"的示范下，义无反顾接过先辈传下来的接力棒，在搞好自身创作的同时，不遗余力地指导、提携和培养几个后学外甥，并善于从自己的创作和教学实践中总结、探求学诗为文的方法，极力引导晚辈向古人学习和从书本典籍中吸取养料，在继承的基础上达到推陈出新、古为今用的目的。然而，山谷多以通信的方式表达的教学观点或学诗方法，后来被不切实际地拔高和放大了，被视作黄庭坚乃至所谓"江西诗派"的文学创作主张和纲领性诗论，以致后来的江西诗派末流、明清复古派陷入食古不化、好用典故的误区而不能自拔，在文学史上造成了较大的消极影响。不过，这似乎牵涉中国文学批评史上另一个争议较大的话题，拟在别的相关篇章做专门后续探讨。

书嵇叔夜诗与侄榎①

叔夜此诗，豪壮清丽，无一点尘俗气。

凡学作诗者，不可不成诵在心，想见其人③。虽沉于世故者，然而揽其余芳④，便可扑去身上三斗俗尘矣，何况探其义味者耶？故书以付榎，可与诸郎皆诵取，时时讽咏，以洗心忘倦⑤。

予尝为诸子弟言：士生于世，可以百为，惟不可俗，俗便不可医也。或问不俗之状，予曰：难言也。视其平居，无以异于俗人，临大节而不可夺，此不俗人也⑥。士之处世，或出或处，或刚或柔⑦，未易以一节尽其蕴，然率以是冠之⑧。

注　释

①嵇叔夜：嵇康（224—263），字叔夜，谯郡铚（今安徽省宿州市西南）人。三国时期曹魏思想家、音乐家、文学家，为著名的"竹林七贤"之一。

②榎（jiǎ）：黄榎，山谷之兄黄大临次子。

③想见其人：像是看见了此人。

④沉于世故：老练于人情世故。揽其余芳：招揽到它留下的余香。

⑤洗心忘倦：洗涤身心，忘却疲倦。

⑥视其平居：看他平常的起居。临大节：身临大事。

⑦或出或处：有时外出行事，有时安居静处。见《易·系辞上》："君子之道，或出或处，或默或语。"

⑧尽其蕴：看透他的底蕴。冠之：鉴别其人。"冠"通"观"，此引申为观察之意。

赏 读

在以"竹林七贤"为代表的魏晋清流名士中，山谷对"诗风清峻"的嵇康最为推崇。即便在给侄儿黄榎的家书中，亦不忘附写上嵇叔夜的一首诗，并留言嘱咐子侄辈作为学诗的范本，从中学习嵇康诗作之才思与意趣。

山谷落笔即评价嵇康的这首诗："豪壮清丽，没有一点尘俗气。"并提示侄儿们大凡是学诗之人，不可不把它熟记在心，犹如眼前看见这个写诗之人。就算是老于世故的尘俗中人，只要读过此诗，都会因此招揽到它的余芳，并脱去身上三斗俗尘，更何况沉浸于诗中的风雅之士呢？故此，我将这首诗写下来，付之与贤侄，你可以与诸兄弟一起学习，时时诵读，以洗涤尘心、忘却疲倦和提振精神。我曾向弟子们说："文士生当于世，可以做百般诸事，唯独不可以俗，人一俗，便无可救药了。"有人问道："要怎样做才算是不俗之人呢？"我告诉他："这很难说。你看某人的平常起居，似与俗人并无二致，然而每当有大事临身，其志凛然不可夺，这就不是俗人。文士为人处世，有时外出行事，有时安居静处；有时显得刚强，有时表现柔和，很难轻易从此类事上看透其底蕴，但都能用这个法子去鉴别一个人。"

由于是写在家书之后的附言，显然受尺牍所限而着墨不多，但作者对嵇康才学的欣赏跃然字里行间，如松风穿林，亦如月下赏花，紧扣住"不俗"二字而渐次展开。全篇短短一百六十余字，可谓言简意赅，评点精当，出言即是金句，以下大致做几点相关扩展和延伸解读。

一、本文书写的是嵇康哪一首诗？山谷文中并没有明说

可能是在前面家书中已提及了诗题，随后又将此诗完整抄录了一遍，故作者在后面的附言中就没必要重复，或谓之承前省略了。但由此引发的后续问题

是：因山谷给其侄黄榎的家书与诗抄均已失传，单单只留下此篇信后附言，故此，山谷当时书写的究竟是嵇康存世的哪一首诗？历来本无准确答案，如今更是不可考了。不过，从文中称赞此诗"豪壮清丽"来推断和考量，则是嵇康存世的《赠秀才入军·之九、之十四》的可能性最大。嵇康这一组四言古体诗是为哥哥嵇喜从军而作，共十八首，其中以第九、第十四首最为知名。诸如"风驰电逝，蹑景追飞""息徒兰圃，秣马华山""目送归鸿，手挥五弦。俯仰自得，游心太玄"等诗句，描写了将士奔骑出战和在征途中小憩的场景，展现出纵横驰骋、自由无羁的另一种人生境界。既豪迈清丽又不沾尘俗之气，历来备受诗家的青睐与赞许，其中"顾盼生姿""风驰电逝""目送归鸿"等等，已演变为常用成语，至今仍被沿用和广为流传。

二、众所周知，嵇康生于魏晋鼎革前夕，一向以人格的忠贞谨守着曹魏侍臣的天下情结和道德节操

他在政治上不满司马氏集团的黑暗统治，并与之持不合作的态度，最终因株连吕安案而被冤杀。他生前隐居山林，谈玄论学，甄守初心，以笔墨为剑，纵酒浇怀，乃至锻铁自赡，演绎和创造了中国文化史上的一段江湖传奇。嵇康作为魏晋清流的精神领袖，为人襟怀坦荡，愤世嫉俗。朋友山涛不甘寂寞而弃隐入仕，他闻之当即写下与其绝交书；自己生命将终了，他潇洒奏起《广陵散》，用大雅之音与人世作最后的诀别。总之，嵇康高超的文学造诣、不幸遭遇和不凡事迹，对于后世的时代风气、价值取向有着广泛而深远地影响。

黄庭坚认为嵇康那种"不自由，毋宁死"的人生态度，正是"不俗"的最高表现形式，亦是所谓"临大节而不可夺"的最好诠释。在山谷所处的北宋中后期，以王安石为首的新党与司马光为代表的旧党反复争斗，他与乃师东坡政治上均倾向旧党，二人的仕宦生涯也随着党派轮替执政而起伏不定，以致屡遭贬谪而常处于"江湖之远"。在这种类似嵇康所处的浑浊政治环境中，为了修身自律和保持节操，魏晋清流的"大节不夺，小节不拘"的处世哲学和归隐山林的意趣，在多数情形下，自然成了身处逆境的宋代文士"身不能至，心向往之"的不二选择。

在山谷的诗文中，时常谈论到"士大夫可以百为，唯不可俗"的话题。如其《次韵答王慎中》诗云："俗里光尘合，胸中泾渭分"；《不爱轩耐闲轩颂》中的："不爱孔方乃不俗，放下利欲是耐闲"；称赞王安石晚年小诗"脱去流俗，不可以常理待之也"；他在《跋欧阳文忠公〈庐山高〉诗》中，更是赞赏其"中刚而外和"之说，认为出处刚柔，方圆内外，不失为一种"不俗"的积极用世态度。凡此等等，都表明了山谷对"不俗之状"并非是其自谦的"难言也"，而是因诸多因素所限，反思自己未能像嵇康一样"归隐山林"而常感有愧于心。正是有此难言之隐，山谷在文中拐了个小弯子，转而提出了鉴别文士"俗"与"不俗"之法。那就是小事可忽略不计，临大事则主要看其人所表现出来的底蕴，犹如嵇康一生不畏强权，临大节而不可夺，做到"内不愧心，外不负俗，交不为利，仕不谋禄"，甚至为秉持道义和坚守风骨而付出生命的代价亦在所不惜，如此才能称得上是一个高尚、纯粹和不俗的人。

三、黄庭坚对嵇康的诗作有着深切体会，对其诗的总体评价即是"无一点尘俗气"

那么要怎样才能做到不俗呢？他提出过"以俗为雅，以故为新"的诗论主张，并身体力行地付诸创作实践。

首先，以俗为雅，即向前人学习，在充分吸收古代创造的优秀文学成果与养分的基础上，另辟蹊径与古人，尤其是与唐人相抗衡。具体来说，即以民间俗语、口语、稗官野史或不常用的素材入诗，拓展诗的表达语境与题材，再经过"钩深入神"的改造制作功夫，即去庸俗、避俗滥而变俗为雅，走出一条继承前人基础上的创新之路。在山谷看来，作诗不仅可表现俗物，同时还应有雅志，俗物与雅志并存，相融、相互衬托和相互转化，再经熔铸锤炼，达到妥帖自然。如其《寄黄几复》一诗中的"桃李春风一杯酒，江湖夜雨十年灯"，将江湖、酒、灯等凡景俗物，与桃李、春风、夜雨之雅景物象相对照、比衬，不仅悄然在情趣与意境上取得了变俗为雅的效果，而且将这六组再熟悉不过的物象，用两两对仗与新奇句式有效调匀搭配，十分生动地构成了一幅既朴素清新、又淡雅隽永的组合图景，巧妙表达了对故友的深切思念和对仕途未来不确定性的隐忧，可谓"字字珠玑"，从而促成了这一独步宋代诗坛名句的产生和名世。

其次，以故为新，主要是指将古人陈言、故实加以点化，使之化旧为新、化腐朽为神奇，产生一种新的语境与不落俗套的表达效果。具体来说，即利用典故中丰富的内涵，转化俗事、俗语，提升诗歌的容量与雅趣。如其六言绝句《蚁蝶图》："蝴蝶双飞得意，偶然毕命罗网。群蚁争数坠翼，策勋归去南柯。"咏及蝴蝶、蚂蚁、蜘蛛等动物，均是蕴含典故、且寻常可见自然物象。诗中通过描述蝶坠蛛网、群蚁争食的现象与南柯一梦典故的链接，暗喻了朝廷的新、旧党争之残酷与血腥，以及当权的新党对失势旧党人士的迫害，表明这一切不过是梦幻而终将湮没在历史的风尘之中。全诗活用典故，以景寓情，每一种动物均类比人的情态与动作，表现了作者对纷争不已的官场的厌恶。当然，这是山谷独出心裁运用、熔铸物象与典故成功的案例。为此，他还提出过所谓"点铁成金、夺胎换骨"等诗论，并一以贯之地运用于实践，也取得了不俗的创作成果。不过，需要指出的是：黄诗被公论为善用典、好用典，有时甚至通篇用典，以致其诗难读、难懂和难解，为人所诟病，这与其受嵇康为代表的魏晋玄学诗风的影响亦不无关系。

再者，山谷强调作诗要"不使语俗"，大多是把"以俗为雅"与"以故为新"紧密关联在一起的。这里所提及的"俗"不过是"故"的一种表现形式，其用意与旨归终究将呈现为"雅"。如其《再次韵杨明叔序》中所云："盖以俗为雅，以故为新，百战百胜，如孙吴兵法。"此外，山谷还把"不俗"这种高尚精神境界用于文艺批评之中。总体来看，山谷书法风格是"尚意恶俗，重韵崇晋"。他到晚年总结自己学书体会则申言："予学草书三十余年，初以周越为师，故二十年抖擞俗气不脱。"后来博采张旭、怀素等众家之长，转益多师，"乃窥笔法之妙"。他评苏轼书法时说："东坡简札，字形温润，无一点俗气。"（《题东坡字后》）此外，他评论其姨母墨竹画作时云："笔端真有造化炉，人间俗气一点无。"（《姨母李夫人墨竹》）同样评宋人燕肃画作时则说："往时天章阁待制燕肃始作生竹，超然免于流俗。"（《道臻师画墨竹序》）诸如此类，可以说"弃俗"，既是山谷书画美学思想的要旨之一，也是其进行艺术创作的基本要点和为人处世的立足之道。

总之，若论历史上真的有一点都不俗的文人雅士，即不能不想到和提及嵇康。与其同时代的文士山涛褒扬他"岩岩如孤松之独立"。南朝的刘义庆评价其"肃肃如松下风，高而徐引"。可以说，细细品读黄庭坚给侄儿家书后的此一附言，似已感触到嵇叔夜之才学与风骨，如林间之松风和空谷之幽兰，其声彻彻不绝，其香历久绵长。仅就"不俗"二字而言，堪称前无古人后无来者，在群星璀璨的历史夜空中，映衬着松风明月，嵇康就是那最闪亮的一颗，永久闪耀着其"豪壮清丽"的万丈光芒。

题东坡字后

东坡居士极不惜书，仍不可乞[1]。有乞书者，正色诘责之，或终不与一字[2]。元祐中，锁试礼部[3]，每来见过，案上纸不择精粗，书遍乃已。性喜酒，然不能四五龠已烂醉[4]，不辞谢而就卧[5]，鼻鼾如雷。少焉苏醒，落笔如风雨，虽谑弄皆有义味[6]。真神仙中人，此岂与今世翰墨之士争衡哉[7]！

东坡简札，字形温润[8]，无一点俗气。今世号能书者数家，虽规摹古人[9]，自有长处，至于天然自工，笔圆而韵胜，所谓兼四子之有以易之不与也[10]。

建中靖国元年五月乙巳，观于沙市舟中，同观者刘观国、王霖、家弟叔向、小子相[11]。

注 释

①不惜书：不珍惜自己写的书法。乞：向人讨要，强求。

②正色：态度严肃。诘（jié）责：责备，指责。

③元祐中：宋哲宗年号，即公元1090年。锁试礼部：古代科考中为避免舞弊现象，考试进行期间，将参与命题、阅卷和主持会试的官员禁闭在礼部特定的场所。

④龠（yuè）：古代量器名，一龠等于半合；一千二百两黍子为一龠，

稍大于今一市两。

⑤不辞谢：不告退、打招呼。

⑥谑弄：嘲弄、开玩笑。义味：文章或笔墨的意味和情趣。

⑦争衡：争高下。

⑧简札：书信、书写。温润：原意温和圆润，此谓笔墨圆润。

⑨规摹：模仿学习。

⑩四子：指当时有名的四位书法家。

⑪建中靖国元年：宋徽宗年号，即公元 1101 年。小子相：山谷对自己儿子黄相的昵称。

赏 读

在黄庭坚众多的书法题跋中，这篇《题东坡字后》最值得细品和玩味。它不落对书法作品本身推评论事的熟套，而是一开篇即截取东坡居士三个有趣的生活小片段，绘声绘色地对读者娓娓道来，读后让人忍俊不禁，并感知"字如其人"之所言不虚。

第一片段：作为一代书法大师，苏轼对自己作品并不怎么珍惜，但又绝不能强求他书写。曾有人索求其题字，结果自讨没趣，被板着脸的东坡数落了一顿，一个字也没给他写。

第二片段：山谷回想十年前，他随苏轼参与主持会试而按例禁闭在礼部考事司。每天见到子瞻先生不停地在书写，不论是好的澄心纸还是质地差的纹纸，铺上办公桌就随兴书写，直到纸张写完才作罢。

第三片段：东坡喜好饮酒，但量小易醉，喝过四五杯即烂醉如泥，醉则不择场地，倒地便睡，而后鼾声如雷。不一会儿，他老人家醒过来，又拿起笔墨，快如风雨般地挥毫泼墨，哪怕是随意写些戏谑之言，亦是妙趣横生，不由人不感叹：非凡人所为，真神仙中人呀！如此，当世的书法大家哪能与他一争高下呢？

浏览过上述以书法为链条连动的三个片段，方知跋文的第一段巧借东坡"不惜书"为噱头，先入为主地描写其人其事和其与众不同的生活习性。这种别开生面的叙述方式，有点类似现代轻歌剧的序曲，正剧登场之前，简要推介戏剧主角、烘托诙谐轻松的氛围和起到引导观众入戏的作用。第二片段才回归正题，对苏轼书艺简明扼要地做出鉴赏评价。同为书法大家的山谷，以行家的眼光道出了东坡书作不同凡响的两大特色：一是天然自工而笔圆韵胜；二是温润如玉而无一点俗气。通过与当世名家的横向比照，指出前述东坡书法的两大特色，正是当世一些书家有所欠缺之处，尽管他们刻意临摹学习古人，并且各有所长，但在尚意和重韵方面，尚不能与东坡先生相提并论。可谓之，苏轼书法博采众长，崇尚自然，追求出新，兼容当世所谓"四子"之风格变化，这更是其他书家所望尘莫及的。

从山谷留下的落款可知，此跋写于宋徽宗建中靖国元年乙巳，即公元一一〇一年的五月。当时的大致情景是：山谷与两位友人以及三弟叔向、儿子黄相同乘一船在荆南沙市河段游览，有人拿来一副东坡书法请山谷品评鉴赏。睹物而思人，黄庭坚深情地忆起以前在京师与苏轼亲密相处的时日，给大家讲述了一些与书法有关的趣事，最后在东坡书作册页上题写了此一传世跋文。

黄庭坚是苏门大弟子和赫赫有名的"苏门四学士"之一，书法列名"苏黄米蔡"宋四家，又与苏轼有着亦师亦友的真挚情谊，可说是"深知东坡其人"和"深识其书者"。他对东坡书法艺术的鉴赏品评，与对其人、其习性的深刻了解是合二为一的。所以，跋文既刻意在写人，又间或论字，写人与论字，相互穿插呼应，始终牵连着东坡书法这条主线，从而把一个既是凡人又非凡人的活脱脱的东坡展现在读者的面前。倘若以"凡人"视之，苏轼待人处世似有些不合人之常情，明明自己"极不惜书，然不可乞"，乃至对求其书者"正色诘责"，更有甚者是喝醉酒"不辞谢而就卧"，苏醒后则是"落笔如风雨"，挥写出往往是惊人的"神品"。若说"非凡人"，他又有着许多普通人的生活情态，比如说提笔写字"纸不择精粗"，能书写即可；还有量小而好饮，又不能自控，故饮少辄醉，醉则随地而卧，卧则鼾声如雷，即便天王老子来了，也难奈我"醉里乾坤大，壶中日月长"。如此既是凡人又非凡人的情状，也正是东坡为人纯真、随性、豁达的可爱之处，难怪山谷叹服其"真神仙中人"！

在略带调侃的几个细微处，山谷将苏轼不拘小节的书写情状、豪放不羁的饮酒之风和诙谐洒脱的习性巧妙地串联起来，展示了东坡书法创作中鲜为人知的"醉书"风范。据南宋曾敏行《独醒杂志》中所载：有一次，东坡、山谷师徒酒酣耳热之后，互相调侃起彼此的书法。师傅说："黄九，你的字虽劲爽可观，但有时笔锋偏清瘦，犹如树梢挂蛇。"弟子当即反唇相讥回应道："大苏的字名满天下，但有时酒醉后用墨偏重，就像石压蛤蟆。"二人言毕，不禁会心大笑。因为苏字结体丰腴，石头压着蛤蟆的比喻的确形象生动；而黄字笔锋瘦长，所谓"树梢挂蛇"更是一针见血。古往今来，品评东坡书法者甚多，亦不乏宏篇阔论，像山谷这样言简意赅，既生动贴切又直指其美中不足的，却是少之又少或非常罕见的，可以说是"知师者莫如弟子"。

通常为书法题跋者，多半只看重书家的大节与技艺，对生活琐事则不屑涉笔。山谷此跋在书法史上之可贵，就在于从易为人所忽视的生活琐事入手，并紧扣住"醉书"来展示东坡与众不同之处。东坡天性好酒，但量小易醉，趁着半醉半醒之态挥毫泼墨，写出的字往往独具神乎其神之个中真味，事后即便本人亦难以复制，这即是所谓"醉书"。此跋以山谷亲眼之所见，记述了东坡的醉、醒以及乘兴醉写之书艺。一方面表现了苏轼率真、俏皮和随心之习性；另一方面准确捕捉到了其落笔如风的醉书之态。对于醉书，苏轼曾说：醒后无论怎样挥写，总不及醉中所作那样好。众所周知，苏轼的《黄州寒食帖》被后世称为天下第三行书和宋代行书最高水准的代表作。黄庭坚亦曾在该帖上留跋认为："试使东坡复为之，未必及此。"意思是即便让东坡自己将《寒食帖》重新书写一遍，未必还能写出如此绝妙神品。由此推知，醉书往往是书者酒后一时的即兴发挥，实乃可遇不可求之事。两宋之后，书史上号称能"醉书"者不乏其人，但再无堪与东坡才情双绝相比肩之后来者。

总而言之，黄庭坚为乃师作此题跋，既有对苏轼书法的鉴赏，亦有对其为人的倾慕。读过此篇不同凡响的跋文，可让人加深对东坡书法技艺和独特个性的了解，可谓观其书，识其性，如见其人。后来清代学者陈澧读过此跋后，曾感叹道："读此数过，如亲见东坡。"林语堂先生亦曾在其《苏东坡传·序》中说："像苏东坡这样富有创造力，这样守正不阿，这样放任不羁，这样令人万分倾倒又望尘莫及的高士，有他的作品摆在书架上，就令人觉得有了丰富的精神食粮。"对此，笔者也想补上几句：身为男儿，工作之余，一边喝点小酒；一边欣赏坡仙醉书或一两篇诗词，哪怕未读透其高超技艺和真性情，亦算是经历了一回"人间有味是清欢"之体验，从而感悟到苏东坡不只是一个千年不遇的历史文化奇才，而且还是一位可以穿越千年时空与之相亲相近的良师益友。

南浦西山行记

庭坚蒙恩东归，道出南浦①。太守高仲本置酒西山，实与其从事谭处道俱来。西山者，盖郡西渡大壑，梢陟山半，竹柏荟翳之门，水泉潴为大湖，亭榭环之②。有僧舍五区，其都名名曰："勒封院"③。楼观重复，出没烟霏之间，而光影在水，此邦之人岁修禊事于此④。凡夔州一道，东望巫峡，西尽郁鄠，林泉之胜，莫与南浦争长者也⑤。寺僧文照喜事，作东西二堂于茂林修竹之间。仲本以为不奢不陋，冬燠而夏凉，宜游于观也⑥。建中靖国元年二月辛酉⑦，江西黄鲁直题。

注　释

①南浦：古地名，即今重庆市万州区。西山：万州城西的一处山林，今辟为西山公园。

②大壑：大的沟壑。陟（zhì）：登上，攀升。潴（zhū）：积聚，水积聚的地方。

③都名：总的名称。

④邦人：当地人，乡里之人。修禊（xì）：古代一种祭祀活动。通常在一年某个月中的"除"日进行，临水洗濯，借以祈福，消除不祥。

⑤郖䣕：书碑中两字前一字左存右耳偏旁，后一字左马右耳偏旁，搜无此二字，疑为宜宾所属某处地名。

⑥不奢不陋：不奢侈、不简陋。燠（yù）：暖、热。

⑦建中靖国元年：宋徽宗年号，即公元 1101 年。

赏　读

"人过留名，雁过留声。"这句话乃老生常谈。笔者总觉得，对于行万里路、读万卷书的古代名士来说，不妨加上一句"士过留文"。《南浦西山行记》又称《西山碑》或《西山题记》。北宋建中靖国元年二月下旬，谪居巴蜀长达六载的黄庭坚获赦东归，途经南浦（今重庆市万州区）应太守高仲本之邀共游西山，并在官府宴席上即兴写下此篇游记。

作者开头简述游历的缘由后，接着叙写自己对西山地形状貌和山湖林泉的观感。西山因位于万州城西而得名，范围不大，但风景优美。沿一条沟壑蜿蜒的小径拾级而上，抵达半山腰，便见竹林葱茏，古柏参天。前面有一拦蓄山泉而形成的湖泊，环湖林榭台阁，交相辉映。西山有寺庙五座，总称为"勒封院"，香火缭绕，蔚为大观。当地民众每年都来此地举行祭祀活动，以消灾祈福。行文至此，作者感慨道：整个夔州道所辖之地，东起巫峡，西至宜宾，若论林泉之胜和风光之美，还真的没有哪一处可与南浦相比的。此外，寺僧文照乐于积造精舍功德，在茂林修竹之间修建了东、西二座禅堂。高太守认为禅房既不奢侈也不简陋，冬暖而夏凉，亦是一个适合观光的好去处。

从以上译文和解读可知，这是一篇融记事、写景、状物和抒情于一体的游记体小品文，也是一副在实地乘兴挥写的书法经典力作。更为难能可贵的是山谷手迹随即被刻上摩崖碑石，历经近千年岁月变迁和风霜雨雪侵蚀，仍然较完整地保存在滥觞之地，成为万州城西一件不可复制的旷世珍奇。以下仅从观赏文章与书法遗存的角度做两方面延伸解读。

一、西山碑记文辞简净、精练，看似轻描淡写，实则工巧精致。从行文节奏和结构来分析，大致可将全文分为三个层次

第一层次，作者三言两语，即把游历西山并留下墨宝的缘由交代得一清二楚。需补充说一下的是高太守"置酒"之事，显然是宋代版的官府公款接待，不然，太守不会召来谭处道等下属作陪。当是时也，戒酒多年的山谷在谪居巴蜀期间，因治疗风湿病之需而破了酒戒。猜想他在"酒城"戎州豪饮"姚子雪曲"（疑为"五粮液"之前身，见黄庭坚诗《安乐泉颂》）的故事不胫而走，凡夔州一道远近皆知，故州府老大带来几个海量随从来帮衬拼酒，亦是此类"菜管吃够、酒管喝醉"的公宴铺张之常态，反正宾主把酒言欢，三兄四弟，尽兴即可，大可见怪不怪。

第二层次，写作者游历西山的所见所闻。此时的山谷获赦令东归而复官在即，又在戎州刚举办了独生子黄相的婚礼（与蜀中老友、时任江安县令石谅结成儿女亲家）。正所谓人逢喜事精神爽，在众人的簇拥下，山谷兴致勃勃地在西山风景区转悠了一大圈，加上酒入豪肠，顿时意气风发，乘兴挥写，一篇文辞兼书法优美的《西山行记》由此在笔下生成。可以说，叙写西山之游这一段落，尽显作者写景状物的大家功力，亦是此篇游记体文章最精彩的部分。

第三层次，本是全文的收束部分，但除末尾"宜游于观也"一句外，其余几句与前述部分似有些脱节。比如说喜好搞基建的寺僧文照的出镜就有些唐突，且其建在茂林修竹之间的东、西两座精舍，应已包含在前述的"有僧舍五区"之中，似无重复一遍之必要。随后高太守对僧舍所做的"不奢不陋，冬燠而夏凉"评价，亦似与之前所述关联不紧。由是观之，此结尾稍嫌力道不足，未完全起到收束和提振全文的作用。猜想作者或因遇同道而入禅堂参禅礼佛，文照和尚当是全程陪同。事毕，遇上主宾应太守之请而留下墨宝，山谷援翰作文，如对"勒封院"不捎带来上几句"赞语"，似有点挂不住情面。总之，此篇游记如有一"豹尾"作结，当可列入黄庭坚散文小品上乘之作。

二、走进如今的重庆市万州区高笋塘地段，一派车水马龙、人声喧哗和商贸繁荣景象

令人意外的是在通衢之处，竟然有一座红墙绿瓦的三层亭阁横置于街头。甫入亭阁，即见内有一块摩崖石刻古碑立在地面，这即是赫赫有名的《西山碑》。尽管碑文中着力描述过的当年西山优美的风光景致荡然无存，但有近千年历史的《西山碑》能扛住风吹雨打，完好如初地保存在原址不动，不能不说是令人难以想象的一个奇迹。或许正是千百年来巴蜀民众对黄庭坚的推崇和追捧，以及有识之士对它珍视和施予保护，才让它免于劫难，从而让后世的人们有缘观赏到这一文、书俱佳的古代文化遗存。

《西山碑》为摩崖石刻，碑高约一点一八米、宽二点二五米，行书二十一行，一百七十三字。是黄庭坚谪居巴蜀期间留在当地现存的唯一石刻真迹。此碑与山谷之前不久创作的《砥柱铭》《寒山子庞居士诗帖》和之后不久创作的《经伏波神祠诗卷》《松风阁》等连理同枝，均属黄庭坚晚年大字行书代表杰作。《西山碑》绵密贯气，笔力遒劲，点画凝重，撇捺独特，笔笔似自空中荡漾而来，充满行云般的飘移灵动之势，具有鲜明的"黄氏"笔墨技法个性特色。

自从黄庭坚于此留下墨宝并举帆东去后，原本知名度不高的西山即景因文显，文因景传，成为巴山蜀水之间又一处风景名胜之地。两宋以降，至元、明、清，沿江东下或溯流西上而经此的文人骚客，多半会泊船南浦来西山一游，并留下了不少所谓"步涪翁后"之类的题刻。清咸丰七年（1857），长沙府解元出身的冯卓才来此就任沙县知县，对此碑情有独钟，除自身研习临摹外，还将西山碑拓本寄呈其师曾国藩鉴赏。曾大帅见之评价甚高，题写"海内存世，黄书第一"八字予以回复。至光绪十九年（1893），由地方出资建护碑亭，合围露天的碑石于亭内。到民国初年，又将原一层旧亭改建为三层新亭。随着岁月变更，碑亭虽因破损而屡次维修，但基本保持了民国初年的修建格局。到一九二九年，著名书法家刘孟伉寓居万县，见石碑风化日重，字迹脱落，遂搜集早期拓本，集字复刻于梨木，并收存为馆藏范本。

新中国成立以后，当地政府多次拨款修缮与山谷行迹相关的《西山碑》、流杯池等宋代文化遗存，尤其是改革开放以及重庆升格为直辖市以后，不断采取各种措施，加大保护力度。二〇〇〇年，西山碑遗址被列为市级文物保护单位。近年，又先后两次对地面建筑物进行了较大的保护性维修，在碑的四周增加了木质护框和玻璃防腐保护层；亭楼四壁加挂了《黄庭坚年谱》及其书法作品，以供游人驻足浏览。一代文豪黄庭坚当年路过万州留下的《西山碑》，已塑造为一道永久流传的巴渝文化独特景观。

道臻师画墨竹序①

　　墨竹出于近世，不知其所师承。初，吴道子作画，超其师杨惠之②。于山川崖谷、远近形势、虎豹蛇龙，至于虫蛾草木之四时，日月列星风雨水火雷霆之神物，军陈战斗斩馘犇北之象③，运笔作卷，不加丹青，已极形似。故世之精识博物之士，多藏吴生墨本，至俗子乃衒丹青耳④。意墨竹之师，近出于此。

　　往时天章阁待制燕肃，始作生竹，超然免于流俗⑤。近世集贤校理文同，遂能极其变态，其笔墨之运，疑鬼神也⑥。韩退之论张长史喜草书，不治它技。所遇于世，存亡得丧，亡聊不平，有动于心，必发于书；所观于物，千变万化，可喜可愕，必寓于书⑦。故张之书，不可端倪，以此终其身而名后世。与可之于竹，殆犹张之于书也。

　　嘉州石洞讲师道臻，刻意尚行，欲自振于溷浊之波，故以墨竹自名⑧。然臻过与可之门而不入其室，何也？夫吴生之超其师，得之于心也，故无不妙⑨；张长史之不治它技，用智不分也，故能入于神⑩。夫心能不牵于外物，则其天守全，万物森然出于一镜⑪，岂待含墨吮笔槃礴而后为之哉⑫！故余谓臻：欲得妙于笔，当得妙于心。臻问心之妙，而余不能言。有师范道人出于成都六祖，臻可持此往问之⑬。

注 释

①道臻：蜀川嘉州（今四川省乐山市）某寺观讲解经籍的僧师，善画墨竹，生卒年不详。此序作于元符三年（1100），山谷时谪居戎州。

②吴道子（约680—759）：又名道玄，阳翟（今河南省禹州市）人。唐代著名画家，画史上尊为"画圣"。杨惠之：唐代画家、雕塑家。据宋代邓椿《画继》中载："旧说杨惠之与吴道子同师。道子学成，惠之耻于与齐名，转而为塑，皆为天下第一。"山谷此谓惠之为吴道子之师，疑为误记。

③军陈：即军阵，"陈"通"阵"。斩馘（guó）：割下耳朵。古时打仗以割取敌人耳朵计功。犇（bēn）北：奔逃败北。"犇"同"奔"，北即败北。

④衒：即炫耀，"衒"通"炫"。

⑤天章阁待制：宋天圣八年所置官职，通常以他官兼任，掌侍从备顾问。燕肃（961—1040）：字穆之，祖籍青州益都（今山东省青州市），北宋科学家、画家、诗人。师法李成，善画山水寒林、人物和花鸟，在京师太常寺、翰林院作屏风画，多地佛寺悬挂其作壁画，详见《宋史》本传。

⑥集贤校理：官名，掌图书史籍，属中下级文职散官。文同（1018—1079）：字与可，号笑笑居士，梓州永泰县（今四川省绵阳市盐亭县）人。北宋著名画家、诗人，是苏轼从表兄，尤善画竹，有画中"竹圣"之称，开创"湖州竹派"。

⑦张长史：即张旭（685—759？），字伯高，苏州吴县（今江苏省苏州市）人。唐代著名书法家，擅长草书，有"草圣"之称。详见韩退之《送高闲上人序》："往时张旭善草书，不治他技。喜怒窘穷，忧悲愉佚，怨恨思慕酗醉，无聊不平，有动于心，必于草书焉发之。观于物，见山水崖谷，鸟兽虫鱼，草木之花实，日月列星，风雨水火，雷霆霹雳，歌舞战斗，天地万物之变，可喜可愕，一寓于书。故旭之书，变动犹鬼神，不可端倪，以此终其身而名后世。"

⑧刻意尚行：刻意，在思想意识上克制自己；尚行，力求行为高尚。溷（hùn）浊：混乱污浊。

⑨得之于心也，故无不妙：形容功夫到家，心手相应，故做事无碍而合

心顺手。详见唐代张彦远《历代名画记》卷二："或问余曰：'吴生何以不用界笔直尺，而能弯弧挺刃，植柱构梁？'对曰：'守其神，专其一，合造化之功，假吴生之笔，向所谓意存笔先，画尽意在也。'"后来欧阳修所谓"故工之善者，必得于心，应于手，而不可述之也"和苏轼所谓"画竹必先得成竹于胸中"皆为此意。

⑩用智不分也，故能入于神：谓艺术创作保持专注，不受外界干扰而分心，故能入于神化之境。

⑪其天守全：谓得道者虚静之心，方能保全其天性，不为外物所役。据《庄子·天道》："水静犹明，而况精神！圣人之心静乎，天地之鉴也，万物之镜也。"

⑫岂待两句：谓形象已在心中酝酿生成，不必等到用墨落笔。见《庄子·田子方》所载的一个故事：宋元君命画师作画，画师皆舐笔和墨，准备下笔，有一画师后至，不拘礼节，径至馆舍。公使人视之，则解衣般礴而羸（盘腿而裸坐）。君曰：可矣，是真画者也。"此处借用其语。

⑬师范道人：山谷在黔州结识的方外道友。生卒年不详。成都六祖：禅院名，全称为成都中和六祖禅院。

赏　读

国画中的写意墨竹画，作为一种最适宜寄托个体情感的艺术载体，深受众多宋代文士画家的青睐，故此类画卷留传于世者不可胜数。黄庭坚是北宋文坛公认写题画诗的高手和鉴赏字画的行家，由他为方外画师道臻的墨竹画作序，显然既不乏"内行看门道"之真知灼见，又兼有画卷经名家鉴评后的推而广之效应。

作者起笔即直抒己见，认为墨竹画之起始源于李唐。尽管历来对此说有不同看法，乃至存有争议，但山谷还是倾向于写意墨竹画为唐代吴道子肇始之说。其主要依据是吴道子早年曾师从以画竹见长的杨惠之，且青出于蓝而胜于蓝。吴氏作画，凡天地间山水崖谷、鸟兽虫鱼、草木花果、日月星辰、风雨雷电和兵象战阵，等等，不仅尽可挥毫泼墨而摄入造型于画卷，而且形态逼真、灵动和神妙，可谓六法俱全，万象必尽，穷极造化也。故此，世间慧眼识珠之士，竞相收藏吴道子的丹青墨卷，乃至一介俗人也以拥有画圣之笔墨为炫耀。由此推断，写意墨竹画至画圣吴道子始定雏形，故可称其为开山祖师。

山谷记得以往在京师，曾观赏过天章阁待制燕肃的写生竹画，其技法高超出众而不落于流俗；后来观看集贤校理文同画竹之千姿百态，其笔墨变化如鬼神之灵动，更是妙不可言。由此联想到韩愈评论张旭书法，说其擅长草书而不涉其他技艺，面对所遇世态之存亡得失与无以聊生之不平，每每有动于心，就一定会借助草书表露出来。世间事物错综复杂，千变万化，或喜或惊，均寄寓在其挥毫泼墨之中。所以张旭的书风飘逸，难以捉摸，他的草书终身如此，并因此而扬名于后世。所以说，文与可画竹之"成竹在胸"，与张旭作草书"机应于心"之心灵感应是相通的。

蜀中嘉州石洞的道臻禅师，大道尚行，潜心笃志，欲在平淡中起波澜，以其独具匠心的墨竹画自立名号。道臻曾过"竹圣"文同之门而不入其室，因何之故呢？恰如吴道子作画超出其师，得之于自悟而心手相应，所以能心无旁骛地入神妙之境；张旭专心作书而不治他技，免于分心走神，所以能成为一代"草圣"。二者异体而同工，说明书与画作为姐妹艺术，画道得可通于书，书道得可通于画。对书画艺术家而言，只有专注于一心而不受外物牵累，方能保持其纯真天性，尽管万物繁生而变化无穷，仍可心如明镜而透视其状，难道还需含墨润笔、盘腿而坐地去苦思冥想吗？所以，山谷曾对道臻说，欲洞悉笔墨的奥秘，当对其奥妙了然于心。道臻反问何为艺术的奥妙？或许这个问题过于深奥，作者也一时说不清道不明，不过，山谷说他曾有幸结识成都六祖禅院的师范道人，并提议道臻尽可带着这个问题前去向此位高僧讨教。

山谷这篇为方外道友所作的画序，并未如常对道臻之画技及其画作，以专家视角予以鉴赏和评价，相反，几乎通篇都在探讨相关画论、评述几位唐宋书画大家的师法源流和对其各自艺术特点做分析比较，尽管此序文字不长，但其蕴含与外溢信息量远比文本要大，归拢起来可衍生出以下几个相关话题。

一、所谓墨竹画，即用毛笔蘸墨画竹子

早在魏晋南北朝时期就不乏画家涉笔，至隋唐墨竹画已然流行，但发展到宋代才成为独立的画科，并逐渐形成"不拘形似，以形写神，力求气韵生动"之写意技法和风格。当然，有关写意墨竹画之起始，说法不一。在黄庭坚"始于唐代吴道子"的说法之前，还有一广为人知的传说："相传后唐大将郭崇韬伐蜀掠得才女李夫人而归。因李氏非所情愿，故终日寡欢，月夕独坐南轩，对影感怀，见竹影徘徊于窗纸上，即援笔墨摹画下来。至明日视之，生意具足，时人往往效之，遂有墨竹。"（详见元代夏文彦《图绘宝荐》之记述）

对于上述墨竹画始自五代李夫人之说，两宋以降，就有不少画家提出质疑。不过，晚唐至五代期间，有张立、李颇、徐熙等擅长作墨竹画并留下不少精品画卷，则是毋庸置疑和不争的事实。故此，山谷经过分析、对比与综合诸家之说，指出吴道子"不加丹青已极形似"，实则是墨竹画之肇始的说法，基本上还是靠谱和可信的，理由有二。

其一，鉴于水墨画与书法同为蘸墨在纸张上书写的特性，自古就有"书画同源"之说。表现在创作上，书法用笔用墨的提按、勾连、铺毫、收锋，乃至点画结构、行次章法和运笔手腕力道的轻重，以及与之相关的浓淡、勾勒、皴染、留白等，均与绘画诸多运笔技巧与画法有着相同相近及相互借鉴之处。黄庭坚既是一代书法大家，又是公认的品画行家，对此当有深切的体会和领悟。所以，他对墨竹画的师承与源流的认知，绝非是主观凭空推断，而是从实践中体悟获得的真知灼见。

其二，山谷一生与竹结下不解之缘，尤其对写意墨竹画情有独钟，可谓是最知竹性和善品墨竹的行家。他不仅写过多达七十余首涉"竹"的诗词，还与当时擅长画竹的一众丹青高手——苏轼、李公麟、文同、黄斌老、刘仲明等相交颇深。闲暇之时，彼此常聚集在一起吟诗、作书、绘画，探讨书画艺术源流。所以，山谷认定吴道子为墨竹画的创始者，当是综合了诸多画家的看法，并通过自己多年研究得出的结论。

二、黄庭坚序文中将绘画与书法艺术相提并论，并列举北宋画家燕肃、文与可之画来与唐代张旭之书作比较分析，实则不经意间涉及了"书与画异体而同源"的话题

有关书画同源之说，古已有之。唐代张彦远即明确提出了"书画同体而未分"之论。(《历代名画记·叙画之源流》)到了北宋，随着文人画的兴盛，书与画在笔墨运用上具有共同的规律性得以充分发掘，二者源头相同相通和联系密切已成为书画家们的共识。在山谷看来，燕肃写生竹画之"超然免于流俗"，文同墨竹画其笔墨之"极其变态"，与张旭草书笔墨技法是类同和相通的。张旭草书之"削繁就简"技法，与燕、文二人写意墨竹之"笔省意存"画法几无差别，所以说，书法之"意在笔先"与绘画之"胸有成竹"同为一理，即"与可之于竹，殆犹张之于书也"。

序文中还提到，韩愈在《送高闲上人序》中评论张旭："善草书，不治他技……有动于心，必于草书焉发之观于物……，天地事物之变，可喜可愕，一寓于书"，意在阐明书与画在相同的情境下，凡莽莽天宇，恢恢地表，一切有形有影、有声有色之万象，既是书法家予取予求的依据，也是画家取之不尽、用之不竭的创作源泉。而所谓"有动于心，必发于书"，意思是说人生天地间，不免有七情六欲，亦不免遇到世间不平之事，不平则鸣，既是物的天性流露，也是人的情感使然。对于书画家而言，不平情感之流在心中悄然涌动，就一定会经意或不经意地在书画作品中抒发与表露出来。故张旭之"有动于心"，就"必于草书焉发之"，即通过书法将心之所动转化为鲜活的人生写照，创作出有"心"之墨和合"心"之卷。凡此种种，均表明书与画二者技法相通，具有相同的工具、意趣和神髓，均是释放和传播文人笔墨精神的绝佳艺术载体。

三、此篇画序虽不足五百字，但持论有据，含义隽永，内蕴丰富

全文大体可分为三个层次。前两个层次简要探讨了墨竹画的源流，谈到了唐代著名画家吴道子与其师杨惠之，继而涉及北宋两位画竹派的代表人物——燕肃与文与可，并反复提到在书法界有"张癫"之称的张旭。到后面的第三层次，才提及被序者——道臻其人。不过，除了扼要介绍其"刻意尚行，欲自振于溷浊之波"之特立独行艺术个性外，作者惜墨如金，对道臻绘画作品与绘画水平如何始终未置一词。由此猜想，山谷引出上述五位书画史上重量级人物与道臻画师相提并论，本身就含有对其绘画水平高度肯定与赞赏之意，故再作置评不免有多余之嫌。

接着山谷临机起意发问，说是道臻"过与可之门而不入其室"是何意？或许鉴于这个问题不易解答，山谷随即给出的自选答案是："吴生之超其师，得之于心也"与"张长史之不治他技，用智不分也"，均表明道臻作画专一不移，更注重师法自然。潜台词意即吴道子、张旭之所以被称誉为"画圣"与"草圣"，关键就在于"用智不分"与不搏二兔，否则，一心二用甚至一心多用，必然为外物所役，难以守正创新而达到艺术的神妙之境。

概言之，竹子属植物禾本科的一个分支，非草非木，却以特有的葱茏姿色，广泛分布和装点着大地。古往今来，其虚心劲节、挺拔向上、雨后勃发、迎霜斗雪和四季常青等品性，素为士大夫推崇、文人骚客偏爱和平民百姓喜好。文士们将竹、梅、兰、菊合尊为"四君子"，又将竹、松、梅并称为"岁寒三友"，吟咏和流传下无数的佳句名篇；书画家们通过挥毫泼墨，以特定的形式画竹于纸张或绢帛之上，赋予情感寄托和精神提炼，并张挂于壁廊雅室，使之成为源于自然、生成于笔墨和高于生活的艺术珍品，进而将写意墨竹画发展成为花鸟画系列的一个独立的画科，成为中国画不可或缺的一个重要组成部分。

根据元代李息斋《竹谱详录》及之后汪之元的《墨竹》、李景黄的《李似山墨竹谱》、诸晟的《青在堂竹谱》和《芥子园画谱》等的记载和综述：墨竹画萌源于唐，起点于宋，盛行于元，光大于明清。北宋的文同、元代的吴镇、明代的夏昶、清代郑燮为不同时代对墨竹画有着重大技法探索、创新和发展的四座高峰。诚然，古往今来，还有诸多以墨竹见长的丹青名家，他们一同探索、开创和奠定了写意墨竹画技法，创作了大批量的墨竹画艺术珍品并传于后世。

至于山谷为之作序的道臻墨竹画技到底如何？惜乎其画作久已散佚而不传于世，后人无法对其画做出准确评价，但从山谷序中所述其人"以墨竹自名""不治他技"和其画"得妙于心"三个特点来看，道臻作为避世隐居的得道高僧，其墨竹画在名家辈出的北宋画苑应属独树一帜地存在，在别出机杼的缁流画派中当占有重要的一席之地。

黔南道中行记①

绍圣二年三月辛亥，次下牢关②，同伯氏元明、巫山尉辛纮尧夫，傍崖寻三游洞③。绕山行竹间二百许步，得僧舍，号大悲院，才有小屋五六间，僧贫甚，不能为客煎茶。过大悲，遵微行高下二里许④，至三游洞。一径栈阁绕山腹，下视深溪悚人⑤；一径穿山腹，黮闇⑥，出洞乃明。洞中略可容百人，有石乳，久乃一滴。中有至处，深二丈余，可立。尝有道人宴居，不耐久而去⑦。

厥壬子，尧夫舟先发不相待，日中乃至虾蟆碚⑧。从舟中望之，颐颔口吻⑨，甚类虾蟆也。予从元明寻泉源入洞中，石气清寒，流泉激激，泉中出石，腰骨若虬龙纠结之状⑩。洞中有崩石，平阔可容数人宴坐也。水流循虾蟆背，垂鼻口间，乃入江耳。泉味亦不极甘，但冷熨人齿⑪，亦其源深来远故耶？壬子之夕宿黄牛峡⑫。

明日癸丑，舟人以豚酒享黄牛神，两舟人饮福皆醉⑬。长年三老请少驻，乃得同元明、尧夫曳杖清樾间，观欧阳文忠公诗及苏子瞻记丁元珍梦中事，观只耳石马⑭。道出神祠背，得石泉，甚壮急。命仆夫运石去沙，泉且清而冽。陆羽《茶经》记黄牛峡茶可饮，因令舟人求之。有媪卖新茶一笼，与草茶无异，山中无好事者故耳⑮。癸丑夕宿鹿角滩下，乱石如囷廪，无复寸土⑯。步乱石间，见尧夫坐石据琴，儿大方侍侧，萧然在事物之外⑰。元明呼酒酌，尧夫随磐石为几案牀座。夜阑，乃见北斗在天中，尧夫为《履霜》《烈女》之曲⑱。已而风激涛波，滩声洶洶，大方抱琴而归。

初，余在峡州，问士大夫夷陵茶，皆云恻涩不可饮[19]；试问小吏，云："唯僧茶味善。"试令求之，得十饼，价甚平也[20]。携至黄牛峡，置风炉清樾间，身候汤，手柟得味。既以享黄牛神，且酌元明、尧夫云："不减江南茶味也。"乃知夷陵士大夫但以貌取之耳，可因人告傅子正也[21]。

注 释

①此篇游记体散章作于绍圣二年（1095），叙写作者赴贬所黔州（今重庆市彭水苗族土家族自治县）、经峡州（今湖北省宜昌市）入三峡的一路所见所闻。

②次：驻扎、宿营。下牢关：在峡州州治夷陵之西。

③元明：黄庭坚长兄黄大临（1041—1105），字元明，号寅庵，能诗善词，曾任萍乡县令。辛纮：字尧夫，生卒年不详，据文意，知其时任巫山县尉。三游洞：南宋陆游《入蜀记》卷六载："洞大如三间屋，有一穴通人过，然阴黑峻险尤可畏……上有刻云：'黄大临、弟庭坚，同辛纮、子大方，绍圣二年三月辛亥来游。'元明，大临字。"

④遵微行：沿着小路走。见《诗经·豳风·七月》："遵彼微行。"

⑤栈阁：即栈道，依山凿孔架木而筑成的道路。悚（sǒng）：惊惧，恐惧。潘岳《射雉赋》："情骇而神悚。"

⑥黮闇（dǎn àn）：昏暗、晦暗。

⑦玄：通"悬"，此谓可以悬垂而入洞中。宴居：闲居、安居。不耐久：坚持不久。

⑧厥壬子：辛亥日的第二天。古时以天干地支计算日月，天干与地支两两相配，如甲子、乙丑等，辛亥之后即是壬子。厥，意为接着、随后。虾蟆碚（bèi）：据《方舆胜览·峡州》载："虾蟆碚在夷陵县之南，凡出蜀者必酌水以瀹茗，陆羽第其品为第四。"

⑨颐颔口吻：据陆游《入蜀记》载："虾蟆在山麓临江，头鼻吻颔绝类，而背脊皮色处尤逼真，造物之巧，有如此者。"

⑩虬龙纠结：此指像有角的虬龙那样缠绕盘曲。

⑪亦不极甘：也不是很甜。冷熨（yùn）人齿：泉水冷得使人牙齿像触冰一样。此指沁冷的感觉很突然，就像突然触碰到发热的熨斗。

⑫黄牛峡：在宜昌以西。据《水经注》卷三十四载：江水又东经黄牛山，下有滩名黄牛滩，南岸重岭叠起，最外高崖间有石如人负刀牵牛，人黑牛黄。

⑬癸丑：为干支之一，顺序为第五十，前一位为壬子。以豚酒享黄牛神：指用小猪与酒来祭黄牛神。豚，小猪。饮福：祭祀完毕，饮供神之酒，谓之受用神之福。

⑭长年三老：此谓年老的船工。长年，船上撑篙者；三老，船后掌舵者。清樾间：清凉的树荫下，樾，树荫。

欧阳文忠公诗及苏子瞻记丁元珍梦中事：特指欧阳修的《黄牛峡祠》诗与苏轼的《书欧阳公黄牛庙诗后》文，当时诗及文皆刻石于庙。丁元珍，名宝臣，字元珍，时为峡州军事判官。苏轼文云："轼尝闻之于公：'予昔以西京留守推官为馆阁校勘，时同年丁宝臣元珍适来京师，梦与予同舟，沂江入一庙中，拜谒堂下，予班元珍下，元珍固辞，予不可。方拜时，神像为起，鞠躬堂上，且使人邀予上，耳语久之。元珍私念神亦如世俗，待馆阁乃尔异礼耶？既出门，见一马只耳。觉而语予，固莫识也。不数日，元珍除峡州判官，已而予贬夷陵令，日与元珍处，不复记前梦矣。一日，与元珍涉峡谒黄牛庙，入门惘然，皆梦中所见。予为县令，固班元珍下；而门外镌石为马，缺一耳。相视大惊，乃留诗庙中，有石马系祠门之句，盖私识其事也。'"

⑮陆羽（733—804）：字鸿渐，号竟陵子，唐朝复州竟陵（今湖北省天门市）人。著有《茶经》，世人称"茶圣"。媪：年老的妇人。好事者：此谓热衷于品茶的人。

⑯鹿角滩：为峡州西北诸滩之一，形似麋鹿之角而得名。囷（qūn）廪：粮仓。

⑰坐石据琴：坐在石头上按着琴。萧然在事物之外：谓萧散闲适，超脱于世事之外。

⑱《履霜》《烈女》：均为古传琴曲的名称。《履霜操》歌周朝的伯奇为后母所虐并逐出家门之事；《烈女》为古乐府辞，歌贞妇殉夫之事。

⑲觕（cū）涩：指味道粗涩。"觕"同"粗"。

⑳十饼：即十块茶饼。宋代将茶压制成饼状，以便运输。价甚平：价格比较公道。

㉑手捼(ér)：用手揉搓。可因人告傅子正：可托人告知傅子正，为之正名。不知傅子正何许人，据文意，当为山谷熟识的友人。

赏 读

北宋绍圣元年（1094）末，刚过知天命之年的黄庭坚，遇上了自己仕宦人生的一道大坎，他被政敌诬以修撰《神宗实录》不实之罪，从朝中的著作佐郎、国史编修贬谪为涪州别驾、黔州安置。翌年初春，他在兄长黄大临的陪伴下，取道汴京南郊的陈留向遥远的巴蜀之地进发。兄弟俩一路由陆路经尉氏、许昌，南下江陵转水路抵峡州，并开启大江上游的三峡之旅。此文以日记体形式，记述了入峡后一段三天的行程，以及沿途所见所闻和闲情野趣。

第一日，黄氏兄弟从头晚歇宿的下牢关出发，与时任巫山县尉的辛纮结伴而行。此日逆水行舟，涉激流、过险滩，进入风光奇险的三峡，一行人眼界大开。他们几番泊船，走走停停，与其说是赶路不如说是趁便观光游览。他们先是上岸走访了贫窘不堪的大悲院及僧舍；然后傍悬崖、行栈道、临深溪，进入幽暗漆黑的三游洞中进行探险似的游览。此洞估摸可容下上百人，有千姿百态的石笋和"久乃一滴"的钟乳石；中间还发现一个洞中之洞，僧人修行住过的痕迹尚存，大概是不耐寂寞而久已离去。

第二日，辛纮乘坐之舟先行出发，彼此约定不必相互等待。山谷乘舟于中午抵近夷陵之南的虾蟆碚，眼见一座极像虾蟆的巨石屹立在江边，有泉水从虾蟆的口鼻间汩汩流出。为探寻泉流源头，山谷与兄长一道进入石洞中，顿觉阴暗森森，寒气袭人；又见潺潺流水，从石腰间淌出，形如虬龙缠绵盘曲之状。大洞中有一崩塌下来的巨石，平阔的石面可供数人闲坐，近观泉水沿着虾蟆背脊流过、从口鼻间垂直落下，最后流入大江之中。歇息一会后，作者掬饮一口清泉，感觉味不太甜，但沁冷得牙齿发颤，犹如突然碰到热熨斗灼了一下。这股泉水冰冷和激荡，或因其源深而流长呀！是夜，一行人就近抵黄牛峡歇宿。

第三日，大伙用猪贡与酒祭拜过黄牛神。船夫们为图吉利都喝了供神酒，多有些醉意。几位年长的篙舵工，向雇主提出稍做停息。于是，黄家兄弟与辛氏父子又离船上岸，策杖穿过山林树荫间，抵黄牛神祠观赏欧阳修《黄牛峡祠》诗碑与苏轼《书欧阳公黄牛庙诗后》碑文，还在门前看到了传说中的只耳石马。一行人走到神祠的后面，见一眼泉水渗石而出，忙命随从移开石头拂去流沙，泉水十分清澈，试手忒沁凉。山谷记得陆羽《茶经》中提到过黄牛峡水佳茶好，遂派船工前去寻购，终于向一老妇买来一笼新茶。此茶外观粗糙与乡野土茶无异，或因当地无人热衷于品茶之故吧？当晚，一行人歇宿鹿角滩下，只见乱石磊磊，形状好似鹿角的江滩上无一点泥土。山谷跿步乱石间，看到辛纮坐石据琴，其子大方侍候在一旁，状如超脱于俗世之外。元明上前相邀尧夫一起饮酒。此时夜阑滩下，北斗悬空，尧夫弹奏了《履霜》《烈女》两首动听而凄婉的古琴名曲。不一会儿，风浪乍起，波涛汹涌，滩声如雷，大方抱着琴与大家一道归还住地。

回想抵峡州之初，我询问当地同僚："夷陵出产的茶叶咋样？"对方说是味道粗涩不好喝。又向门吏打听，道是只有寺庙和尚采制的茶味道不错。于是，托人买了十饼僧茶，价格很公道，一路携带到黄牛峡。大伙在树荫下支起风炉烧水，把茶饼揉碎放入沸水煮开，喝起来味道还真挺好的。元明、尧夫举杯敬过黄牛神，品茶后均认为：一点不输江南名茶之味呀！由此可知，夷陵的同僚不过是凭外貌论茶叶好坏，以后有机会将告诉他们夷陵出好茶，并为之正名。

以上将全文翻译和解读一遍之后，深感此篇"长江三日记"立意新颖，文辞优美，描景状物细致入微，可谓是"身贬黔州入三峡，心沐山水赋华章"，亦可称是山谷散章中尽显大家风范和别具雅致的经典佳构之一，具有以下几点旅途情趣和艺术特点。

一、由于长途跋涉，山谷绍圣元年（1094）底从陈留启程，经三峡抵达贬所黔州，已是第二年的春末

据作者后来在《答洪驹父书》中所说："老夫绍圣以后，始知作文章。"即是说其作文以绍圣元年为转折点，之后较以前有了不同的变化，亦即随着其人生遭际变化他的文风亦发生较大改变，故学界有"山谷入蜀后诗文变前体"一说。与此说相印证，这篇游记一改山谷散文偏于文辞铺陈、好引经据典的旧习，具体来说，有着较之前不同的四个变化。

其一是叙述方式之变，尝试采用日记体形式，记录入峡后历时三天的一段行程。作者以第一人称的视角，将沿途的所见所闻一一道来，带给读者以新颖别致的同步进行时似的感受，仿佛自己也随着作者的行游节奏，在一起晓行夜宿，一同登岸和徒步游历；一起饮清泉、喝美酒和品香茗，乃至一道入洞探险、搏击激流和寻山向水。总之，作者这种沿着行进路线逐日记述的写法，有着如"我"亲临的人际亲和力与艺术感染力。

其二是更注重细节描写，写景状物生动而具体。如写寻三游洞这一段，一行人泊船上岸，逶迤而行，先访大悲院，后入洞中探险游览，把游历过程按时序娓娓道来；游虾蟆碚则是先从舟中望见，再由远及近，渐次递进，讲述了由初入洞感黑暗兼寒气袭人到听潺潺流水、再到出洞掬饮清泉的全过程。寥寥几语，即精准描述了涉及视觉、听觉、味觉的"三觉"感受。此外，对沿途奇景的描写细致而生动，尤其是泉水入口沁齿如触熨斗的比喻，十分贴切传神，如非身临其境，难以表达出此等真切的体验。

其三是船过黄牛峡至歇宿鹿角滩的一段，作者悄然变换了叙述手法，有意打乱之前遵循的时空顺序，采用随人而动、移步换景的手法，展示文人士大夫旅行特有的闲情雅趣。既借景生情，又不将"情"点破，并通过环境来烘托人物的神情与活动。此夜歇宿鹿角滩，作者没有说破是与辛氏父子分别的前夜，只是巧妙地将兄弟俩漫步、饮酒、品茶与辛氏父子据石弹琴等一系列活动，放置于乱石成堆的江滩实景环境之中，让人感到与前两日相处氛围有所不同。最后，两曲古琴音交织着江流湍急的声浪铮铮作响，既隐约表达了一行人物内心情感的起伏互动和超然物外的某种气质，又含蓄透露了彼此依依不舍的情状，给人一种琴音绵延而绕"流"不绝的梦幻般的感受，留予人无限想象的空间。

其四是语言清新奇峭、精练雅致。此文与山谷同期的诗词求新、求变相类似，即作者借助了散文在言说方面可随机人与人、情与景互动的独特优势，使笔下的山水描述更为生动鲜活和叙述更加亲切感人。对此，南宋文学大家周必大曾在《跋黄鲁直蜀中诗词》中有评："诗如此，文亦如此，可谓得江山之助也。"意即巴蜀的奇山异水，无形中为山谷赋诗作文助了一臂之力。

二、黄庭坚弱冠即举进士而为官多年，由于向来无视官场"潜规则"，以致其长期沉沦下僚，到了垂暮之年，还摊上"文字狱"而被贬谪巴蜀，走的还是以"难于上青天"闻名的蜀道

依常理而论，黄庭坚"即从巴峡穿巫峡"，当如掬尝"虾蟆碚"之冰泉，齿冷而心寒。然而，山谷与乃师东坡一样，向来就是乐天派，面对人生的坎坷，均不改其抗压的禀性与豁达的襟怀。在溯江而上的三天行程中，山谷似无多少伤离或羁旅之事萦怀，有的多是探奇涉险之亢奋和纵情山水之愉悦。凡此等等，除了随遇而安的品性与禅宗弟子的如法修为使然之外，或许与其一路有亲友相随做伴不无关系。以时人加后人的视角来看，山谷此趟"巴蜀之旅"就与三位亲友密切相关，亦即有两位亲友直接同行做伴和一位后辈大文豪间接地如影随形。

第一位，即是一路与黄庭坚结伴同行的辛纮。对于辛纮其人，查无明确的史料记载，猜想因官微人轻或非成名人物，故不知其生卒年月与何方人氏，只是从山谷行记中知其时任巫山县尉，随行的儿子名大方。联系上下文来推想：可能是辛县尉在上任途中，与相向而行的黄氏兄弟不期而遇，彼此虽是萍水相逢，却是意趣相投，一路走着走着，渐从陌生的同路人变成了相知称心的朋友。

进入三峡逆水而上这一段，双方各租了一条江船搭伴而行。他们一路晓行夜宿，且行且游，上岸即结伴游览，泊船则对船共眠。过了黄牛峡，眼看已抵近巫山县境，想到明日彼此将分手作别，自是别有一番滋味在心头。当晚歇宿在鹿角滩下，在对酒饮茶的场景中，一曲情意缠绵的琴音交织着江水激荡声，在夜空中訇然作响，空谷回声而久之不散，不仅将这一段难忘的旅行推向了高潮，同时也借助忧伤的琴曲而暗喻彼此依依不舍的别离之情。

第二位，是作者的长兄黄大临。山谷在文中称其为"伯氏元明"，是以儿子黄相的口吻称呼兄长，以示对年长四岁的大哥特别敬重。因父亲黄庶英年早逝，忠厚老成的家中长子黄大临实际上未及弱冠就成了双井黄家的当家人。为操持一大家事务，中过举人的黄大临放弃了进士科考，直到众弟妹陆续成年之后，他才在年近不惑以官宦子弟兼举人的身份荫补了官职。

到了宋哲宗绍圣元年（1094），得知二弟鲁直被贬谪的消息后，黄大临不惜辞去越州司理的任职。先是千里迢迢从老家赶到陈留，而后又决意不辞万里相送二弟前往黔州。尽管山谷此文仅记述了由西陵峡至巫峡这一段行程，实际上兄弟俩是过千山而涉万水、历经千辛万苦才到达目的地——黔州。在大江上游生僻之地，黄大临又担心二弟难耐寂寞，特在此陪住有半年之久，直到他们的四弟叔达护送山谷妻儿前来团聚，黄大临才稍稍放心地离去。

人言"长兄如父"，从黄大临不辞辛劳"万里送弟"之举可略见一斑。

说起黄大临其人，不只是忠厚悌达，亦能诗擅文，尤以善词见长，《全宋词》录存其词三首。到崇宁四年（1105），黄大临又亲赴广西宜州探望过被羁管的二弟不久，即于萍乡知县任上致仕归田。不久后，在家乡闻知山谷客死宜州噩耗，竟悲伤病倒而与二弟在同一年而终。苏轼《狱中寄子由》中"与君世世为兄弟，更结人间未了因"的名句，亦当是黄氏兄弟感天动地手足之情的生动写照。

第三位，难以想到的是南宋大诗人陆游。因山谷与陆游非同时期之人，本不易交集，但冥冥之中偏生情愫，让二人穿越时空而屡屡发生间接联系。归拢零星史料可剪辑出以下几个小片段。

其一是陆游早年学诗，曾深受黄庭坚的诗风影响，他的入门老师正是"江西诗派"诗人曾几和吕本中，故陆游自谓与山谷道人早有某种契合神交。

其二是据陆游《家世旧闻》记述："黄鲁直以史事拘于陈留……，虽亲戚不敢与通，公（唐之问）独自京师驰至陈留谒之。比鲁直谪命下，公又调护其行，至衣袜茵被，皆出公家。"这一记述讲的是当初山谷获罪从陈留启程，不少京中故旧借故避见，独陆游的外公唐之问赶来送行，并资助了一批日用行李与衣被，令黄氏兄弟称谢不已而深感患难之中见真情。陆游笔记中不止一次赞扬了其外公仗义疏财之举。

其三是到了南宋乾道六年（1170），陆游赴任夔州通判，取道峡州过三峡时，特意重走了一段黄庭坚相同的入峡路线，并受山谷《黔南道中行记》的启发，采用日记体笔法写下著名的长篇游记《入蜀记》六卷，其中记录其亲眼看到的黄庭坚之行的题字与石刻留名就有三处之多。

其四是此行八年之后，黄庭坚再陷"文字狱"而第二次被贬谪，最后客死在其人生旅途的终点站——广西宜州。有关"山谷之死"，《宋史》、地方志、时人以及南宋文人的笔记多有记述，但具体情形各有说法，莫衷一是。经综合比较分析，应是陆游《老学庵笔记》卷三（文见《题自书卷后》）的记载最为真实和经得起推敲，历来被认为是最权威可信的说法。

家 诚

　　某自丱角读书及有知识①，迄今四十年。时态历观，谛见润屋封君②，巨姓豪右，衣冠世族，金珠满堂③，不数年间复过之，特见废田不耕，空囷不给④。又数年复见之，有缧绁于公庭者，有荷担而倦于行路者⑤，问之曰："君家曩时蕃衍盛大⑥，何贫贱如是之速耶？"有应于予者曰："嗟乎！吾高祖起自忧勤，噍类数口⑦，叔兄慈惠，弟侄恭顺，为人子者告其母曰：'无以小财为争，无以小事为仇，使我兄叔之和也。'为人夫者告其妻曰：'无以猜忌为心，无以有无为怀，使我弟侄之和也。'"于是共厄而食，共堂而燕，共库而泉，共廪而粟⑧。寒而衣，其幣同也⑨；出而游，其车同也。下奉以义，上奉以仁。众母如一母，众儿如一儿。无尔我之辩，无多寡之嫌，无思贪之欲，无横费之财⑩。仓箱共目而敛之，金帛共力而收之，故官私皆治，富贵两崇⑪。追其子孙蕃息，姒娣众多，内言多忌⑫，人我意殊，礼义消衰，诗书罕闻，人面狼心，星分瓜剖⑬。处私室则包羞自食，遇识者则强曰同宗⑭，父无争子而陷于不义，夫无贤妇而陷于不仁⑮，所志者小而所失者大，至于危坐孤立，患害不相维持，此其所以速于苦也⑯。

　　某闻而泣之，家之不齐遂至如是之甚！可志此以为吾族之鉴，因为常语以劝焉。吾子其听否？昔先献以子弟喻芝兰玉树生于阶庭者⑰，欲其质之美也；又谓之龙驹鸿鹄者⑱，欲其才之俊也。质既美矣，光耀我族；才既俊矣，荣显我家。岂宜偷取自安而忘家族之庇乎！汉有兄弟焉，将别也，庭木为之枯；将合也，庭木为之荣[19]。则人心之所合者，神灵之所佑也。晋有叔侄焉，无间者为北阮之富，好忌者为南阮之贫[20]。则人意之所和者，阴阳之所赞也。大唐之间，义族尤盛，张氏九世同居，至天子访焉，赐帛以为庆[21]。高氏七世不分，朝庭嘉之，以族闾为表[22]。李氏子孙百余众，服食、器用、童仆无所异，黄巢禄山大盗，横行天下，残灭人家，独不劫李氏，云"不犯义门"也[23]。此见孝慈之盛，外侮所不能欺。

虽然，古人之陈迹而已，吾子不可谓今世无其人。德安王兵部义聚百余年，至五世，诸母新寡，弟侄谋析财而与之，俾营别居[24]。诸母曰："吾之子幼，未有知识，吾所倚赖犹子、伯伯、叔叔也，不愿他业，待吾子得训经意如礼数足矣。"其后侄子官至兵部侍郎，诸母授金冠章帔，人皆曰："诸母其先知乎，有助耶？"鄂之咸宁有陈子高者，有腴田五千，其兄之田止一千，子高爱其兄之贤，愿合户而同之[25]。人曰："以五千膏腴就贫兄，不亦卑乎？"子高曰："吾一身尔，何用五千？人生饱暖之外，骨肉交欢而已。"其后兄子登第，官至太中大夫，举家受荫。人始曰："子高心地洁，而预知兄子之荣也。"

然此亦为人之所易为者。吾子欲知其难为者，愿悉以告。昔邓攸遭危厄之时，负其子侄而逃之，度不两全，则托子于人而抱其侄也[26]。李充贫困之际，昆季无资，其妻求异，遂弃其妻曰："无伤我同胞之恩！"人之遭贫遇害，尚能如此，况处富盛乎[27]？

然此予闻见之远者，恐未可以信人，又当告以耳目之尤近者。吾族居双井四世矣，未闻公家之追负，私用之不给。帛栗盈储，金朱继荣，大抵礼义之所积，无分异之费也。其后妇言是听，人心不坚，无胜已之交，信小人之党，骨肉不顾，酒蔹是从，乃至苟营自私，偷取目前之逸，恣纵口体，而忘远大之计[28]。居湖坊者，不二世而绝；居东阳者，不二世而贫[29]。其或天欤？亦人之不幸欤？吾子力道闻学[30]，执书策以见古人之遗训，观时利害，无待老夫之言矣。夫古人之气概风范，岂止髦髯耶？愿以吾言敷而告之[31]，吾族敦睦当自吾子起。若夫子孙荣昌，世继无穷之美[32]，则吾言岂非小补哉！因志之曰：家诫。时绍圣元年八月日书。

注　释

①丱（guàn）角：古时儿童束发成两角之状。

②时态：时局态势。谛见：仔细观察。润屋封君：房屋华丽，领受封邑。

③巨姓豪右：大姓乡绅。衣冠世族：衣冠，此指正装的官绅；世族，世代显贵的家族。

④空囷（qūn）不给：粮仓空虚，不丰足。囷，古时一种圆形的粮仓。

⑤缧绁（léi xiè）：缚犯人的绳索。公庭：泛指官府衙门。

⑥曩（nǎng）时：从前，往日。蕃衍盛大：繁衍众多，人丁兴旺。

⑦噍（jiào）类：指活着的人，"噍"通"嚼"，意为能吃饭者。

⑧卮（zhī）：古同"卮"，盛酒器皿。燕：古通"宴"，宴会。泉：此通"钱"。廪（lǐn）：粮仓。

⑨币（bì）：缯帛，此指衣料。

⑩横费：肆意挥霍。

⑪崇：本义为高，此引申为增长。

⑫内言：指妇女在闺房中所说的话。

⑬人面狼心：人的面容，野兽的心。星分瓜剖：此谓家庭分崩离析。星分，按天上星宿划分地上的区域；瓜剖，破开的瓜果。

⑭包羞：心怀羞耻靠己力养活自己。遇识者则强曰同宗：谓家人在外勉强承认为同宗，意即在家则各生异心。

⑮争子：能规谏父母的儿子，"争"通"诤"，规谏。见《孝经》："父有争子，则身不陷于不义。"贤妇：能劝谕丈夫的妻子。

⑯此其所以速于苦也：这就是导致家族快速败坏的苦果啊。

⑰先猷（yóu）：先辈、前贤。芝兰玉树：喻才能优秀子弟。见《世说新语·言语》："谢太傅问诸子侄：'子弟亦何预人事，而正欲使其佳？'诸人莫有言者。车骑答曰：'譬如芝兰玉树，欲使其生于阶庭耳。'"

⑱龙驹鸿鹄：龙驹，骏马；鸿鹄，天鹅，二者均比喻杰出人才。

⑲汉有五句：引自吴均《续齐谐记》："京兆田真兄弟三人，共议分财。

生资皆平均，唯堂前一株紫荆树，共议欲破三片。明日就截之，其树即枯死，状如火燃。真往见之，大惊，谓诸弟曰：'树木同株，闻将分析，所以憔悴，是人不知木也。'因悲不胜，不复解树，树应声荣茂。兄弟相感，合财宝，遂为孝门。"

⑳晋有三句：见《世说新语·任诞》："阮仲容、步兵居道南，诸阮居道北。北阮皆富，南阮贫。"

㉑张氏三句：见《旧唐书·孝友传》："郓州寿张人张公艺，九代同居。……贞观中特敕吏加旌表。麟德中，高宗有事泰山，路过郓州，亲幸其宅，问其义由。其人请纸笔，但书百余'忍'字。高宗为之流涕，赐以缣帛。"

㉒高氏三句：谓高姓家族七世不分居，官府立牌坊、赐匾额，予以表彰。见《新唐书·高崇文传》："其先自渤海徙幽州，七世不异居，开元中，再表其闾。"

㉓李氏七句：山谷文中所述与史书所记稍有不同。山谷文中称李氏之事发生在唐代黄巢起义、安禄山之乱期间，当为笔误；旧唐书所载明确指发生在隋末农民起义之乱期间。见《旧唐书·孝友传》："李知本，赵州元氏人……事亲至孝，与弟知隐甚称雍睦。子孙百余口，财物童仆，纤毫无间。隋末，盗贼过其间而不入，因相诫曰：'无犯义门。'同时避难者五百余家，皆赖而获免。"

㉔德安王兵部五句：王兵部，兵部侍郎的简称，山谷讲述的是发生在当时江西德安的一位王姓官员家里的故事，其本人及家庭情况均不详。其中诸母，是对同宗伯叔母的通称。

㉕鄂之咸宁五句：讲的是当时的湖北咸宁有一个叫陈子高的人，家有田地五千亩，他哥哥只有一千亩，子高钦服他哥哥的贤德，不分贫富，愿意合为一家共同享有这些田地。后来他哥哥的儿子考中科举，官至太中大夫，全家人受到了庇荫。

㉖昔邓攸四句：见《世说新语·德行》："邓攸始避难，于道中弃己子，全弟子。"又见刘孝标注引王引《晋书》："攸以路远，斫坏车，以牛马负妻子以叛，贼又掠其牛马。攸语妻曰：'吾弟早亡，唯有遗民。今当步走，担两儿尽死，不如弃己儿，抱遗民。吾后犹当有儿。'妇从之。"

㉗李充八句：见《晋书》本传，李充，字弘度，江夏郡钟武县（今湖北省安陆市）人，生卒年不详，山谷文中所述"李氏兄弟不愿分家而弃其妻之事"，不知出自何处？

㉘吾族居双井四世以下所述：谓黄氏自高祖黄瞻从婺州迁居洪州双井分宁而后历经四代的大致情况。见山谷《叔父给事行状》："黄氏本婺州金华人，公高祖忌讳瞻，当李（南唐）时来游江南，以策干中主，不能用，授著作佐郎、知分宁县，解官去游湘中。久之，念藏器以待时，无兵革之忧，莫如分宁，遂以安舆奉二亲来居分宁，因葬焉。"

其中文句"未闻公家之追负"：指没有被官方追索亏欠。无胜己之交：即《论语·学而》中"无友不如己者"，意谓不怨胜过自己的人。酒胾（zì）：美酒和大块的肉。

㉙居湖坊者四句：指分宁黄氏分迁湖南长沙湖坊的一支。见山谷《与黄颜徒书》："旧闻先君绪言长沙一族，初亦零替。"居东阳者：谓黄氏世居东阳（今浙江金华）的一支，即迁分宁一支的祖籍。

㉚力道闻学：致力于求教问学。

㉛观时利害：观察时局的利益与危害。髣髴（fǎng fú）：即仿佛、好像。敷：铺陈、陈述。

㉜世继：世代相承。

赏　读

或许是出于书法名家吝惜笔墨的习性，黄庭坚一向不轻易撰写文字偏长的散章，像这般洋洋洒洒、落笔逾千言的《家诫》，在山谷传世文集中是较为鲜见的。故此，为避免所述过长，本篇赏读不按常例做逐字逐句的古文今译，而主要着重对文中所提及的有关家族世继、家规家教、家风养成等观点进行解析，探讨黄庭坚《家诫》在中国家训史上应有的重要地位和独特的文化价值，及其"以遗后世"之深刻启迪与重要作用。

山谷撰写《家诫》，显然深受其曾祖父黄中理主持制订的《黄氏家规》的影响。将二者细加对照不难看出，《黄氏家规》二十条所涉及的重孝、礼让、崇文、讲信、修睦等核心内容，在《家诫》中均有较为突出的强调和体现。此外，由文末"时绍圣元年八月日书"的落款可知，此文作于一〇九四年秋。当是时也，山谷年届半百，居母丧期满除服不久、行将北上京城候复官职。回顾此番在老家分宁逗留近三年的时光，有感于家乡风貌和人世的变化，他敏锐察觉到了双井黄氏家族出现了由盛转衰的某些迹象，加上独生子小德年已十岁，按《礼记·曲礼》"人生十年曰幼，学"之说，到了该入学就读的年龄。有鉴于此，山谷依据自己的人生阅历，参照曾祖父黄中理制定的《黄氏家规》，写下了此篇自述加对话体形式的《家诫》。即通过个人经历自述，加上对话问答引出事例，又假借旁人之口，述己之意，对于个人、家庭和家族兴衰做了诸多举例剖析，揭示了出自《左传》中"其兴也勃焉，其亡也忽焉"的警句乃放之家国皆准的存亡至理。归纳全文，大致可划分为三个层次。

第一层次，叙说本人自从儿时入塾学习文化知识，到步入仕途而辗转各地为官，已历四十载。在观之古时、验之当世和参与人事中，耳闻目睹了许多富豪大族、高官厚禄之家当初往往金玉满堂、家大业大，可是不过数年间就变成了"特见废田不耕，空困不给。又数年复见之，有缧绁于公庭者，有荷担而倦于行路者"。究其原因，多半是由于家族成员失和、互藏私心和钩心斗角造成的，并指出家庭的兴盛，大抵"起自忧勤，嗷类数口，叔兄慈惠，弟侄恭顺"之凝心聚力；而家庭的衰败，不外乎是"内言多忌，人我意殊，礼义消衰，诗书罕闻，人面狼心，星分瓜剖"之离心离德。还假借家族破败人员之口，道出了他们当初也是人人发奋努力，家庭成员和睦相处，父慈子孝、兄友弟恭，夫妇相敬如宾，心往一处想、劲往一处使，共同进退。但安宁日久之后，家族枝繁叶盛，子侄、妯娌众多，人们开始安于富贵，耽于享乐，又各怀心事，相互猜忌，于是礼让风尚消减，读书风气不存，且个个图谋私利，舍大家而顾小家，以致父子离心、兄弟离德和夫妇失敬，偌大的家族如云掩星光一般暗淡；像剖开的瓜果一样四分五裂，最终不免落得"危坐孤立，患害不相维持，此其所以速于苦也"的悲剧结局。

第二层次，面对诸多凄惨凋零而不忍直视的家庭悲剧，作者含泪感叹道："家之不齐"危害竟如此大，能导致一个豪门望族像昙花一现似的迅速衰败。为了警示族人，让子孙引以为戒，山谷举例剖析，讲授了自我的人生经验和提出了自己的阅世见解。他认为，祖辈先贤之所以期待子弟如"芝兰玉树"和寄望后代似"龙驹鸿鹄"，就是因为他们懂得居安而思危，懂得只有把子孙后代培养成为"质美才俊"的接班人，才能一代又一代交好接力棒，确保家族事业后继有人，进而"光耀我族"和"荣显我家"。为了讲深讲透古人所谓"君子之泽，五世而斩"的道理，山谷从汉代三兄弟"砍树分家"故事说起，接着谈到晋代阮氏叔侄的"南贫北富"、唐代张氏的"九世同居"、高氏的"七世不分"，以及李氏的"子孙百余众"聚族而居等史上家族长盛不衰的事例，意在告诫后人一个颠扑不破的道理：一个家族"孝慈之盛"，则"外侮所不能欺"，反之，各种内乱纷争不断，必以超乎想象之快而走向衰败。

　　鉴于往者不可追，山谷又简述了发生在本朝的两则事例。其一是说江西德安的王某官员自小失怙，受益于聚居百年、历五世家族的荫庇，一举考中进士，后官至兵部侍郎，不单使宗族叔婶、伯母受到朝廷旌表，还光大了王氏门户。其二是说湖北咸宁有个叫陈子高的人，有良田五千亩，其兄则只有薄田一千亩。子高敬重其兄贤德，甘愿与家兄平分共享这六千亩田地。有人认为子高舍多就少而明显吃亏。子高本人则认为纵有良田六千，吃不过一日三餐；家有万丈高楼，住不过一间房即可。人生除衣食饱暖之外，不过是与亲人和谐相处而共享天伦之乐罢了。此后其兄之子科举入仕，一路官升到太中大夫，全家合族均受到了庇护。人们才说陈子高有先见之明，能预知其兄之子当大富大贵。当然，这种揣测，不过是事后诸葛亮而已。

　　考虑到以上列举的事例，或许有人认为是较易为之事，做到并不算太难。为此，作者又引述了两则公认的难为之事：一则是讲到西晋的邓攸带着儿子与侄子逃避战乱，当时的情势只能保全两个孩子中的一个。面对两难的选择，邓攸把己子寄送给别人，却抱着其侄子躲过了一场突如其来的劫难。另一则是举了《晋书》本传所载的江夏郡人李充之事例。说是当初他在贫穷困顿时，其兄弟想帮助他，却是心有余而力不足。李充之妻因此声言要么与她分手，要么断绝兄弟关系。被逼无奈之下，李充宁可选择放弃妻子，也不愿离散兄弟同胞之情。对于这两个事例，山谷认为，邓、李二人在遭遇祸患、困顿时尚且能如此深明大义，何况他们处在富贵的时候呢？所以说，患难之中方可见深情，危急之中方可看出世道人心啊！

　　第三层次，上述诸多事例毕竟非眼前发生之事，离黄氏族人的现实生活有点遥远，晚辈们也许会有一种疏离感。于是，山谷又以此番居乡三载亲自所见、所闻和所想之事坦陈相告：说是咱们黄氏这一支居住双井至今已是第四代了。从没听说过有官府追缴应纳之费，也不曾有自家用度不足的情况，可谓布帛粮食充盈仓廪；金钱、丹朱应有尽有而显示家族的荣光。无疑这些都是历代先辈殷勤创业、礼义守正积累下来的，加上聚族而居、数代同堂，不曾有家中一而再、再而三之分家的耗费。不过，居安日久之后，出现了有的家族主事者听信妇人挑唆、自己又缺失主见的问题。他们由于未结交到才智胜己的朋友，故易惑于小人偏袒之言，不顾及亲人的感受，开始追求生活享受，向往花天酒地的生活，以致"苟营自私，偷取目前之安逸，恣纵口体，而忘远大之计"。凡此等等，可供吸取的教训就在身前不远。我曾听家严说过，咱们老黄家迁居长沙湖坊的那一支不到两代就断代了；留居祖籍金华东阳的一支则是不到两代就贫穷了，这难道仅仅是天意难违？不是人非所为导致的吗？慨叹之余，山谷寄望黄氏后人，特别是告诫其子黄相，理当尽心领悟道义，勤勉多思，捧着典籍来阅读古人的遗训，观察时局以明利害得失，如此，就不用待我再赘言了。古人的气概风范，远不止我所说的这样一个梗概呀？希望将我之所言广之于众，吾族的亲善和睦当从尔辈接续做起，以至子孙繁荣昌盛，世代传承而无穷无尽。为传示吾儿，并对家族和睦有所助益，特写下这些并非多余的话，并命名为《家诫》。

　　经上述约略解析可感知，黄庭坚这篇《家诫》与史上诸多分条目、分类别式的家训不同，它打破常规，叙述角度新颖，没有家史的纵论，也没有过多地引经据典，更没有危言耸听而训诫一二；有的只是通过自身人生阅历的经验总结和观察领悟，有的放矢地道出了家族盛衰之原委，并通过列举诸多正反两面事例来阐明家族的兴衰成败，往往不是某一个成员个体作用力所能致，而是与家族能否具有凝聚力，以及每一个成员能否具有向心力息息相关。为此，山谷从自身四十年的人生经历所见、所闻讲起，中间以假设性的主客对话穿插编排，依次引出古今、远近正反两方面的例证，然后告诫黄氏家族子孙一定要处理好家族内部错综复杂的人际关系，人人为家族的敦睦团结与长盛不衰尽心竭力。全篇可谓一气贯注，排比迭出，其中不乏良言金句，诸如"无以小财为争，无以小事为仇""质既美矣，光耀我族；才既俊矣，荣显我家""人生饱暖之外，骨肉交欢而已"等等，均是风靡一时和至今流传不绝的至理名言，尽管时过境迁，往事历千年，但从促进对后代的教育、家庭和睦和社会文明进步而言，仍不失其一定的参考与借鉴意义，并留给后世以下几点重要的启示。

第一，读书明理、充实知识和不断提高修养，是奠定家庭和睦、家族兴盛的坚实基石。

山谷十分看重家庭教育，把每一个成员能否坚持终身学习、具有必要的知识储备和不断提高自我修养视作构建和谐家族的基础性工程。因为家庭教育既是人生受知的第一课堂，也是道德养成的原始场所，更是对世代形成的优良家风的传承和守护。就读书学习的重要性而言，尽管全篇着墨不多，但山谷开篇即从"某自卯角读书及有知识"说起，开宗明义，显然是有意识地安排。之后每一层次中的诸如"礼义消衰，诗书罕闻""吾之子幼，未有知识""吾子力道闻学，执书策以见古人之遗训"等等，均从不同的视角和关注点，评述和强调了人人持之不懈地读书学习，提升个人的文化素质和修养，不仅事关个人言谈举止的优雅和体现于人际关系的维系与运用，而且还事关每个成员的幸福、家庭的和睦和家族的兴旺。用今天的话说，就是知识可以改变命运，可以促进家庭和谐与维系家族的长盛不衰。

第二，以诚待人、礼让宽容和讲信修睦，是维系家庭合而不分和聚族而居的必要条件。

对于如何维持一个大家族集众同居、合而不分与持久和睦，山谷总结自己的人生经验认为：家族成员之间相处首先要以诚待人、宽容大度，要做到"无以小财为争，无以小事为仇"，而不能"无以猜忌为心，无以有无为怀"。为此，他列举了史上汉晋唐宋乃至发生于现实中的诸多事例，反复讲明家庭和睦需要家人之间齐心协力、以诚交往而互信无猜，才能营造家族的和谐氛围，形成父慈子孝、姑贤妇听、兄友弟恭、夫和妻柔的良好局面，进而维护家庭、家族的团结与活力，使家族长盛不衰，否则，人人各怀心事、互相算计，甚至挑拨离间、无事生非和人为制造矛盾，势必造成家人离心离德、家庭分化破裂和家族分崩离析的恶果，最终导致难以挽回的破落衰败结局。

第三，家风养正、重孝守道和代际传承接力，是确保家族长盛不衰和世继无穷的重要因素。

至于如何传承家风，山谷除了声称"吾族聚居双井"、耕读传家和历四世不衰的荣耀之外，还特别强调儿孙后辈要勇于担当，继承和发扬家族优良传统，承载起家族绵延不绝的历史责任。他在给子弟的书信中曾经指出："吾侪所以衣冠而仕宦者，岂自今日哉。自高曾以来积累，偶然冲和之气。"所谓"冲和之气"，既包含有其曾祖黄中理制定的《黄氏家训》主要内容，也包含有家族文化的深厚积淀与山谷四十年人生的丰富体验，可以说是双井黄氏祖祖辈辈遗留下来的家风、家学和教子之道的升华。为此，山谷殷切希望其子黄相接过上一代交转的接力棒，使"吾族敦睦当自吾子起"，乃至后继子孙不断发扬光大，进而使黄氏家族"子孙荣昌，世继无穷之美"。

第四，家和则兴、不和则败和以和为贵，是放之四海而皆准的治家至理。

古往今来，依据山谷文意熔铸的"家和万事兴，人贤千秋顺"的对联，不仅衍生的版本多、流传广，而且至今仍屡见不鲜，为人们津津乐道，然而说一千道一万，都可归结扩展为一句话：家和人贤则和和睦睦、子孙荣昌则百业兴旺。山谷在此篇《家诫》中亦做了反复举例和推而论证，诸如"家之不齐，遂至如是之甚也"、家和则"官私皆治、富贵两崇"，"孝慈之盛，外侮所不能欺"乃至寇盗相约"不犯义门"等等，无不是在向儿孙们揭示一个颠扑不破的真理：家和则兴，不和则败。

总之，黄庭坚的《家诫》与一般传统意义上的家训、家诫和家规有所不同，它没有依照内容细分条目，也没有对黄氏家族史探求本源，更没有劝阻似的训导后辈。像这样以自身丰富阅历为叙述缘起，通过讲述和剖析相关历史故事的形式来教导子孙的另类家训，语气平和、形式新颖，显得格外有亲和力和说服力，可与史上著名的颜之推《颜氏家训》、诸葛亮《诫子书》、包拯《家训》等媲美，在中国家训史上理应占有重要的一席之地。

书幽芳亭记①

士之才德盖一国，则曰国士；女之色盖一国，则曰国色；兰之香盖一国，则曰国香。自古人知贵兰，不待楚之逐臣而后贵之也②。兰盖甚似乎君子，生于深山丛薄之中③，不为无人而不芳④，雪霜凌厉而见杀，来岁不改其性也。是所谓遁世无闷，不见是而无闷者也⑤。兰虽含香体洁，平居萧艾不殊，清风过之，其香蔼然⑥，在室满室，在堂满堂，是所谓含章以时发者也⑦。

然兰蕙之才德不同，世罕能别之。予放浪江湖之日久，乃尽知其族性。盖兰似君子，蕙似士，大概山林中十蕙而一兰也⑧。《楚辞》曰："予既滋兰之九畹，又树蕙之百亩。"以是知不独今，楚人贱蕙而贵兰久矣。兰蕙丛生，初不殊也。莳以砂石则茂，沃以汤茗则芳，是所同也。至其发华，一干一华而香有余者兰，一干五七华而香不足者蕙。蕙虽不若兰，其视椒榝则远矣⑨。世论以为国香矣。乃曰："当门不得不锄⑩，"山林之士所以往而不返者耶！

注　释

①此文作于元符二年（1099），当时黄庭坚贬居戎州（四川省宜宾市）。州辖僰道县界有兰山，山中生兰，见《舆地纪胜》。山谷另作有《幽芳亭记》："兰是山中香草，移来方广院中，方广老人作亭，要东行西去，涪翁名曰幽芳。"

②国士：国之豪杰之士。见《战国策·赵策》："知伯以国士遇臣，臣故国士报之。"国香：谓国花，见《左传·宣公三年》："郑文公有贱妾曰燕姞，梦天使与己兰，曰：'余为伯鯈。余，而祖也，以是为而子，以兰有国香，人服媚之如是。'"楚之逐臣：指屈原。

③丛薄：草木丛生处。

④不为无人而不芳：不因生于深林无人赏识而不芳香。见《孔子家语·在厄》："且芝兰生于深林，不以无人而不芳；君子修道立德，不为穷困而改节。"

⑤遯（dùn）世无闷，不见是而无闷。此谓君子避世，乐在其中，故无烦闷，即使不为世人所赞同，也无烦闷。见《易·乾·文言》："子曰：'龙，德而隐者也。不易乎世，不成乎名，遯世无闷；不见是而无闷，乐则行之，忧则违之，确乎其不可拔，潜龙也。'""遯"同"遁"。

⑥平居：平时。萧艾：野生蒿草，味臭，此喻小人。见《离骚》："何昔日之芳草兮，今直为此萧艾也。"霭（ǎi）然：味道密集散发之态。

⑦含章：含美于内。《易·坤·象》："含章可贞，以时发也。"此谓人含文章于内，遇适当之时必发于外。

⑧兰：兰草，通常生水边，叶光润尖长，花红白色而芳香。古人所谓兰多指兰草，非今日常见之兰花。

蕙：有两种：一种可熏除灾邪，故亦名薰草；一种即本文所说的蕙兰。

⑨椒椴（jiāo shā）：椒、椴皆类茱萸，椒有草本、木本之分，木本即俗名的花椒。

⑩当门：有时当权者，见兰挡住门径，不惜将之锄除。见《南史·袁淑传》："种兰忌当门，慌璧莫向楚。楚少别玉人，门非植兰所。"

赏　读

美人之胜于花者，解语也；花之类比美人者，生香也。

屈原创始的楚辞，擅长"芳草美人"的类比手法，即以自然界的某种动植物来类比人的品行。后世仿效者众多，最成功的典范莫过于周敦颐的《爱莲说》。平心而论，黄庭坚此文与濂溪先生彼文相比并不逊色。猜想山谷道人当初写此文，很有可能受到了《爱莲说》的影响或启发（黄庭坚曾与周敦颐长子周寿为吉州同僚，周寿为吉州司法参军，山谷知太和县，两人诗文相交，过从甚密）。对《书幽芳亭记》与《爱莲说》稍加比较，可看出两者的题旨、结构和文风均相似。不过，周文之名动天下，大抵受益于其后来列入了历代蒙学读本乃至中小学教材；黄文之未彰显，或许受碍于由来已久的"山谷擅诗词，文非所长"的偏见。

宋人写诗填词十分讲究起首的气势，作文亦复如是。

此文作者开篇就连用三个类比：国士、国色、国香，几乎将兰花抬升到了国之"花魁"的高度，似乎众香国里舍此别无其他。让人联想到屈原在《离骚》中亦曾抒写植兰、佩兰、赋兰之事，当是最早择兰而居、以兰为友的雅士："余既滋兰之九畹兮，又树蕙之百亩。"不难看出，志向远大而屡遭排挤的屈大夫，是以兰自喻和以兰来象征君子美好的品德。黄庭坚文中也认为兰与君子十分类似："兰盖甚似乎君子。"君子就像兰花，从不吹嘘自己，也不因无人赏识而郁闷；在遭受风雨外力的摧残后，绝不改坚贞不屈的本性。"兰似君子，含章以时发"这句话的精警，与"出淤泥而不染，濯清涟而不妖"确有异曲同工之妙。

更难能可贵的是黄庭坚以自己长期种兰、育兰、观兰和知兰的丰富经验甄别了兰实有香兰、蕙兰之分，并较有说服力地道出了"然兰蕙之才德不同，世罕能别之"的缘由。原来山林中兰、蕙初时交错相生，外观上几无差别，要等到开花时节差异才显现出来。兰一枝开一花香味浓，蕙则一枝开数朵香味淡，大概山林中十蕙而一兰也。物以稀为贵，故香兰似君子，蕙兰似文士。所以，贵兰贱蕙不独当今，自古楚国以来就有之。

宋人写言物小品，多遵循风骚传统，以托物言志，借物抒怀。写此文时，黄庭坚早已过知天命之年，正被贬谪在偏远的蜀地戎州，可谓处在人生的逆境。他以兰之生长来借题发挥，认为人生如兰生，有平常之境和异常之境。在前者，君子尚未成名，无人赏识，要耐得住寂寞；在后者，虽屡遭风吹雨打，终不改其操守。比如自己在被贬谪的逆境中，看似孤苦伤怀，但仍不失本心，有着屈原似的"居庙堂之高则忧其民，处江湖之远则忧其君"之家国情怀。兰心蕙质，其香如故，这是作者人格的写照，是作者心志的自明。

那么，黄庭坚何以对兰情有独钟呢？联系其身世经历，尤其是个人情感遭遇来看：他一生三娶妻室，早年病逝的结发之妻孙兰溪，是他随舅父李常游学淮南时结识的初恋并配为佳偶，孙氏还被朝廷敕封兰溪县君。相传兰溪长得美貌如花，作为大家闺秀，不仅能填诗作对，还有一手兰花刺绣绝活。兰溪是他的梦想情人、他的最爱。可惜天不假年，在山谷高中进士初入仕途不久，爱妻孙兰溪即因病早逝，成为他内心久久挥之不去的伤痛。他曾在亲撰的《黄氏二室墓志铭》中称赞兰溪："能执妇道，其居室相保惠教诲，有迁善改过之美，家人短长，不入庭坚之耳。方是时，庭坚为叶县尉，贫甚，兰溪安之，未尝求素于外家。"后来，无论走哪里，黄庭坚都会在家中庭院、窗台精心种植兰花，呵护兰花，并为后世留下了近二十篇咏兰、涉兰的诗文精品。也正是毕生寄情兰花，有着剪不断、理还乱的爱兰情结，他才会如此熟知兰性，才会对兰观察和认知如此细致入微。

识其习性，黄庭坚堪称是辨别兰、蕙之异同的史上第一人；蕴吾情衷，亦是世不多见的对兰情有独钟而终身不渝的文坛巨擘。

山 预 帖①

当阳张中叔，去年腊月寄山预来②，留荆南久之。四月，余乃到沙头取视之③，萌芽森然，有盈尺者④，意皆可弃。小儿辈请试煮食之，乃大好⑤。盖与发牙小豆同法，物理不可尽如此⑥。今之论人材者，用其所知而轻弃人，可胜叹哉！

注 释

①此帖作于宋建中靖国元年（1101）四五月间，是黄庭坚晚年书法精品，现收藏台北故宫博物院。

山预：山芋，芋头，"预"通"芋"，绿色叶片盾形，叶柄长而肥大，地下根部球茎状，可食用、药用。

②当阳：地名，现为湖北宜昌下辖县级市。张中叔：当阳人氏，山谷友人。

③沙头：沙市，位于湖北省中南部，现为荆州市中心城区。

④森然：像森林一样茂密，此谓山芋发满了芽。

⑤乃大好：味道很好。

⑥物理：事物的道理。

赏 读

北宋建中靖国元年（1101），谪居巴蜀六载的黄庭坚终获放还赦令。他携家自江安乘船东下，抵万州，与当地一班文友寻山向水，畅游名胜，盘桓多日。后辗转至荆南江陵，因生背疽需延医治疗，只好樵泊而暂居沙头。

在此期间，友人张中叔自当阳寄来的一筐山芋，因搁置过久而长满了芋芽，短者逾寸；长者一尺有余。通常认为食物发了芽就不能再吃了，家中孩子们却舍不得扔弃，试着煮熟后尝一尝，竟然别有一番风味。由此可知，山芋发了芽还是可食用的，这与用豆子发豆芽吃是相同的道理。慨乎言之，人们对事物的认知总是有局限的，即所谓"物理不可尽"，在细微处，若不能多加体验深究，就易为事物的表象所误。黄庭坚由此推想到：如今当权者的用人之道，往往是与己亲近而熟识者用之；陌生无交往者则弃之如敝屣，以致造成君主亲小人、远贤能的局面，使选贤授能流于空谈，不能不令人大感叹惜！

此篇小品文随写所感，长话短说，寥寥八十四字，是与后生晚辈聚餐后的即兴书写之作。近乎口语化地叙述，谈不上微言大义和文采斐然，但文中所涉及的两项事情需作以下厘清。

一、此帖所言"山预"，到底为何物？历来有几种不同见解

说是"红薯"者，显然失之无据和时空错乱，因为红薯即番薯，原产地南美洲，约明万历年间才通过南洋吕宋引入中国，黄庭坚所处的北宋时期断不可能有此物。另有不少研究者认为"预"实为"蓣"的通假字，故"山预"当为"山蓣"，亦即俗称的"山药"。属薯蓣科草本植物，别名有淮山、土薯、山薯、玉延，等等。对此一说，笔者亦不敢苟同。据本人考证，黄庭坚帖文中所说的"山预"，当为"山芋"，即俗称的"芋头"。芋头属天南星科多年生宿根性草本植物，常作一年生作物栽培，中国是原产地之一。芋头叶片呈盾形，叶柄长而肥大，大多呈碧绿色。属湿生草本，植株基部形成短缩状球茎，称为"母芋"，富含淀粉、蛋白质等多种营养成分。山芋既是可口的美味佳蔬，又可做中草药药材。《史记》中有载："岷山之下，野有蹲鸱，至死不饥，注云芋也。盖芋魁之状若鸱之蹲坐故也。"

笔者认定山谷帖文中的"山预"即"山芋"，而非众多论者所谓"山蓣"。最有说服力的理由是两者相比较而言：芋头性适湿润，将母芋长久藏于潮湿处极易发芽。芋芽瘦而偏长，烧煮食用口感尚可；而山药适合干爽土壤生长，其杆状根实即便置于潮湿处，也不易发芽。用人工催生的淡白带紫红色的嫩芽，粗而偏短，食之寡味。此外，在山谷的江西修水老家，至今仍沿袭了宋以来在田间地头种植芋头的乡耕习俗。始见于清朝中叶，以"芋头"加薯粉相伴包馅制成、再用竹笼蒸熟的"哨子"，至今仍是修水人逢年过节特有的开味大餐。由此推想，山谷当年遇赦东归，一路游历至荆南，喜见家乡美食置久而发芽，先是不忍弃之，然后是食之而味"乃大好"。一时触景生情，继而乘兴挥写以记之，亦是羁旅怀乡者之正常反应，或者说常有之态。

二、帖文中所谓"今之论人才者"，并非一些学者所言的泛泛而论，而是实指借王安石变法上台执政的新党人士

黄庭坚在此借题发挥，直面熙宁变法最为朝野所诟病的是"用人不当"。山谷回想当初的情形是：王荆公在宋神宗支持下强推新法，因开源聚财之举措多有失当，或者说操之过急，朝中老臣大多持反对意见，导致推行新法几无人可用的窘况。不少奸佞之徒，正是利用王安石的急于求成，假借支持变法而投机钻营，谋取高官厚禄。诸如章惇、蔡卞、蔡京、李定、邓绾之流，人品私德本问题多多，皆因伪装成新法支持者而得以登堂入室，甚至被视作大才而占据要津。相反，真正德才兼备的司马光、韩琦等反对派，则是多被排挤出朝，屡遭打击。名大才高的苏轼及黄庭坚等门人，一向不愿陷入党派人事纷争，对新法采取择善而从、不善则弃的实用态度，仍被视作守旧一派而多被列入"元祐党人碑"，或屡遭贬谪，或被罢职而弃置不用。

黄庭坚以戴罪之身谪居巴蜀六年，正是拜新党在朝中当权所赐。此番获赦出蜀东归，在路途获悉同门师弟秦观、陈师道已然作古，苏轼也于是年与世长辞；一路相伴自己同行的四弟叔达、侄子牛儿（山谷三弟叔献幼子）亦先后因病离世。亲友多半凋零，本人亦疾病缠身，一种不祥的预感在心中隐隐而生。尽管到了晚年，山谷口不臧否人物，不轻议朝政，但正巧遇上"山预"之事，行文中顺便发泄一下内心的愤懑和表露对未来命运不确定性的忧虑，既合乎情理，亦是此篇短文所表达的要旨。事实上，已近花甲之年的山谷，此时已进入距生命终点四年的倒计时。为此，他两度推辞了朝廷的任命，随后仅做了九天太平州知州，即遭罢免。两年之后，再度被流放羁管广南西路宜州，最终客死贬所。

最后，让我们离开"巴山楚水凄凉地"，把视线转回到《山预帖》本身。这篇行书小札，长三十一点二厘米，宽二十六点八厘米，六行纸本。此帖整体布局功力老到，结体灵动轻盈，行距均匀与字行偏斜相呼应，字间错落有致，是山谷晚年最具创意与个性的得意之作之一。相比他之前的同类作品，笔画略偏瘦长，横画由左向右提升幅度稍大，竖画则多顺下向右稍有倾斜，隐隐呈飞扬之态；被称"长枪大戟"的撇与捺略有收敛，更显刚柔并济，清新雅健，给人一种移步换景似的视觉新奇之感。它是以千古书法名帖的方式被记载下来，并作为国宝级文物而传世的，真迹现珍藏于台北故宫博物院。

南园遁翁廖君墓志铭^①

庭坚以罪放黔中三年，又避亲嫌迁置至于戎州^②。

未至而访其士大夫之贤者，有告者曰："王黙^③复之、廖及成叟其人也。"问复之之贤，曰："复之学问文章，为后进师表，褒善贬恶，人畏爱之，激浊扬清，常倾一坐^④，乡人之为不善者必悔曰：'岂可使复之闻之。'"问成叟之贤，曰："事父母孝敬，有古人所难。遂于经术，善以所长开导人子弟，以为师保^⑤。能以财发其义，四方之遊士以为依归^⑥。"窃自喜曰："虽投弃裔土，而得两贤与之游，可无恨^⑦。"至戎州而访之，则二士皆捐馆舍^⑧矣，未尝不太息也。会成叟之子铎，以进士王全状其先人言行来乞铭，遂叙而铭之^⑨。

叙曰：维廖氏得姓于周，至唐乃有显者。唐末有仕于犍为，不能归，留为蜀人，至遁翁五世矣^⑩。大父君讳翰，辞不受父祖田宅，以业其兄，而自治生，因为戎州著姓^⑪。生二子，曰璆，曰琮。璆有文行而不得仕，琮以奉议郎致仕，恩迁承议郎，累赠翰至宣德郎^⑫。璆有子曰及，是谓遁翁。遁翁天资魁梧，性重迟，不儿戏。长而刻意问学，治《春秋》三传，于圣人之意，有所发明，不以世不尚而夺其业^⑬。元祐初，乃举进士，至礼部，有司罢之，而不愠也^⑭。居父丧，卒哭而哀不衰，犹有思慕之色^⑮。奉其母夫人，温清定省，能用曲礼，使其亲安焉^⑯。士有负公租将就杖者，遁翁持金至庭曰："愿以此输逋钱，免废一士。"有司义而从之^⑰。土俗病者必杀牛，祭其非鬼。遁翁尝病，亲党皆请从俗祷焉，遁翁曰："不愧于天，吾病将已。天且剿之，于祷何益[18]？"里中尝荐士应经明行修诏者，上下皆以为可，遁翁独不可。既而不果荐，识者以为然[19]。年四十，遂筑南园，曰："吾期终于此，遁于人而全于天，不亦可乎[20]！"则自号"南园遁翁"。幽居独乐，非其所好，姻家邻室不觌也[21]。如是数年，年四十有五而卒。复之哭之曰："天夺我成叟，吾衰矣[22]！"

娶河内[23]于氏，生三男二女。男则铎，次构，次桐。长女适进士李武，次在室。铎以元符元年十有一月壬申葬遁翁于棘道县之锦屏山。于是母夫人年七十三，除丧而哭之哀，曰："诸子孙事我，岂不夙夜。亡者之能养，不可得已。"呜呼，可谓孝子矣！铭曰："呜呼遁翁，遁于人，乃其不逢；全于天，乃其不穷。初若泛也，考于仁而同；中若隘也，考于义则通[24]。卒而不病，于孝蔼然[25]，有古人之风。"

注释

①廖君：即廖及（约1055—1098），字成叟，号南园遁翁，蜀戎州（今四川省宜宾市）人。"遁"古同"遯"，避世之意。见《礼记·中庸》："遁世不见知而不悔，唯圣者能之。"

②庭坚以三句：叙述自己于绍圣元年（1095）谪黔州，元符元年（1098）因避外兄张向任官之嫌而迁戎州。黔属夔州路管辖，戎属梓州路管辖。

③王默：字复之，戎州名士，生卒年不详。

④人畏爱之：既令人敬畏又爱戴。常倾一坐：使在座者为之倾倒、钦佩。

⑤古人所难：指古人难以做到之事。师保：本指古时辅佐帝王之官名，此谓老师、师傅。

⑥以财发其义：以钱财来捐助尽义。依归：引为依托、依靠。

⑦裔土：荒癖边远之地。见《国语·周语》："余一人而流辟旅于裔土。"可无恨：谓无所遗憾。

⑧捐馆舍：谓捐弃房屋，死亡的委婉说法。

⑨铎：即廖铎，字宣叔，廖及长子，生卒年不详。状其先人言行：告诉其去世父亲的言行。乞铭：请求作墓志铭。

⑩廖氏得姓于周：指始祖得封姓氏于周代。犍为：地名，北宋时属成都府嘉州。

⑪大父：祖父，此谓廖翰。以业其兄，而自治生：将祖产让给兄长，自己另行创业。著姓：显赫姓氏。

⑫奉议郎、承议郎、宣德郎：皆宋时例授的官衔名称。

⑬性重迟：性格稳重。《春秋》三传：即《左传》《公羊传》《谷梁传》。有所发明：谓有所阐发和创见。夺其业：改变其所从事的学业。

⑭有司罢之而不愠（yùn）：指王安石更改科举法，不列《春秋》三传为考试科目，廖及未懊恼。愠，含怒、埋怨。

⑮卒哭三句：谓停止了哭泣而哀痛不衰减，尚存怀亲神色。

⑯温凊二句：谓冬天让母亲温暖，夏天使其清凉，早晚尽礼，使其心安。见《礼记·曲礼》："凡为人子之礼，冬温而夏凊，昏定而晨省。"

⑰负公租：拖欠官府租税。就杖：挨杖责罚。此输逋钱：代为补交欠款。

⑱天且劓（yì）之，于祷何益：此谓天若亡我，祷告神灵无用。劓，古代一种割鼻子的刑罚。

⑲经明行修：北宋元祐年间置的贡举科目之一，诏命升朝文官各可荐举一人应试，考试与士科同，授官优于进士，绍圣间罢去。识者以为然：有见识者认为做得对。

⑳遁于人而全于天：谓避开尘世而与天合一。

㉑姻家邻室不觌（dí）：谓即便是亲戚邻居也不相见。觌，相见。

㉒吾衰矣：喻失去知音而自我一蹶不振。见《论语·述而》："子曰：'甚矣吾衰矣！久矣吾不复梦见周公！'"

㉓河内：宋时泛指黄河中游以北地区，此代指汉代有名的河内郡（今河南省焦作沁阳市）。

㉔初若四句：大意与"发于仁，归于中"相同，即考察遁翁初始出发点本着仁爱之心，中间虽有险阻而仍合于道义，最后归宿则是不受困于孝道，大有古时贤达之风范。

㉕蔼然：亲切和顺貌。

赏 读

墓志铭是古代社会常用的一种悼念性文体，通常由志与铭两部分组成。墓志多用散文撰写，叙述逝者的姓名、籍贯、家世和生平事略；墓铭则以诗赋体韵文总括全篇，颂扬和缅怀死者的功德业绩。不难看出，这篇为戎州名士廖及撰写的墓志铭，虽然大体未脱约定俗成的叙写套路，但作者在行文起首、遣词达意和叙述方式上力求不落俗套，某些方面尝试求新求变，具有以下与众不同的几个鲜明特点。

一、作者开篇交代写作背景，并未按惯常在墓主身世、生卒年和姓名、籍贯之处着笔，而是别出心裁地从本人"以罪放黔中三年，又避亲嫌迁至于戎州"的一段贬谪经历说起

这种简略而自述性的开场白，摒弃了往常墓志千篇一律的刻板开言模式，给予读者一种新颖的视觉感受，以及顺着作者的导引而往下接续的阅读兴趣。

接着山谷刻意先提到戎州的另一位重量级人物王默，然后再将墓主廖及与之相提并论。说是自己临来戎州之前，就曾打听当地有哪些知名贤士？得到众口一词的答复是：唯有王复之、廖成叟二人的学问、文章和德行堪为"后进师表"。前者的特点是嫉恶扬善，直言不讳，可视为畏友；后者则是至仁至孝，仗义疏财，扶危济困，可尊为仁友。故自己在赴戎州之前，是身未至而心向往之，为将有缘结识二位当地贤达而暗自庆幸，并在抵达戎州后即前往拜访。不料天有不测风云，人有旦夕祸福，二位德高望重的贤士竟相继作古。作者不免发出一声"好人不长于世"的沉重叹息！不久，廖及的长子廖铎慕名来求作墓志铭，山谷当即应允，以弥补未能一睹两位贤达生前尊颜而留下的遗憾。

二、继上述出人意表的开篇后，接下来作者按部就班，回归到墓志不可或缺的有关墓主家世与生平事略正题，不过在叙述方式上一改以往悼念文体程式化的笔法，以拉家常、讲故事的方式"叙而铭之"，在扼要概述墓主人家世后，着重讲述了廖及值得后人铭记的几件事例，大体有以下几个片段

其一，廖氏远祖唐末从中原入蜀为官，任满时或因遇战乱而不能返回原

籍，故此"留为蜀人"，以耕读传家，至遁翁已历五世。遁翁的祖父廖翰，为戎州廖氏重要传人，他将祖产礼让其兄，自己另行创业而发家致富，一举成为戎州的显姓大户。廖翰生二子，长子廖珍，即遁翁之父，有文行而未能科举入仕；次子廖琮，即遁翁的叔父，则是中进士后为官几任而致仕归田。总之，戎州廖氏传接到遁翁这一辈，已是枝繁叶茂、呈现光大门户气象。

廖及天资聪颖，身材魁梧，自小刻意向学，以治《春秋》三传见长，对前人所述有自己独到的阐发和见解。到元祐初，乡试顺利中举，赴礼部会试时，不料赶上王安石更改科举旧制，不列《春秋》三传为考试科目，以自著《三经新义》为选取标准，以致信心满满的廖及落第而归。好在他并未因此而气馁，仍是好学不倦，不改初衷，显示了仁者不以物喜、不以己悲的襟怀与气度。

其二，廖及在其父过世后，不仅侍奉母亲殷勤周至，以孝行见称乡里，而且仗义疏财，热心为他人排忧解难。有一回，当地一位年轻学子因拖欠官府租金而将被有司责罚，他闻讯急忙带着钱赶到刑庭，提出由他代那位学子补交所欠租金，以免其受到严酷的杖责。结果有司采纳了他的建议，不但使学子免受皮肉之苦，更重要的是保全了读书人的名声。

其三，还有一回，廖及偶染疾病，按当地相沿已久的土俗，一家之主患病，当宰杀一头牛来祭祀鬼神。一众亲族欲张罗其事，被廖及极力劝止。在他看来，本人行事光明磊落，无愧于天，有病尚可医治；退一步说，若是老天真要亡我，祷告神灵亦无用，何必伤及无辜牲畜。众人皆觉得其言之有理，从此更改了此陈规陋习。

其四，对于名大才高和中过举人的廖及，按宋制经闾邑推荐和报上司核准，可参加"经明行修"恩科考试，并从优入仕。对此，上自朝廷、下至地方官府均认可廖及够推选资格，独他本人不愿走此"终南捷径"，坚辞不受优待似的荐举。此事令人们交口称赞，愈加敬重其为人处世之高风亮节。

其五，年届不惑时，廖及筑南园而居，自谓隐避俗世、幽居独乐和颐养天年。从此自号南园遁翁，非其相好故知，即便是姻亲邻居也不相见。过了几年，廖及不幸染疾而辞世，年仅四十有五岁。前述与之齐名的王复之闻此噩耗，难掩悲伤地痛哭道："此乃天夺成叟之命，我的大限亦将至矣！"不想一语成谶，戎州两位贤达，竟天不假年，相继而殁。

三、作者写罢墓主遁翁生平事略，接着再穿插介绍其家庭和婚姻、子女状况

廖及娶妻于氏，生三男二女，家境殷实，妻贤子孝，儿孙满堂。廖及既殁，由其长子廖铎主持将遁翁"葬于棘道县之锦屏山。"

死者长逝，生者已矣。廖及溘然而去，其年逾七十的老母尚健在，白发人送黑发人，令老人倍感悲哀。好在廖及侍母至孝，其子孙辈秉承其遗风，对老祖母早晚请安尽礼，孝敬侍奉无微不至，犹如廖及在世之时，令不幸丧子的老人稍感宽慰，不住念叨廖及是个大孝子。

至墓铭部分，作者未采用惯常的四、五言诗歌体方式，而是以俳赋体作墓铭。铭文简洁精练，句式三、四、五、六、七言长短不等，逢偶句押平水韵一东韵，共四十七字。大意是：遁翁之隐居避世，在于其生不逢时；他能保全君子品性，在于其一生志行高尚而不改初衷，可谓以仁爱之心为出发点，中间虽有波折而从未与道义相悖；最后归宿则是不受困于孝道，蔼然有古时贤达之风范。

或因受墓碑空间所限，墓志文字不长而墓铭韵文更短，但二者前接后续，互为呼应，相得益彰。总体而言，叙事简而约，文短而意长，力求出新而不落俗套，尽显一代诗书巨擘驾驭文字的深厚功力。特别是墓铭部分，作者借助佛家所谓"初、中、后之善，故为'善说'"的相关教义，在对前面墓志所述作提炼和总括的基础上，对墓主廖及短暂而不平凡的一生做了一个三段式的综合评价，同时也对其生前怀才不遇，以及英年早逝表达了惋惜之意和哀痛之情。

四、岁月不居，知音难觅。黄庭坚与廖及二位未曾相晤而似神交之人，转眼之间，已是阴阳两隔

可以想见，山谷应邀为遁翁撰墓志铭，对逝者生平行状几乎全听自他人（进士王全）的转述，可谓缺乏直观感受和怀旧记忆。故此，作者欲将近乎套路化的墓志铭写得生动、亲切和感人，只能极力在谋篇布局、行文结构和文字表述上寻求变化和出新，以尽可能弥补信息间接获取难免浮于表层之亲和力不足。比如前述墓志部分，作者就采用了不常见的起首方式，从自己因文获罪而被贬谪的一段经历说起，随即将王复之与廖及两位贤达一并推出，着重言及二者不同的性格特点和受人景仰之高尚品德。两相对比，一刚一柔，凸显了后者为人仗义和更具温厚仁慈的一面。墓志的收尾部分，恰到好处地穿插写到王复之一声沉重叹息，不仅借此交代了二人一时间相继去世，还借助王默的再度发声，起到前、后段文字相互衔接与呼应作用。

不难看出，墓志没有如常写出廖及出生年月，只单写了其死后葬于元符元年（1098）十有一月壬申。推想是因墓主年未及五十岁而卒，旧时有"不寿而弃父母"的说法，故此文中表述有避讳之意。诚然，随后写明廖及"年四十有五而卒"，可倒推出逝者出生于宋至和二年（1055）。此外，墓志铭全篇多处称廖氏的名号"遁翁"，不仅列在标题之首，还在文中后半部分不称姓名而只称"遁翁"，显然意在突出一个"遁"字。表达了作者对于廖及避世而隐和选择远离喧嚣的别样人生的赞许，暗喻了作者对严酷现实政治的不满，以及对自己毕生未能实现回归山林夙愿的遗憾之意。

最后，对于网上可查看到的有关廖氏遁翁的研究文章，顺带做一些必要的纠错。比如宜宾"廖氏家族"平台即有《宋代进士廖致平》一文。该文中"廖致平，名琮，家居宜宾县普安乡。其父廖翰是位传奇人物——旧州塔的实际捐建者、黄庭坚《南园遁翁廖君墓志铭》中的遁翁"云云，并在旁附有一页泛黄的"廖氏家谱"为证。实则此文的最大失误，就是错把祖父辈的廖翰认作遁翁廖及，将祖孙俩混为一人。实际上，黄庭坚《南园遁翁廖君墓志铭》已清楚表明了戎州廖氏家世与传承脉络：廖氏自远祖唐末入蜀为官而留居戎州，到廖及的儿子廖铎这一辈已六世。廖及的祖父廖翰为第三世，因礼让其兄祖产而另行创业，成为富甲戎州的乡绅大户。廖翰生养二子，长子名璆，即廖及之父，有文行而终身布衣；次子名琮，为廖及的叔父，举进士，授官奉议郎、恩迁承议郎而致仕。

据墓志铭所述还可知，山谷因避亲嫌而由黔州转徙戎州前夕，对于廖及其人，是未见其人而先闻其名。到戎州后，廖及已因病辞世，两人终是缘悭一面。后来因受邀写墓志铭，山谷先是与廖及之子廖铎相熟；尔后又结识廖及叔父廖琮，并与之有诗文酬答往来，有其《廖致平送绿荔枝为戎州第一，王公权荔枝绿酒亦为戎州第一》之诗可为例证。故此，出现上述将廖翰、廖琮、廖及三代人辈分颠倒，将廖及叔父廖琮误认为其父，甚至将其祖父廖翰误认为是廖及本人，是很不妥当的，特借此予以纠正，以飨对此感兴趣的读者。

大雅堂记

丹棱杨素翁，英伟人也①。其在州闾乡党有侠气，不少假借人②，然以礼义，不以财力称长雄也③。闻余欲尽书杜子美两川夔峡诸诗刻石，藏于蜀中好文喜事之家，素翁粲然④，向余请从事焉，又欲作高屋广楹庥此石⑤，因请名焉。余名之曰"大雅堂"，而告之曰：由杜子美来四百余年，斯文委地⑥，文章之士随世所能⑦，杰出时辈，未有升子美之堂者⑧，况室家之好邪！

余尝欲随欣然会意处，笺以数语，终以汩没世俗⑨，初不暇给。虽然，子美诗妙处，乃在无意为文。夫无意而意已至，非广之以《国风》《雅》《颂》，深之以《离骚》《九歌》，安能咀嚼其意味，闯然而入其门邪⑩！故使后生辈自求之，则得之深矣。使后之登大雅堂者，能以余说而求之，则思过半矣⑪。

彼喜穿凿者，弃其大旨，取其发兴，于所遇林泉、人物、草木、鱼虫，以为物物皆有所托，如世间商度隐语者⑫，则子美之诗委地矣。

素翁可并刻此于大雅堂中。后生可畏，安知无涣然冰释于斯文者乎！

元符三年九月，涪翁书⑬。

注　释

①杨素，字素翁，生卒年不详，北宋眉州丹棱乡绅，赠封朝散大夫。南

宋史学家李焘岳祖父。

②少：同"稍"，为略微、稍微之意。假借：宽容、原谅。

③长雄：有版本称"雄长"，意为在地方上享有声望。

④粲然：笑容灿烂貌。见《荀子·非相》："欲观圣王之迹，则于其粲然者矣，后王是也。"

⑤庥（xiū）：庇荫、保护。

⑥委地：抛弃而无价值。见《庄子·养生主》："如土委地。"

⑦随世所能：能本指智能之士，此处谓影响一代潮流的俊杰。随世所能谓追随当时诗坛的时尚人物。

⑧未有升子美之堂者：升堂即登堂入室之意，此处指远未达到杜诗的境界。

⑨汨（gǔ）没：本义于水中沉浮，此处引申为沉湎。

⑩阆然：顺利地进入。

⑪思过半：谓领悟过一半，即事半功倍之意。

⑫托：寄托、隐射。商度隐语：宋时口语，指揣测、揣度，相当于今所谓猜诗谜。

⑬元符：北宋哲宗年号，元符三年，即公元1100年。涪翁：黄庭坚晚年之名号。

赏　读

本文作于宋元符三年（1100）年，主要叙说的是作者被贬谪巴蜀六年间，遍访和收集杜甫的诗歌文化遗存，将诗圣流寓两川夔峡期间所作的诗歌全部书写刻石传世，使"大雅之音久湮灭而复盈三巴之耳"（《刻杜子美巴蜀诗序》），并完成了这名噪一时和造福后人的文化创举。

为打造此一"私人订制"的文化项目，黄庭坚一度在当地寻求赞助方颇为不易，直到行侠仗义的丹棱乡绅杨素慕名前来"投标"，酝酿多时的施工计划才算落到了实处。在所需资金、技术和人力均有了切实保障后，黄庭坚将此一工程全权委托杨素主持建造，自己则以杜诗为蓝本同步展开书法创作。办事雷厉风行的杨素撸起袖子就干，领衔数十名石刻和泥瓦工匠夜以继日地施工，一年时间即大功告成。喜看三百余块石刻诗碑摆放入新建造的高大堂宇，黄庭坚兼会古训"诗以大雅为正声"与俗语"登大雅之堂"之双重寓意，欣然将之命名为"大雅堂"，并随即写下了这篇记述此堂落成典礼的记文。

大雅堂建成于蜀中偏远之地，并非山川形胜之名楼名阁。涪翁为之作记和在其遇赦出川之后，再无重量级名家登堂撰文赋诗为之增光添彩，加上当时黄庭坚《大雅堂记》乃应邀即兴赴会而匆匆写就，故此篇楼堂亭阁之类的记叙文，无论是内蕴文采还是对后世的影响而言，均不能与王勃《滕王阁序》、欧阳修《醉翁亭记》、范仲淹《岳阳楼记》等同类名篇相比肩，但细览此三百余字之文，仍可感受到山谷手泽的清新淡雅和别有意趣，具有构思求新、叙述简洁和重点突出三个与众不同的特点。

一、学界有山谷入川后诗变前体之说

从此文也看得出，作者开篇即尝试出新求变。文章所写对象本是可直观的实体建筑物，作者却一反此类文章开言及物或记述时空的常态，即开篇并未直接描述大雅堂的楼堂建构、空间形制、风景布局和落成年月等等，而是一开头即推出和简介主要功德人物。一句古汉语判断句式及相关评述，有如现代影视剧的片头推介，让人对主角杨素其人有了直观印象，知晓其为蜀川本土的一位豪迈英气、仗义疏财的乡绅。

接着作者回顾入川以来自己即有为杜诗建堂立碑之意，不过原计划规模不大，只打算将"刻石藏于蜀中好文喜事之家"即可，直到遇上同样尊崇杜甫且财力雄厚的杨素，二人一拍即合，并商议调整和扩展了原来的工程设计，不仅书写和拓刻了"杜子美两川夔峡诸诗"，而且还额外建起了存放石碑的高大堂宇。从开篇第一段文字来看，作者表述的重点不在于"堂"本身，而偏重在"人"的叙述上。因为谁都明白，对于一项体量如此之大的建筑物来说，没有人力、物力、财力做强有力的支撑和保障，即便规划做得再好、描绘图纸再精细，都不过是空中楼阁。故此，作者为"大雅堂"落成作记，起首即推介当记下头功的杨素也就在情理之中了。

二、这篇本为单个事件的记叙体文章，由于行文中悄然注入了作者个人的主观感受，故叙中带议，议中夹叙，不仅文短而意长，还在叙述的过程中自然生发出两层含义：那就是对杜甫的推崇与对后学的勉励

其一，作者认为"由杜子美来四百余年，斯文委地"，意即诗歌从晚唐到宋初四百余年，绮丽纤弱诗风弥漫诗坛、流弊一时，逐渐与杜甫关注现实和因任自然的诗歌"正雅之音"相行渐远。对此欲行矫枉而过正，就必须以杜甫之诗尤其是避乱巴蜀时期诗歌为标榜，并把准杜诗的思想脉搏和艺术真谛。黄庭坚认为：杜甫诗歌精髓在于不饰雕琢而自然天成，即"无意为文而意至"。这里所谓的"意"有多重含义，主要可归纳为诗人的主观寄托和相对应的外在意象，体现在诗中即不刻意寻求寄托而实有更大的寄托依存。唯其如此，诗歌的主旨、性情就自然而然表现在言语与意象之中。可以说，由此文提出的"无意为文"命题或者说诗论，后来成为奉杜甫为祖师的"江西诗派"的重要创作主张之一。

其二，为了指导后学正确理解杜诗之"意"，山谷强调：只有在学习和继承"风骚"传统的基础上，经过从"无意为文"之"破"到"意已至"之"立"的心路历程，方能登堂入室而找到学杜的正确门径。换言之，学杜不单是要学其严谨的谋篇布局、遣词炼句、声律音韵等方面技巧，更重要的是在于学其有为而作、驾驭情感和展现人格精神。同时，这也是作者建造大雅堂的另一层用意，即为巴蜀乃至天下后辈学子，提供一个永久性的学杜范本。

三、从山谷此文记述中，可知大雅堂收集"镇堂之宝"有二

一件是以杜甫入川后创作的诗歌为蓝本而镂刻的诗碑，共收集杜诗一千余首，约占其整个传世诗歌总数的三分之二。杜甫晚年寄寓巴蜀期间的创作，大多是意境高雅、声律精美的格律诗，代表着杜诗乃至唐代格律诗的最高水平，历来为世所公论。另一件是由黄庭坚手书并监制的三百余方杜诗石碑，应是黄毕生数量最大的一次书法集中创作。黄庭坚书法无论是行楷还是草书，尤其是被称"长枪大戟"的行书，独具笔墨创意，是有宋一代书法艺术"天花板"般地存在，还被列入大名鼎鼎的"宋四家"。

用今天的眼光来看，唐代诗圣与宋代书圣两相组合的人文艺术体，可谓

诗书双绝合璧，无论作多高的价值估量都不为过。惜乎这一文化遗存约五百年后，同样遭遇"斯文委地"而毁于明末战争烽火，屋堂和石碑真迹均荡然无存。尽管近些年为提振经济，当地政府在原址重建了大雅堂博物馆，但仿制物的浅薄、商味弥漫、装点一新和富丽堂皇的高堂屋宇，终究难以再现当年纯正的"大雅"风光。

历数中国古代的大诗人，凡入仕为官者几无不曾遭受贬谪的。两宋的国土版图相对狭小，据说摊上事而被贬谪的官员有两大畏途：其一是谓之"九死而一生"的海天之南之离岛琼崖；其二是遥远大江上游且以"难于上青天"闻名的巴蜀。源于新旧党争中的"选边站"问题，当年的诗坛巨擘黄庭坚就赶触了此霉头。绍圣元年（1094），朝廷的一纸谪令，将其贬为涪州别驾、黔州（今重庆市彭水苗族土家族自治县）安置，后因避"亲嫌"而转徙戎州（今四川省宜宾市）安置。黄庭坚在"巴山蜀水凄凉地"总共生活了六年，可谓处在人生低谷或最为失意的时段，然而诗人的不幸，往往是贬谪之地的大幸。超巨级的文化名人不期而至，犹如一泓清泉、一股春风，足可滋润和带旺一方贫瘠的文化水土。总之，黄庭坚当年谪居蜀川期间，不单是建造了收存杜诗的大雅堂，还培养和发掘了杨皓、高荷、范寥等一批蜀中文学青年才俊，并给当地留下了大量的诗词文和书法传世墨宝。其中他在黔州书写的行书《砥柱铭》长卷，九百多年后，一槌敲出了中国艺术品拍卖市场"最昂贵"的身价。

江陵府承天禅院塔记

　　绍圣二年，余以史事得罪窜黔中[①]，道出江陵，寓承天，以补绋春服[②]。时住持僧智珠，方撤旧僧伽浮图于地，瓦木如山[③]，而嘱余曰："成功之后，愿乞文记之。"余笑曰："作记不难，顾成功为难耳。"后六年，余蒙恩东归[④]，则七级浮图岿然立于云霄之上矣。因问其事缘，珠曰："此虽出于众力，费以万缗，鸠工于丁丑[⑤]，而落成于壬午。其难者既成功矣，其不难者敢乞之。"余曰："诺。"

　　谨按，承天禅院僧伽浮图，作于高氏有荆州时[⑥]。既坏，而主者非其人，枝撑以度岁月[⑦]。有知进者，住持十八年，守旧而已。智珠初问心法于清凉奇道者，而自闽中来，则佐知进主院事，道俗欣欣[⑧]，皆曰："起废扶倾，唯此道人能之。"于是六年，作而新之者过半。知进殁，众归珠而不释此浮图，遂崇成耳[⑨]。

　　僧伽本起于盱眙，于今宝祠遍天下，其道化乃溢于异域，何哉？岂释氏所谓愿力普及者乎[⑩]？儒者尝论一佛祠之费，盖中民万家之产，实生民谷帛之蠹，虽余亦谓之然[⑪]。然余省事以来，观天下财力屈竭之端[⑫]，国家无大军旅勤民丁赋之政，则蝗旱水溢，或疾疫连数十州。此盖生人之共业，盈虚有数[⑬]，非人力所能胜者耶？然天下之善人少，而不善人常多[⑭]。王者之刑赏以治其外，佛者之祸福以治其内，则于世教岂小补哉！而儒者常欲一合而轨之，是真何理哉⑮！因珠乞文，记其化缘，故并论其事。

智珠，古田人，有智略而无心，与人无崖岸，又不为訾訾然，故久而人益信之⑯。买石者邹永年，篆额者黄乘，作记者黄庭坚，立石者马珹⑰。

注　释

①绍圣二年：宋哲宗赵煦年号，即一○九五年。

②江陵：今湖北省荆州市。补纫春服：添置春季服装。

③撤：拆除。僧伽浮图：佛塔。瓦木如山：拆旧的砖瓦与木料堆放像山一样。

④后六年：过了六年。蒙恩东归：获朝廷赦免出蜀川而顺长江东下。

⑤缗（mín）：用于将铜钱串起来的绳子，此指铜钱。鸠工：召集工匠，鸠，此指开工。

⑥谨按：相当于现今的"据载"，宋代引用论据、发布文告的常用按语。高氏有荆州：指后梁开平元年（907），高季兴被朱温遣为荆南节度使，到后唐时高氏受封为南平王，又得归、峡二州，史称"南平国"。文句之意谓禅院旧塔建于高季兴当政时期。

⑦既坏二句：谓塔损坏后，管事者缺乏能力，只是勉强维持。枝撑：即支撑，维持。

⑧初问心法：初学心法。心法，指经典以外的传授之法，以心相印证，故名。闽中：广义上指福建。佐：辅助、协助。道俗欣欣：出家人与世俗之人均欣喜。

⑨归珠而不释：谓原住持知进圆寂之后，僧众拥戴智珠而不离去。崇成：一步步成功。

⑩僧伽本其四句：指唐时为僧伽大师圆寂后所建并供奉的佛塔，又名泗州塔，几番毁坏于水火，到宋太宗太平兴国元年又下诏重修。据刘攽《中山诗话》载："泗州塔，相传下藏有真身舍利，后阁中碑，道兴国中塑僧伽像事甚详。退之诗曰：'火烧水转扫地空。'则真身焚矣。塔本喻都料造，极工巧。"盱眙：宋时泗州治所。

⑪儒者尝论三句：建造一座佛祠的花费，相当于一万户中等人家的资产，

实则像蛀虫一样蠹空谷物与布帛。

⑫省事：本谓减少事务，此指入仕做官理事。屈竭之端：使之枯竭的弊端。

⑬生人：此谓养活人。盈虚：指富足与匮乏。有数：有定数。

⑭善人：指肯关怀、行善的人。

⑮王者：指统治者。佛者：释家。儒者常欲一合而轨之：谓儒家学者想将治外与治内合一，即谓以刑赏治内，并不能真正达到教化人的目的。

⑯古田：福州府古田县（今福建省宁德市下辖县）。无心：此指离妄念之真心。崖岸：高傲。翕翕（xī xī）然：聚合、趋附状貌。

⑰邹永年：字天锡，松滋人，山谷的文友。黄乘：山谷堂弟，擅长篆刻。马瑊（jiān）：字中玉，山谷文友，时知江陵府，领荆湖北路。

赏 读

黄庭坚此文开篇即旧事重提，说到他六年前（绍圣二年）因修史获罪在赴巴蜀途中所遇到的一件事情。当时他从陈留出发，一路水陆兼程前往谪所黔州，途经江陵时借宿承天院僧舍，打算在此添置些冬春换季衣物。那时，正碰上承天院在拆除破损的旧塔，工地上废瓦旧木堆积如山。住持智珠慕山谷才名，一见面即央求道：待老衲拆除旧塔、筹建新塔成功后，还请先生赐墨宝以记其事。山谷见状笑答道：写篇文章不难，倒是建成一座七级浮屠非易事呀！

过了六年之后，即到建中靖国元年（1101），山谷获赦出蜀东归，又路过江陵抵承天院旧地重游。甫入寺院，即看到一座七层佛塔已然矗立在寺后，遂问起新塔建造的经过。智珠坦陈：集众人之力建此浮屠，耗资数以万缗计，从丁丑年开工到壬午年方落成，并不无得意地问道：如今这难事算是勉力而成，请问先生当初许诺的"不难之事"还算数吗？山谷答道：当然算数。

据载，承天院僧伽旧塔约建于后梁至后唐期间，即南平王高季兴当政时期，原名妙应塔。因禅院主事所用非人，佛塔经风雨侵蚀逐渐破损，勉力支撑着度过逾百年时光。接着知进和尚主事十八年，亦不过是守旧维持而已。

起初，智珠从闽中来此向清凉高僧求习心法，同时协助知进主持禅院事务。对此，僧人与信众均感欣慰道：往后寺院的拆旧更新，唯智珠和尚有此能力。果然仅用了六年时间，整个寺院更新改造就完成过半。知进圆寂后，僧众一致推举智珠接任住持，不久，这座七级佛塔就一步步建成了。

僧伽佛塔在唐时始建于盱眙，又名泗州塔。如今此类佛塔遍地开花，乃至流播到了异域，为什么？难道就是释迦所谓弘扬功德与佛法无边吗？有学者测算后认为：如今一所佛寺建造的费用，与万户中等人家的资产相当，而佛寺规模及僧众的无节制扩张，又相当于养活人的谷物与布帛被虫子蠹空了一样。对此一说，我亦以为然也。自我出仕从政以来，观察到使天下财力枯竭的原因：通常国家无战事亦需大量养兵而加征人丁赋税，一旦遇上蝗灾、旱涝灾害也需耗费大量财力，如遇上蔓延数十州的疾疫则是捉襟见肘而难以应对，往往是国用以耗，民财以殚。此类自然灾害时有发生，有如天地盈虚，自有定数，非人力所能抗拒。然而，天下乐善好施的人总是占少数，不愿捐助行善的人则占多数。对此，当政者以刑罚与奖赏之术治于外，佛家以因果报应之说治于内，但二者均收效不大；文人学者则主张将治外与治内合一，看似有理，却未能真正教化人心。此次我应智珠所请写下塔记，大体记述了其化缘集资建塔的艰难过程，并顺便就耗费巨资建寺庙问题表达一些个人的看法与见解。

智珠住持俗家福州古田人氏，素有智略而无执念之心，为人谦逊而不倨傲，又不趋炎附势，日久见人心，故其修为愈加令人信服。

从以上译文与解读可看出，这是一篇专门为佛塔落成而写的记叙文。作者说明了作"记"的缘由，概述了"建塔"的始末，又顺带对"集资建塔"问题发了一通简短的议论，最后落款留名的有四人：出资购石碑的邹永年、碑额书写者黄乘、作记者黄庭坚、主持立碑仪式马瑊（时任江陵知府，为山谷诗友）。

当勒石立碑告竣时，前来蹭热度的荆南转运判官陈举，竟然要求在马瑊之后补加上自己的名字。山谷与其素不相识，加上看不起沽名钓誉之徒，故婉拒了他的要求。这本不是什么了不得的大事，不料小肚鸡肠的陈举从此怀恨在心。不久，他偶然获悉黄庭坚早年在河北与赵挺之有隙，遂翻检出塔记中一段"议论"文字，以"幸灾谤国"之名举报诬陷作者，导致山谷再次因文获罪而被除名羁管，乃至最后老无所依、客死于蛮荒之地——宜州。以下将"塔记"相关后续事件再做几点补叙。

一、陈举的举报信上达朝廷后，经时任门下侍郎（执政）赵挺之的一番"暗箱操作"，黄庭坚得到"除名、羁管广西宜州"的严厉处罚

为弄清山谷蒙受的"莫须有"罪名，不妨回头再看看被陈举检索成"罪证"的这一段文字。

> 然余省事以来，观天下财力屈竭之端，国家无大军旅勤民丁赋之政，则蝗旱水溢，或疾疫连数十州，此盖生人之共业，盈虚有数，非人力所能胜者耶？

联系塔记上下文的意思来看，山谷认为造成财力入不敷出而国家积贫积弱的原因，在于征战养兵与大的蝗、水旱、疾疫灾害等方面的巨大消耗，故在财力有限的情况下，不宜过度集资修建佛寺庙宇。对此，就算是鸡蛋里能挑骨头，也难以挑出黄庭坚有幸灾乐祸与诽谤朝政之意。对此，南宋文学家洪迈在《容斋随笔》中也曾为山谷打抱不平："其语不过如此，初无幸灾讽刺之意，乃至于远斥以死，冤哉！"这一事件，可认定是陈举泄私愤、赵挺之公报私仇，所谓欲加之罪，何患无辞。二人沆瀣一气，上下其手，使黄庭坚蒙受不白之冤，并欲置其于死地而后快。

二、到崇宁二年（1103）癸未，朝廷谪命下达

山谷在年近花甲且身患严重疾病的情况下，被放逐到边远的广南西道蛮荒之地，无异于提前给他判了"死刑"。据《宜山县志》载：黄庭坚初抵贬所宜州时，相传就有当地的术士放言："宜字乃直字有盖棺之义也。鲁直其不返乎？"尽管一年多后，这位术士的测字竟然得到了应验，但深究起来，不免有故弄玄虚之嫌，当是民谚所谓"事后诸葛亮"。然而事实上，山谷即便能侥幸苟活过崇宁四年（1105），也断断躲不过此后将面临的更大"一劫"。

据南宋文史学者、岳飞之孙岳珂在笔记体的《桯史》中记述：说是当初山谷谪居黔州时，有人送了他一幅古画《蚁蝶图》，画中两只蝴蝶被蜘蛛网

粘住了，一群眼馋的蚂蚁在下面等着分一杯羹。对此，山谷有感而发，在画上作六言绝句题画诗一首："蝴蝶双飞得意，偶然毕命网罗。群蚁争收坠翼，策勋归去南柯。"这首诗以物拟人，嘲讽了朝政的黑暗与官场的尔虞我诈。后来山谷谪居宜州，与州吏余若著交好，将此画卷相赠。不料余若著有一属下将画携入京师，在大相国寺集市上兜售，被奸相蔡京的门客买去。权倾朝野的蔡太师见到此画及题诗，当即火冒三丈。认为黄诗不单是怨气十足，还影射朝政，拟当加重处罚，只是获知黄庭坚不久前在宜州已去世，此事才不了了之。

三、承前所述，黄庭坚入川与出川，六年之间一来一回，途经江陵时均下榻在承天寺院，他最后一次栽跟头也与该寺息息相关

相传承天寺院始建于西晋永和年间，此后历代数度兴废。到明清时，香火鼎盛，渐有"荆南第一禅林"的声誉。后经多次改造和扩建，规模有增无减。惜乎到了二十世纪三十年代末，偌大的一方禅林焚毁于侵华日军的炮火。该寺遗址在现荆州城东钟鼓楼附近，尚有两件相关遗物有迹可寻。

一件是黄庭坚当年看到的新建僧伽塔物件，即铸造于绍圣二年（1095）的一尊铁镬。该镬形如一口大铁锅，直径约一点五米，高一点二米，重达一点八吨。经专家学者考证，确认原件是承天寺妙应塔的塔顶，现收藏于荆州市博物馆。

一件即山谷撰写的《承天院塔记》石碑。根据地方史志与相关文史资料记载，到南宋晚期，寺院妙应塔因失火而坍塌，原来立于塔下的石碑真迹已散失。现收存于荆州开元观的《承天僧伽妙应塔记》石碑，为元代重建承天寺所复刻；而现立于遗址附近的一块所谓《荆南府承天院塔记》石碑，则可能是城区大规模扩张拆迁而仿制的衍生品。

概而言之，黄庭坚曾两度驻足的荆州承天寺院，历经近千年的风侵雨蚀与岁月流逝，虽然已不复存在，但尚存能引起追忆与联想的相关文化遗物，实属难能可贵，至少可说是"有"好过一无所有。

书梵志翻着袜诗①

"梵志翻着袜②，人皆道是错。乍可刺你眼③，不可隐我脚④。"

一切众生颠倒⑤，类皆如此，乃知梵志是大修行人也⑥。昔茅容季伟⑦，田家子尔，杀鸡饭其母，而以草具饭郭林宗。林宗起拜之，因劝使就学，遂为四海名士，此翻着袜法也。今人以珍馔奉客，以草具奉其亲。涉母之事，合义则与己，不合义则称亲⑧，万世同流，皆季伟之罪人也。

注　释

①梵志：即王梵志，唐代白话诗僧，卫州黎阳（今河南省浚县）人。原名梵天，生卒年、字号、生平、家世均不详。

②翻着袜：本义把袜子正、反面翻过来穿，将粗糙一面穿在外面，光滑一面穿在里面，不管别人怎么看，自感舒适即可。常用来比喻违背世俗之见而实具真知灼见。

③乍可：为唐宋人常用口语，相当于"宁可"之意。

④隐：伤害、伤痛。

⑤众生颠倒：佛家术语，意为人们贪图一时之快而种下轮回的恶因。即人们容易为表象所迷惑，而忽略了事物的真实存在，以及它的本来面目。

⑥大修行人：指所谓开悟者，了达实相的人。

⑦茅容季伟：见《后汉书》卷六八《郭太传》附《茅容传》："茅容，字季伟，陈留人也。年四十余，耕于野，时与等辈避雨树下，众皆夷踞相对，容独危坐愈恭。林宗（郭太）行见之而奇其异，遂与共言，因请寓宿。旦日，容杀鸡为，林宗谓为己设，既而以供其母，自以草蔬与客同饭。"

⑧合义：谓以德义相亲，合于正义。

赏　读

这篇由一诗一文组成的随笔散章，开头所引的是初唐王梵志的一首奇葩诗作，文则是黄庭坚规箴世人的读后感言。诗与文看似缘起生活中"穿袜子"的平常琐事，实则其中暗蕴发人深省的禅机和哲理，令人感到二者不仅关联紧密、相得益彰，而且浅喻深刺、温婉隽永和意味深长。

但凡世人穿袜子，为了求好看，无不是光鲜的一面朝外，粗糙的一面藏内，且习以为常，俗成难易。唯独梵志反其道而行之，不管不顾世人的非议而反穿着袜子，并直白声言："乍可刺你眼，不可隐我脚。"即宁可有碍观瞻，也不愿损伤到脚或让自己穿着袜子不舒服。众所周知，王梵志诗以通俗达理著称，此首五言四句诗以现身说法，嘲弄了那种要面子而不顾里子的习俗和似是而实非的人情世态。一向钦佩梵志的山谷，不仅亲笔书写了其《翻着袜诗》，还接着撰文发表读后感想，以示与前贤语之相懂，心之相通。

山谷开言第一句即切中肯綮："一切众生颠倒，类皆如此。"意即世道人心皆易为事物表象所惑，从而忽略了其本来面目，并引譬连类，举例证阐发了梵志诗意。说是东汉茅容未显时杀鸡奉母，却拿粗食招待屈尊上门的名流郭林宗。对此等不近人情的待客之举，有识人之明的林宗非但没有怪罪茅容的轻慢，反而认为孺子可教，并劝谕他读书仕进，促成其后来成为名闻海内的贤士。山谷认为，当初躬耕于野的茅容之所以能被郭林宗赏识，就是因为他采用了梵志翻着袜之法，即奉亲至上而待客其次。据此解读，则山谷将梵志翻着袜之举，概述为一种自养自尊、不求外誉、只求内适的涉世态度，可谓发梵志诗之所未发，将"翻着袜"之诗意和底蕴至少提升了一个维度。

随后，山谷借题发挥，针砭时弊。对于"翻着袜"之"人皆道是错"进行矫枉过正，直言剖断"今人以珍馐奉客，以草具奉其亲，涉母之事，合义则与己，不合义则称亲"之失当，认为如此损己求誉而不知自养奉亲，实在是一种"死要面子活受罪"的愚人之举。惜乎人心执迷，世情难移，或许经千载万世，反穿袜子仍遭非议，无人会效仿梵志；而珍肴待客、粗食奉亲之习依旧，如此与茅容举止相悖之罪人，则历历可数，比比皆是。

从以上对一诗一文的增维解析可知，作为正统唐诗肇始时期的另类诗人梵志，其白话诗语言浅近，多主象喻；而山谷之文则援事议论，举例佐证，不单是显示了二位诗家隔空连线、异代神交。即就文章本身而言，其中后者的剀切明快之语，与前者的诙谐风趣之诗，亦可谓是庄谐互动，各主其妙。按照知人论世之说，有必要厘清以下两个相关问题。

其一，王梵志何许人也？其生平事迹未见载于正史，大约隋炀帝杨广至唐高宗李治年间在世。最早，唐末范摅《云溪友议》中有一段语焉不详的其人简介，并收录其诗歌十八首。后据《桂苑丛谈》和《太平广记》卷八十二所载：梵志原名梵天，俗姓王，乃一活跃于唐初白话诗僧，其生卒年、字号、生平、家世均不详，传为黎阳人王德祖从枯树瘤瘿中发现并收养。他自幼天资聪颖，七岁能诗，童言讽人，甚有义旨。由于民间流传的"生于木瘿"及"菩萨化身转世"之说，均太过荒诞和不可信，故也有史家疑史上本无其人，乃唐人托名虚拟的僧道中人物。

后据近代胡适、郑振铎等人多方考证，梵志史上实有其人，且出身殷实之家，小时入塾读过诗书。后逢隋末战乱，家道中落。迫于生计，年轻时的他农忙时居家耕作，农闲时外出经商。唐初年间，不堪苛捐杂税盘剥，加上天灾频仍，其家业破落衰败。梵志此后做过雇工、挑夫、小贩，亦短暂为闾阎小吏，因言信行直而遭革职。他有过婚姻经历，生养五男二女，但多不孝顺。年龄渐老的梵志生计无着，以致逾五十岁削发而皈依佛门，但他并非严守佛家戒律之徒，而是四处云游漂泊，弘扬佛法兼之诗酒自娱，直至八十余岁高龄无疾而圆寂。

王梵志一生历尽沧桑，早年即有诗名，晚年出俗后才集中精力进行白话诗歌创作，有着方外人物的神秘色彩。由于其人未见载于正史，零星野史所录皆语焉不详，故其人其事的真实性多遭质疑。直至晚清于敦煌佛窟出土了《王道祭杨筠文》等唐代实证文物，以及其诗手抄写本残卷的发掘并整理面世，不仅确证了王梵志史上实有其人，而且也锤实了梵志籍贯卫州黎阳，生活于六世纪末至七世纪中下叶。于此，才算是初步揭开了其身世之谜底，使这个尘封一千多年的历史真实人物及其诗作，终于得以重见天日，从而结束了旷日持久和众说纷纭的一场笔墨纷争。

其二，如何评价王梵志的白话诗歌。梵志体诗，文字直白、俳俗自由、诙谐生动和带有劝善警世的宗教色彩，寄嬉笑怒骂于琐事常谈之内，被公认开创了以俗语俚词入诗的通俗诗派。其诗因相当一部分思想消极，内容浅薄，格调不高，起初不能登正统文学的大雅之堂，却在民间沃土不断传诵、生根、开花和结果。继梵志之后，有寒山、拾得、丰干等僧侣诗人传承衣钵。此外，其"徇俗乖真"之诗风，对于王维、皎然为代表的禅意诗，白居易、罗隐为代表的尚俗诗均产生过一定影响。可以说，梵志白话诗在众卉竞艳的唐诗百花园中，犹如一朵素颜质朴的小花，虽不起眼，却也暗香浮动，默默散发着独有的馨香。

时至文风极盛的两宋，梵志白话诗及其代表的通俗诗派的影响力有所扩展，除了在民间颇受欢迎之外，士大夫文人中喜梵志诗者亦不乏其人。山谷慧眼识珠，赞其"是大修行人也"自不必说，江西诗派的陈师道和词人曹祖就曾引用过梵志的诗句；特别是梵志最为知名的"城外土馒头，馅草在城里。一人吃一个，莫嫌没滋味"（《城外土馒头》）一诗，就先后有苏轼、范成大将之化用在自己诗句中，后者还将此诗与其另一首《世无百年人》之诗意熔铸成一联"纵有千年铁门槛，终须一个土馒头"，被誉为透彻人世生死的不朽名联。

到了元明清之际，梵志诗的影响虽有所消退，仍不乏民间艺人模仿梵志体写白话诗，不但流传于通俗说唱文本之中，还在杂剧散曲、章回小说中间或被借用、引用。如陶宗仪《说郛》卷七就有一诗，不仅模仿王梵志手法，甚至直袭其原句；曹雪芹《红楼梦》六十三回亦写到了妙玉盛赞上述范成大的名联，其中提到的"铁槛寺""馒头庵"的出处显然也在于此。

王梵志以自己开风气之先的通俗白话诗，在唐以来的正统诗歌之外独树一帜。它不以抒情描景见长，主要是用白描、叙述和议论的方法再现生活本真，往往寓禅机、哲理于嘲讽戏谑之中，最为下层民众所喜闻乐见，亦有不少士大夫、知名文人、出家诗僧对其高看一眼。诸如皎然的《诗式》、何光远的《鉴戒录》、惠洪的《冷斋夜话》、阮阅的《诗话总龟》、晓莹的《云卧纪谭》、庄绰的《鸡肋篇》、费衮的《梁谿漫志》、计有功的《唐诗纪事》、胡仔的《苕溪渔隐丛话》、陈岩肖的《庚溪诗话》、杨慎的《禅林钩玄》等都转录有王梵志之诗。由此可见，梵志白话诗除历代文人诗话、笔记有零星记述外，主要得益于其根植民间沃土，并通过僧侣云游四方而传播，尤其是民间口口相传得以保存和传世。

毋庸讳言，梵志白话诗直白无忌，语多粗俗，文学艺术性总体上有所欠缺，故长期被排斥在正统文学框架之外，被视为"下里巴人"的草根类别，历来难登大雅之堂。故唐朝以来各个时期诗歌选本，除已散失的《宋史·艺文志》曾著录王梵志诗集一卷外，其余官方选本均未入选其诗。清初康熙钦定最权威的《全唐诗》亦未载梵志之诗，就连梵志本人的生平事迹行状也因缺乏信史记载而变得扑朔迷离。然而梵志白话诗与打油诗、民歌相类似，通俗易懂、接地气和幽默风趣，虽隔着一层僧侣缁衣，总能在特定的时空传闻不息，有着被割"韭菜"似的见风即长的顽强生命力。到了二十世纪初，随着敦煌石窟的新发现，王梵志白话诗手抄写本这颗尘封已久的遗珠，终于在卷帙浩繁的敦煌文献中被发掘、整理而面世，后世的研究者，据此对其人其诗有了更直观、准确和全面的认识，并对其做出了恰如其分的历史定位和评价。

据当代学者张锡厚《王梵志诗辑校》、项楚《王梵志诗校注》等书籍中辑录，从敦煌文献中整理出其诗三百三十六首，加上零星散落民间的部分诗作，一共收录了王梵志诗作三百九十余首。这近四百首白话诗，从形式上看，以五言诗句为主，短小精干，灵巧自由，不受押韵与格律约束；诗卷各首连写，甚至没有题目，现存诗之题目均取自第一句，为当代学者辑录所加。从内容来说，其诗大致可分为两类：一类是弘扬佛法的劝谕诗，佛家教义色彩浓厚，缺乏文学价值；一类是融合释道的说教诗，以道德说教为主旨，文学色彩亦不高。其实，王梵志最为人称道和颇具文学价值的部分白话诗，乃是那些剔除了枯燥说教的形象说理之诗。这类诗作往往敏锐捕捉某一生活中点滴瞬间、零星断面，以画龙点睛的白描手法，勾勒出一幅幅关于世态人情的漫画似的图卷，既幽默风趣，又振聋发聩和惊世骇俗，令人回味无穷，受到启迪。

总之，王梵志之诗尽管多数显得枯槁和粗疏，看似俗不可耐，但也不乏经典名句，除上述列名的两首之外，其余如《诗二首其一》《吾富有钱时》《兀然无事·其十》等都是脍炙人口的名篇，只可惜此类代表作在其白话诗中占比较少。但王梵志的哲思白话诗对中国通俗文学具有开创之功，有些经细品深味，会发现其中所蕴含的禅机与意趣，具有不容忽视的文学欣赏和艺术价值。尽管蒙上了一层岁月尘埃，但仍掩盖不住其夺目之灵光，在中国诗歌史上理应占得一席之地。

题自书卷后

崇宁三年十一月，余谪处宜州半岁矣[1]。官司谓余不当居关城中，乃以是月甲戌，抱被入宿子城南予所僦舍"喧寂斋"[2]。虽上雨傍风，无有盖障，市声喧愦[3]，人以为不堪其忧，余以为家本农耕，使不从进士，则田中庐舍如是，又可不堪其忧耶[4]？既设卧榻，焚香而坐，与西邻屠牛之机相值[5]。为资深书此卷，实用三钱买鸡毛笔书[6]。

注　释

①崇宁三年：崇宁，宋徽宗年号，此题跋作于崇宁三年，即公元1104年。原作"二年"，此据丛刊本改。

②官司：原意诉讼，此处指官府。僦（jiù）舍：租赁的房子；僦，租赁。

③盖障：遮挡之物。喧愦（kuì）：声音大而嘈杂；愦，昏乱。

④不堪其忧：不能承受的忧伤。见《论语·雍也》："一箪食，一瓢饮，在陋巷，人不堪其忧，回也不改其乐。贤哉，回也！"

⑤焚香：点燃香火。机：通"几"，此指案几，即屠牛用的案板。相值：正对，相对。

⑥资深：为山谷在宜州结识的文友或邻人。鸡毛笔：用鸡毛做的笔，价格低廉。

赏 读

黄庭坚一生命运多舛，仕途蹭蹬，到了垂暮之年，还因政敌构陷而两次遭贬谪。头次被贬巴蜀，保留了一个"涪州别驾"的虚衔，虽然没有了俸禄，但尚有人身和行动自由。再次遭放逐则是削除名籍和官职，以戴罪之身交由地方官府羁管。这篇《题自书卷后》，即写于第二次谪居广西宜州时期。

宜州自古属岭南边远蛮瘴之地。黄庭坚于崇宁二年（1103）初春从鄂州启程，一路跋山涉水，辗转经潭州、衡州、永州、全州、桂州，于当年初夏抵达宜州贬所。

山谷初来乍到，人地两生，起初免不了受人冷眼。他先是在城关租了一个叫黎秀才家的房子暂住。约莫过了半年，官府勒令其搬到城南，以便就近监管其一举一动。新迁的住所屋顶漏雨，四壁透风，简陋且嘈杂，生性豁达乐观的山谷，将此居所戏称为"喧寂斋"。意谓一闹一静，心无挂碍，自可闹中取静，并声言自己虽身处闹哄之境，甚至与宰牛的场所相邻，却能相安无事，泰然处之。正如孔圣人的得意门生颜子一样，简食陋居，别人都以为难以忍受，颜回本人却能逍遥物外、自得其乐。试想自己本是分宁双井农家子弟，倘若未中进士而步入仕途，老家的农舍原本就是如此简陋，有什么可忧虑的呢？在山谷看来，人生无论身处顺境还是逆境，不过如一趟在岁月中跋涉的旅行，历经千山万水，看尽风花雪月，最终将回归到生命的原点。只有坚守住本心，知所进退，就不会迷失自己。

这篇《题自书卷后》先叙事，后议论，虽只寥寥一百二十余字，却写来轻松洒脱、语言精练和意蕴深长。既表达了作者谪居宜州半年的种种遭遇，又写出了其随遇而安之豁达性情。读来先是被作者描述的孤寂情境所牵动，随即又被其历劫若夷的超然心态所抚慰。正应了"人生无常，心安即是归处"那句禅林宝训，同时也牵连出黄庭坚生平经历的几个重要拐点，亦即与其进入生命倒计时相关的几个话题：

一、山谷第二次被贬谪，起因还得从崇宁三年（1104）往前追溯到绍圣二年（1095），差不多有十年的时间差

当是时也，黄庭坚赴第一次贬谪之地黔州，途经荆州江陵而借宿承天寺。

该寺住持智珠有感寺塔破败，打算在原址上拆旧塔建新塔，并预约名大才高的黄施主届时为之作记。黄庭坚笑答道："作记不难，顾成功为难耳。"时光如流，六年之后，即到了元符三年（1100），黄从巴蜀放还东归抵江陵，再次来到承天寺。只见一座新建的七级浮屠巍然耸立在寺后。智珠长老旧事重提道："其难者既成功矣，其不难者敢乞之。"黄庭坚当即履行前诺，挥笔写下了《承天院塔记》一文，并交由工匠刻上石碑立于寺塔之下。

恰巧当天江陵知府马珹率一班同僚来寺塔游览，大家对黄庭坚题记文笔与书法大加赞赏。与山谷素不相识的转运判官陈举，见落款中马知府的大名赫然在列，即要求在碑文落款处补挂个名字，谓之让副贰长官也沾点光以传名不朽。山谷向来看不起沾名钓誉之徒，遂加以婉拒。看似一件大不了的小事，不料心地狭窄的陈举以此暗怀怨恨。不久，他无意中获悉黄庭坚与宰执赵挺之曾有嫌隙，于是一封有关《承天院塔记》"幸灾谤国"的举报信，由驿站快递送达京师执政赵某人的案台。此举正中赵挺之的下怀，他当即指使言官指控黄庭坚谤讪朝政，拟定将其除名羁管广南西路的宜州。这即是山谷因文获罪和再次遭贬的大致原委。

二、谪居宜州之时，黄庭坚已年近花甲

尽管身处嘈杂脏乱的环境之中，但饱经风霜的山谷自有闹中取静之法。那就是题跋中所提到的："既设卧榻，焚香而坐。"所谓"卧榻"，是宋代一种可卧、坐两用的矮床。通常在床头焚上一炷香，以驱逐污浊的空气，此乃北宋文人雅士的生活标配，位居所谓"四般闲事"（焚香、点茶、挂画、插花）之首。在以往的元祐京师文化圈中，黄庭坚就曾是品香、鉴香和制香的领衔人物。由他配制的四种名香风靡一时，被称为"黄太史四香"。山谷有关香方配制和对香疗养生的独到见解，屡见于他的著述和诗文里，以致被后世尊奉为"香圣"。

山谷精于香道，兼通民间医术。为了驱瘴气和防湿热，他因地制宜地用上了香薰治疗之法。即每天点燃自配的线香，净化陋室的空气，营造一种熟悉、亲切的嗅觉氛围。在绵延不绝的缕缕馨香中，导引着身处恶劣环境中的老人，保持着一分不为外缘所乱的心性，以超越窘迫的现实，求得内心的平和与安宁。然后是该写字就写字，该吟诗即吟诗。于洒脱中透出因缘自适、安贫乐道的襟怀，沉浸在一种"物我两忘，身心相融"的生命境界。

作为一代文豪和书法大家，垂暮之年黄庭坚仍是好学不倦。无论走到哪里，读书、写字和作诗是每天雷打不动的三项功课。谪居宜州期间，他累计创作了《在宜州城楼作二首》《南乡子·诸将说封侯》等二十余首诗词；写下日记《宜州家乘》共二百三十多篇，还书写了《范滂传》《李白忆旧游诗》等十余件书法精品。此外，他一生为人书写过的各类题跋多达六百余篇，其中为自己所题的书跋却是少之又少。惜乎此篇在宜州为一个名叫"资深"的人题写的书法原作已失传，世人无法再见到真迹原貌。有的学者依据跋中提到的"资深"其人，在注释中将其误解为朝中名臣李定，就因李氏名定、字资深。实则李定作为新党人士，与东坡、山谷一向不对付，还是制造"乌台诗案"的主要推手之一。故可断定，此资深非彼资深。何况山谷作此题跋之时，李定已作古十七年之久，黄庭坚绝无可能书赠其书法作品。

岁月如流，转眼过了大半年。随着崇宁四年（1105）新年钟声敲响，黄庭坚的谪居生活迎来了一段插曲式的转机，而且是好事成双。

其一是其兄长、时任萍乡知县的黄大临（字元明，1041—1045），相约好友彭次公结伴而来宜州探望二弟。兄弟异乡重逢，山谷喜出望外。在异地他乡，哥俩晨起游山玩水，落暮同床而眠，共度了二十余天快乐时光。临别时，黄庭坚写下名作《宜阳别元明用觞字韵》七律一首。此诗写得缠绵悱恻，读之催人泪下。首联所谓"霜须八十期同老，酌我仙人九酝觞"，其意为期待兄弟俩活到八十岁高寿，相约届时叶落归根而终老家乡。话说回头，正是黄县令的不期而至，使落难中的山谷有机会参与官府接待公宴，并结识了宜州知州党元嗣、通判余若著等一众官吏。接下来的事谁都懂的，山谷的境遇立马有了改善，被允许搬离"喧寂斋"，安置到宜州城楼一间戍卒小室免费居住。

其二是黄大临走后不久，行侠仗义青年后学范寥（字信中，生卒年不详）又接踵而至。说是"闻山谷先生谪居岭表，恨不识之"。自此范寥不仅悉心照顾山谷的生活起居，还经常引见一些当地诗友来交游和聚会，使山谷孤独的生活圈子变得活跃起来。二人同处一室，形同父子。或吟诗作对，弈棋诵书；

或举酒对歌，结伴出游。处于人生低谷的黄庭坚，由于范寥的到来、陪伴和照料，可谓安然度过了其悲欣交集人生的最后一段时光。

三、宜州是黄庭坚人生旅途的终点站

在总共一年半的谪居岁月里，他受过委屈，也有过欢乐；遭遇过风霜雨雪与艰难困苦，亦分享过月华泻地和日丽中天。到了崇宁四年（1105）秋，朝廷政治风向又有所变动，宋徽宗下诏宽赦列名"元祐党人碑"的旧党人士，黄庭坚也在被赦之列，拟由偏远的广西宜州移徙至其家眷寄居所在的湖南永州。可惜尚未接到诏令，山谷即因病在宜州贬所仙逝，终年六十一岁。其忌日为崇宁四年（1105）九月三十日。

有关山谷之死，两宋文人有不少记述，各种版本有所不同。比较靠谱的当是陆游在《老学庵笔记》中的一则记载："居一城楼上，亦极湫隘，秋暑方炽，几不可过。一日小雨，鲁直饮薄醉，坐胡床，自栏楯间伸足出外以受雨，顾谓寥曰：'信中，吾平生无此快也。'未几而卒。"北宋文坛最耀眼的一颗明星就此陨落，逝者的双脚似乎还遗留着萧萧秋雨带来的一丝清凉，即由此打住了在人世间的艰难跋涉。

探究黄庭坚六十载人生轨迹，可大致描画出一幅三段式的曲线示意图。前一段是青少年时期。其中七岁作神童诗、二十三岁中进士是高光点；低谷则是十四岁丧父，家道中落。中间一段是在京城任史官时期。诗名日盛，与苏轼并称"苏黄"，一时风光无限；低点是遭逢母丧，扶柩南归。后一段则是到了晚年，十年之内两遭贬谪，呈二连接斜线下落。先是被贬谪巴蜀，尔后是被羁管广西宜州，直至最后客死贬所。

萧萧秋雨落，吹泪古宜州。大约四年之后，黄庭坚两位好友蒋湋、苏坚遵照其生前所嘱托，不辞辛劳而千里跋涉，将暂厝在宜州的山谷灵柩护送回到了江西修水双井老家。从此，一代文豪黄庭坚长眠于生于斯长于斯的故土，听松风，饮甘露，与家乡安宁幽静的田园风光相依相伴，百世千龄受人景仰。

答李几仲书①

庭坚顿首，几仲司户足下②：

昨从东来，道出清湘八桂之间③，每见壁间题字，以其枝叶占其本根，以为是必磊落人也④。问姓名于士大夫与足下一游归者，皆曰是少年而老气有余者也。如是已逾年，恨未识足下面耳⑤。今者乃蒙赐教，称述古今，而归重于不肖⑥。又以平生得意之文章，倾囷倒廪，见畀而不吝⑦。秋日楼台，万事不到胸次，吹以木末之风，照以海滨之月⑧，而咏歌呻吟足下之句，实有以激衰懦而增高明也，幸甚⑨！

庭坚少孤，窘于衣食⑩，又有弟妹婚嫁之责，虽蚤知从先生长者学问，而偏亲白发，不得已而从仕⑪。故少之日得学之功十五，而从仕之日得学之功十三，所以衰懦不进，至今落诸公之后也⑫。窃观足下天资超迈，上有亲以为之依归，旁有兄弟以为之伙助⑬，春秋未三十，耳目聪明，若刻意于德义经术，所至当不止此耳⑭。非敢谓足下今日所有不足以豪于众贤之间，但为未及古人，故为足下惜此日力耳⑮。

天难于生才，而才者须学问琢磨，以就晚成之器，其不能者则不得归怨于天也。世实须才，而才者未必用。君子未尝以世不用而废学问⑯，其自废惰欤，则不得归怨于世也。凡为足下道者，皆在中朝时闻天下长者之言也⑰。足下以为然，当继此有进于左右。

秋热虽未艾，伏惟侍奉之庆⑱。龙水风土比湖南更热，老人多病眩⑲。奉书草草，唯为亲为己自重。

注　释

①李几仲：生卒年不详，从山谷书中所述可知，当时是在湖湘任官职的一位年轻文士。

②顿首：即磕头，古代书信礼节常用语。司户：宋代州司户参军的简称，掌管户籍、赋税、仓库缴纳等事宜，授从七品、正七品官衔。

③清湘：谓今湘南一带地域。八桂：代指今广西所属之地。

④磊落人：指性情率真开朗的人。

⑤逾年：过了一年。恨未识：遗憾未见到。

⑥归重：推崇，常用作对方尊重的称许之词。不肖：本义不成材，此用为自谦。

⑦倾囷（qūn）倒廪：此谓像倾倒出粮库中的全部储藏，倾其所有。囷、廪均为古代粮仓。见畀（bì）而不吝：给予而不吝啬。畀，给予。

⑧胸次：胸怀之间。木末：树梢。海滨之月：滨海之地的月亮。

⑨衰愞（nuò）：衰老软弱，"愞"同"懦"。幸甚：意为很幸运，常作书信感慨用语。

⑩少孤：谓年少丧父。窘于衣食：缺衣少食。

⑪弟妹婚嫁之责：负有将成年的弟弟、妹妹的嫁娶之责。蚤：通"早"。偏亲白发：指父亲过早去世，母亲在世且年老，故称偏亲。

⑫学之功十五：花在学问上的功夫十成中有五成，以下"学之功十三"即十成中的三成。

⑬依归：依靠，仰仗。佽（cì）助：即资助，"佽"同"资"。

⑭所至当不止此耳：所取得的成就当不止于此。

⑮日力：指一天的气力，此泛指光阴、岁月。

⑯才者未必用：有才未必为世所用。

⑰中朝：此谓京城朝中。长者之言：年高位重者之所言。

⑱未艾：没有减退，未消失。侍奉之庆：以侍奉父母为幸事。

⑲龙水：流经广西中部的河流，此代指山谷贬居之地宜州。病眩：头晕眼花。
⑳唯：希望、祈愿。

赏 读

这是暮年山谷抵广西宜州贬所后，给后学李几仲的一封回信。当时，此位后辈在文坛已小有名气，又有一官半职加持，即便给大师级的前辈山谷写信，言辞间亦不免流露傲娇之态。对此，山谷回信措辞婉转、褒中带贬，既规劝其不要太过自负，又勉励他笃学不倦和踔厉前行，循循善诱之言和敬教劝学之意跃然字里行间。以下依次翻译和解析此封长者致晚辈的书信。

前些日子，我从东面一路行来，经过湘桂之间，时常可见摩崖石壁间刻有你的题词。从一笔一画中，可领略书者内在气质，觉得当是出自性情率真、胸怀磊落者手笔。经向士大夫询问书写者姓名，连与你仅有一面之交者都说：此人乃少年老成者也。转眼过去了一年，一直以未能晤面为憾事。然而令我欣慰的是：竟然得到你来信赐教，探讨学问，谈古论今；承蒙你看重不才，不惜把平生得意之作全部拿出来给我过目。此刻，我伫立秋日楼台，万事不牵累于胸，吹着清凉之风，披着海滨一弯明月，在此等情境下吟诵着阁下的诗文，可振虚弱而益心智，实感荣幸之至。

鄙人年少丧父，家庭生活一度窘迫，还负有照看弟妹与操持他们婚嫁之责。虽然早知从良师就学的重要，但因母亲大人年事已高，只能过早选择步入仕途。如果说我在年少之时，在学问上花的功夫仅十分之五；从政之后，就只有十分之三了。因此，本人在学业上愧无长进，至今已是远落诸位之后了。说实话，我私下感到你天赋异禀，上有父母可依倚，下有兄弟可助力，何况年龄未满三十，正是耳聪目明和血气方刚之时，倘若在道德修为和潜心学问上做更大努力，所取得的成就当远不止于此。平心而论，你目前取得的成绩，尚不能与许多古代贤士所达到的高度相提并论，故为阁下未能珍惜时光和取得卓越成就而感到些许遗憾。

上天很难造就一个人才，凡人才须经精雕细琢，方能大器晚成。对于未能成才者，就不能怨天尤人了。世间需要人才，但人才未必全部能为世所用。

对此，德行高者不会因不为世所用而荒废学业；而那些自甘颓废之人，就不能归怨于世道不公了。与你所说的这些，不过是在朝堂上听来的老生常谈罢了，如你觉得合乎情理，当比以往更加发奋努力，以求百尺竿头更进一步。

时已入秋，伏热尚未消褪，为你能侍奉长辈而感到欣慰。宜州的天气比湖南更炎热，对于老人来说，更易头晕眼花，故草草住笔，望你为双亲亦为自己多加保重身体！

以上这封宋代文士之间的通信，是作为"过来人"的山谷，在向个性张扬而颇有些像年轻时自己的李几仲叙谈为学感悟和人生体验。在信中，作者既言辞指瑕，又收敛机锋；即便对后学提出批评，也是体己而谅人，劝导加勉励，尽量顾及这位心高气傲小字辈的颜面。归拢起来，溢出和释放书信之外的相关信息有以下几点。

一、从此信所述写作背景和综合相关史料可知，崇宁三年（1104）一月至四月，年届花甲的山谷，赴履贬所之途起于鄂州，路经潭州、衡州、零陵、道州、湘南等荆湖地域

在此期间，他收到了李几仲遣人送来的书信及附寄诗文。进入湘南之后，因天气渐热和路远难行，山谷把家眷暂安置在永州后，只身继续南行，五月初至桂林，同月下旬抵达贬谪之地——宜州。之前无论是跋涉于途还是落脚于旅舍，山谷一直不忘"咏歌呻吟足下之句"，即反复阅读李几仲的诗文。信中称"如是已逾年"和"秋热虽未艾"，是指写此回信时已是自己抵宜州后的翌年秋日。另据山谷书信集《刀笔》载有此书末言："七月二十五日某再拜"，可确定此封《答李几仲书》写于崇宁四年（1105）七月二十五日，算起来，距山谷人生谢幕时间只有两个月加五天了。

二、就信中交流情形来看，黄、李说不上交情很深

大抵是较早互闻其名，彼此偶有通信联系，却一直未曾晤面。黄庭坚给李几仲回复此信时，双方的身份已然发生较大变化。黄庭坚从闻名遐迩的当朝太史被一贬而再贬，乃至削籍除名而放逐遐荒；李几仲则是新进科举春风得意，入仕即履任湖湘某地要职。他给跋涉于途的老前辈写信，并随信附上自己的得意之作，名义上说是求教于方家，实则多少有自许和炫耀之意。故此，山谷给此位初露锋芒而颇为自负的"当红小生"回信，遣词措意是颇费一番思量的。在唯官是崇的世道，他对自己"待罪革官"之身不能不有所顾忌。故开言即直称李氏"司户"官衔，让志得意满的对方听着舒坦，否则，就像现今影视剧中的桥段：路人甲进了村子不称"某长"而直喊"阿根"，那就是太不拿"村长当干部了"。随即山谷还客气地称扬了一番对方，同时也"作贱"了一番自我。如此一开言即官名叫得震天价响，加上一大段顺杆子往上爬的恭维话语作铺垫，算是作为长者的山谷放下了身段，无形中缩小或抹平了彼此年龄上的"代际差异"，显然更便于这一老一少接下来作对等谈心和交流。

三、作为一代文学巨匠和阅人无数的老前辈，山谷与乃师东坡一样，向来以奖掖和提携后学为己任，有着见"才"则喜的伯乐风范

在信中，他回顾了自己年轻时也曾不谙世事，加上碍于家累，不得已"食贫自以官为业"，无所用心而浮沉于世，以至学问上不进则退而落后于人。两相比照，他认为李几仲无论是先天还是后天条件，均远比自己优越，当不满足于现状而追求有更大作为，以免重蹈自己的"覆辙"。可以看出，山谷推心置腹之言，无埋汰作践伤人之意，有重才惜才励才之心，故遣词慎重，用语恰当得体，可谓循循善诱和入情入理，既给头脑发热的后辈适时泼了一瓢冷水，郑重指出其修为学养尚有不足，又避免太过锋芒毕露而挫伤后学锐气。无疑以这种口吻提出批评意见，更能让对方心悦诚服，或可收到"良药苦口而利于病"的劝勉之特效。

四、此信最后谈到人才观

山谷以对等相商的口吻，与对方探讨了有关天才与勤奋何者更为重要的话题。在他看来，人之与生俱来的天赋固然重要，但后天努力更加不可或缺，犹如天然璞玉，需经反复打磨和精雕细琢方能成大器。山谷认为，世间需要各类人才，但有才亦未必能为世所用，古往今来，怀才不遇者屡见不鲜，比比皆是。当然，天分高加勤奋不辍者，对此决不会气馁，而是一如既往地努力充实和完善自己；缺乏远见者则是怨天尤人，自甘沉沦而一蹶不振。凡此等等，可看出作为"过来人"的山谷，对眼下处于顺境而恃才傲物的后辈发出了某种"预警"。可谓是以"现身说法"，为小字辈指点迷津，并鼓励后学戒骄戒躁，不废用功，相信"天生我材必有用"，通过持之不懈地努力，必定能凭真才实学超越前人，迈向和到达成功的彼岸。

主要参考书目 （本书创作中参阅了少量学术论文就不列举，在此鸣谢论文作者）

1. 宋、元人注：《四书五经》（全三册），中国书店1985年版

2. 陈国庆，何宏注译：《论语》，安徽人民出版社2005年版

3. （汉）司马迁撰：《史记》（点校本），中华书局1959年版

4. （五代）薛居正等撰：《旧五代史》（点校本），中华书局1976年版

5. （宋）欧阳修撰：《新五代史》，中华书局（点校本）1974年版

6. （宋）司马光编撰，邬国义校点：《资治通鉴》，上海古籍出版社2017年版

7. （宋）孟元老撰：《东京梦华录》，中国人民大学出版社1993年版

8. （宋）孟元老撰，邓之诚注：《东京梦华录注》，中华书局1982年版

9. （宋）庞安时撰：《伤寒总病论》，士礼居丛书本

10. 舒仁辉著：《〈东都事略〉与〈宋史〉比较研究》，商务印书馆2007年版

11. 余蔚著：《宋史》，上海人民出版社2015年版

12. 何兆泉著：《两宋宗室研究—以制度考察为中心》，上海古籍出版社2016年版

13. 陈振著：《中国断代史系列·宋史》，上海人民出版社2003年版

14. 虞云国著：《细说宋朝》，上海人民出版社2007年版

15. （宋）李焘撰：《续资治通鉴长编》（点校本），中华书局1979年版

16. （宋）黄𥥊编：《山谷先生年谱》，适园丛书第七集

17. 《冲和堂黄氏宗谱》，中华民国二十七年版

18. 郑永晓主编：《黄庭坚年谱新编》，社会科学文献出版社1997年版

19. 《义宁州志》：清同治十二年刻本，1873影印本

20. 傅璇琮编著：《古典文学研究资料汇编》，中华书局1978年版

21. 刘琳，李勇先，王蓉贵点校：《黄庭坚全集》，四川大学出版社2001年版

22. 吕思勉著：《中国通史》，华东师范大学出版社1992年版

23. 钱穆著：《国史大纲》，商务印书馆1994年版

24. 傅乐成著：《中国通史》，贵州教育出版社2010年版

25. 易中天著：《中华史》，浙江文艺出版社2014版

26. 白寿彝主编：《中国通史纲要》，中国友谊出版公司2016年版

27. 邓振宇等编：《毛泽东评点二十四史》（人物精选），时事出版社1997年版

28. （宋）司马光撰，邓广铭、张希清点校：《涑水记闻》，中华书局2017年版

29. （宋）沈括撰，施适校点：《梦溪笔谈》，上海古籍出版社2015年版

30.（宋）范成大撰：《入蜀记》，知不足斋丛书本

31.（宋）陈亮编：《苏门六君子文粹》，影印文渊阁四库全书本

32.（宋）王霆震编：《古文集成》，影印文渊阁四库全书本

33.（宋）普济辑、朱俊红点校：《五灯会元》，海南出版社 2011 版

34.（元）释熙仲：《释氏资鉴》，续藏经乙编

35.（清）彭绍升：《居士传》，续藏经乙编

36.任法融著：《〈道德经〉释义》，东方出版社 2010 年版

37.南怀瑾讲述：《庄子諵譁》，上海人民出版社 2007 年版

38.（元）脱脱等撰：《宋史》（影印百衲本），江苏古籍出版社 1998 年版

39.（明）曹学佺：《蜀中名胜记》，丛书集成初编本

40.（明）陈之伸：《黄豫章外纪》，明刻本

41.（明）陈邦瞻著：《宋史纪事本末》，中华书局 1977 年版

42.（清）毕阮著：《续资治通鉴》，线装书局 2009 年版

43.（英）迈克尔·苏立文著，徐坚译：《中国艺术史》，上海人民出版社 2014 年版

44.（美）黄仁宇著：《大历史不会萎缩》，中信出版社 2016 年版

45.（日）梅元郁著：《宋代官僚制度研究》，京都同朋舍 1985 年版

46.张荫麟著：《两宋史纲》，北京出版社 2016 年版

47.陈寅恪著：《元白诗笺证稿》，生活·读书·新知三联书店 2009 年版

48.陈寅恪著：《金明馆丛稿》（初编、二编），生活·读书·新知三联书店 2009 年版

49.钱锺书著：《谈艺录》，中华书局 1984 年版

50.钱锺书选注：《宋诗选注》，人民文学出版社 1994 年版

51.邓广铭著：《邓广铭治史丛稿》，北京大学出版社 1997 年版

52.邓广铭著：《邓广铭全集》，河北教育出版社 2005 年版

53.黄宝华著：《黄庭坚评传》，南京大学出版社 2011 年版

54.黄宝华选注：《黄庭坚选集》，上海古籍出版社 2016 年版

55.黄宝华注释：《黄庭坚小品》，中州古籍出版社 2020 年版

56.杨鸿年，欧阳鑫著：《中国政制史》，安徽教育出版社 1988 年版

57.王水照主编：《宋代文学通论》，河南大学出版社 1997 年版

58.常建华著：《宋以后宗族的形成及地域比较》，人民出版社 2013 年版

59.黄纯艳著：《宋代财政史》，云南大学出版社 2013 年版

60.杨庆存著：《黄庭坚与宋代文化》，河南大学出版社 2002 版

61.何忠礼著：《宋代政治史》，浙江大学出版社 2007 年版

62.朱瑞熙著：《宋代社会史论》，中州书画社 1983 年版

63. 漆侠著：《宋代经济史》，上海人民出版社 1987 年版

64. 王琦珍著：《黄庭坚与江西诗派》，江西高校出版社 2006 年版

65. 王琦珍著：《曾南丰先生评传》，江西人民出版社 2019 年版

66. 曹廷元著：《古县文化丛书》，中国文史出版社 2021 年版

67. 聂崇歧著《宋史丛考》，中华书局 1980 年版

68. 林语堂著：《苏东坡传》，陕西师范大学出版社 2009 年版

69. 程效著：《黄庭坚传》，广东人民出版社 2013 年版

70.（宋）邵博撰：《邵氏闻见后录》，中华书局 1983 年版

71.（宋）陆游撰：《老学庵笔记》，四库全书影印本

72.（宋）吴曾撰：《能改斋漫录》，上海古籍出版社 1979 年重印本

73.（明）陈继儒撰：《销夏部》，丛书集成初编本

74. 陈柏泉编：《江西出土墓志选编》，江西教育出版社 1991 年版

75. 叶之秋著：《宋史是最好的教科书：变革》，中国发展出版社 2014 年版

76. 吴钩著：《重新发现宋朝》，九州出版社 2014 年版

77. 吴钩著：《生活在宋朝》，长江文艺出版社 2015 年版

78. 陈胜利著：《弱宋：造极之世》，清华大学出版社 2016 年版

79. 刘尚荣校点：《黄庭坚诗集注》，中华书局 2003 年版

80. 陈良运著：《中国诗学批评史》，江西人民出版社 2001 年版

81. 张元济等辑：《山谷情趣外篇》，商务印书馆 1936 年版

82. 孔凡礼，刘尚荣选注：《黄庭坚诗词选》，中华书局 2006 年版

83. 马兴荣、祝振玉注：《山谷词校注》，上海古籍出版社 2011 年版

84. 龙榆生笺校：《苏门四学士词》，上海古籍出版社 2017 年版

85. 左浚霆编著：《从〈清明上河图〉看北宋民间百态》，研究出版社 2013 年版

86. 王力主编：《中国古代文化常识》，北京联合出版公司 2014 年版

87. 水赉佑主编：《中国书法全集》黄庭坚卷一、卷二，荣宝斋出版社 2011 年版

88. 徐邦达编注：《古书画过眼要录》，湖南美术出版社 1987 年版

89. 朱仲岳编著：《黄庭坚墨迹大观》，上海人民美术出版社 1990 年版

90. 陈志平著：《黄庭坚书学研究》，上海书画出版社 2006 年版

91. 吴光田编注：《黄庭坚书论全辑注》，河北教育出版社 2008 年版

92. 楚墨著：《黄庭坚艺术论》，百家出版社 2006 年版

93. 徐利明主编，王中焰、杜玉印注评：《黄庭坚书论》，江苏美术出版社 2009 年版

94. 九江师专古籍整理研究所编：《黄庭坚研究论文集》，九江师专图书馆 1985 编印

95. 江西省文学艺术研究所编：《黄庭坚研究论文集》，江西人民出版社 1989 年版

96. 黄启方著：《黄庭坚研究论集》，安徽人民出版社 2005 年版

后 记

　　黄庭坚是北宋中后期文坛的扛鼎人物，"江西诗派"的开山宗师。其多才多艺，博学笃行，不仅诗、书、词、文皆有极高造诣，对绘画、琴、棋，乃至烹饪、医药均有所涉猎和专长。当然，他的主要建树还是在文学和书法方面。据统计，山谷散章存量总数有二千八百余篇，在两宋篇数过千的十二位高产文人中，仅次于苏轼、周必大、朱熹、刘克庄，名列第五位。然而长期以来，学界对"豫章黄学"的研究视角多聚焦其诗词和书法，对其文则关注偏少，特别是对其散文与书法结体共存的独特现象研究少之又少，以致黄庭坚散文成就被低估和长期被其"诗书双绝"之名所掩。事实上，山谷散文不仅存世数量大，远多于其诗、词、书法作品，而且质量上亦不乏传世经典名篇。可以说，他的散文创作才能与成就，足可称为领一代风骚的大家和垂范后世的巨擘。

　　文章千古事，得失寸心知。本书从筹划到动笔至少逾十年时间，写成此书又花费了近两年时间，说是耗费了本人退休后的大半精力当不为过。从创作过程中，笔者对黄庭坚存世散文进行了梳理、归类和深度研读，从中精选出五十篇代表性作品进行注释、解读和点评，以期为山谷散文张目，并对其散文创作才能与成就做出恰如其分的评价。为便于阅读、理解和筛选，还是将黄庭坚散文大致划分为以下五个类别。

　　一类是序跋。此类文章在山谷文集中占比最大，成就亦最高，本书选入超过双位数，约占总数的四分之一。此类散章中，又以他为师友、后学的书画作品题跋作序最多。众所周知，山谷是与东坡齐名的诗书大家，慕名向其求诗索字者数不胜数，加上书法顶级名家的手泽相对易被珍藏传世，因此，序跋在山谷文集中占比最高就不足为奇了。或许是题写在书法、画卷上的序跋受尺幅所限，山谷此类文章大多是短而精的小品。本书选评的《小山集序》《王定国文集序》《跋东坡论画》《小子相帖》等均是传世经典名篇。不难看出，山谷极擅此类小品文，往往寥寥几语，名言警句迭出，尽显其文清壮顿挫、简约精致和蕴含理趣之独特韵味。

　　二类是书札。山谷性喜交朋结友，又袭乃师东坡甘为人梯之长，不遗余力提携子弟和奖掖后学。所以，其散章中的书信数量占比仅次于序跋。山谷公事之余，通过书信与师友谈文论道和指导弟子学诗属文多多，且有不少名篇佳作。诸如《上苏子瞻书》《答洪驹父书》《答李几仲书》等，均是世所公论的名篇。前一篇促成苏、黄两大文豪从此订交，向来为人所乐道；后两篇则是他呕心沥血指导后学的驰名佳构，历来广受好评。山谷书论、文论中诸如"无意为书""书本无法""点铁成金""夺胎换骨""资书以为诗"，等等，大多脱胎于此类书信语蓝本，并经提炼演化而成金句名论。从其存世的众多书札中，不仅可看出山谷待人至诚和为人师表之儒士风范，还可领略到其琢词警炼、情真意实和思理事趣的尺牍文风。

　　三类是山水游记。山谷一生从小颠沛流离，年轻即举进士而后辗转各地为官，晚年两遭贬谪而远居巴蜀、岭南边陲之地，可以说其足迹遍及北宋版图的大半个中国。古时文士视"行万里路，读万卷书"为必所当有的人生历练，大多毕生乐此不疲。山谷襟怀坦荡，乐观豁达，性好寻山向水，加上笔不离手、墨必携身，每当行至山水绝佳处，必定会先随观构思而后赋诗作文。他的山水游记擅长描景状物、寓情于景，语言清新自然、凝练隽永和涉笔成趣，往往三言两语，就能将眼前所见景致素描似的勾勒出来，并将个人观感与旁人感受融入其中，给人以旅人加导游之双重视觉与角色感受。本书选取的《东郭居士南园记》《黔南道中行记》《南浦西山行记》三篇游记，前一记是他早年任地方官时应邀参观游览友人的林园所作，语调轻松闲淡；后二记则是其晚年遭贬谪后的来兮归去、行经巴山楚水的游历之作，在赏景之余，也隐隐含发不平之鸣。总之，从山谷众多游记体文中，既可看出其性好游、敏于行和善于言表，又可窥见其遭贬后自谓"诗变前体"和"文亦随变"之心路历程。

四类是楼堂亭阁林园题作。山谷写此类散章，多半是受人慕名诚邀之作，故下笔格外用心，相较其他类文章更不惜笔墨，动辄下笔数百言，且或多或少还有逞才显学之嫌。本书在此类文章中筛选出的二亭（《松菊亭记》《书幽芳亭记》）、一堂（《大雅堂记》）、一院（《江陵府承天禅院塔记》）四篇，均可称为众里挑一的上乘之作，较能体现山谷作此类文章的三个特点。其一是行文开头笔法必谨布置，讲究不落俗套，着意开篇提纲挈领和新颖别致。山谷写此类散文篇篇起首不同，从不图省事而以纪年月日、抑或直述建筑物体的方式开篇，这与山谷作诗讲究起首变化是类似和相通的。其二是重人轻物。山谷善于抓住物主或出资人的个性、经历和声誉做文章，行文像讲故事一样娓娓道来，让人开读即被主人公所吸引，使之产生一气读完的视听冲动，进而收到吸睛、亲和与感人的艺术效果。其三是引物连类，据典引经。人言山谷作诗偏好用典和具有浓厚的书卷气，在我看来，作文亦复如是。山谷此类散文，寻章摘句和用典使事随处可见，似乎非如此不足以显示其深厚的学养根基。总之，山谷题写此类文章既善于临机露才显学，又善于在不经意处悄然注入主观情愫，力求吸引和打动人心。比如《书幽芳亭记》文中就暗含了缅怀早亡发妻之深意；而《江陵府承天禅院塔记》中的一段"不平则鸣"之言，后来竟成了政敌举报陷害他的罪证，终至其二度因文获罪而酿成客死他乡的悲剧结局。

五类是咏物散章。山谷学问根基深不可测，七岁即能作诗属文，且毕生好学不倦，挥写此类言物、咏物之文自是得心应手，并呈现两大鲜明特色。其一是以物寓人，比如其写山茶、题墨竹、咏兰惠的篇章，无不是借物之特性来赞颂君子"临大节而不可夺"的坚贞品格。其二是借物寄情。山谷写言物散章，多遵循风骚传统，寄予情愫，托物言志。比如作于谪居期间的《苦笋赋》《山预帖》两篇，均是不世出的佳作和价值连城的书法传世名帖。山谷在文中借题发挥，巧妙穿插点睛，通过指出人们惑于事物表象的认知，暗讽了朝廷当政者选才失察和用人不当，表达了自己不屈权贵的底线，以及守节不移的初心和志向。

综上所述，山谷散文除大致划出的五个类别外，就数量占比而言，照理还可细分出墓志铭、祭文赞词、禅理道学等类别，但这些类别的文章受限于一定的程式规格和刻板样式，特别出彩的篇章相对较少，故不另作归类了。

书稿付梓之际，照例要依次对以下几位诚表谢意。一是《深圳商报》的资深记者郑恺先生。拙著撰写过程中，他阅读了全部文稿并提出诸多修改建议。二是与我关系亦师亦友的评论名家李云龙先生。作为同乡加学长，他不仅认真分享阅读我发在微信朋友圈的初稿，还多次在留言栏中撰写短而精的点评，给予我热心支持、助力和鼓励。三是中国文史出版社的责编全秋生先生。在彼此通过微信远程交流互动中，本人受教良多。从他身上所表现出来的一丝不苟、细心如发的工作态度与职业操守，不能不令我心生敬意和感激之情。当然，还有我的夫人徐玲女士。她在悉心照顾我的身体与生活的同时，还协助我做了查核资料、校对文稿、编发微信等大量案头工作，大大减轻了我的创作压力和键盘敲打辛劳。

最后，对为本书的创作与出版发行提供过各种帮助的诸位文友，恕不一一具名，谨此鞠躬，深致谢忱。

　　　　2023 年 8 月 24 日，于美国洛杉矶机飞香港 CX881 次航班